Laura Bates

Sisters of Sword and Shadow

Aus dem Englischen
von Birgit Schmitz

*Für meine eigene Schwester,
die mich jeden Tag aufs Neue inspiriert.*

Prolog

Als es geschah, war Cass noch klein. So klein, dass sie später nie recht wusste, ob es nicht vielleicht doch nur ein Traum gewesen war. Und Mary hatte es auch nie wieder erwähnt.

Sie waren im Wald nahe des Bauernhauses gewesen, um Brennholz zu holen. Cass sammelte kleine Zweige als Anzündholz und stopfte sie in den Beutel aus Sackleinen, den sie sich über die Schulter geworfen hatte. Sie maulte, dass sie zu spät für das Abendessen sein würden, wenn Mary sich nicht beeilte.

Mary untersuchte gerade einen Dorn in ihrem Handballen. Sie verzog das Gesicht vor Schmerz und machte eine Menge Getue darum, den Dorn herauszuziehen, bis Cass schließlich eingriff. Sie nahm seufzend die Hand, verdrehte angesichts von Marys Gejammer die Augen und entfernte den Dorn mit den Zähnen. So standen sie da, Marys Hand am Mund ihrer kleinen Schwester, als die Frau plötzlich und lautlos erschien wie ein aus der Luft herbeigezauberter Geist.

Cass ließ Marys Hand fallen und beide blieben wie angewurzelt stehen. Sie dachten an die Märchen über Feen, die Menschen in ihre Welt lockten und niemals wieder aus ihren Höhlen entkommen ließen; an die Warnungen ihrer Mutter vor Banditen und

Raufbolden im Wald; an die an Winterabenden am Feuer im Flüsterton erzählten Geschichten über wandernde Druiden, die alten Bräuchen huldigten und Zauber aus vergangener Zeit einsetzten.

Die Frau trug einen goldenen Umhang und schien zu leuchten, so als ob das Licht irgendwo aus ihrem Inneren käme; es war heller als alles andere in der hereinbrechenden Dämmerung. Ihr Gesicht war faltig wie altes Pergament und ihre Wangen eingefallen. An ihrem Hals baumelte ein auffälliger Anhänger, eine Spirale, deren Enden sich trafen, sodass sie sich unendlich fortzusetzen schien.

Sie blickte als Erstes Mary an, die Größere und Ältere der beiden, und fragte sie in schmeichelndem Tonfall, ob sie vielleicht ein Almosen für eine arme, obdachlose Frau hätte, die heute Abend etwas zu essen bräuchte. Als Mary sich halb von ihr abwandte und Cass vor den Blicken der Frau abschirmte, schaute diese verärgert drein und zischte durch die Zähne. Doch dann unterdrückte sie ihre Ungeduld, fiel wieder in den hohen, schmeichelnden Ton zurück, und versprach »als angemessene Gegenleistung einem hübschen Mädchen die Zukunft vorherzusagen«. Doch Mary ging schnell weg und zog Cass hinter sich her. Erst als Cass einen Blick zurück über die Schulter wagte, sah sie, dass sich die leuchtend gelben Augen der Frau in dem ausgezehrten Gesicht weiteten und sie nach Luft schnappte, als hätte sie einen Schlag in die Magengrube bekommen.

»Das kann nicht sein«, flüsterte die Alte und schaute Cass dabei an, als wäre ihr Gesicht eine Karte, die zu einem lange verloren geglaubten Schatz führte. Es war, als würde ein goldener Faden aus der Frau herausschießen, sich in Cass verhaken und sie so festhalten, dass sie sich nicht bewegen, nicht sprechen, nicht weitergehen konnte, obwohl Mary an ihrer Hand zerrte. Und als stünde sie vor einer Königin, fiel die Frau auf die Knie, ohne Cass aus den

Augen zu lassen. Erst als sie sich zu Boden warf und ihre Stirn den bemoosten Boden berührte, brach sie den Blickkontakt. In diesem Moment überlief Cass ein Schauer; sie erlangte die Kontrolle über ihren Körper zurück, und als Mary sie heftig weiterzog, stolperte und stürzte sie und schlitzte sich an einem scharfen Stein das Handgelenk auf. Sie erhob sich schwankend, um ihrer Schwester zu folgen, und presste beim Laufen die Lippen auf die Wunde. Sie nahm den metallischen Geschmack ihres Bluts im Mund wahr – den Beutel mit den Zweigen, der neben der reglosen Frau auf der Waldlichtung lag, vergaß sie.

1

Das Laub roch nach Erde und dem Regen der vergangenen Nacht. Cass lag rücklings darauf, und es fühlte sich so an, als würden die Blätter wie feuchte Zungen an ihren Armen und Beinen lecken. Ihr hübsches weißes Kleid war bereits klamm und verdreckt. Aber Weiß war sowieso nicht das Richtige für sie. Cass atmete tief ein. Über ihr tanzten tausend Blätter in einer Symphonie aus Farben: smaragd- und meeresgrün, hellgrün und so dunkelgrün wie eine Natter. Die Äpfel leuchteten wie Juwelen.

Mary sagte immer, man könne seinen zukünftigen Ehemann mithilfe eines Apfelstiels vorhersagen. Man musste ihn drehen, bis er sich löste, und dabei das Alphabet aufsagen. So bekam man die erste Initiale seines Namens. Dann stocherte man mit dem Stiel auf den Apfel ein, bis dessen Schale aufplatzte, und erfuhr die zweite. Als Kind hatte Mary Dutzende Äpfel stibitzt und vorsichtig gedreht oder heftig auf sie eingestochen, um das Ergebnis zu manipulieren, während Cass ihr, die raue Rinde zwischen den nackten Oberschenkeln, von der Baumkrone aus zusah.

Mary hätte sich ihre Mühe sparen können, denn heute würde sie Thomas heiraten, und dass es so kommen würde, hatte sie schon gewusst, noch bevor sie ihre Backenzähne bekam. Nämlich seit dem Abend damals, als Adam, der Schmied, an die Tür des Bauernhauses geklopft und sie beide durch den Spalt ihrer Schlafzimmertür gelugt und das Gespräch der Erwachsenen belauscht hatten. Ihre Mutter hatte lebhaft genickt, sich die Hände an ihrer Schürze abgewischt und gesagt, das sei eine gute Partie für eine Bauerntochter. Nach dem Besuch hatte sie den zweitbesten Milchkrug zerbrochen und in der Spülschüssel eine Scherbe tief in ihre Handfläche gepresst. Schließlich hatte ihr Vater sanft eine Hand auf ihre Schulter gelegt und sie gedrückt.

Seitdem wussten sie es. Und sie waren schweigend wieder ins Bett gegangen; Cass hatte ihre Wange an Marys Rippen gepresst, so wie immer, damit sie zum stetigen Pochen des Herzens ihrer Schwester einschlafen konnte.

Ja, sie hatten es gewusst, doch es war immer ganz weit weg gewesen. Bis zum heutigen Morgen, an dem es ein sonntägliches Bad gegeben hatte und zwei neue Kleider – ganz weiß, eine unpraktische Farbe, die sie nie zuvor getragen hatten und sicher so bald nicht wieder tragen würden. Ein süßer, reifer Duft von Blumenkränzen hing in der Luft, sie stapelten sich auf dem Küchenboden und waren als Dekoration für die Zeremonie vorgesehen. Auf Marys Gesicht hatte sich ein distanziertes Lächeln gezeigt, das Cass nie zuvor gesehen hatte.

Also hatte Cass das Baby, das sich an einem Bein des Küchentischs festklammerte, mit einer Brotkruste zurückgelassen und war durch die Hintertür entflohen, bevor sie jemand sehen konnte. Sie war bis zum Obstgarten gerannt; das hohe Gras schnitt in ihre nackten Waden, die frische Luft füllte ihre Lunge. Der Tau badete ihre Füße, sie spürte das Kitzeln der warmen Sommerluft, ihre Zehen im Boden – und war in ihre wilde Kindheit zurückversetzt, eine Kindheit, die sich trotz ihrer siebzehn Jahre immer noch wie ein Teil von ihr anfühlte. Sie war noch hier, verwurzelt im Boden des Bauernhofs, doch Mary würde sie verlassen.

Cass schloss die Augen und ließ sich vom Sonnenlicht ein schwarzes und goldenes Muster auf die Lider malen. Die anderen würden jeden Augenblick merken, dass sie nicht da war. Sie sollte nicht hier sein, sollte sich an einem Festtag nicht so fühlen. Ma würde sagen, das sei ein schlechtes Omen. Egoistisch, die Hochzeit ihrer Schwester so zu verderben. Sie strich mit den Händen über die Grashalme, bis ihre Fingerspitzen etwas anderes berührten: weiche Masse in einer aufgeplatzten Schale. Sie nahm die Hand zum Mund und saugte die Süße des Apfelbreis von ihren Fingern.

Unter ihrem Kleid spürte Cass den harten Klumpen dessen, was der liebste Besitz ihrer Mutter war. Ein dicker runder Anhänger aus Silber. Sie nahm die Kette ab, hielt ihn in die Sonne und drehte ihn zwischen ihren trotz des morgendlichen Bades schmuddeligen Fingern. Der in das mattgraue Metall eingesetzte grüne Stein funkelte sie böswillig an, als würde er sich über sie lustig machen. Sie wusste, dass es sie mit Stolz und Dankbarkeit hätte erfüllen sollen, als ihre Mutter ihr den Anhänger heute Morgen in die Hand gedrückt hatte. »Er hat nie wirklich mir gehört, Cass. Es ist deiner«, hatte sie gesagt, und in ihren Augen hatten ungewohnte Tränen gestanden. Doch der Anhänger war schwer und hässlich, und Cass fühlte sich unwillkürlich so, als würde sie dekoriert und hinter ihrer Schwester zur Schau gestellt.

Sie ließ den Anhänger an seiner Kette pendeln, während sie mit den Fingern ihrer anderen Hand wieder den überreifen Apfel betastete und darauf wartete, durch einen Ruf von der Küchentür ins Haus zurückzitiert zu werden.

Doch der Tumult, der dann losbrach, war nicht der, den sie erwartet hatte. Auf dem Weg, der den Obstgarten vom Wald trennte, sprengte ein Pferd heran und wirbelte riesige Staubwolken auf. Cass sprang mit dem Anhänger in der Hand auf, und dann ging alles ganz schnell. Ein pechschwarzes Pferd mit einem weißen Blitz auf der Stirn. Ein maskierter Reiter mit einem prall gefüllten Beutel am Gürtel, der mit funkelnden Augen einen Blick nach hinten warf. Ein Moment puren Entsetzens, als die Zeit stehen blieb, das Pferd sich vor Cass aufbäumte, ein schrilles Wiehern ertönte und eine behandschuhte Hand ihr den Anhänger aus den Fingern riss.

Schon war alles wieder vorbei und sie fand sich allein, mit rasendem Herzen und ausgestreckter, leerer Hand am Wegesrand wieder.

Erneutes Hufgetrappel, noch ehe sie wieder zu atmen begonnen hatte. Schnell näher kommend. Ein zweiter Reiter, der weit vorgebeugt seinen kastanienbraunen Hengst antrieb, dessen dichte rötliche Mähne im Wind flatterte. Die Nüstern waren geweitet. Die beiden Körper wirkten wie einer, da sie sich in völliger Übereinstimmung bewegten. Der Mann stoppte vor Cass und drehte sich im Sattel, um den Obstgarten zu überblicken.

»Ist er hier vorbeigekommen?« Die Stimme, die unter dem Metallhelm hervordrang, klang weich wie Honig.

Cass fand keine Worte, sondern starrte nur stumm nach oben, während der Reiter seinen Helm abnahm.

Kein Mann. Eine Frau, vielleicht zehn Jahre älter als Cass. Eine Frau mit schmalen, geraden, zusammengezogenen Brauen und Haaren in der Farbe des letzten Herbstlaubs, im Nacken zu einem Knoten gebunden. Aus einem Riss in ihrer Lippe trat kirschrot leuchtendes Blut aus. Eine Frau, deren Beine in eng anliegendem, glänzendem Leder steckten und die ihre Stiefel fest in die Flanke des Pferdes presste.

»Er ... meine Halskette.«

Cass war zu schockiert, um wegschauen zu können. Ihre Wangen liefen rot an, während ihr Blick erst über das Gesicht der Fremden glitt, dann über ihren Brustkorb, der sich unter dem gemusterten schwarzen Lederharnisch schnell hob und senkte, und schließlich am feuchten Grübchen unter ihrer Kehle hängen blieb.

Cass zeigte wortlos in die Richtung, die der erste Reiter genommen hatte.

»Die Halskette meiner Mutter ...«, begann sie noch einmal.

»Also dann.« Die Stimme war wirklich wie goldener Honig. »Kommst du mit?«

Die Frau streckte ihre Hand aus, und für einen Sekundenbruchteil schaute Cass durch den stillen Obstgarten und über die in der Morgensonne liegende Weide zurück zur Tür des Bauernhauses. Zu dem Haus, in dem man sie jeden Moment vermissen würde. Und wo eines Abends wieder jemand an die Tür klopfen würde, und dann würde Cass diejenige sein, die jemandem versprochen, weggegeben wurde. Also raffte sie den durchnässten, schmutzigen Saum ihres Kleides hoch und nahm die angebotene Hand.

2

Es war, als ritte sie in einen Traum. Unter ihren Schenkeln bewegten sich die Flanken des Pferdes, und die Taille der Fremden fühlte sich warm und geschmeidig an unter ihren Händen. Cass hielt sich gut fest. Sie war auch zuvor schon geritten – falls man das so nennen konnte, wenn sie auf Ned, dem alten Haflinger des Bauernhofs, zum Markt und zurück getrottet war –, aber das hier war etwas völlig anderes. Es fühlte sich an, als ob jeder Knochen in ihrem Körper durchgerüttelt würde. Die Wucht der stampfenden Pferdehufe wurde auf ihr Becken und bis in ihre Zähne übertragen, und sie presste ihre verschwitzten Waden fest zusammen, um auf dem galoppierenden Hengst nicht den Halt zu verlieren.

Als sie in den Wald eintauchten, um das pechschwarze Pferd und seinen Reiter zu verfolgen, wirbelten die Farben des Spätsommerlaubs durcheinander und zogen so schnell an ihnen vorbei, dass es schien, als würden sie ineinanderlaufen. Durch Cass' Kopf schossen tausend Fragen. Die eine Hälfte richtete sich an die Reiterin, die mit gebeugtem Rücken vor ihr saß, die andere Hälfte an sie selbst. Mit jedem Galoppsprung entfernte sie sich weiter von ihrem Heim, von ihren Aufgaben, von Mary, von ihren Eltern und dem Baby am Küchentisch, das eine Brotkruste in den Fingern hielt.

Halt.

Warte.

Ich muss zurück.

Doch die Worte blieben in ihrer Kehle stecken, irgendetwas hinderte sie daran, über ihre Lippen zu kommen. Außerdem fehlte Cass ohnehin der Atem zum Sprechen, solange ihre Finger sich fest um die in Leder gehüllte Taille klammerten. Sie schaffte es gerade so, nicht herunterzufallen. Und doch war ihr klar, dass es weder die Geschwindigkeit des Pferdes noch die Atemnot war, die sie verstummen ließ, sondern ihr eigener Wille.

Denn dieser Ritt war ein einziger Rausch. Noch nie in ihrem Leben hatte sie sich so schnell bewegt. Sie spürte die vorbeirasenden Baumstämme mehr, als dass sie sie sah, und die Wurzeln und das Laub auf dem Boden verschwammen zu einem schwindelerregenden Wirbel.

Der süße Duft des Geißblatts drang in ihre Nase, und zarte Waldblumen, rote Lichtnelken und wilde Geranien, blühten vor sich hin, als wäre heute ein ganz normaler Donnerstag, an dem Wäsche gewaschen, die Böden gewischt und ein Blumenstrauß gepflückt werden müsste. Als hätte nicht ein einziger Moment alles verändert.

Farben, Gerüche und die Finger des Windes, die ihre Kopfhaut kitzelten – alles war im Fluss, flüchtig, nicht zu greifen. Alles bis auf die winzigen Schweißperlen, die sich auf dem schlanken Hals vor ihr abzeichneten. Feuchte rote Haarsträhnen hatten sich aus dem dünnen Lederriemen befreit, der sie zu einem festen, glänzenden Knoten schnürte, und lockten sich. Cass spürte, wie das *Leben* sie durchströmte, hell, pulsierend, atemberaubend, so als wäre sie bis zu diesem Augenblick noch nie wirklich lebendig gewesen.

Die Reiterin lehnte sich vor und trieb den Hengst an. Ihre Lippen waren seinen Ohren so nahe, dass es beinahe schien, als würde sie ihn mindestens so sehr mit einem Flüstern ermuntern, wie sie ihn mit ihren Fersen anspornte.

Sie holten den Mann auf einer Waldlichtung ein, wo er kurz stehen geblieben war, um zu überlegen, welche Gabelung des Weges er nehmen sollte. Er drehte sich mit dem Pferd zu ihnen um, und seine Augen weiteten sich vor Schreck, als ein Dolch so nah an seinem Gesicht vorbeiflog, dass er eine hauchdünne blutige Schramme hinterließ, ehe er mit einem dumpfen Geräusch in den Baumstamm hinter ihm eindrang.

Der Mann erstarrte und wandte den Blick nicht von der Reiterin ab, deren Schultern sich schnell hoben und senkten, während ihr Hengst laut schnaubte. Ihre Hand lag an der leeren Scheide, in der der Dolch gesteckt hatte. Cass rührte sich nicht, jeder Muskel in ihrem Körper war in Erwartung seines Angriffs angespannt, und sie war sicher, dass sie beide in wenigen Augenblicken sterben würden. Doch als die Frau ihre Stimme erhob, sprach sie so leise und ruhig, als wäre sie dem Fremden auf einem morgendlichen Spaziergang begegnet und spräche über das Wetter oder den Milchpreis.

»Du hast dir etwas genommen, was dir nicht gehört.«

Er grinste höhnisch und betastete mit den Fingerspitzen die Wunde an seinem Wangenknochen. Anschließend betrachtete er seine blutigen Finger und bleckte die Zähne.

»Das wirst du bereuen, du Miststück.«

Sie schüttelte den Kopf, schnalzte mit der Zunge und griff nach etwas, das sich unter ihren Steigbügeln befand. Plötzlich hielt sie einen schussbereit gespannten Bogen in den Händen, dessen Pfeilspitze direkt auf das Herz des Mannes zielte.

»Ich habe nicht den Wunsch, dich zu töten, Bandit. Deshalb gebe ich dir eine letzte Chance«, sagte sie ungerührt. Cass konnte das Gesicht der Frau nicht sehen, doch sie sprach wie jemand, der ein Kind ausschimpft oder einem Hund Kommandos gibt.

Seine Miene verdüsterte sich, als hätte sie ihn geohrfeigt. Cass konnte kaum fassen, wie dumm es war, solch einen Mann derart provokant anzusprechen. Als sich seine Hand zum Heft des Schwertes bewegte, das an seiner Seite hing, machte sie sich innerlich auf die Hiebe gefasst, die ganz gewiss kommen würden.

Dann passierten zwei Dinge gleichzeitig. Der Mann zog sein Schwert, dessen Klinge im schwachen Sonnenlicht aufblitzte, und ein Pfeil schwirrte zwischen den Ohren des Pferdes hindurch, um sich dann tief in das linke Auge des Mannes zu bohren. Das andere Auge war noch immer geöffnet und schaute verwirrt, so als könnte er selbst im Augenblick des Todes nicht begreifen, wie ihm geschah.

Cass blieb zitternd auf dem Hengst sitzen, als die Frau geschmeidig absaß und zu der Leiche hinüberging, als wäre sie nicht mehr als ein Fuchskadaver, ihr das Schwert abnahm und anschließend den klimpernden Münzbeutel vom Gürtel riss.

Danach kam sie zurück und saß mit einer einzigen fließenden Bewegung wieder auf. Erst jetzt drehte sie sich zu Cass um, die mit stockendem Atem den hingestreckt daliegenden Toten anstarrte, dessen Blut lautlos in das Laub auf dem Waldboden sickerte.

»Hier.« Ein kalter Gegenstand wurde ihr in die Finger gedrückt. Dann schnalzte die Frau, und das Pferd setzte sich wieder in Bewegung. Cass öffnete ihre Hand und blickte wortlos auf den silbernen Anhänger darin.

3

Erst Stunden später wurden sie wieder langsamer. Sie ritten auf ein massives Tor aus dunklem, rauen Holz zu. Es war in eine steinerne Mauer eingelassen, die Cass riesig und unendlich vorkam. Ihre Schenkel schmerzten und ihr Kopf fühlte sich dumpf und schwer an. Ihre Sinne waren von der schockierenden Szene im Wald und von den vielen Meilen, die sie seitdem geritten waren, wie betäubt. Das Sonnenlicht schwand jetzt schnell und der frühe Septemberabend zeigte seine Zähne. Cass zitterte in ihrem dünnen, schmutzigen Kleid und hatte Gänsehaut an den Armen. Das leblose, blinde Auge des Toten hatte sich in ihre Netzhaut gebrannt, als ob sie zu lange in die Sonne geschaut hätte.

Sie kniff überrascht die Augen zusammen, als auf der Wehrmauer über dem Tor zwei Mädchen mit Kränzen aus Gänseblümchen im Haar erschienen. Die beiden kicherten und knicksten, während sie neugierig zu ihnen hinunterblickten. Ihre Kleider waren schmuddelig, als hätten sie den ganzen Tag lang draußen gespielt.

»Vorsicht«, rief eine von ihnen, als sie sich näherten. »Hier grassiert eine Krankheit.«

Das andere Mädchen nickte. »Ihr reitet besser weiter, ins nächste Dorf, um Eurer selbst willen«.

Die geheimnisvolle Reiterin sprang geschmeidig vom Pferd und nahm ihren Helm ab. Obwohl sie kein Wort sagte, verstummten die Mädchen und verschwanden, als hätten sie einen Befehl erhalten. Nur wenige Augenblicke später hörte man ein Scheppern und metallisches Schaben, als das Tor aufgeschlossen und nach außen geschwungen wurde.

Die Reiterin führte das Pferd in einen gepflasterten Innenhof. Cass saß noch immer schweigend darauf.

Es hatte keine Diskussion gegeben, keine Frage, ob sie freigelassen oder nach Hause zurückgebracht werden wollte. Während das Pferd voranschritt, krampfte sich ihr Magen zusammen.

An der rechten Seite des Innenhofs befand sich ein niedriger Stall, und vor Cass erhob sich ein elegantes steinernes Herrenhaus, das in der hereinbrechenden Dämmerung wie ein Feenschloss aussah. Sollte sie für die Rückgabe des Anhängers dankbar sein oder Angst vor der Mörderin haben, die sie ohne ein weiteres Wort hierhin mitgenommen hatte? Sollte sie sich freuen, an diesem fremden Ort zu Gast zu sein, weiter weg von zu Hause, als sie jemals gewesen war, oder fürchten, dass sie eine Gefangene war?

Ihre Gedanken überschlugen sich. Da blickte die Frau, die zugleich ihre Retterin und ihre Entführerin war, zu ihr auf und streckte ihre Hand aus. Cass zögerte, doch sie hatte keine andere Wahl. Und wieder verspürte sie diesen seltsamen Sog, als ob etwas in ihrem Innern zugreifen wollte, als die Frau ihr ihre Hand anbot. Sie fühlte sich magnetisch angezogen von diesem Wesen, das völlig anders war als alle Frauen, die sie bisher gekannt hatte.

»Komm«, befahl sie. Ein Mädchen, das nicht viel älter war als Cass und eine rostrote Wolltunika trug, trat heran, übernahm die Zügel des Hengstes und führte ihn in den Stall.

»Aber ... die Krankheit ...«, stammelte Cass krächzend.

Die Frau lachte nur und schüttelte den Kopf. Also folgte Cass ihr eine glatte Steintreppe hinauf und durch einen mit Ornamenten verzierten Eingang in einen hell erleuchteten Saal.

Im ersten Moment blendete sie das Licht der Dutzenden Wachskerzen auf den Tischen und zahlreichen Fackeln an den Steinwänden so sehr, dass sie beinahe die Hand über die Augen gehalten hätte. Und das lag nicht nur an dem Licht selbst, sondern auch an den Farben und der Pracht der Menschen im Saal. Es war, als würde sie ein schimmerndes Juwelenkästchen betreten.

Eine Musikgruppe, deren Lauten und Flöten im Feuerschein funkelten, spielte fröhliche Musik. Entlang aller Wände standen Holztische mit langen Bänken daran. Die Tische waren mit Schalen voller Wildbret und Soßenkännchen beladen. Auf Holztellern stapelten sich Krustenbrotlaibe, und Steinguttöpfe waren mit dampfenden Butterkartoffeln und Gemüse gefüllt. Es gab Früchtebrot, das mit getrockneten Apfelringen verziert und mit Honig bestrichen war. Da standen Krüge mit goldfarbenem Bier und in der Luft hing der süße Duft von gewürztem Honigwein.

Frauen in purpurnen, grünen, tiefblauen und blutroten Kleidern füllten den Raum wie Schmetterlinge. Manche saßen gemeinsam auf den Bänken und aßen, andere tanzten ausgelassen in dem freien Raum in der Mitte der Tische. Sie wirbelten lachend unter einem riesigen Kronleuchter herum, von dessen flackernden Kerzen Wachs tropfte. Die Kleider, die das Licht sanft reflektierten, passten ihnen wie angegossen, schmiegten sich an ihre Taillen und wirbelten federleicht um sie herum, wenn sie sich bewegten. Sie waren aus einem feineren Stoff gemacht, als Cass je gesehen hatte.

An den Wänden hingen wunderschöne Bildteppiche, die aufwendig mit Jagdszenen und zarten Blumenmotiven bestickt waren.

In der Mitte des längsten Tisches, der sich an der rückwärtigen Wand erstreckte, saß in einem Sessel mit hoher, kunstvoll geschnitzter Rückenlehne eine Frau mit feuerrotem langem Haar. Ihre Gesichtszüge waren fein und zierlich, und ihre leicht spitze Nase zierten viele Sommersprossen. Ihre durchdringenden Augen waren grün und so still wie ein Teich im Winter. Sie trug ein smaragdgrünes Kleid. Ein zarter, goldener Gürtel umfing ihre Taille und glitzerte im Licht, als sie sich zur Begrüßung erhob. Die Musik verstummte und im Raum wurde es still.

»Wir freuen uns über deine sichere Heimkehr, Sigrid«, sagte sie mit einem liebenswürdigen Kopfnicken und streckte beide Hände nach der Reiterin aus, an deren Rücken Cass die letzten Stunden geklebt hatte, ohne ihren Namen zu kennen.

Die Frau namens Sigrid ging zu ihr, nickte kurz und überreichte ihr den Beutel des Banditen, in dem die Münzen leise klimperten.

»Ein erfolgreicher Arbeitstag.« Die andere lächelte, nahm den Beutel und hängte ihn an ihren Gürtel. »Und du bringst noch andere Beute?« Sie warf Cass neugierige Blicke zu.

Cass spürte, wie ihre Wangen rot anliefen, während diese grünen Augen sie musterten – von den widerspenstigen braunen Locken bis zu den nackten Füßen, deren Sohlen gründlich verdreckt waren. Sie fühlte sich wie ein Kind, und einen Augenblick lang hörte sie die Stimme ihrer Mutter, die sie dafür schalt, so sorglos zu sein, und das auch noch an einem so besonderen Tag. Das Bad an diesem Morgen war nur noch eine ferne Erinnerung, etwas, das einer anderen passiert war, in einem anderen Leben. Einen Moment lang verspürte sie Schuldgefühle. Ob die Hochzeit wie geplant stattgefunden hatte? Oder hatte ihr Verschwinden Chaos ausgelöst?

»Wir hatten eine gemeinsame Mission«, erwiderte Sigrid achselzuckend. Für eine Sekunde fühlte Cass sich eigenartig ernüchtert, so als hätte sie irgendeine Prüfung nicht bestanden. Sigrid wandte sich ihr zu. Ihre angenehme Stimme war genauso tief und ruhig wie zuvor, als sie mit dem Mann gesprochen hatte, bevor sie ihn ermordet hatte. »Du kannst dich heute Nacht hier ausruhen. Morgen bringe ich dich nach Hause zurück, wenn du es wünschst.«

Sigrid dehnte ihren Nacken, legte den Kopf erst auf die rechte, dann auf die linke Schulter. Dann nickte sie der Frau mit dem Feuerhaar zu. »Ich bin völlig verspannt von dem langen Ritt.« Damit verließ sie den Saal ohne ein weiteres Wort und ließ die verlegene Cass einfach stehen.

»Mein Name ist Angharad«, sagte die Frau in dem Sessel zu Cass. Und obwohl das ein ganz einfacher Gruß war, sprach sie mit solcher Autorität, dass sie genauso gut hätte sagen können: *Ich bin der König.* »Du bist hier willkommen.«

Cass blickte sich um.

»Sind hier gar keine Männer?«, platzte sie heraus. Im Saal brandete Gelächter auf.

»Nicht alles hier ist so, wie es scheint«, antwortete Angharad. »Lily wird dafür sorgen, dass du dich bei uns wohlfühlst.« Sie gab einem Mädchen, das ungefähr so alt war wie Cass, ein Zeichen. Sie hatte cremefarbene Haut, tiefe halbmondförmige Grübchen in den rosigen Wangen, und ihr Haar fiel ihr in goldenen Locken über die Schultern. Das Mädchen grinste und trat pfeilschnell heran, wobei sie einen hölzernen Bierhumpen umwarf und dessen Inhalt über ihr Kleid verspritzte.

»Hoppla!« Sie lächelte und griff mit ihren warmen, klebrigen Fingern nach Cass' Hand. »Komm mit!«

Ehe Cass sichs versah, fand sie sich auf einer stabilen Holzbank wieder und füllte sich den Bauch mit zartem, saftigem Fleisch und duftender Soße und trank durstig einen Becher Honigwein.

Der Hunger übertönte all die Fragen, die sie immer noch bedrängten. Sie aß, bis die angenehme Wärme des Mahls und des Honigweins sich in ihrem ganzen Körper ausgebreitet hatte. Dann hielt sie inne, blickte ihren leeren Becher an und musste an ihr Zuhause denken. Vor ihrem inneren Auge sah sie die auf dem Küchentisch gestapelten Becher und Teller für die Feierlichkeiten nach der Zeremonie. War Mary jetzt verheiratet? Oder hatte Cass mit ihrer überstürzten selbstsüchtigen Tat diesen Tag ausgerechnet derjenigen Person verdorben, die sie am meisten auf der ganzen Welt liebte? Cass war schwindelig, der ganze Raum schien sich zu drehen.

»Ach du meine Güte!«, rief Lily, »du schläfst ja im Sitzen ein!« Sie schnappte sich einen Becher und führte Cass an der Hand aus dem Saal.

Die beiden gingen durch ein Labyrinth aus Fluren und Treppen, bis sie sich in einem einfachen, aber freundlich wirkenden Turmzimmer wiederfanden. Dort reichte Lily ihr ein sauberes Nachthemd, und Cass sank dankbar in das weiche Bett. Lilys leises Schnarchen leistete ihr Gesellschaft, bis sie von einem tiefen, traumlosen Schlaf überwältigt wurde.

4

Als Cass am nächsten Morgen aufwachte, tastete sie mit noch geschlossenen Augen nach Marys warmem Körper, doch sie fand neben sich nur eine leere Kuhle in der Strohmatratze. Natürlich. Mary lag jetzt in einem neuen Bett, mit einem neuen Bettgefährten. Der Gedanke versetzte Cass einen schmerzhaften Stich.

Sie schlug die Augen auf und erblickte steinerne Wände und das Flackern eines wärmenden Feuers in dem kleinen Kamin am Fuße des Bettes. In der Luft hing ein leichter Duft nach Lavendel – später würde sie erfahren, dass Lily ihn in ihre Strohmatratze stopfte, damit die besser roch.

Cass sprang aus dem Bett, und die Ereignisse des Vortages wurden ihr schlagartig wieder bewusst. Ihr zerrissenes, verschmutztes Kleid war verschwunden. An seiner Stelle lag auf einer Holztruhe in der Ecke des Zimmers ein feines, blassrosa Gewand mit ausgestellten Ärmeln und langem Tellerrock. Sie zog es sich über den Kopf und betastete es vorsichtig. Es war aus einem feineren Gewebe, als sie jemals getragen hatte, es glitt über ihre Schultern und streichelte ihre Hüften wie warmes Wasser.

»Was ist das hier für ein Ort?«, murmelte sie.

Ihr fielen die Gutenachtgeschichten ihrer Mutter wieder ein, die sie ihr und Mary zugeflüstert hatte, während die Kleinen längst tief und gleichmäßig atmend in ihrem Bett auf der anderen Seite des Zimmers schliefen. Es waren Geschichten von mutigen Mädchen, die zu tief in den Wald vorstießen und sich dann von geheimnisvollen Feenvölkern in den Bann ziehen ließen. Wenn sie nach gefühlt nur wenigen Tagen wieder aus den verzauberten Behausungen im Innern der Hügel zurückkehrten, stellten sie fest, dass alle, die sie gekannt hatten, während ihrer Abwesenheit gealtert und gestorben waren.

Sie wusste noch, dass ihr immer ein wohliger Schauer über den Rücken gelaufen war, wenn sie im sicheren Nest ihres gemeinsamen Betts den köstlichen Geschmack der Gefahr genießen konnte. Denn es war ja nur eine Geschichte gewesen. Doch jetzt blickte sie sich um – nackte Steinwände, Schwaden von Holzrauch, die aus dem Kamin aufstiegen – und strich mit den Händen erneut über das fremde Kleid, das so weich und zart war wie Spinnfäden. Sie erinnerte sich daran, wie die Außenmauern am vergangenen Abend so plötzlich in der Dämmerung aufgeragt hatten, als wären sie hingezaubert worden. Und wie tief und traumlos ihr Schlaf gewesen war! Sie fröstelte, als sie die Tür öffnete und aus dem Zimmer schlüpfte.

In einem Wirbel aus Armen, Beinen, hüpfenden Locken und fliegenden Röcken kam Lily die Treppe hochgesprungen.

»Ah, gut, du bist wach!«, sagte sie mit einem Grinsen, das ihre Grübchen vertiefte. »Angharad möchte dich sehen. Komm mit!«

Angharads Gemach war ein hübscher Raum mit geschnitzter Holzvertäfelung an allen Wänden. Der Boden war mit Tierfellen bedeckt und auf den Stühlen lagen flauschige weiße Vliese. Sie trafen sie an einem Schreibtisch an, auf dem mit feiner Schrift bedeckte Blätter verteilt waren. Mit einem Stirnrunzeln musterte

Angharad die beiden, erhob sich von ihrem Stuhl und streckte ihre Hände aus. Cass fielen filigrane Ringe an ihren Fingern auf, mit Edelsteinen, die leuchteten und sicher unglaublich wertvoll waren. Mit einem leisen Räuspern trat Sigrid aus einer dunklen Ecke des Gemachs nach vorne. In ihrem einfachen kastanienbraunen Kleid und mit offenem rotem Haar, das in sanften Wellen über ihre Schultern fiel, sah sie anders aus – und irgendwie nicht richtig. Cass hatte Schwierigkeiten, das Bild der Edeldame vor sich mit ihrer Erinnerung an die Reiterin zusammenzubringen, die ohne zu zögern und ohne Bedauern einen Mann getötet hatte.

»Lady Sigrid fasziniert dich«, bemerkte Angharad mit einem freundlichen Lächeln. »Habe ich dir nicht gesagt, dass hier kaum etwas ist, wie es scheint?«

Sie hielt inne und nahm sanft Cass' Hand. »Nur wenige junge Frauen würden ihr Heim verlassen, um zu einer Fremden auf den Rücken eines Pferdes zu springen. Du hast etwas in dir, das dich hierhergezogen hat, zu uns. Doch wenn du dich entscheidest, nach Hause zurückzukehren, dann werde ich das arrangieren. Wir werden dich nicht gegen deinen Willen hier festhalten.«

Cass zögerte. Irgendetwas flatterte bei den Worten Angharads ganz wild in ihrer Brust, und das nicht nur, weil sie sich fragte, ob ihre Miene ihr Unwohlsein darüber verraten hatte, in diesem Traum gefangen zu sein. Was sahen sie in ihr?

Ihre Finger tasteten nach der kleinen Narbe an ihrem Handgelenk – der Erinnerung an jenen Tag im Wald. Zum ersten Mal seit Jahren dachte sie wieder an die glühenden gelben Augen der alten Wahrsagerin.

Cass fühlte sich zerrissen. Die Stimme der Vernunft, die Stimme ihrer Mutter, befahl ihr, nach Hause und in die Geborgenheit der Arme ihrer Schwester zurückzukehren und sie um Vergebung zu bitten. Aber da war auch eine leisere, störrische Stimme – die gleiche, die sie lange nach dem Abendessen noch hoch in den Bäumen hielt und im Sommer in den Fluss springen ließ, obwohl man ihr tausendmal gesagt hatte, dass sie kein Kind mehr sei und eine anständige Lady sich nicht so aufführe. Diese Stimme erinnerte sie daran, dass Mary nicht mehr da sein würde, selbst wenn sie nach Hause zurückkehrte, und dass ihr Vater jederzeit einen Bräutigam für Cass mit nach Hause bringen konnte. Das hier war die erste Chance in ihrem Leben, etwas anderes aus sich zu machen. Und die leise Stimme schien lauter zu werden.

»Was ist das hier für ein Ort?«, fragte sie schließlich. »Wo sind wir?«

»Das sind zwei sehr verschiedene Fragen«, antwortete Angharad. »Und die zweite lässt sich viel einfacher beantworten. Wir sind in Nordhumbrien. Du bist einen weiten Weg von deiner Heimat in Merzien gereist. Wir sind nicht weit von der Grenze entfernt.«

»Und die Antwort auf die erste Frage?«

Angharad zögerte.

»Vielleicht ist es einfacher, es ihr zu zeigen, oder nicht?« Die Worte brachen aus Lily heraus, die neben Cass vor lauter Aufregung fast zu platzen schien. »Vergib mir!«, entschuldigte sie sich und trat zerknirscht einen Schritt zurück, weil sie nicht mit dem Sprechen an der Reihe gewesen war. Doch über Angharads Miene zog Erheiterung. »Vielleicht hast du recht«, sagte sie.

Zu viert verließen sie das Gemach und gingen über ein Treppenhaus zu einer schmalen Tür, die in den großen Innenhof führte. Überall befanden sich Mädchen in kurzen Tuniken und eng anliegenden Hosen bei der Arbeit, schafften schmutziges Stroh aus den Pferdeboxen und kehrten Mist aus. Cass starrte sie an. Sie schleppten ihre Lasten wie Stalljungen, wischten sich ihre verschwitzten Stirnen mit schmutzigen Händen ab, die braune Streifen hinterließen, und sahen sie offen an, als wäre an dem, was sie taten, gar nichts Besonderes.

Statt durch das große Eingangstor weiterzugehen, durch das Sigrid sie geführt hatte, bogen sie ab und gingen weiter zur Rückseite des Innenhofes. Sie nahmen einen schmalen Weg zwischen den Wänden, der hinter das Herrenhaus führte, und kamen dann auf eine üppige Wiese, die von Wildblumen gesäumt war: Wiesenschaumkraut, so rosa wie der Sonnenaufgang, strahlend blaue Kornblumen und hochgewachsene Gänseblümchen blühten im hohen Gras. Doch es waren nicht die Blumen rundherum, die Cass innehalten und verblüfft starren ließen.

Auf der Wiese spielten sich intensive Aktivitäten ab. Unter dem lauten Scheppern ihrer Schwerter trafen kleine Gruppen von jungen Frauen im Kampf aufeinander. Cass schnappte nach Luft, als eine von ihnen rückwärts beinahe über ihre Füße rollte, um dann mit einem Triumphschrei wieder aufzuspringen, ihren Schild zu erheben und sich erneut ins Getümmel zu stürzen.

Eine Gruppe jüngerer Mädchen übte mit Holzstöcken. Zu den Befehlen einer älteren Frau mit einer langen, silbrigen Mähne traten sie vor, führten Hiebe aus und verteidigten sich. Entlang der Ostseite der Wiese standen ein Dutzend Zielscheiben aus Holz. Mit einem lauten, dumpfen Geräusch schlug ein Pfeil in die Mitte einer davon ein, nachdem ein etwas plumperes Mädchen mit hellbrauner Haut und kleinen, fest geflochtenen Zöpfen die Sehne ihres Bogens losgelassen hatte. Am anderen Ende der Wiese galoppierten Pferde hin und her, deren Reiterinnen lange, schmale Lanzen mit Bällen an der Spitze trugen.

»Ist das … ein Tjost?«, flüsterte Cass.

»Ja, sie üben tjostieren«, antwortete Angharad.

»Wer *seid* ihr?«, platzte Cass heraus, die den Blick nicht von den Mädchen abwenden konnte, die rannten und sprangen, abrollten und hieben, stachen und sich zurückzogen.

»Wir sind eine Gemeinschaft«, antwortete Angharad.

»Eine Schwesternschaft«, fügte Lily mit einem breiten Lächeln hinzu.

»Wir sind Ritterinnen«, setzte Angharad hinzu. »Du befindest dich in der Festung der *Schwesternschaft der Seidenritter*.«

5

»Ritterinnen?« Cass stutzte. »Aber ...«

»Sag mir, was einen Ritter ausmacht«, kam Angharad Cass' offensichtlichem Einwand ungerührt zuvor.

Cass hielt inne und dachte über die Frage nach. Ritter waren kein Teil ihrer Welt gewesen. Natürlich hatte sie von ihnen gehört, kannte die Abenteuer von König Artus und seiner Tafelrunde in Camelot, aber sie hatten immer eher wie Figuren aus Gutenachtgeschichten als wie echte Menschen gewirkt. In den ländlichen Regionen von Merzien, wo weniger bedeutende Könige regierten und weniger bedeutende Ritter ab und zu auf Jagd ausritten, handelten die Geschichten von Streitigkeiten um Land und belanglosen Raufereien, aber nicht von großartigen Heldentaten und wagemutigen Rettungsaktionen.

»Ein Ritter zeigt Tapferkeit«, begann sie unsicher. »Ein Ritter ist mutig und beherzt und stellt die Bedürfnisse anderer vor seine eigenen.« Sie runzelte die Stirn. »Ein Ritter rettet Edelfräulein – oder zumindest hat er geschworen, zum Schutz von Frauen zu kämpfen und die Tugenden der Ritterlichkeit und Höflichkeit aufrechtzuerhalten.«

»Du hast beinahe vollständig recht.« Angharad lächelte. »Wir sind tapfer und beherzt. Wir kämpfen für die Bedürfnisse der Vielen, nicht der Wenigen. Wir haben geschworen, diejenigen zu beschützen, die weniger mächtig sind als wir, und die Tugenden der Güte und des Anstands zu wahren. Wir sind eine Gruppe von Frauen, die aus vielen Gründen außerhalb dieser Mauern kein Leben gefunden haben, das für uns akzeptabel ist. Also versammeln wir uns hier. Und wir setzen uns unsere eigenen Regeln. Wir trotzen jedem, der glaubt, nur Männer könnten kämpfen und Tapferkeit sei eine rein männliche Tugend. Wir glauben, dass es für uns ein Leben mit höherer Bedeutung gibt als Ehe und Dienstbarkeit, die so oft miteinander verbunden sind. Wir sind der Auffassung, dass wir genauso viel Recht auf Ritterschaft haben wie Männer, und wir bitten nicht schüchtern um Erlaubnis, uns selbst als Ritterinnen bezeichnen zu dürfen. Wir beweisen es einfach.«

Damit wirbelte sie herum, raffte mit einer Hand ihre smaragdgrünen Röcke zusammen und schnappte sich mit der anderen das Schwert eines in der Nähe stehenden Mädchens, um sich dann mit einem ohrenbetäubenden Schrei Hals über Kopf ins Getümmel zu stürzen. Cass beobachtete mit offenem Mund, wie Angharads Schwert mit der Geschwindigkeit eines Blitzes durch die Luft sauste. Sie parierte den ersten Hieb, der sich gegen sie richtete, schnappte sich einen Schild und benutzte ihn, um die folgende Angreiferin ins Gras zu stoßen. Ein schneller Schritt zur Seite, und das nächste Mädchen stolperte; eine Bewegung aus dem Handgelenk, und einer weitere Gegnerin glitt das Schwert aus der Hand. Jetzt war nur noch eine Gegnerin übrig, eine hochgewachsene, dunkelhäutige junge Frau mit dunklen, blitzenden Augen, hervortretenden Wangenknochen und kurz geschorenem schwarzem Haar. Sie verbeugte sich vor Angharad, ergriff fest ihr Schwert und trat entschlossen vor. Angharad täuschte sie mit einem tänzelnden Schritt, sodass die junge Frau in die falsche Richtung ausbrach, und sprang dann hinter sie. Doch das Mädchen ließ sich nicht beirren und wirbelte sofort herum. Ihr Schwert bewegte sich so schnell vor und zurück, dass Cass' Blick ihm kaum folgen konnte, doch Angharad wich aus und duckte sich genauso schnell, wie die Schwerthiebe kamen.

Noch nie hatte Cass einen solchen Kampf gesehen: Die beiden schienen mit der Zartheit und Anmut zweier Schmetterlinge zu tanzen, sie umkreisten einander und wirbelten in einer schwindelerregenden, rasend schnellen Spirale umeinander herum, während es zugleich scharfe Schwerthiebe um ihre Körper regnete. Cass merkte gar nicht, dass sie den Atem angehalten, ihre Fäuste geballt und die Stirn gerunzelt hatte. Sie war fasziniert, fieberte derart mit den jungen Frauen mit, dass sich ihre Muskeln anspannten und verkrampften, als ob auch sie jeden Moment vom Boden abheben und wie ein kreiselnder Ahornsamen durch die Luft wirbeln könnte.

Aber dann, genauso plötzlich, wie es begonnen hatte, sauste Angharads Schwert herab und streifte das Handgelenk ihrer Gegnerin, sodass ihr das Schwert aus der Hand fiel. Angharad sprang vor, stellte einen Fuß auf den Schwertgriff und presste der Jüngeren die Spitze ihrer eigenen Klinge an die Kehle.

»Gut gemacht, Rowan, du machst große Fortschritte.« Mit einem anerkennenden Nicken ließ sie ihr Schwert sinken, und die Augen der schwer atmenden jungen Frau glänzten.

Gelassen trocknete Angharad sich die Hände an ihrem Kleid ab und lächelte Cass zu. »Siehst du«, sagte sie beiläufig, »es ist nicht alles, wie es scheint.«

»Dann bist du …« Cass wendete sich an Lily.

»Ich bin Angharads Knappin«, antwortete die junge Frau mit

stolzgeschwellter Brust. »Eine Knappin kümmert sich um alles, was ihre Herrin braucht, hilft ihr beim An- und Ablegen der Rüstung und lernt von ihr, während sie sich darauf vorbereitet, eines Tages selbst Ritterin zu werden.«

»Genau so ist es – allerdings komme ich manchmal ein wenig ins Zweifeln, wenn mir Lily wie ein übereifriges Hündchen vor die Füße läuft«, meinte Angharad und knuffte Lily liebevoll in die Schulter.

»Du kannst meine Knappin werden«, erklärte Sigrid unvermittelt und musterte Cass mit ihren dunklen Augen. »Wenn du bleibst.«

Cass bemerkte, dass Angharads Augen sich überrascht weiteten, und dass einige der jungen Frauen, die um sie herumstanden, einander verblüffte Blicke zuwarfen.

»Das freut mich, Sigrid«, murmelte Angharad. »Du bist so oft allein unterwegs. Dieses Mädchen hat schon dadurch, dass sie dich hierher begleitet hat, ihren Mut unter Beweis gestellt. Ich bin mir sicher, dass sie dir treu dienen wird.«

»Aber ...« Cass war völlig durcheinander, ihr drängten sich so viele Fragen auf einmal auf, dass sie einander förmlich im Weg zu stehen schienen, und tief in ihrem Innern geriet etwas in Bewegung bei Angharads Worten. »Unter wessen Autorität ...« Sie stockte.

»Unter wessen Autorität wurde Artus zum König der Könige ernannt?«, fragte Angharad scharf zurück. »Von einem Erzbischof, einem angeblichen Zauberer und einem Schwert, das, wie es heißt, vor einem wichtigen Turnier aus einem Stein gezogen wurde?« Sie zog skeptisch die Augenbrauen hoch. »Alles Männer. In der Kirche, auf dem Turnier und an der Seite von Artus. Wieso sollte er mehr Autorität haben als wir, um sich zu dem zu erklären, der er ist? Und Gefolgsleute um sich zu sammeln? Und was ist mit all den weniger mächtigen Königen mit ihrer Gemeinschaft und ihren Rittern, die mindestens so oft rauben und brandschatzen, wie sie den ritterlichen Verhaltenskodex aufrecht halten?« Ihre Miene verfinsterte sich. »Was ist denn der Unterschied zwischen unseren Gemeinschaften, wenn du einmal außer Acht lässt, was man dir darüber beigebracht hat, wer in unserer Welt die Macht hat, Entscheidungen zu fällen und Erlasse zu verkünden?«

Cass war ganz schwindelig. Das ergab alles keinen Sinn. Es gab doch Regeln und Traditionen, und alles war doch schon seit Jahrhunderten so gewesen. Aber dennoch …

Aber dennoch – hatte es nicht auch ihr vor dem Klopfen an der Tür des Bauernhauses gegraut? Erst gestern hatte sie unter den Apfelbäumen gelegen und ihr Herz hatte rebelliert bei dem Gedanken, dass man ihr Mary wegnehmen würde. Sie hatte sich davor gefürchtet, sich selbst weggenommen zu werden – von einem Mann, der alles für sie entscheiden würde, und ein Leben führen zu müssen, in dem sie nichts zu sagen hatte. Hatte sie vielleicht aus gutem Grund auf dem staubigen Weg nach Sigrids Hand gegriffen? Weil sie sich tief in ihrem eigenen Inneren nach einer Flucht gesehnt hatte, nach *mehr*? Angharad bot ihr genau das an.

»Wie kann es sein, dass ich noch nie von einer Schwesternschaft von Ritterinnen gehört habe?«, begann sie. »Wenn es das gibt, dann müssten die Leute doch davon wissen? Wäre es nicht verboten?«

»Du hast deine Frage bereits selbst beantwortet«, erwiderte Sigrid. »Wenn wir ausreiten, verbergen wir zu unserem eigenen Schutz unsere Identität.«

»Und wir haben –«, warf Lily ungeduldig ein.

»Wir haben Mittel und Wege, unser Leben hier geheim zu halten, und das schon seit vielen Jahren«, unterbrach Angharad sie mit einem warnenden Blick. »Mittel und Wege, die du kennenlernen wirst, wenn du dich entscheidest, hierzubleiben.«

Cass fielen die Mädchen wieder ein, die sie vom Tor hatten verscheuchen wollen.

»Und wenn nicht?«

»Ist es wahrscheinlich, dass dir irgendjemand glaubt, wenn du diese Geschichte erzählst?«

Cass wusste, das Angharad recht hatte. Sie versuchte sich vorzustellen, wie sie ihrer Mutter oder ihrem Vater von den Ereignissen des letzten Tages erzählte. Sie würde dafür gescholten werden, sich so wilde Geschichten auszudenken, oder dafür, dass ihre Fantasie mit ihr durchgegangen war. Man würde ihr sagen, dass sie solche Dinge in ihrer Kindheit hätte zurücklassen sollen.

»Aber der Bandit«, fragte Cass laut. »Der Mann, den du gestellt hast. Wenn er überlebt hätte …« Sie hielt abrupt inne. »Tötet ihr jeden Mann, der eure Gesichter sieht?«, fragte sie entsetzt.

Sigrid lachte ihr honiggleiches Lachen. »Nein, du Landpomeranze. Wir töten nicht einfach so. Ich habe den Rüpel erst getötet, als er eine direkte Bedrohung für mein eigenes Leben darstellte. Es war ein Kampf auf Augenhöhe, und er hat zuerst nach seiner Waffe gegriffen.«

»Aber was, wenn er es nicht getan hätte?«, hakte Cass nach. »Wenn er überlebt und von seinen Erlebnissen erzählt hätte? Was dann?«

Sigrid verzog die Lippen so, dass man nicht sicher sagen konnte, ob sie grinste oder die Zähne bleckte. »Wenn ein Mann im Kampf von einer Frau besiegt wird, passiert etwas Interessantes.«

Angharad nickte. »Er erzählt es niemandem.«

6

Cass lag im hohen Gras am Wiesenrand und nagte Fruchtfleischreste vom Kern einer der letzten Pflaumen der Saison.

»Also, bleibst du nun?«, fragte Lily, die sich neben sie gelegt hatte. Ihre blonden Haare waren wie ein wilder Glorienschein um ihren Kopf verteilt, und sie sah aus wie ein Engel – ein Eindruck, den sie sofort wieder ruinierte, indem sie ihren Pflaumenkern hoch in die Luft spuckte.

Cass seufzte und schloss die Augen. Über ihre Lider tanzte eine Abfolge schattenartiger Figuren. Zuerst sah sie ihre Mutter, die die Hände rang und ihren Namen rief. Dann ihre Schwester, mit verwirrter, schmerzverzerrter Miene. Als Dritte erschien Sigrid, geheimnisvoll und in Leder gekleidet. Und plötzlich erblickte sie jene gelben Augen von vor all den Jahren, die sich mit einer solchen Intensität in ihre hineinbrannten, dass sie zusammenzuckte und sich schlagartig kerzengerade aufsetzte. Sie blinzelte in die Sonne.

Die Wiese hatte sich fast komplett geleert, die Frauen und Mädchen waren gegangen, um ihren Aufgaben in den Küchen und Ställen nachzukommen, die Tiere zu füttern und das Abendessen zuzubereiten.

»Artus prahlt immer mit der Gerechtigkeit seiner runden Tafel«, hatte Angharad erklärt, »aber was meinst du, wer an seinem Hof das Fleisch brät? Jedenfalls nicht die Ritter selbst, so viel steht fest. Hier teilen wir alles, Ruhm und Arbeit gleichermaßen.«

»Wie kann das sein?«, fragte Cass neugierig und sah Lily dabei zu, wie sie Gänseblümchen zu einer langen Kette flocht. »Wie könnt ihr euch diesen Lebensstil leisten?«

»Der Ehemann von Lady Angharad war ein reicher Kaufmann«, erklärte Lily und ließ den dünnen Saum von Cass' Kleid über ihre Fingerspitzen gleiten. »Er hat Seide und anderes wertvolles Tuch importiert, um sie in ganz Nordhumbrien und darüber hinaus zu verkaufen. Als er vor sieben Jahren auf einer Handelsexpedition starb, hat er volle Goldtruhen und eine Fülle von Waren hinterlassen.« Sie lächelte. »Deshalb wird jedes Mädchen, das seinen Weg hierher findet, in Seide gekleidet und erhält einen sicheren und warmen Ort, an dem sie bleiben kann.« Sie drehte die Gänseblümchenkette um und untersuchte sie aufmerksam. »Und wir zahlen diese Güte in Form von Loyalität und Liebe zu diesem Ort zurück«, fügte sie leise hinzu. »Die Schwesternschaft wird zu unserer Familie, und eine andere brauchen wir nicht.«

»Was ist denn mit den anderen Männern passiert?«, fragte Cass neugierig.

»Als der Lord starb, bot Angharad allen Frauen, die hier arbeiteten, Zuflucht an, doch vor den Männern verheimlichte sie seinen Tod und entließ sie auf dessen Anweisung. Einigen von ihnen musste sie anständige Summen bezahlen, um sie davon zu überzeugen, ihrer Wege zu gehen, aber danach war sie frei.«

»Frei?«

»Ihr Ehemann war nicht gerade für seine Güte bekannt. Und seine Männer zum Teil auch nicht. Wenn sein Tod sich herumgesprochen hätte, wären Tür und Tor für gierige Kerle geöffnet gewesen, die sich seinen Reichtum angeeignet hätten und die Witwe gleich mit. Einzig die Geheimhaltung bot Angharad eine Chance, ein wirklich selbstständiges Leben zu führen.«

»Wie lange bist du schon hier?«, fragte Cass und sah Lily mit zusammengekniffenen Augen an.

»Ich bin mit vierzehn hierhergekommen«, antwortete Lily. »Ich wünschte, ich könnte dir sagen, ich wäre gleich beim ersten Mal, als mein Vater mich misshandelt hat, von zu Hause weggelaufen, aber bis es so weit war, hatte er das bestimmt schon fünfzig oder hundert Mal getan.« Sie blickte seufzend gen Himmel. »Ich weiß nicht, was an dem Tag anders war. Wir waren allein, so wie immer. Meine Mutter ist bei meiner Geburt gestorben, und ältere Geschwister hatte ich keine. Ich glaube, ein Teil von mir hat sich immer schuldig gefühlt. Ich dachte, ich wäre dafür verantwortlich, dass er so geworden ist, weil ich meine Mutter durch meine Geburt getötet hatte. Ich hielt es für meine Schuld, dass er nicht mit dem Verlust umgehen konnte, dass er trank und dass seine Trauer immer wieder explosionsartig aus ihm herausbrach. Also blieb ich, weil ich das Gefühl hatte, Buße tun zu müssen. Aber an jenem Tag hat er mir einen Zahn ausgeschlagen. Und ich weiß nicht, warum, aber ich konnte nicht aufhören, diesen Zahn anzustarren. Er lag in meiner Hand, ein kleines, blutverschmiertes weißes Ding. Und irgendwann hab ich ihn auf den Tisch gelegt, so als würde ich die letzte Rate meiner Schuld abbezahlen, und bin einfach gegangen.«

»Das tut mir leid«, sagte Cass und nahm ihre Hand.

»Ich bin so lange gelaufen, bis meine Füße taub wurden. Ich hatte keine Ahnung, wohin ich gehen konnte, und keinen Schimmer, was ich tun sollte, ich wusste nur, dass ich wegmusste. Und als ich kurz davor war, einfach zusammenzubrechen, sah ich diesen Ritter mit seiner tollen Rüstung und seinem Helm auf mich zureiten, und er hob mich auf sein Pferd und brachte mich hierher. Nur, dass es kein Mann war; es war Angharad. Ihre vorherige Knappin war gerade ein paar Tage zuvor zur Ritterin geschlagen worden. Und seitdem bin ich ihre Auszubildende.«

Lily wackelte leicht mit dem Kopf, so als wollte sie die Erinnerungen abschütteln, und ihre Grübchen wurden wieder sichtbar. »Du wirst es nicht bereuen, wenn du bleibst«, sagte sie. »Das kann ich dir versprechen.«

Sie verfielen in Schweigen. Cass war unbehaglich zumute, und sie schirmte ihre Augen mit der Hand vor der Sonne ab. In ihrem Leben gab es kein Ungeheuer, vor dem sie fliehen musste, es hatte sie nichts so stark an diesen Ort getrieben, wie es bei Lily der Fall gewesen war. Ihre Eltern waren traditionell, die Mutter kümmerte sich um das Haus und die Kleinen, der Vater war barsch und zeigte kaum Gefühle, doch er arbeitete hart. Sie waren nicht grausam. Das größte Vergehen ihrer Eltern bestand darin, auf eine stabile Zukunft und eine Familie für ihre Töchter zu hoffen, und so vergalt sie es ihnen nun: indem sie vor dem schieren Gedanken an solch eine Zukunft davonlief, so weit fort, dass sie sie für immer zurückgelassen hatte.

Ein Schatten fiel auf Cass und Lily, und als sie hochblickten, stand Sigrid vor ihnen, jetzt wieder in den aufwendig verzierten Lederpanzer gekleidet. »Reite heute mit mir aus«, sagte sie, »vielleicht findest du ja dabei die Antworten, die du suchst.«

Und so kam es, dass Cass sich erneut auf einem Pferd wiederfand. Sie trug ein geliehenes Leinenhemd und eine Hose, die noch leicht nach Lilys Lavendel duftete.

»Hier«, sagte Sigrid, band ihr ein Tuch so um den Kopf, dass außer den Augen ihr ganzes Gesicht verhüllt war, und band ihre Haare im Nacken zu einem Knoten zusammen. Cass bemerkte, dass Sigrid außer dem Bogen, der seitlich vom Sattel herunterhing, auch einen Gürtel mit einer langen, schmalen Schwertscheide trug. Aus dieser ragte ein kunstvoll geschmiedeter silberner Griff hervor, auf dessen Knauf der Buchstabe »J« eingraviert war. Cass sah ihr dabei zu, wie sie einen großen weißen Schild mit einem Arm hochhob und schließlich einen einfachen Silberhelm aufsetzte, der ihr ganzes Gesicht bedeckte und nur schmale Sehschlitze hatte.

Und so tauchte Cass ein weiteres Mal beklommen in den Wald ein, die Arme erneut um diesen geraden, starken Rücken geschlungen.

»Wo ... reiten ... wir hin?«, keuchte Cass im Rhythmus des Pferdes.

»Das werden wir sehen, wenn wir da sind«, antwortete Sigrid, deren Stimme unter dem Helm hohl und fremd klang. »Wir suchen Bewährungsproben, Lohn, ein glückliches Geschick ... Eine Mission findet uns, nicht umgekehrt.«

Sie ritten ländliche Wege entlang, deren Hecken voll gelbgrünem Hopfen waren und an denen glänzende reife Brombeeren hingen. Das Wetter war ruhig, ein paar Federwolken zogen gemächlich durchs Blau, und der Weg war völlig verlassen.

Die geborgten Kleider fühlten sich fremd an auf Cass' Haut und an ihren Schenkeln. Sie hatte das Gefühl, sich unbedingt anders hinsetzen und den Stoff zurechtzupfen zu müssen, wagte es jedoch nicht, die Hände von Sigrids Taille zu lösen, während das Pferd dahingaloppierte.

»Was ... hat dich ... in die Schwesternschaft ... geführt?«, keuchte sie. Sigrids Körper spannte sich an, aber noch bevor sie antworten oder Cass für ihre Direktheit zurechtweisen konnte, wurde die friedliche Landschaft von einem gellenden Schrei zerrissen.

»Hüa!« Sigrid warf sofort die Zügel herum und galoppierte, ohne zu zögern, vom Weg in das nahe Wäldchen, aus dem der Schrei gekommen war. Auf einer kleinen Lichtung lag eine junge Frau auf dem Boden, an deren Wange ein blutroter Striemen prangte. Die Vorderseite ihres Kleides war zerrissen, ihr Haar zerzaust.

Sigrid glitt von ihrem Pferd. »Lady, seid Ihr verletzt?«, fragte sie.

»Ein wenig«, schniefte die Frau und versuchte mühevoll, sich aufzusetzen. Ihre Kleidung war grob und selbst genäht, und sie hatte Schmutz unter den Fingernägeln. »Aber er hat meinen Bruder entführt.« Sie begann mit bebenden Schultern zu schluchzen und fuhr sich mit einer zitternden Hand durchs Gesicht.

»Wer hat deinen Bruder entführt?«, fragte Sigrid sanfter, als Cass sie bisher hatte sprechen hören.

»Ein Ritter«, rief die Frau. »Ein sehr ungehobelter Ritter. Er hat uns aufgelauert und von seinem Ausguck in einem Baum aus angegriffen, als wir mit den dürftigen Einnahmen für unsere Ernte vom Markt zurückkamen. Sie müssen eigentlich für einen ganzen Monat reichen, aber jetzt hat er uns alles genommen. Und ohne meinen Bruder den Hof zu bestellen ...« Sie schluchzte.

»Er wird weder eure Einnahmen behalten noch deinen Bruder«, knurrte Sigrid und sprang in den Sattel zurück. Cass musste sich schnell festhalten, als das Pferd zwischen den Bäumen losgaloppierte und sie schmerzvoll nach hinten gerissen wurde.

Sigrid ritt wutentbrannt einer Spur aus abgebrochenen Ästen und platt getretenem Gestrüpp hinterher.

Nach ein paar Minuten trafen sie auf einen sanft plätschernden Bach, an dessen Ufer ein scharlachrot und schwarz gemustertes Ritterzelt stand. Auf der Spitze flatterte ein Wimpel mit einem Wildschweinkopf darauf, und ein kräftiges Kriegsross war neben dem Zelt so angebunden, dass es grasen und aus dem Bach trinken konnte. Unweit davon war an den Stamm einer großen Eiche ein etwa zwanzig Jahre alter Mann gefesselt, dem der Kopf auf die Brust gesunken war. Eine Seite seines grotesk angeschwollenen Gesichts war mit getrocknetem Blut verschmiert. Von einem Ast neben ihm hing ein riesiger, in vier schwarze und rote Flächen geteilter Schild, in dessen Mitte der goldene Umriss des Wildschweinkopfes mit grausig glitzernden Hauern prangte.

Sigrid stieg ab, zog ihr Schwert und schlug mit dessen Knauf so gegen den Schild, dass er wie ein großer Gong schallte. Auf dieses Signal hin trat ein Ritter aus dem Zelt. Er war ein Riese von einem Mann, in schwarz glänzender Rüstung und mit einem gigantischen Schwert in der Hand.

»Komm raus und rechtfertige dein Handeln, Feigling!«, schmetterte Sigrid ihm so wütend entgegen, dass ihre Stimme durch den Wald hallte.

Der Ritter kam näher und erwiderte höhnisch: »Wer bist du, mich herauszufordern?«

»Jemand, der tapfer genug ist, es mit einem gleich starken Gegner aufzunehmen, statt sich an Armen und Wehrlosen zu vergreifen«, antwortete Sigrid voller Zorn.

»Mit einem gleich starken Gegner?« Der Ritter lachte laut auf und stützte sich auf sein Schwert. »Dann schauen wir doch mal, wie du deine Kräfte gegen meine einsetzt, du Wicht. Dann wirst du ganz schnell um Vergebung für diese Beleidigung flehen.«

Cass schlug das Herz bis zum Hals, als Sigrid, ohne zu zögern, mit erhobenem Schwert auf den Ritter zuging. Doch der lachte wieder.

»Nein, Bursche, es ist mir zu leicht, dich auf der Stelle niederzustrecken. Ich fessele mir die rechte Hand auf den Rücken, damit du wenigstens eine Chance hast.« Er kehrte in sein Zelt zurück und erschien mit einem kurzen Seil, mit dem er sich eine Hand auf den Rücken band. Sigrid schaute ihm schweigend zu.

Mit einem höhnischen Grinsen näherte er sich, doch Sigrid war flinker. Es wirkte, als gäbe es für sie keine Schwerkraft. Sie flog förmlich auf ihn zu, und die schiere Geschwindigkeit und Höhe ihres Sprungs überraschten ihn so sehr, dass Sigrid ihm mit ihrem Schild einen heftigen Streifschlag unter dem Kinn versetzen konnte. Als er mit seinem Schwert zum Vergeltungsschlag ausholte, zog sie sich pfeilschnell zurück.

»Vielleicht doch kein Wicht«, spottete sie leise, während er mit der freien Hand sein Kinn rieb und dabei das Schwert baumeln ließ.

»Dafür wirst du büßen, und zwar mit Blut«, gab er zurück. Das Lachen war ihm vergangen. Mit klirrender Rüstung stürmte er auf sie zu, doch sie war zu schnell. Sie lief blitzartig um ihn herum, und die Spitze ihres Schwertes fand eine Lücke zwischen seinem Brustpanzer und seinem Helm. Der Ritter schrie auf vor Schmerz, und aus einer Wunde unterhalb seines Schulterblatts rann Blut.

Cass starrte Sigrid voller Ehrfurcht an. Sie unterschied sich dermaßen von jeder Frau, der Cass jemals begegnet war, dass sie genauso gut eine Elfe oder ein Irrwisch hätte sein können.

Einen Moment lang stellte sie sich vor, was Mary wohl sagen würde, wenn sie das hier sehen könnte. Doch sie wusste, dass Mary ihr Gesicht längst in den Falten ihres Rocks vergraben hätte. Nein, Mary hätte sie niemals so weit kommen lassen. Noch bevor Cass den sicheren Waldrand hätte verlassen können, hätte Mary sie am Ellenbogen gepackt und zurück nach Hause geschleift. Und wieder machte sich in Cass' Brust das unangenehme Gefühl bemerkbar, dass ihr Herz sich so stark ausdehnte, dass es in zwei Teile zu zerreißen drohte.

Da erklang ein schwaches Stöhnen, und Cass sah, dass der junge Mann zu sich gekommen war und ihnen zusah. Seine Blicke schwirrten zwischen seinem Entführer und seinem möglichen Retter hin und her, und er stellte fest, dass seine Schwester, die durch das Unterholz geschlichen war, mit hoffnungsvoller Miene neben ihm stand.

»Verdammter Quälgeist!«, schrie der Ritter und wirbelte mit der flachen Seite seines Schwertes vor sich herum, als wollte er Sigrid frontal gegen die Brust schlagen. Doch die duckte sich geschickt weg. Ihr Schwert wirkte viel leichter und handlicher als seins, und gebückt hieb sie es in die Rückseite seiner Beine, kurz unterhalb der Stelle, an der seine Panzerung endete und wo seine Knöchel ungeschützt waren. Er schrie vor Schmerzen auf und ging in die Knie; Blut spritzte auf den Boden.

»Möchtest du vielleicht deinen anderen Arm losbinden?«, fragte Sigrid höflich, ihre Stimme ein leises Schnurren. Während sie sprach, brüllte der Ritter vor Wut, stolperte voran, legte sein gesamtes Körpergewicht in sein Schwert und stieß nach ihrem Herzen. Doch sie trat einfach beiseite, sodass er zu ihren Füßen landete. Einen Augenblick später stand sie über ihm, beugte sich vor, um ihm den Helm abzunehmen, und richtete sich dann wieder auf. Ihr Schwert, das sie mit beiden Händen hielt, schwebte über seinem Hals, und sie war bereit, es durch ihn hindurch in die Erde zu stoßen.

Der Ritter bettelte um Gnade, bat, sich unterwerfen und am

Leben bleiben zu dürfen. Cass sah die Verachtung in Sigrids Augen und wusste in diesem Moment, dass Sigrid lieber durch ein Schwert sterben würde, als so wie dieser Ritter um Gnade zu winseln. Aber sie spie neben seinem Gesicht in den Staub und trat zur Seite.

»Sieh zu, dass du dich beim nächsten Mal hieran erinnerst, wenn du versucht bist, dich an den Armen zu bereichern«, sagte sie. Damit ging Sigrid an dem kauernden Ritter vorbei ins Zelt und kehrte mit einem ledernen Beutel voller Münzen zurück. »Und jetzt aus meinen Augen, bevor ich es mir anders überlege!«

Der Ritter stand stolpernd auf, humpelte stöhnend zu seinem Pferd, saß auf und verschwand zwischen den Bäumen.

Sigrid zerschnitt mit ihrem Schwert die Stricke, mit denen der junge Mann gefesselt war, und warf den Münzbeutel in den Schoß der jungen Frau, die aus ihrem Versteck zwischen den Bäumen hervorgetreten war und jetzt neben ihm saß und an seiner Schulter dankbare Freudentränen weinte.

»Vielen Dank, Sir, möge Gott Sie belohnen. Wir werden Ihnen ewig Dank schulden«, schluchzte sie.

»Danke«, wiederholte ihr Bruder benommen.

Sigrid nickte nur und wandte sich dann Cass zu, die sie mit großen Augen ansah.

»Du bist eine Heldin«, raunte Cass. »Warum sagst du es den Leuten nicht einfach?«

Sigrid beugte sich vor und stützte die Hände auf ihre Knie, um Atem zu schöpfen.

»Pass mal auf«, sagte sie.

Damit trat sie an den jungen Mann heran, der mit seinem geschwollenen Augenlid blinzelte und seine aufgescheuerten Handgelenke rieb.

»Gleich wirst du sehen, wie ernst es ihnen mit ihrer ewigen Dankbarkeit ist.« Cass' fragenden Blick beantwortete sie mit einem Achselzucken. Dann nahm sie ihren Helm ab und schüttelte ihr rotes Haar aus dem Knoten frei.

Einen Moment lang starrten Bruder und Schwester sie einfach nur mit offenem Mund an. Ihre Blicke sprangen von Sigrids Gesicht zu ihrer Rüstung und ihrem Schwert und wieder zurück, als hätten sie Schwierigkeiten, das, was sie sahen, zu begreifen. Das Gesicht des Jungen lief puterrot an.

»Was bist du für eine Hexe?«, fragte er und zog sich an der Baumrinde hinter sich auf die Füße. »Was ist das hier für ein unnatürliches Schauspiel?« Er bemühte sich nicht einmal, seine nackte Abscheu zu verbergen, obwohl Cass die Schamesröte darunter erkannte.

»Bleib weg von uns, Dirne!«, rief seine Schwester mit schriller, grausamer Stimme. »Wir wollen mit dir und deinesgleichen nichts zu tun haben!« Damit schnappte sie sich ihren Bruder und eilte mit ihm in den Wald davon.

Sigrid grinste Cass an, band ihre Haare zusammen und setzte den Helm wieder auf. »Anonymität hat auch Vorteile«, sagte sie und schwang sich aufs Pferd. Diesmal zögerte Cass nicht, ihre Hand zu ergreifen und hinter ihr in den Sattel zu springen.

Als sie zurückkehrten und ihr Abendessen einnahmen, war Lily nicht im großen Saal, doch sie kam später zu Cass in die kleine Schlafkammer. Sie schmiegten sich unter der Wolldecke aneinander, und Cass berichtete von dem Abenteuer. Lily war eine sehr dankbare Zuhörerin. Sie schnappte an den entscheidenden Stellen nach Luft und rang auf dem Höhepunkt, der Niederlage des Ritters, die Hände.

»Heißt das, du bleibst?«, fragte sie erwartungsvoll, kaum dass die Geschichte zu Ende war, doch Cass starrte nur in die Dunkelheit und gab keine Antwort.

»Ich habe immer Arm in Arm mit meiner Schwester geschlafen«, sagte sie schließlich. Der Schmerz, den sie bei dem Gedanken an Mary verspürte, war im Laufe des Tages nicht geringer, sondern sogar stechender geworden, wie eine Klinge, die unter ihrer Haut darauf wartete, diese in einem völlig unerwarteten Moment zu durchstechen. Sie seufzte und drehte sich zur Seite. Ihre Augen füllten sich mit Tränen, als Lilys weiche Hand im Dunkeln in ihre glitt.

7

Treffer. Himmel. Schmerz.

Ein dumpfes Dröhnen ließ ihren ganzen Schädel erzittern, und der eiserne Griff des riesigen Kampfhandschuhs presste die Luft aus ihrer Lunge.

Der erste Tag ihrer Ausbildung war der härteste Tag in Cass' bisherigem Leben. Von dem Augenblick an, als der böse Ritter auf die Knie gefallen war, hatte sie gewusst, dass sie bleiben würde, oder vielleicht auch seit dem Moment, als sie mit Lily auf der Wiese gelegen und sie diesen Ort als ihr Zuhause bezeichnet hatte. Oder hatte sie es schon gewusst, als Sigrid bei ihrer ersten Begegnung auf dem staubigen Pfad auf sie zugeritten war? Klar war nur, dass sie eigentlich keine Wahl hatte, sondern mit absoluter Sicherheit hier hingehörte.

Den silbernen Anhänger hatte sie tief in ihrer Matratze vergraben, so als würde dieser Akt ihre Entscheidung besiegeln. Als könnte sie damit die Schuldgefühle ihrer Familie gegenüber dämpfen.

Sie hatte gehofft, dass die Ausbildung ihr ein Gefühl von Klarheit vermitteln würde; dass sie auf einem Pferd sitzen und eine plötzliche Gewissheit ihrer Bestimmung und Kräfte spüren würde; dass sie sich so tänzerisch und fließend bewegen würde wie die Frauen, die sie am Vortag beobachtet hatte.

Doch ganze zehn Sekunden nachdem sie das stumpfe Trainingsschwert aus Holz in die Hand genommen hatte, lag sie rücklings im Schlamm und rang nach Luft, die einfach nicht in ihre geprellte Lunge eindringen wollte.

»Hoch mit dir!« Vivian blickte Cass finster an und schob sich ihren Vorhang aus silbernem Haar aus dem Gesicht.

»Sie ist nicht so unfreundlich, wie sie sich anhört«, flüsterte Lily mitfühlend, griff Cass' Arm und half ihr auf die Füße. »Sie ist eine der tapfersten Ritterinnen hier und die engste Beraterin von Angharad. Von ihr zu lernen, ist eine große Eh-«

»Wenn du noch genug Atem zum Reden hast, machst du was falsch«, zischte Vivian, die plötzlich hinter ihnen erschien und ihren Holzknüppel gegen Lilys Waden sausen ließ, sodass diese kopfüber genau in dem Abdruck im Matsch landete, den Cass gerade hinterlassen hatte.

»Eine Ehre, meinst du?« Cass grinste und reichte Lily, von deren Ohrläppchen Schlamm tropfte, die Hand.

Vivian hatte ein rundes, weiches Gesicht mit glatter, blasser Haut.

Ihr Haar ist vorzeitig ergraut, dachte Cass. Es ließ sie älter aussehen, als sie in Wirklichkeit war. Vivians stechend blauen Augen leuchteten wie die Kornblumen, die die Wiese säumten.

»Du wirst schon noch besser werden«, sagte sie forsch, aber nicht unfreundlich zu Cass. »Aber nur mit viel Übung und harter Arbeit. Was dir hier auf der Wiese schwierig vorkommt, ist an einem Wegesrand, wo dich drei Ritter im nächtlichen Dunkel eines Waldes umringen, tausend Mal herausfordernder.«

Cass schluckte. Der Gedanke, dass sie sich in solch einer Situation wiederfinden könnte, erschien ihr immer noch absurd. Alles hier fühlte sich noch immer wie ein Traum an, die Übungen wirkten wie Kinderspiel, aber nicht wie ein Teil des echten Lebens. Dass sie selbst eines Tages Ritterin werden könnte, erschien ihr lächerlich und unmöglich. Und doch stand hier Vivian, deren lederner Brustpanzer mit metallenen Nieten gespickt war, und sprach zuversichtlich von Cass' zukünftigen Scharmützeln, als wären diese eine ganz normale Tatsache und nicht das Produkt einer wilden Fantasie.

»Und jetzt konzentriere dich«, forderte Vivian sie auf und hielt ihr das Trainingsschwert hin. Cass ergriff es. »Das ist das Heft deines Schwertes, die Stelle, wo du es festhältst.« Im Holz befand sich eine kleine Kerbe an der Stelle, wo sich die Parierstange eines echten Schwertes befinden würde. Sie diente dazu, zu verhindern, dass die gegnerische Klinge bei der Abwehr eines Schlags auf die eigene Hand herabrutsche. Nun wies Vivian auf den unteren Teil der Klinge. »Das ist die sogenannte Stärke, der stärkste Teil des Schwertes. Verwende ihn, um dich zu verteidigen und die Hiebe deines Gegners zu parieren.« Sie fuhr mit der Hand am glatten Holz entlang nach oben. »Und das ist die sogenannte Schwäche, der schwächste Teil der Klinge. Verwende die Spitze zum Stoßen und Stechen, aber nicht zum Schlitzen oder Hacken, denn sonst stehst du plötzlich mit einem abgebrochenen Stumpf in der Hand da und kannst dich mit nichts mehr verteidigen.«

All das hörte sich in der Theorie ziemlich vernünftig an. Nur dass der Holzknüppel sich jedes Mal, wenn Cass ihn in die Hand nahm, zu gehorchen weigerte und störrisch herumtanzte. Sie hieb wie eine Wilde nach Lily, doch ihre Gegnerin hatte mehr Erfahrung und lenkte die Stöße mit ihrem eigenen Trainingsschwert mühelos ab. Cass war froh, wenn sie überhaupt etwas traf. Welchen speziellen Teil der Klinge sie dabei benutzte, war ihr völlig gleich.

Schritt. Parieren. Stoß. Ausweichen. Stich. Rückzug. Hieb. Ducken.

Sie hatte sich vorher nie klargemacht, wie sehr eine Ritterin ihre Füße mit den Händen abstimmen musste. Es war eher so, als würde man tanzen lernen, man musste sich komplizierte Schritt- und Bewegungsfolgen einprägen und sie dann immer und immer wieder üben. Irgendwann war ihr ganz schwindelig, und ihre Oberschenkel verlangten nach einer Pause.

Gerade als sie sich sicher war, dass sie aufgeben musste und keinen einzigen weiteren Zweikampf mehr schaffen würde, wechselten sie zum Bogenschießstand. Rowan, die große, schlanke junge Frau, die ein paar Jahre älter war als Cass und die sich am Tag zuvor den Kampf mit Angharad geliefert hatte, drückte ihr einen einfach geschnitzten Bogen aus biegsamem Eschenholz in die Hand und hängte ihr einen Köcher mit Pfeilen um. Der Bogen war viel schwerer, als er aussah, sein Holz auf Hochglanz poliert. Die Pfeile waren leuchtend befiedert. Aus dem Augenwinkel betrachtet, sahen sie wie die bunten Blumensträuße aus, die sie und Mary immer im Garten gepflückt und ins Haus gebracht hatten. Doch als sie genauer hinsah, erkannte sie die geraden Schäfte und die sorgsam geschärften Pfeilspitzen aus Metall. Sie prüfte mit dem Daumen eine der Spitzen und behielt eine kleine rote Wunde zurück. Sie fühlte sich unbeholfen, als sie den schweren Bogen anhob, den linken Arm gerade nach vorne ausgestreckt, so wie Rowan es vormachte, während die rechte Hand die Sehne mit dem eingespannten Pfeil nach hinten zog. Sie zitterte vor Anstrengung so stark, dass der Schaft des Pfeils im Rhythmus ihres Zitterns gegen den Bogen klackerte.

»Stell dich seitlich hin«, befahl Rowan, »und etwas breitbeiniger, denn sonst ...« Doch es war zu spät. Cass ließ den Pfeil los, der weit über die Zielscheibe hinaus und in den Wald am Ende des Platzes flog. Die Bogensehne schnellte in ihre Ausgangsposition zurück und schrammte dabei über die empfindliche Haut auf der Innenseite ihres linken Oberarms. Cass rieb die schmerzende Stelle.

»Zu wertvoll, um ihn zu verschwenden«, sagte Rowan, die mit dem verschossenen Pfeil aus dem Wald zurückkehrte und ihn in den Köcher zurücksteckte. Sie sprach leiser, sodass nur Cass sie verstehen konnte. »Das ist mir bei den ersten Pfeilen auch passiert. Du bekommst bald ein Gefühl dafür.« Sie ging weiter, um Lily zu beraten.

Am Ende der Übungsstunde taten Cass alle Muskeln weh. Aber sie hatte immerhin die Zielscheibe getroffen, als ihr aufgefallen war, dass Sigrid sie beobachtete – seit wann sie das tat, wusste sie nicht.

»Na, wie fühlt sich die Ausbildung an?«, fragte Sigrid.

»Nach Freiheit«, gab Cass zurück. »Aber es ist anstrengender, als es bei dir aussieht.« Sie schob den Ärmel ihres Kleides nach oben und enthüllte die Schramme, die die Bogensehne hinterlassen hatte.

Sigrid fuhr vorsichtig mit den Fingern darüber. »Du brauchst einen Wickel. Bitte Lily, dass sie dich heute Abend zu Alys bringt, wenn sie sie finden kann.«

Sie klopfte Cass auf die Schulter und kehrte ins Herrenhaus zurück. Cass drückte auf der wunden Stelle an ihrem Arm herum und verzog dabei das Gesicht vor Schmerzen. Sie fragte sich, wer Alys sein mochte und warum es schwierig war, sie zu finden.

Am Nachmittag – Cass tat immer noch alles weh – wurde sie in den Stall beordert. Dort flüsterte ihr eine zurückhaltende, schlaksige junge Frau, deren dunkler Pony ihre Augen fast verdeckte, zu, dass Sigrid befohlen hatte, Cass ein Pferd zuzuweisen, damit sie endlich mit ihren Reitstunden anfangen konnte.

»Du wirst sehen, dass Blyth ein bisschen ... anders ist«, hatte Lily ihr zugeflüstert, als sie Cass erklärte, wo sie hingehen sollte. »Blyth ist eines Tages hier aufgetaucht, ohne irgendeine Geschichte oder einen Hinweis darauf, wo sie herkam ... und lief dann direkt in den Stall, als wären die Pferde ein Zufluchtsort ... Sie hat gleich die erste Nacht da geschlafen und ist seitdem nie wieder weg. Ich hab noch niemanden erlebt, der die Pferde so im Griff hat – selbst das lebhafteste Fohlen oder den feurigsten Hengst. Es ist irgendwie, als würden sie eine gemeinsame Sprache sprechen.«

Die Ställe zu betreten, war, als würde man aus der Zeit fallen. Die ganze Geschäftigkeit blieb im Innenhof und im Herrenhaus zurück; weder das Scheppern der Schwerter noch das Stimmengewirr der Schülerinnen, die den Nahkampf trainierten, drangen durch die dicken steinernen Wände, und die kühle Luft roch intensiv nach Stroh und Pferdemist.

Neugierige Augen blickten Cass über die verriegelten Türen der einzelnen Boxen an, und die Pferde schnaubten leise, als sie sich näherte. Blyth ging neben ihr her und kraulte die Pferde hinter den Ohren. Plötzlich wirkte sie lebhaft und gar nicht mehr schüchtern, so als würde ihr die Anwesenheit der Tiere Selbstvertrauen und Leichtigkeit vermitteln. »Das ist Star«, erklärte sie und streckte ihre sonnengebräunte Hand nach einer Rotschimmel-Stute mit glänzendem Fell aus, die vertrauensvollvoll näher rückte und ihre Schnauze aus der Box herausstreckte. »Sie ist Angharads Reittier.

Sie scheut nicht leicht – im Kampf hat sie Nerven aus Stahl, ganz ähnlich wie ihre Herrin.«

Cass lächelte. »Ich kann mir kaum vorstellen, so wild und schnell wie Sigrid zu reiten«, gab sie zu und ließ das Pferd seine weiche, samtige Nase in ihre weiche Handfläche drücken. Sie schluckte. »Ganz zu schweigen davon, selbst zu kämpfen.«

»Du wirst sehen, dass du zu Dingen in der Lage bist, von denen du nicht einmal geträumt hast. Du musst dir nur die Chance geben, dich über deine bisherige Vorstellung davon, wer du bist, hinaus zu entwickeln«, sagte Blyth mit leiser Stimme. Dann errötete sie ein wenig und ging schnell zur nächsten Box weiter, als hätte sie mit so vielen Worten eine insgeheime Grenze übertreten.

Mit einem leisen Räuspern fuhr sie fort: »Das ist Bessie, sie gehört zu Vivian.« Bessie war eine schöne Schecke, weiß mit hellbraunen Flecken und einer dunkelbraunen Mähne. »Und das ist Sigrids Streitross Brimstone, aber ihr kennt euch ja schon.« Blyth wies auf das größte Pferd, das mit geweiteten Nüstern und gerecktem Hals so aussah, als könnte es jederzeit zu einem neuen Abenteuer aufbrechen.

»Diese Kerlchen hier«, sagte Blyth mit einem zärtlichen Glucksen, als sie die kleineren Boxen am anderen Ende des Stalles erreichten, »die lernen noch, stimmt's, ihr Kleinen?« Die jungen Pferde wieherten leise und rempelten sich mit gespitzten Ohren gegenseitig an, als sie die Stimme von Blyth hörten. Es gab ein tief mahagonifarbenes Hengstfohlen, das ungeduldig auf dem festgetretenen Lehmboden herumtrampelte, als würde es nach einem Abenteuer verlangen. Eine etwas ruhigere Stute stupste ihre Nase neugierig in Blyths Richtung, doch Cass konnte ihre Augen nicht von einer verstrubbelten kleinen Rappstute abwenden, die schüchtern hinter den anderen herumlungerte. Ihre Mähne war zerzaust, und sie blickte nervös zwischen den anderen Pferden, Blyth und Cass hin und her.

»Hallo, meine Kleine«, flüsterte Cass und streckte die Finger nach ihr aus. Als das Tier näher rückte, spürte sie sofort eine Seelenverwandtschaft. Die ahornbraunen Augen fixierten Cass unter unglaublich langen Wimpern.

Blyth lachte. »Das ist Pebble, der Kümmerling der Meute. Aber sie hat mehr Temperament, als man ihrer Größe ansieht, und ich glaube, dass sie uns alle noch überraschen wird.«

So wie ich, dachte Cass schüchtern. Doch da war etwas in ihr, eine kleine Flamme von Hoffnung und Entschlossenheit, deren Brennen sie die ganze Zeit spüren konnte. Cass nickte bestimmt, hielt der Stute einen Apfel hin und sagte: »Pebble. Sie ist die Richtige.«

Es war dieselbe kleine Flamme, die sie am gleichen Abend zurück zur Wiese führte. Grillen zirpten, und das Muhen der Kühe kündigte das Ende des Spätsommertages an. Die warme Dämmerung war vom süßen Duft des Wiesengrases erfüllt, und Cass verspürte so etwas wie ein inneres Hochgefühl. Sie holte tief Luft und schloss die Finger um das Heft ihres hölzernen Trainingsschwerts, das sich schon beinahe so anfühlte, als würde es in ihre Hand gehören.

Als Lily auf die Wiese kam, hatte Cass mit dem Holzschwert in der Hand zum hundertsten Mal ihre Schritte geübt, obwohl ihr wunder Arm wehtat und sich steif anfühlte. Doch ihre Gliedmaßen waren mit dem angenehmen Schmerz erfüllt, der von viel Bewegung und frischer Luft herrührt. Cass hatte dieses Gefühl schon immer geliebt, schon wenn sie am Ende eines Tages der Erntearbeit ganz oben in einem Haufen Stroh auf dem Wagen gelegen hatte, oder wenn sie nach einem freien Tag mit Mary im Wald mit zerzaustem Haar und schmerzenden Waden nach Hause gehumpelt war. Aber je näher die Hochzeit gerückt war, desto seltener hatte Mary sie begleitet und war stattdessen bei ihrer Mutter im Haus geblieben, um die Steppdecken und Betttücher zu nähen, die sie in ihr neues Heim mitnehmen würde; sie lernte, wie man Pastetenteig herstellte und aus der Karkasse eines geschlachteten Schweins Sülze machte.

Wenn Cass nach einem Tag, an dem sie bäuchlings am Flussufer liegend mit bloßen Händen Fische zu fangen versucht hatte, in der Dämmerung mit schmutzstarrenden Kleidern zurückkam, hatte die Mutter Laub aus ihren wilden Locken gepflückt und sie sanft ermahnt: »Du kannst nicht mehr lange so weitermachen, mein Schatz. Bald bist du an der Reihe, Cassandra.« Und Cass' Magen hatte sich schmerzlich zusammengezogen, ohne dass sie genau sagen konnte, warum. Sie hatte niemals wirklich infrage gestellt, dass sie Mary aus dem Haus ihres Vaters in das Heim eines anderen Mannes nachfolgen würde. Aber ganz tief in ihrem Innern hatte sie immer gewusst, dass sie nicht dafür geschaffen war, ruhig dazusitzen, zu schweigen und sauber zu sein; dass ihre Lunge sich immer an frisch gemähtem Gras berauschen und ihre Schenkel vom Festklammern an rauer Rinde brennen mussten. Und wenn ihre Mutter ihren vollen Namen aussprach, fühlte sich das so unbequem und fremd an wie die steifen Lederschuhe, in die sie ihre Füße am Morgen von Marys Hochzeit hineingezwängt hatte. Sie hatte es gewusst – ohne zu *wissen*, dass sie es wusste, und jetzt wusste sie es mit größerer Gewissheit denn je. Sie würde nicht nach Hause zurückgehen.

»Beeil dich«, unterbrach Lily drängend ihre Träumereien. »Wenn wir erst lange nach Einbruch der Dämmerung eintreffen, schläft Alys vielleicht schon, und glaub mir, sie wird gar nicht gern geweckt.«

Sie gingen bei bereits nachlassendem Licht durch das Hoftor. Irgendwo tief im Wald flötete ein Waldlaubsänger. Seine trällernden Töne wurden immer schneller und schneller und verstummten dann abrupt.

»Wo gehen wir hin?«, fragte Cass nervös, während Lily zielsicher durch die Bäume tief in den Wald marschierte.

»Es ist nicht weit«, versicherte Lily. »Alys zieht es vor, außerhalb der Mauern zu leben. Sie ist ein bisschen schroff, aber mit einem Rettich-Essig-Umschlag kann sie deine Haut in Seide verwandeln.«

Cass musste unwillkürlich an die Geschichten denken, die die Leute aus ihrem Dorf über seltsame, im Wald lebende Frauen erzählt hatten. An die Warnungen vor denen, deren Wissen über Kräuter und Zauberformeln ihnen übernatürliche Kräfte verlieh und die ihre dunklen Fähigkeiten nutzen konnten, um einer Frau den Mann abspenstig oder das Kind eines Feindes krank zu machen. An die skandallösen Gerüchte, die im Flüsterton die Runde machten: Dass diese Frauen, die mit dem Teufel in Verbindung standen und im Mondlicht tanzten …

Die kleine Hütte aus Flechtwerk und Lehm tauchte plötzlich aus den Schatten auf; wie eine Kröte kauerte sie zwischen drei hohen Birken. Davor hatte jemand ein Beet angelegt, das von Salbei und Beinwell, Petersilie und Kamille, Ysop und Waldmeister, Zitronenmelisse und Schafgarbe und anderen Kräutern, deren Namen Cass nicht kannte, überquoll. Die Düfte vermischten sich zu einem berauschenden Aroma, sodass ihr ein wenig schwindlig wurde. Als sich die Tür auf Lilys leises Klopfen hin öffnete, kam es Cass deshalb für einen Augenblick so vor, als ob die Gestalt, die sich im Innern vor Kerzenlicht abzeichnete, durch das Flackern der Flammen im Luftzug grotesk verzerrt wäre und erratisch herumtanzte.

Dann beruhigten sich die Flammen an ihren Dochten wieder und die Tür öffnete sich ein wenig weiter.

»Dann kommt herein, wo ihr nun schon da seid!«, sagte Alys ungeduldig, und sie traten ein.

Der gestampfte Lehmboden war sauber gefegt, die Wände und die Decke hingen voller getrockneter Kräuter und Gräser; zu langen Zöpfen geflochtene Zwiebeln und Kamillenblüten baumelten herab, ebenso wie ordentlich gebündelte Lavendelsträuße.

In der Glut der Feuerstelle stand ein eiserner Topf, in dem ein sämiger Eintopf vor sich hin köchelte und die Hütte mit einem appetitlich deftigen Duft erfüllte, bei dem Cass das Wasser im Mund zusammenlief.

»Was ist? Es ist spät, ich war schon auf dem Weg ins Bett.« Alys sah die beiden an. Sie war eine füllige, einfache Frau in einem abgewetzten Kittel; graue Strähnen durchzogen ihr krauses dunkelbraunes Haar. Sie war klein und ihr Gesicht gerötet; der leicht gebeugte Gang, mit dem Alys auf sie zukam, erinnerte Cass an einen Igel.

»Ich sehe schon.« Alys schnalzte missbilligend mit der Zunge, doch ihre Finger, die Cass' Arm abtasteten, waren sanft. Mit bereits etwas mitfühlenderer Stimme fragte sie: »Bogensehne?«, und Cass nickte.

»Ich bin nicht das, was du erwartet hast«, bemerkte Alys sehr direkt und mit einem Funkeln in den Augen. Sie schob Cass auf einen hölzernen Hocker am Feuer und holte ein Gefäß mit wohlriechender Salbe. »Keine abgebrochenen Zähne, kein stacheliges Kinn, nicht wahr? Hammelfleisch im Topf, wo du eher mit einem

Liebestrank gerechnet hast?« Cass lief angesichts dessen, was sie kurz zuvor noch gedacht hatte, rot an. »Du bist nicht die Erste, die von meinem Wissen profitiert, während sie mich als Mensch gering schätzt«, fuhr Alys barsch fort. Sie krempelte die Ärmel hoch und zerstampfte mit einem schweren Mörser Rettichschale zu einer Paste, dann vermischte sie die Paste mit Honig und entkorkte eine Flasche mit säuerlich riechendem Essig.

»Ich wusste nicht …« Cass stockte. »Es tut mir leid.«

»Man hat dir beigebracht, dich vor mir zu fürchten.« Alys zuckte mit den Achseln. »Es ist nicht deine Schuld.« Während sie die wunde Stelle, die sich bereits in einen Bluterguss verwandelte, vorsichtig mit der Salbe eincremte, glaubte Cass zu verstehen, warum Alys es vorzog, hier allein und entfernt von allen anderen zu leben.

Sie erhoben sich zum Gehen, doch kaum dass Lily über die Türschwelle gegangen war, ergriff Alys Cass' Hand und strich mit den Fingerspitzen über die Narbe an ihrem Handgelenk. Anschließend schaute sie Cass forschend in die Augen, sagte aber nichts, sondern nickte ihr zum Abschied zu und schloss die Tür fest hinter ihnen.

Lily führte sie zurück zum Herrenhaus und dort in die Küche, wo sie noch etwas trockenes Brot und kaltes Wildbret ergatterten.

»Genieße es, solange wir es haben«, murmelte Lily, die den Mund voll rauchigem Fleisch und klebriger Soße hatte. »Wir haben nur Fleisch, wenn jemand erfolgreich auf der Jagd war. Manchmal gibt es wochenlang nur Brot und Suppe.«

Cass biss in ihren Kanten Brot. »Könnt ihr kein Fleisch kaufen?«

»Schon, aber unsere Mittel sind begrenzt. Wir müssen sie uns einteilen, und wir können unsere Goldtruhe nur auffüllen, wenn eine Ritterin die Siegprämie von einem Turnier oder Beute von einer Mission mit nach Hause bringt. Also hat für jeden Bissen, den wir essen, jemand sein Leben riskiert.«

Cass schluckte schwer. Der Klumpen Brot in ihrer Kehle fühlte sich mit einem Mal bleischwer an.

»Hast du keine Angst?«, flüsterte Cass in die tiefe Dunkelheit. Sie lag neben Lilys warmem Körper auf der dicken Strohmatratze.

»Angst wovor?«

Cass zögerte. Im Dunkeln stellte sie sich eine scharfe Schwertklinge vor, die geräuschlos zwischen ihre Rippen drang wie ein Messer durch Butter. Sie sah sich von einem Pferd stürzen, das durch einen Wald galoppierte, und wie ihr Schädel an einem Stein zerschellte und seinen Inhalt verspritzte. Sie sah vor sich, wie Blut aus ihrem Auge rann, als ein Pfeil es durchstieß und ihr Hirn erreichte.

Es schnürte ihr die Kehle zu. »Angst, verletzt zu werden. Oder Schlimmeres.«

Lily schwieg lange – so lange, dass Cass glaubte, sie sei vielleicht eingeschlafen, doch dann gab sie leise eine Antwort: »Ich weiß, wie es sich anfühlt, richtig Angst zu haben. Jetzt habe ich ein Schwert an meiner Seite und die Kraft, es zu benutzen. Ich weiß, wie ich mich mit meinem Schild verteidigen kann. Und falls ich sterbe, dann für etwas, woran ich glaube. Nicht durch die Fäuste meines Vaters.« Sie seufzte. »Natürlich habe ich Angst. Aber ist es nicht besser, ein Leben voller Freude, Begeisterung und Abenteuer zu führen, als daheim zu sitzen und in Sklaverei darauf zu warten, dass du langsam dahinschwindest, ohne zu wissen, wie es sich anfühlt, wirklich lebendig zu sein?«

Cass dachte an Mary, an ihr heimliches kleines Lächeln am Morgen ihrer Hochzeit. Sie dachte an ihren Vater, wie er am Ende eines langen Tages von den Feldern zurückkehrte und auf dem Weg zum Küchentisch sanft den Arm ihrer Mutter berührte. »So muss es ja nicht immer sein«, sagte sie ein wenig abwehrend. »Auch in einem ruhigen Leben und mit Familie kann man das Glück finden, wenn die Umstände es zulassen.« Trotzdem nagte ein leises Gefühl von Verrat an ihr, der gleiche Schmerz, den sie im Obstgarten an dem Tag verspürt hatte, als sie ihr Heim verlassen hatte.

»Kann sein.« Lily klang nicht überzeugt. »Und doch gehst du das gleiche Risiko ein, wenn du ein Baby bekommst, wie wenn du dem Schwert eines Banditen gegenübertrittst. Wir bezeichnen Mütter nicht als Ritterinnen, aber dennoch befinden sie sich in einem Zweikampf mit dem Tod, jede einzelne von ihnen, und viele von ihnen verlieren den Kampf.«

Das stimmte. Lily wusste das besser als die meisten anderen. Und doch vertrieb es nicht den Spuk der Schwerter, die in der Dunkelheit vor Cass' innerem Auge herumwirbelten. Sie brauchte lange, um einzuschlafen. Und als es endlich so weit war, brannte ihr Anhänger weiß glühend unter ihr und inspirierte sie zu merkwürdigen Träumen, von denen sie sich am Morgen nur an einzelne Fetzen erinnern konnte – ein Wald, ein See und das seltsame Gefühl, beobachtet zu werden.

8

Als sie am nächsten Morgen Haferbrei, Gerstenbrot und Butter aus Milch von ihren Kühen frühstückten, drang vom Innenhof Hufgeklapper herein. Kurz darauf gab es einen Tumult im Saal. Eine Gruppe junger Reiterinnen stürmte herein, die kurzen Waffenröcke mit Schlamm beschmiert und die Kragen schweißnass. Cass beobachtete neugierig, wie sie sich vor Lady Angharads Sessel sammelten. Mit lauten Stimmen forderten sie Aufmerksamkeit und überbrachten offenbar eilige Nachrichten. Angharad runzelte die Stirn und trommelte mit ihren langen, schmalen Fingern auf der Armlehne, während sie schnell leise Rückfragen stellte und sich gespannt die Antworten anhörte. Dann verließen die jungen Frauen den Saal. Angharad lehnte sich zu Vivian herüber, die stets zu ihrer Rechten saß, und begann mit ihr ein halblautes Gespräch.

Vivian antwortete ruhig und leise, bis Angharad nickte und einer nahebei stehenden Knappin ein Zeichen gab, die daraufhin schnell vortrat. Sie lauschte Angharads Anweisungen, nickte und rannte dann in den Innenhof hinaus, wobei sie mehrere andere Knappinnen zum Mitkommen aufforderte. Überall um sie herum setzten junge Frauen in leuchtenden Seidenkleidern das Frühstück und ihre Plaudereien fort, als wäre nichts Besonderes geschehen. Cass runzelte die Stirn. »Was war das denn?«, fragte sie Lily neugierig.

»Das waren Kundschafterinnen«, antwortete Lily mit dem Mund voll Brot und Honig. Sie schluckte herunter. »Sie sind in den Wäldern der Umgebung positioniert, aber auch in jeder wichtigen Stadt bis zur schottischen Grenze und südlich bis Wessex. Artus mag ja die Pikten und die irischen Seewölfe vorerst vertrieben haben, aber es gibt immer neue Angreifer, und Kämpfe in der Nähe unseres Zuhauses würden uns teuer zu stehen kommen.«

»Wir sind immer vorbereitet«, sagte Rowan, die vom anderen Ende der Bank aus mitgehört hatte. »Vorgewarnt zu sein, ist die beste Art der Vorbereitung.«

»Es müssen auch nicht unbedingt schlechte Nachrichten gewesen sein.« Lily zuckte mit den Achseln und löffelte sich Haferbrei in ihre Holzschale. »Vielleicht haben sie die Spur des schwarzen Hirschs aufgenommen.«

Rowan schaute interessiert zu Angharad und Vivian. »Ich würde alles dafür geben, den zu erlegen«, murmelte sie.

Cass sah die beiden fragend an.

Lily lehnte sich mit verschwörerischer Miene zu ihr. »In den Wäldern hier lebt ein seltener Hirsch. Sein Geweih ist mächtig, es heißt, es glänze wie Silber. Aber man sieht ihn nur selten, und niemand hat es je geschafft, ihn zu jagen. Hiesigen Legenden zufolge soll das Tier verzaubert sein, sodass nur ein auserwählter, reiner Jäger imstande ist, es erfolgreich zu bezwingen ...«

Joan, die mollige junge Frau mit den Zöpfen, warf eifrig ein: »Manche Leute glauben sogar, dass er gar kein Tier ist, sondern ein Botschafter oder ein Omen ...«

In diesem Moment erhob sich Angharad aus ihrem Sessel. Das

Stimmengewirr im Saal verstummte und alle Köpfe wandten sich ihr erwartungsvoll zu.

»In Eboracum ist ein Turnier angesetzt worden. Wir reiten in zwei Wochen los.«

Es war, als würde sich aus den Fundamenten des Saals ein starkes Grollen erheben, als Ritterinnen, Knappinnen und auch Paginnen, von denen Lily gesagt hatte, dass sie noch zu jung seien, um mit dem Kampftraining zu beginnen, brüllend ihre Zustimmung bekundeten. Sie hämmerten mit Fäusten, Ellenbogen und Trinkbechern auf die Holztische, bis der ganze Saal im Lärm zu vibrieren schien.

Rowan sprang grinsend auf, fuhr sich mit der Hand durch die kurz geschorenen Haare und stieß einen wilden Schlachtruf aus.

Cass wandte sich an Lily. »Turnier? Ich …«

»Keine Sorge«, beruhigte Lily. »Von uns erwartet niemand, dass wir antreten.« Sie strahlte und merkte nicht einmal, dass von einer Locke, die sich aus ihrem hastig nach hinten gebundenen Haar gelöst hatte, Honig herabtropfte. »Aber es ist berauschend, dabei zuzuschauen. Und Sigrid wird dich brauchen.«

Sigrid brauchte sie tatsächlich, und zwar mehr, als Cass es sich hätte vorstellen können. Die nächsten beiden Wochen waren körperlich und geistig erschöpfend. Cass zog aus Lilys Kammer in ein kleines Vorzimmer von Sigrids Gemächern, von wo aus sie jederzeit gerufen werden konnte, wenn ihre Herrin sie benötigte. Als Lily davon gesprochen hatte, dass sie Knappin werden würde, hatte Cass sich vorgestellt, wie sie hinter einer strahlenden Ritterin auf einem feinen Pferd herritt, doch die Wirklichkeit fühlte sich mehr wie der endlose Kreislauf aus Waschen, Putzen und anderen häuslichen Pflichten an, den sie auf dem Bauernhof zurückgelassen zu haben glaubte. Und das alles kam zusätzlich zu der intensiven Ausbildung, die sie gerade durchlief.

Der Tag begann bei Sonnenaufgang. Sie entfachte ein Feuer in Sigrids Gemächern und legte ihre Rüstung bereit. An manchen Tagen war die Tür zur Schlafkammer geschlossen, und nur der leise, gleichmäßige Atem ihrer Herrin war zu hören. An anderen Tagen stand die Tür offen, das leere Bett war akkurat gemacht. Sigrid kam und ging wie ein Geist, lautlos und unnahbar, und bat niemanden um Erlaubnis. Wenn Cass sie fragte, auf was für einem Abenteuer sie gewesen war, reagierte Sigrid ausweichend. Manchmal war sie tagelang fort und kam dann mit einer Satteltasche voller Münzen oder Gold zurück, das sie Angharad ohne zu prahlen und ohne Erklärung übergab. Dann waren da lange Tage, an denen die Tür gar nicht aufging und sich nahezu völlige Stille wie ein Samtvorhang über die Zimmer senkte. Cass schnappte nur manchmal Bruchstücke von etwas auf, das sich wie leises, verzweifeltes Schluchzen anhörte.

Sobald sie Sigrids Feuer bereitet hatte, schlich Cass auf Zehenspitzen aus dem noch schlafenden Herrenhaus, um bei Blyth eine Reitstunde zu nehmen. Jeden Morgen, wenn sie den Stall betrat und die bereits wartende Pebble mit leuchtenden Augen und hochgereckter Schnauze antraf, erfüllte sie eine tiefe innere Freude. Sie lernten von Anfang an gemeinsam. Ihre eigene Ungeschicklichkeit beim Aufsitzen und Reiten des Ponys entsprach Pebbles Unsicherheit darüber, wie sie Cass tragen sollte. Gemeinsam torkelten sie um die Wiese herum, und Cass versuchte vergeblich, in jenen wiegenden Rhythmus zu fallen, der so natürlich und flüssig wirkte, wenn man Sigrid beim Reiten zusah. Manchmal reagierte Pebble auf ihren Fersendruck und blieb mit einem empörten Schnauben abrupt stehen, sodass Cass von ihr abrutschte.

Sie hatte noch nie zu einem anderen Wesen eine solche Beziehung aufgebaut, bei der beide einander verbunden waren – lernten und strauchelten und gemeinsam wieder aufstanden, erschöpft und genervt, aber dennoch mit inniger gegenseitiger Zuneigung. Mit Pebble konnte sie genau die sein, die sie war, irgendwo zwischen dem Selbstbewusstsein eines Mädchens, das auf jeden Baum kletterte und ihre erschrockene Schwester dabei auslachte, und der jungen Frau, die sich in dieser neuen Welt aus Kriegerinnen und aufregenden, Furcht einflößenden Möglichkeiten nervös und unerprobt fühlte.

Und ganz langsam, Tag für Tag, machten sie Fortschritte. Am fünften Tag schafften sie es, die Wiese zu umrunden, ohne dass Blyth Pebble führen musste. Es kam nur zu einem einzigen plötzlichen Halt – und der war, wie Cass fand, sehr gut nachvollziehbar, denn Pebble war in eine kalte Pfütze getreten. Würde sie selbst unter den gleichen Umständen nicht auch abrupt stehen bleiben und wahrscheinlich sogar einen schrillen Schrei ausstoßen? Sie kraulte Pebble zwischen den Ohren, und nachdem die Stute kurz ihren struppigen schwarzen Kopf geschüttelt hatte, ging es weiter.

Am achten Tag konnten sie traben, und Cass hatte jetzt schon eher den Eindruck, dass sie ritt und sich nicht einfach nur, um zu überleben, an dem Tier festklammerte. An Tag zwölf näherten sie sich dem Galopp, und Cass konnte zügig auf- und absitzen – noch nicht mit der katzenartigen Eleganz wie Sigrid, doch reibungslos genug, dass Stolz in ihr aufkam und sie ihr Gesicht in Pebbles Mähne vergrub, während Blyth sie striegelte. »Es wird, meine Kleine. Es wird.«

Nach dem Frühstück, das normalerweise von Lilys Kichern und Klatsch über alles, was im Herrenhaus sonst noch los war, begleitet wurde, eilte Cass zu Sigrids Gemächern zurück, um ihr beim

Anlegen der Rüstung zu helfen. Das war ein komplizierter Vorgang, denn diverse Schnallen und Riemen verbanden die ledrigen Brust- und Rückenpanzer und mussten sicher befestigt werden. Dann wurden die Schulterstücke angeschnallt, die die Schultern schützten. Cass lernte neue Teile kennen, Unterarm- und Oberarmschienen sowie dicke Kampfhandschuhe aus gekochtem Leder. Die musste sie halten, während Sigrid ihre Finger hineinzwängte, denn sie waren eng anliegend, damit Sigrid ihr Schwert gut greifen konnte. Cass lernte, wie die Lederstiefel, die die muskulösen Waden umschlossen, sorgfältig geschnürt wurden.

Sie fühlte sich irgendwie machtvoll und war gleichzeitig freudig erregt, während sie mit ihren eigenen Händen daran arbeitete, eine glänzende Ritterin zu erschaffen.

Und dann war da das Exerzieren auf der Wiese. An manchen Tagen stand Schwertkampf und Fechten auf dem Programm, an anderen Bogenschießen. Allerdings mussten Cass' Lektionen in freie Stunden gelegt werden, damit sie Sigrids Bedürfnisse auf dem Turnierplatz erfüllen konnte. Es gab Waffen, die geschleppt werden mussten, wobei das Schwert und die Lanze überraschend leicht, aber doch unhandlich waren; der Schild musste ihrer Herrin angereicht werden, sobald sie auf dem Pferd saß; das Schwert musste vorsichtig gegen die Lanze getauscht werden; der Köcher mit Pfeilen musste bereit sein, damit Sigrid blitzschnell einen Pfeil anlegen und abschießen konnte.

Wieder und wieder übten sie die Übergabe der Lanze. Dabei handelte es sich um eine lange, glatte Holzstange, die mit leuchtend blauen und weißen Ringeln bemalt war. Cass packte sie unterhalb der konischen Handschutzplatte und reichte sie Sigrid, indem sie sich zu Pferd in entgegengesetzter Richtung begegneten. Cass stieß Pebble leicht ihre Knie in die Flanken, damit sie geradeaus weiterging und nicht stehen blieb, um ihren Hals am Hals des älteren Pferdes zu reiben.

Einmal pro Woche fanden faszinierende und herausfordernde Lektionen in der Hütte von Alys statt. Cass lernte mit einer Gruppe anderer Knappinnen Nützliches über Pflanzen und Kräuter: mit welchen Blättern man die Blutung einer Wunde stillen konnte; welchen Arzneitrank man in einen Kessel kochenden Wassers schütten konnte, um tief und traumlos zu schlafen; und welche Beeren und Wurzeln man um jeden Preis meiden sollte, weil selbst daran zu kosten einen innerhalb von Minuten umbringen konnte.

Danach kehrte sie erschöpft ins Herrenhaus zurück. In ihrem Kopf drehte sich alles; so viele lange, fremd klingende Pflanzennamen, die sie noch nie gehört hatte, und zudem hatte sie die ganze Zeit den Eindruck, dass Alys sie während der gesamten Lektion neugierig beobachtete.

Aber zwischen alldem gab es auch friedliche, behagliche Momente mit Lily, die immer ein süßes Brötchen in der Tasche hatte und für einen Scherz zu haben war. Sie erzählte von ihrer Zeit in Angharads Gemächern; von der Schnalle, die ihr einmal in einen Schlitz zwischen den Bodendielen gefallen war; von dem Öl, das sie beim Pflegen der Rüstung unbeaufsichtigt hatte stehen lassen, und von den Stunden, die sie gebraucht hatte, um das Erbrochene von Angharads Lieblingsjagdhund, Mason, aufzuwischen, der das Öl aufgeleckt hatte, ehe sie ihn aufhalten konnte. Sie spielte die Szene nach und übertrieb dabei das Gewürge des armen Hundes, bis Cass schallend lachte.

Abends taten sich ihre schmerzenden Finger schwer damit, Sigrids Rüstung abzuschnallen. Unter den Nägeln hatte sie so viel Schmutz, dass sie zu Hause dafür getadelt worden wäre. Am fünften Abend ließ sie Sigrid ein Bad ein. Dafür erhitzte sie das Wasser auf dem Feuer und schüttete Eimer um Eimer in die Holzwanne, die sie ins Vorzimmer geschleppt hatte. Dann breitete sie Tierfelle davor aus und gab wohlriechendes Lavendelöl und Rosenblätter ins Wasser, die ihr Alys zusammen mit einem zermahlenen Salz gegeben hatte, das schmerzende Muskeln beruhigen sollte. Und während der Dampf aufstieg, half sie Sigrid beim Entkleiden. Cass erstarrte, als Sigrids Hemd über ihren Kopf glitt und eine schartige Narbe neben ihrem rechten Schulterblatt enthüllte. Sigrid merkte, wie Cass nach Luft schnappte und ihre Finger innehielten, und wandte sich ohne Scham zu ihr um.

»Der Pfeil ist hier eingedrungen«, sagte sie und zeigte auf eine kleinere, bereits stärker verblasste Narbe dort, wo sich ihre Brust zu wölben begann. Mehr gab sie nicht preis. Sich Sigrids Verwundbarkeit und der Intimität dieses Moments bewusst, fragte Cass nicht weiter nach. Sigrid stieg in die Wanne und ließ sich mit einem Seufzer ins Wasser sinken. Ihr glänzendes rotbraunes Haar breitete sich auf der Wasseroberfläche aus, so als ob es sich ebenfalls endlich von einem harten Tag entspannte.

Sigrids Augenlider fielen zu. Cass stand mit einem Handtuch schweigend daneben und ließ ihren Blick über Sigrids sehnigen und festen Bauch schweifen, über das weiche Haar darunter, die geschmeidigen, kräftigen Oberschenkel, die muskulösen Waden und die violette Blume eines Blutergusses um ihren rechten Knöchel herum, wo Cass am Tag zuvor bei dem Versuch, ihr die Lanze zu reichen, schlecht gezielt hatte. Es war zugleich merkwürdig und faszinierend, solch einen Körper zu sehen, der ganz anders war als die weiche, wogende Füllickeit der Hüften von Mary und ihrer Mutter. Merkwürdig, die Stärke von Sigrids kampfbereiten Muskeln mit den weichen, blassen Brüsten zusammenzubringen; ihr Haar hob sich kräftig von der sonnengebräunten Haut ihres Halses und ihres Oberkörpers ab. Während Cass dastand und sie betrachtete, war ihr bewusst, dass sich auch an ihren eigenen Oberarmen und Waden langsam Muskeln zu bilden begannen. Bald würde sie nicht mehr aussehen wie die Frauen und Mädchen bei ihr im Dorf, sondern den drahtigen Körper einer Kämpferin haben.

Sigrid war beim Training fair und geduldig, doch sie hatte nie über etwas Persönliches gesprochen oder Cass erlaubt, hinter ihre Rüstung und ihren Schild zu schauen. Immer wenn Angharad, Vivian und die anderen Ritterinnen sich abends im großen Saal um das Feuer versammelten, um Musik zu hören oder Geschichten von ihren Kämpfen auszutauschen, saß Sigrid etwas abseits oder zog sich früh in ihre Gemächer zurück – wenn sie sich überhaupt im Herrenhaus aufhielt.

»Warst du schon immer für dieses Leben bestimmt?« Cass war sich nicht sicher, ob Sigrid ihr eine Antwort geben würde.

Unter den Blütenblättern hob und senkte sich Sigrids Brust. »Es war kein gerader Weg, der mich hierhergebracht hat, aber ich weiß, dass ich hier meine Bestimmung gefunden habe. Fürs Erste.«

In der Kammer gab es kein Geräusch außer dem sanften Knistern des Feuers und ab und zu einem Schwappen des Wassers.

»Ich glaube, ich bin auch für das hier bestimmt«, begann Cass unsicher. »Aber ich muss immer an meine Schwester denken ...« Sie verstummte. Halb erwartete sie einen Tadel von Sigrid, dass sie sich mehr auf ihren Lernstoff konzentrieren solle.

»Ich wäre meinem Zwillingsbruder bis ans Ende der Welt gefolgt«, sagte Sigrid mit ihrer tiefen, honigsüßen Stimme, und Cass sah sie überrascht an.

»Vielleicht könnte ich meiner Familie eine Nachricht senden«, schlug sie erwartungsvoll vor, »und sie wissen lassen, dass ich in

Sicherheit bin, ohne ihnen irgendetwas darüber zu sagen, wo ich bin ...«

Sigrid erhob sich aus dem Bad und ließ dabei Wasser auf die umliegenden Tierfelle schwappen. »Das ist zu gefährlich. Wir erlauben keine Korrespondenz mit der Außenwelt. Das Risiko, dass sie hierhin zurückverfolgt werden könnte, ist zu groß. Stell dir einmal vor, die Familien aller geflüchteten oder misshandelten Frauen, die sich in die Sicherheit dieser Mauern gerettet haben, würden vor unseren Toren herumzetern.«

Cass spürte heiße Tränen in ihren Augenwinkeln, nickte und reichte Sigrid ein Tuch zum Abtrocknen.

»Ich habe gelernt«, fuhr Sigrid mit leiser Stimme fort und wandte Cass den Rücken zu, »dass man sich, wenn man sich nicht durch Liebe ablenken lassen möchte, so vollständig, ja geradezu obsessiv auf sein momentanes Ziel konzentrieren sollte, dass kein Platz für irgendetwas anderes bleibt. Ich rate dir, das mit deiner Ausbildung zu tun.« Cass hätte sie gern gefragt, was sie damit meinte und warum Liebe so gefährlich war, doch Sigrid ging in ihr Schlafzimmer und schloss die Tür hinter sich. Das Einzige, was sie hinterließ, war eine Spur nasser Fußabdrücke.

Und so verging die Zeit bis zum Vorabend des Turniers wie im Fluge. Cass saß auf einem mit Schaffell gepolsterten Sessel am Feuer im großen Saal und schärfte sorgfältig Sigrids Schwert an einem Wetzstein, der hereingebracht und unweit des Kamins abgestellt worden war. Die Klinge sang an dem Stein entlang, und Cass prüfte die Schneide mit dem Daumen. Das Licht der Flammen spielte über das tief in den Knauf eingravierte »J«. Es herrschte eine angespannte und energiegeladene Atmosphäre. Die anderen Knappinnen drängten sich vor, um ebenfalls die Waffen ihrer Herrinnen zu schleifen. Lily schob sich durch und kniete sich neben Cass. Sie hatte Angharads Schwert mit seiner feinen, aus gewundenem Silber bestehenden Parierstange unter den Arm geklemmt.

»Es geht einfach nichts über ein Turnier, Cass«, schwärmte sie und zog das Schwert mit langsamen, sorgfältigen Bewegungen über den Wetzstein. »Das ist wie ein Rausch, so aufregend wie nichts, das du bisher erlebt hast. Die Farben, die Gerüche, der Lärm … Und den Ritterinnen zuzusehen, zu erleben, wie unsere Herrinnen tjostieren und sich gegen Männer behaupten, die sie verhöhnen und gegen sie wüten würden, wenn sie irgendeine Vorstellung davon hätten, wer sie wirklich sind … Das ist …« Sie ballte die Fäuste und ihre Augen blitzten. »Das ist, als ob in dir ein Feuer entzündet wird. Und du willst nichts anderes mehr, als ihnen zu dienen und eines Tages in ihre Fußstapfen zu treten.« Sie sprang auf und wedelte aufgeregt mit dem Schwert herum.

»Vorsicht, du Grünschnabel!« Rowan trat aus der Menge hervor, nahm Angharads Schwert und steckte es in seine Lederscheide zurück. »Angharad braucht dich beim Turnier, und das Schwert auch. Aber wenn das Schwert in deinem Bauch steckt, kann nichts von beidem ihr viel helfen!« Cass lachte. Sie verspürte ein Flattern, eine Aufregung, die nichts mit dem Becher verdünnten Weins zu tun hatte, der neben ihr auf der Kaminplatte stand.

9

Sie standen bei Anbruch der Dämmerung auf und waren bereits unterwegs, als die Zaunkönige und Amseln noch ihren Morgengesang durch die Bäume trällerten. Den etwa fünfzehn Ritterinnen in prachtvollen, frisch eingeölten Rüstungen und glänzenden Helmen folgten ihre Knappinnen in Waffenröcken in leuchtenden Farben, und alle zusammen bildeten einen festlichen Aufzug. Die Pferde schritten rasch voran, da sie das Gewicht der Waffen nicht tragen mussten. Hinter ihnen ritt Blyth auf einem kräftigen Arbeitspferd, das einen mit den Lanzen und der sonstigen Ausrüstung beladenen Wagen zog. Auch die Tücher und die Befestigungen, aus denen beim Turnier ihre Zelte entstehen würden, wurden so transportiert.

Cass trug zum ersten Mal die flache Wollmütze einer Knappin. Die quadratischen Seiten der Kappe bedeckten ihre Wangen, ihr Haar hatte sie darunter fest zusammengeknotet, und als sie an einem stillen Teich vorbeikamen und sie im Wasser ihr Spiegelbild sah, durchfuhr sie ein Schauer aus Stolz und Erregung. Sie erblickte einen heiteren, selbstbewussten Knappen, der an dem Teich vorbeitrabte, als wäre es die selbstverständlichste Sache der Welt, seinen Herrn zum Turnier zu begleiten.

»Bis nach Eboracum ist es ein Zweitagesritt.« Lily schloss mit glänzenden Augen zu Cass auf. »Das bedeutet, dass wir heute Abend unser Lager im Freien aufschlagen müssen!« Cass lachte, als sie die Begeisterung in Lilys sommersprossigem Gesicht sah, spürte jedoch unwillkürlich, wie deren Aufregung sie ansteckte.

Sie hielten sich von den großen Hauptwegen fern und ritten stattdessen über Trampelpfade, durch schmale Gassen und zwischen Hecken entlang, die voller heller Weißdornbeeren und dunkelblauer Schlehen hingen.

Ein oder zwei Mal begegneten ihnen andere Reiter. Als eine Gruppe elegant gekleideter Männer wichtigtuerisch an ihnen vorbeitrabte, erstarrte Cass. Ihr Gesicht kam ihr unter der warmen Wollkappe plötzlich entblößt und feminin vor, aber sie beachteten sie kaum, nachdem sie den voranreitenden Frauen in Rüstung und Helmen einen flüchtigen Gruß zugerufen hatten. Die Männer ritten weiter, ohne einen Blick zurückzuwerfen.

»Kein Mensch richtet sein Augenmerk auf einen Knappen.« Lily lächelte, als sie Cass' Gesicht sah, und drückte kurz ihre Hand, während sich ihre beiden Pferde glücklich aneinander rieben.

Später am Tag überholten sie eine kleine Karawane aus Dörflern, deren Karren mit Gemüse beladen und deren Füße in Lumpen gehüllt waren. Sie pressten sich an die Bäume und in die Hecken, um die Ritter und deren Gefolge durchzulassen.

»Sie haben Angst vor uns«, bemerkte Rowan grimmig, als Lily einem kleinen Mädchen mit schmutzigem Gesicht, das fasziniert zu ihnen aufblickte, freundlich zuwinkte. »Weil die Erfahrung sie lehrt, dass es besser ist, Angst zu haben.«

»Ihre Erfahrung mit Angharad und ihren Ritterinnen?«, fragte Cass überrascht.

Rowan schüttelte den Kopf. »Nein, mit anderen Rittern und

Adeligen in dieser Gegend«, antwortete sie finster. Sie nahm ein Goldstück aus ihrem Beutel und warf es dem hocherfreuten Kind im Weiterreiten zu.

Vor Beginn der Abenddämmerung verließen sie den Pfad und ritten tiefer in den Wald hinein, bis sie schließlich auf einer abgelegenen Lichtung hielten, wo ein Bach zwischen den Bäumen hindurchplätscherte. Sie banden die Pferde an einer Stelle an, wo sie leicht zum Trinken ans Wasser konnten. Cass tätschelte Pebbles Hals noch ausgiebiger als sonst, um sie für ihren bisher längsten Ritt zu belohnen. Dann errichteten sie ein Feuer und breiteten dicke Decken rundherum auf dem Boden aus.

Sigrid hielt sich, wie immer, ein wenig abseits. Sie stand zwischen den Bäumen am Rand der Lichtung und hielt mit geradem Rücken und der Hand an ihrem Köcher Wache.

Nachdem sie ihr Abendessen aus mit Blättern umwickeltem hartem Schafskäse und Fladenbrot beendet hatten, saßen Lily und Cass Rücken an Rücken zwischen den anderen Knappinnen und ruhten ihre müden Gliedmaßen in der angenehmen Wärme des Feuers aus. Joan würfelte gelangweilt mit Susan und Elizabeth, zwei anderen Knappinnen, während sich die älteren Frauen über vergangene Turniere unterhielten.

»Wie viele Lanzen hast du noch gleich in Alnwick gebrochen?«, fragte Angharad lachend und stupste Vivian ihren Ellenbogen in die Rippen.

»Mindestens vier, und ich muss es wissen, denn ich war die bedauernswerte Knappin, die ständig neue Lanzen suchen und zu ihr bringen musste«, mischte Rowan sich lautstark ein.

»Daran kann ich mich nicht erinnern«, meinte Vivian ungerührt und lächelte, während sie den Rest ihres Käses aß und sich die Finger ableckte. »Und wenn ich vier Lanzen zerbrochen habe, dann nur, weil der Trottel, der gegen mich antrat, so langsam war, dass einfach kein Schwung aufkam, um ihn aus dem Sattel zu schleudern!« Die anderen lachten schallend.

»Muss ich dich daran erinnern«, fuhr Vivian fort, »dass die Siegprämien von diesem Turnier für den Wein des gesamten Winters gereicht haben?«

Diese Bemerkung fand lauten Beifall. »Sind die Prämien beim Turnier so hoch?«, flüsterte Cass Lily zu.

»Natürlich! Was meinst du, warum wir sonst daran teilnehmen?«

»Für Ruhm und Ehre? Um uns als Schwertkämpfer zu beweisen?«

»Schwertkämpfer*innen*«, meinte Rowan lachend, die mitgehört hatte.

»Ja, na klar«, erwiderte Lily nickend. »Aber obwohl Angharads Mann kostbare Güter hinterlassen hat, reicht das Vermögen nicht aus, um uns alle auf unbegrenzte Zeit zu ernähren. Wir kämpfen, um zu leben …«

»Und manche von uns leben, um zu kämpfen«, rief Rowan und löste damit weiteren lautstarken Jubel aus.

»Daran werde ich euch erinnern, wenn ihr demnächst frühmorgens lieber im Bett bleiben als zum Training kommen wollt«, bemerkte Vivian trocken.

»Für unser Verhalten auf Turnieren gelten drei Regeln.« Angharad wandte sich an Cass und die anderen Knappinnen. »Kämpft tapfer. Gewinnt fair. Und verbergt um jeden Preis eure wahre Natur.«

»Was würde denn passieren, wenn sie demaskiert würden?«, murmelte Cass in Lilys Ohr.

»Das ist so schrecklich, dass ich gar nicht drüber nachdenken möchte«, flüsterte Lily zurück. »Wir könnten gefangen genommen werden, zwangsverheiratet oder noch Schlimmeres.« In diesem Moment durchfuhr Cass die Erkenntnis, dass es nicht länger »sie« waren, sondern dass sie nun selbst Teil dieses »wir« war.

»Wir würden das Herrenhaus verlieren, wenn klar würde, was dort wirklich los ist«, fuhr Lily fort. »Wir könnten den Frauen und Mädchen, die es zu ihrem Zuhause gemacht haben, keine Zuflucht mehr bieten.«

»Und warum nehmt ihr … nehmen *wir* dieses Risiko dann auf uns?«, fragte Cass entsetzt.

»Werden andere Ritter danach gefragt?«, warf Angharad von der gegenüberliegenden Seite des Lagerfeuers ein, in dessen Licht ihr rotes Haar wie eine Flammenkrone aussah. »Fragt sich irgendwer, warum sie die Risiken auf sich nehmen oder was sie zu solcher Kühnheit antreibt? Ist es nicht unser Recht, alles für Ruhm und Ehre und für das Leben, das wir führen wollen, zu riskieren, genauso wie sie das Recht dazu haben?«

»Und haben wir nicht die Fähigkeit, gegen einen Troll anzutreten, der sich in die Hosen macht, wenn ihn die vierte Lanze vom Pferd schleudert?« Sigrids Lachen schallte aus der Dunkelheit und löste die Anspannung.

»Aber die Ehre ist doch nicht ganz die gleiche, nicht wahr?«, sinnierte Cass leise in Lilys Richtung. »Wenn niemand weiß, wer der Sieger ist.«

»Nein«, bestätigte Rowan kurz angebunden und machte sich daran, die Schaffelle zu verteilen, die sie vor der kühlen Nachtluft schützen sollten. »Schlaft jetzt. Und vielleicht braucht ihr schon morgen nicht mehr nach dem Wert von Ruhm zu fragen.«

Cass schlief unruhig; durch ihre düsteren Träume geisterten lauter steigende Pferde und donnernde Hufe. Sie erwachten im Morgengrauen, verteilten die Asche des Feuers und saßen wieder auf. Cass verzog unwillkürlich das Gesicht, als sie sich in den Sattel schwang, und Rowan grinste. »Du bist nicht die Erste, deren Hintern wehtut, nachdem sie erstmals einen ganzen Tag im Sattel verbracht hat. Es wird besser, wenn du dich daran gewöhnt hast.« Cass war sich nicht sicher, ob sie sich durch diese Bemerkung beleidigt oder ermutigt fühlen sollte. Deshalb entschied sie sich für ein Grinsen, während sie Pebble unter Lilys Kichern zurück auf den Weg trieb, der nach Südwesten, nach Eboracum führte.

Kurz vor Sonnenuntergang trafen sie ein. Auf der großen Wiese, auf der das Turnier stattfinden würde, herrschte bereits rege Aktivität. Farbenfrohe Ritterzelte, auf denen die Wappen Dutzender Ritter prangten, säumten den Turnierplatz. In der Ferne erkannte Cass die dicht gedrängten Häuser Eboracums, deren Dächer sich hinter einer massiven, steinernen Stadtmauer erhoben.

Auf dem großen Platz schlugen schwitzende Arbeiter die letzten Stützen in die hölzernen Tribünen, auf denen sich am nächsten Tag die Zuschauer versammeln würden. Das Hämmern der Zimmerleute, das Klirren der Schwerter von Rittern und ihren Knappen im Training, die Marktschreie der Bauern, welche Pasteten und Bier anpriesen – all das verschmolz zu einer verwirrenden Kakofonie, die Cass Kopfschmerzen bereitete. In der Mitte des Platzes waren bereits die Trennplanken aufgebaut worden, lange, gerade Holzzäune, die irgendwie völlig ungeeignet wirkten, die Vielzahl der aufeinander zurasenden Tiere und Ritter auseinanderzuhalten, die sich am nächsten Tag zwischen ihnen gegenübertreten sollten.

Cass war froh, als Sigrid ihr befahl, den anderen Knappinnen beim Aufbau ihrer Zelte zu helfen – dankbar für die Solidität des Holzhammers in ihrer Hand und für die körperliche Aufgabe, auf die sie sich konzentrieren konnte, indem sie Zeltpflöcke in den weichen Boden trieb. Das Holz langsam immer tiefer in die Erde eindringen zu sehen, war echt und greifbar. Der Strudel aus Farben und Lärm hinter ihr war das nicht, konnte es nicht sein. Das war eine Wirklichkeit, von der Cass nicht wusste, ob sie ihr gewachsen war. Sie hatte sich die Kämpfe und das Turnier vorgestellt, das schon – doch hier zu sein, in aller Öffentlichkeit wie ein Junge gekleidet, mit einer Kappe, die sich wie ein ungemein schwacher Schutz vor einer Enttarnung anfühlte … Sie war noch nicht so weit. Also hämmerte sie auf die Pflöcke ein, bis ihr der Schweiß in die Augen rann und sie vom Griff des Holzhammers Blasen in den Handflächen bekam.

10

Als sie am nächsten Morgen erwachten, erschien Cass der Turnierplatz noch überwältigender als am Tag zuvor. Das weiche, smaragdgrüne Gras war wie von farbigen Juwelen übersät. Scharlachrote und kobaltblaue Banner flatterten über den Ritterzelten, in leuchtende Waffenröcke gekleidete Knappen leisteten Rittern ihre Dienste, die in Leder-, Ketten- oder glänzenden Metallrüstungen steckten und deren Schilde stolz ihre Wappen präsentierten. Zuschauer strömten bereits auf die Tribünen; Kinder schwenkten selbst gemachte Fahnen und hielten bemalte Holzschwerter und -schilde in den Händen; Frauen trugen ihre besten Kleider und hatten sich Blumen ins Haar geflochten. Inmitten der Menge drängelten sich Händler, die alles Mögliche verkauften – von geröstetem Schweinefleisch über Glücksbringer bis hin zu Kräuterbündeln. Ein Stand am Rand des Platzes stellte gelbe Töpfe und Schalen zur Schau, die mit kräftigen purpurnen Mustern bemalt waren.

Der Geruch frisch gemähten Grases vermischte sich mit dem herzhaften Duft des Fleisches und dem Rauch der Feuerschalen, die am Rand des Turnierplatzes brannten.

Doch zum Herumstehen und Glotzen war wenig Zeit. Cass war dafür zuständig, Brimstone zu striegeln und zu tränken, ihn dann zu satteln und ihm die lederne Rossstirn aufzusetzen, die seinen Kopf und seine Stirn vor der Spitze der gegnerischen Lanze schützte. Brimstone schnaubte, stampfte mit den Hufen und schüttelte den Kopf, weil er die Panzerung nicht gewohnt war. Cass sprach leise mit ihm und klopfte ihm besänftigend auf den Hals, bis er sich beruhigte und zuließ, dass sie die Rossstirn über seine Ohren streifte. Allerdings scharrte er immer noch ungehalten mit den Hufen, als sie sie befestigte.

»Du kannst gut mit ihm umgehen.« Blyth trat mit einem Wassereimer hinter dem Streitross hervor. »Er ist ein ziemlich nervöser Bursche ... bist du doch, nicht wahr?« Blyths leichter Singsang und ihre Hand beruhigten Brimstone sofort. Das Pferd senkte die Nase, atmete leise aus und stupste gegen Blyths Oberkörper.

»Du behandelst sie, als wären sie Menschen«, sagte Cass bewundernd.

»Sie behandeln mich ja auch, als wäre ich ein Mensch«, gab Blyth leise zurück und legte Brimstone an eine lange Leine, sodass er grasen konnte, bis Sigrid ihn brauchte.

Danach begann das langwierige Anlegen und Festzurren von Sigrids Rüstung. Zuletzt bekam sie den Helm aufgesetzt, dessen Visier geschlossen war, sodass sie nur durch einen schmalen waagerechten Schlitz im Metall spähen konnte. Wie Angharad, Vivian und die anderen trug sie einen einfachen weißen Schild – zum Zeichen, dass sie es vorzogen, anonym zu bleiben.

»Das ist der Grund, weshalb wir ins weit entfernte Eboracum reiten«, hatte Lily Cass am Abend zuvor erklärt. »Wo es sehr viel weniger wahrscheinlich ist, dass wir enttarnt werden. Wir würden niemals bei einem Turnier antreten, das näher an zu Hause liegt – aus Angst, dass man uns erkennt oder wir bei unseren Nachbarn Verdacht erregen.«

Endlich war Sigrid fertig, und Cass, die eine einfache, weiße Uniformjacke mit Gürtel und die Kappe mit den quadratischen Seitenteilen trug, saß auf Pebble auf, nahm Sigrids Lanze von Blyth entgegen und hielt sie vorsichtig aufrecht, indem sie sie, wie sie es gelernt hatte, auf ihrem rechten Fuß abstützte. An den Lanzenspitzen waren Holzkugeln angebracht, damit die Teilnehmer keine echten Verwundungen davontrugen, wenn man von ihrem durch die Niederlage verletzten Stolz einmal absah. Doch Lily hatte sie mit Schauergeschichten von Unfällen auf vergangenen Turnieren traktiert – grotesk verdrehten Armen, schlimmen Platzwunden – sowie von Rittern, die bewusstlos vom Platz getragen werden mussten und von denen einige nie wieder reiten würden.

Als sie zur ersten Kampfrunde ausritten, schlug Cass das Herz bis zum Hals. Die Menge jubelte und winkte. Halb rechnete sie damit, dass die Zuschauer schockiert nach Luft ringen oder aufschreien würden, während sie an ihnen vorüberritten. Mit glühenden Wangen suchte sie die Gesichter der winkenden, lärmenden Masse ab, wartete nur darauf, dass sich ein Augenpaar verengte oder ein anklagender Finger auf sie richtete. Doch die Leute klatschten und jubelten ausgelassen weiter, tauschten sich angeregt aus und zeigten auf die vorbeiziehenden Ritter. Cass zog ihre Kappe tiefer ins Gesicht und setzte sich ein wenig gerader hin. Langsam begann sie selbst zu glauben, dass sie wirklich hier war.

Als eine Trompete den Antritt der ersten Kandidaten ankündigte, reichte Cass die Lanze vorsichtig an Sigrid weiter, und nach der gelungenen Übergabe verspürte sie einen Anflug von Stolz und ein Hochgefühl. Dann wandte sie Pebbles Kopf in Richtung der Tribünen und machte einen weiten Bogen um die Planken, an deren gegenüberliegenden Enden sich die Ritter aufstellten. Sie zügelte Pebbles, um zuschauen zu können.

Sigrid saß gebieterisch und ruhig im Sattel, die Lanze perfekt gerade ausgestreckt. Brimstone scharrte nervös. Der Knappe des Gegners trug ein grün-goldenes Banner, und den Schild des Ritters schmückte ein Adler auf moosgrünem Hintergrund. Er saß auf einem Schimmel.

Der erste Durchgang begann. Der Schimmel und der Fuchs donnerten aufeinander zu. Erdklumpen wirbelten unter ihren Hufen auf und der Boden schien unter ihrem Gewicht und ihrer Geschwindigkeit zu beben. Während sie auf eine unvermeidliche Kollision zusteuerten, bemerkte Cass, dass sie den Atem anhielt und die Fingernägel in ihre Handflächen presste. Ihr ganzer Körper spannte sich so an, als würde auch sie selbst den Aufprall zu spüren bekommen.

Es dauerte nur einen krachenden, splitternden Augenblick. Sigrids Lanze hatte ihr Ziel mit gnadenloser Präzision getroffen, sodass der grüne Ritter vom Rücken seines Pferdes geworfen wurde und seine eigene Lanze gen Himmel und über Sigrids Kopf hinweg flog. Er knallte auf den Boden und blieb dort atem- und regungslos liegen, während sein Pferd mit wild rollenden Augen ohne Reiter weitergaloppierte. Sigrid trabte lässig bis zum Ende der Planken weiter. Cass keuchte, schüttelte sich wach und ritt schnell zu Sigrid, um ihr den zersplitterten, ruinierten Rest ihrer Lanze abzunehmen und ihr vom Pferd zu helfen. Schweigend würdigte Sigrid mit einem kurzen Nicken den Jubel und das Lärmen der Menge. Dann schritt sie, mit Cass auf den Fersen, zu ihrem Ritterzelt zurück.

Als Nächste war Angharad an der Reihe. Sie trug einen nussbraunen Brustpanzer, den Lily auf Hochglanz poliert hatte; in ihren Helm waren Blätter und Weinreben eingraviert. Hinter den beigen Segeltuchwänden des Ritterzeltes vernahm Cass, wie sich die Begeisterung der Menge steigerte, wie die Rufe und der Jubel immer weiter anschwollen und dann sehr plötzlich verstummten. Sie stellte sich vor, wie die beiden Kämpfenden sich nun gegenüberstanden und Lily Angharads Lanze vorbereitete. Dann begann das Gebrüll aufs Neue. Diesmal erstarb es nicht, sondern explodierte zu einem triumphalen Getöse. Lily kam mit leuchtenden Augen hereingerannt. Ihr folgte Angharad, die sich den Helm abnahm. Ihr Gesicht war verschwitzt, aber siegestrunken.

Leah war die Nächste – eine Ritterin im mittleren Alter mit glattem, tiefschwarzem Haar, hervortretenden Wangenknochen und einem Schönheitsfleck neben dem linken Auge, der ihr einen leicht herablassenden Ausdruck verlieh, so als würde sie ständig eine Augenbraue hochziehen. Sie ritt gut, doch sie fiel im zweiten Durchgang. Ihr Bezwinger war ein schlaksiger Ritter, der sie um Längen überragte und diesen Vorteil dazu nutzte, um Leah vom Pferd zu stoßen.

Nun trat Vivian nach draußen. Sie hatte ihr langes, silbergraues Haar fest unter dem Helm verknotet, bevor sie mit Rowan an ihrer Seite loszog. Genau wie zuvor nahm der Jubel stetig zu, und Cass stellte sich vor, wie Rowan Vivian selbstsicher die Lanze reichte und die ältere Ritterin sich dann geschmeidig zu ihrem Gegner umdrehte.

Doch dieses Mal verstummte das Gebrüll plötzlich. Es folgten Japser und Schreie, dann ein besorgtes Gemurmel. Alle Köpfe im Ritterzelt wandten sich erwartungsvoll dem Eingang zu.

Rowan half ihrer Herrin mit düsterer Miene zurück ins Zelt; Vivian hielt sich mit ihrer behandschuhten Hand die Seite. Angharad sprang auf, packte Vivian, legte sie auf den Boden und forderte Lily auf, das Ritterzelt abzuschotten. Lily und Rowan standen draußen Wache, während Cass dabei zusah, wie Angharad mit zittrigen Fingern die Rüstung von Vivians Körper löste. Sie war so kurzatmig, als wäre sie selbst verwundet worden.

»Es ist nicht schlimm, Angharad, nur ein Kratzer«, keuchte Vivian. Angharad schob ihr Unterhemd hoch und presste ihre Lippen auf die blutige Wunde darunter. Entweder bemerkte sie die Knappinnen gar nicht, die dabei zusahen, oder es war ihr gleich.

»Es ist nur eine oberflächliche Wunde!«, rief sie schließlich unter Tränen. Dann küsste sie Vivian mit ihren blutigen Lippen und drückte sie mit bebenden Schultern an sich.

Cass konnte nicht anders, als hinzusehen. Sie war zu geschockt, um wegzuschauen. Der Augenblick schien sich in die Länge zu ziehen, während ihre Gedanken rasten.

Vivian hob eine Hand, strich Angharad das feuchte rote Haar aus dem Gesicht und beruhigte sie sanft. »Ich wusste, dass es nichts Schlimmes ist. Ein dummer Fehler. Ich habe im letzten Moment gezögert, und dann hat mich das abgebrochene Ende der Lanze beim Hinfallen geschrammt. Ich muss mich nur einen Augenblick lang ausruhen, dann geht es mir wieder gut genug, um weiterzumachen...«

»Du wirst nichts dergleichen tun!«, erwiderte Angharad mit funkelnden grünen Augen.

In dem Moment stürmte Rowan zurück ins Zelt und berichtete keuchend: »Der Platzmeister kommt!« Angharad bedeckte schnell Vivians Brust, presste eine Handvoll Tücher auf die Wunde und setzte Vivian und sich selbst hektisch die Helme auf. Die Zeltklappe wurde beiseitegestoßen, und ein großer, dünner Mann in einer schwarzen Tunika trat ein, obwohl Lily ihn zurückzuhalten versuchte.

»Entschuldigt mein Eindringen, Sir, doch mein Herr hat mich geschickt, um mich nach dem Gesundheitszustand des Ritters zu erkundigen und zu fragen, ob er Hilfe benötigt. Als Gastgeber des Turniers wünscht er jede notwendige Annehmlichkeit zu bieten.«

»Danke, Seneschall«, antwortete Angharad mit ruhiger und leiser Stimme, der man keine Spur von Tränen mehr anhörte. »Glücklicherweise ist die Wunde nicht tief. Mein Bruder wird sich vom Turnier zurückziehen, doch er schwebt nicht in Gefahr.«

»Es freut mich zu hören, dass er nicht ernsthaft verletzt ist«, antwortete der Seneschall und neigte höflich den Kopf. »Doch Ihr müsst einen neuen Teilnehmer für den Nahkampf benennen, wenn Euer Bruder nicht antreten kann.« Er verbeugte sich und zog sich zurück. Angharad sank zu Boden, nahm ihren Helm wieder ab und legte ihre Stirn an Vivians Brust.

»Es geht mir gut, mein Schatz«, murmelte Vivian und streichelte ihr Haar. »Alles ist gut.«

»Es ist Zeit«, sagte Sigrid, und Cass riss ihre Augen von dem Paar los, um ihrer Herrin erneut auf den Platz zu folgen.

Die zweite Runde war schwieriger als die erste, denn alle Teilnehmer hatten bereits einen anderen aus dem Sattel geworfen, um sich zu qualifizieren. Dieses Mal trug der Mann am anderen Ende der Planken einen dunkelblauen Schild, der mit doppelten weißen Winkelstreifen geschmückt war.

Beim ersten Durchgang trafen beide Ritter einander genau in die Mitte ihrer Schilde. Die Lanzen zersplitterten mit einem lauten Krachen, doch beide blieben im Sattel, als ihre Pferde langsam aneinander vorbeigaloppierten. Cass eilte mit einer neuen Lanze zu Sigrid, und die Kontrahenten wirbelten herum und rasten erneut aufeinander zu. Diesmal bemerkte Cass, dass Sigrid ihre Technik anpasste. Sie schwang ihre Lanze im letzten Moment ein wenig zur Seite, sodass sie ihren Gegner in einer oberen Ecke seines Schildes traf. Das überraschte ihn und brachte ihn aus dem Gleichgewicht. Unter lautem Fluchen krachte er zu Boden, und in der Menge erhob sich ein weiteres Mal Jubel für Sigrid.

Dieses Mal war nur wenig Zeit zwischen den Runden, sodass sie auf dem Platz blieben. Sie erblickten einen hochgewachsenen Ritter, der in einer komplett schwarzen Rüstung aus seinem Zelt trat. Alles an ihm, vom Helm bis zum Schild, glänzte dunkel. Doch auf seinem Schild prangte ein silbernes Emblem: ein stolzes Geweih mit grausam scharfen Spitzen. Als er auf sein Pferd sprang und auf seine Startposition ritt, hatte er das Visier bereits geschlossen. Vor den Tribünen stoppte er sein Pferd mit einem scharfen Zug an den Zügeln.

»Nun werdet ihr einen Ritter mit wahrhaft großen Fähigkeiten erleben«, rief er der Menge zu, »im Gegensatz zu diesen jungen Schnöseln und Jammergestalten.« Er wies mit einer Geste auf Sigrid und die anderen. Die Menge belohnte seine Prahlerei mit Freudenschreien und Jubel.

Sein Gegner, ein kleinerer Mann, lief nervös zu seinem Pferd und flüsterte beklommen mit seinem Knappen. Er schien Probleme mit seinem Helm zu haben. Kaum hatte er sich aufs Pferd gesetzt, hielt der Ritter mit dem silbernen Geweih bereits blindwütig auf ihn zu. Sein Gegner hantierte mit der Lanze und rutschte unbehaglich im Sattel hin und her. Als der schwarze Ritter näher kam, spürte sein Pferd die Angst seines Reiters und bäumte sich mit einem schrillen Wiehern auf, sodass der Ritter geradewegs in den Schlamm fiel.

Cass schnappte laut nach Luft, als sie sah, dass der angreifende Ritter sein Pferd dennoch nicht bremste, sondern mit erhobener Lanze weiterritt und das arme Tier am Hals traf, sodass es sich neben seinem Reiter in Schmerzen auf dem Boden wand. Es atmete schwer und strampelte wild mit den Hufen. Die Zuschauermenge tobte. Ein Teil buhte ob der Unfreundlichkeit des Ritters, doch ein anderer Teil johlte und steigerte sich in frenetische Anfeuerungsrufe hinein. Als er die Tribüne passierte, zog der Ritter schwungvoll seinen Helm ab und neigte seinen Schopf aus struppigem, schwarzem Haar. Er hatte ein bleiches Gesicht und grinste triumphierend mit gelben Zähnen. Als er Cass und Sigrid passierte, schien diese sichtbar zurückzuzucken.

»Sir Mordaunt.« Sigrids Stimme hallte im Inneren ihres Helms, und sie sah sich kurz nach dem Ritterzelt um, als würde sie den Beistand der anderen suchen oder als wollte sie sich zurückziehen. Doch die Zeltklappe blieb geschlossen; die Trompeten schmetterten, und noch bevor Cass fragen konnte, was es mit dem Mann auf sich hatte, hatte der seinen Helm wieder aufgesetzt. Sigrid straffte die Schultern und spornte ihr Pferd an, um gegen ihn anzutreten.

Die Trompeten stießen drei Signale aus, zum Zeichen, dass dies der letzte Durchgang war. Cass bemerkte, dass Sigrids Fuß im Steigbügel leicht wippte – das einzige äußerliche Zeichen dafür, dass sie nervös war. Die beiden Ritter rasten, über ihre Lanzen gebeugt, vorwärts, die Hälse ihrer Rosse waren angespannt. Sie galoppierten schneller aufeinander zu als irgendjemand sonst in diesem Wettbewerb. Die Zuschauer schnappten nach Luft, als die beiden wie ein Donnerschlag zusammenprallten. Der Aufschlag war so hart, dass beide nach hinten gedrückt wurden und ihre Lanzen zerschellten, doch beide blieben im Sattel. Sigrid ritt zu Cass, die ihre Herrin schnell und stoßweise unter dem Helm atmen hörte, während sie ihr eine neue Lanze reichte. Dann wirbelte Sigrid sofort herum, um Sir Mordaunt erneut anzugreifen.

Der zweite Aufprall wirkte noch härter. Wieder zersplitterten beide Lanzen, und die Menge kreischte noch lauter.

Beim dritten Zusammentreffen riss es beide in einer Explosion aus Holzspänen aus den Sätteln. Beide rollten sich von den Hufen ihrer Pferde weg und wandten sich mit gezogenen Schwertern einander zu. Einen Augenblick lang schien es so, als würde Sir Mordaunt innehalten, denn dieser Teil des Turniers war dem Lanzenstechen vorbehalten, doch ehe er etwas sagen konnte, griff Sigrid ihn an. Die Klinge ihres Schwertes zischte durch die Luft und traf die Seite seines Helms. Mit einem Brüllen schlug der Ritter zurück. Sigrid fing die ganze Kraft seines Hiebs mit ihrem Schwert ab. Unter lautem Scheppern stolperte sie ein paar Schritte zurück. Sie sprangen wieder aufeinander zu wie kämpfende Hunde. Die Menge war außer sich vor Begeisterung, doch ehe sie erneut zuschlagen konnten, stand der Seneschall zwischen ihnen, und der Kampf war genauso schnell vorbei, wie er begonnen hatte.

»Noble Ritter«, rief er mit erhobenen Händen, um die lärmende Menge zum Verstummen zu bringen, »der Tjost ist beendet, und heute finden keine weiteren Zweikämpfe statt. Im Nahkampf sind, wie Ihr alle wisst, nur die stumpfen Schwerter zugelassen, die wir bereitgestellt haben.«

Sie ließen voneinander ab. Sigrid stützte sich schwer atmend auf ihr Schwert, während Sir Mordaunt seinen Helm auf den Boden warf und sich mit den Händen an seinen Knien abstützte.

»Ihr solltet mir Satisfaktion geben und das hier zu Ende bringen«, knurrte er mit einem zornigen Blick auf Sigrid. »Erweist mir wenigstens die Ehre, Eure Identität zu verraten, Sir Ritter!« Es klang höhnisch. Doch Sigrid wandte sich einfach ab, griff nach Brimstones Zügel, tätschelte ihm den Hals und führte ihn vom Platz.

»Dann sehen wir uns im Nahkampf«, schrie Sir Mordaunt ihr nach. »Also seid vorbereitet!«

11

Als sie ins Zelt zurückkehrten, saß Vivian schon wieder aufrecht, mit einer Bandage unterhalb ihres Brustpanzers; die Farbe war in ihr Gesicht zurückgekehrt.

»Wir müssen uns unterhalten«, sagte Sigrid in einem leisen, aber drängenden Ton, und sie, Angharad und Vivian bildeten mit dem Rücken zu den Knappinnen einen kleinen Halbkreis.

»Was ist denn los?«, flüsterte Lily neugierig, und Cass erzählte es ihr.

»Sir Mordaunt?« Lilys Augen weiteten sich. »Bist du sicher?«

Cass nickte und bemerkte, dass Angharads Schultern sich anspannten, während sie heftig gestikulierte.

»Was ist das für einer?«

»Das ist der Adelige, dem das Land rund um unser Herrenhaus gehört, bis zur Grenze zu Merzien im Süden und zur Küste im Osten«, flüsterte Lily mit gerunzelter Stirn. »Ganz schönes Pech, dass wir ihn hier treffen. Er muss irgendeinen Grund gehabt haben, so weit nach Norden zu reiten.«

»Ist das Risiko nicht das gleiche, egal, ob wir von Fremden oder einem Nachbarn enttarnt werden?«, fragte Cass verwirrt.

»Das verstehst du nicht.« Lily schüttelte den Kopf. »Sir Mordaunt ist …« Über ihr Gesicht huschte ein ungewohnter Schatten. »Er ist der Grund, weshalb die Leute, die wir auf der Straße überholt haben, Angst vor uns hatten. Er und sein Gefolge.«

»Wie der Ritter, den Sigrid und ich getroffen haben, als wir das erste Mal zusammen ausgeritten sind?«

»Wie der und schlimmer. Sie treiben ihren Anteil am landwirtschaftlichen Ertrag rücksichtslos ein und verlangen höhere Abgaben als fast alle anderen Grundbesitzer in der Umgebung. Dass die Dorfbewohner hungern, ist ihnen völlig gleichgültig. Sie sind für sehr viel Leid und Elend verantwortlich, und das nur, um sich ihre eigenen Taschen vollzustopfen.«

Sie warf einen Blick zu den älteren Ritterinnen hinüber, die immer noch intensiv miteinander redeten. »Wir tun, was wir können, um den Leuten, die schlecht von ihnen behandelt werden, zu helfen. Aber das ist nicht immer einfach, schon gar nicht so nahe an unserem Zuhause und wenn man keinen Verdacht erregen will.«

»Dann müsste es Sigrid doch sehr freuen, wenn sie gegen ihn kämpfen kann, oder nicht?«

»Aber es ist auch ein großes Risiko«, zischte Lily. »Denn er weiß von Angharad und ihrem Hofstaat. Er besucht ab und zu uneingeladen das Herrenhaus und verlangt, dass sie ihm Ehre erweist und Abgaben an ihn als unseren Lehnsherrn zahlt. Und wenn er irgendeine von uns erkennt, wenn er uns demaskiert …« Sie schwieg besorgt. »Wenn er erfahren sollte, dass Angharads Ehemann nicht mehr lebt, würde uns das in große Gefahr bringen«, fuhr sie schließlich fort. »Eine reiche Witwe ist attraktiv, und Sir Mordaunts Gier scheint unstillbar zu sein. Ihr Land und ihr Besitz wären in Gefahr, und sie hätte kaum eine Möglichkeit, ihn zurückzuweisen.«

»Macht es ihn nicht misstrauisch, dass der Lord nie zu Hause ist?«

Lily schüttelte den Kopf und betrachtete die Ritterinnen sorgenvoll. »Wir haben das Gerücht verbreitet, dass er immer mehr Zeit auf seinen Handelsreisen verbringt«, erklärte sie, »und lassen uns Ausreden für seine Abwesenheit einfallen, wenn Besucher ins Herrenhaus kommen. Es ist entscheidend für die Sicherheit von uns allen, dass niemand die Wahrheit erfährt.«

In Cass' Kopf drehte sich alles. »Was genau passiert beim Nahkampf?«, fragte sie, als ihr Mordaunts Herausforderung an Sigrid wieder einfiel.

»Das ist der Höhepunkt des Turniers«, erklärte Lily. Sie biss sich gedankenverloren auf die Unterlippe. »Ein großes Spektakel, bei dem zwei Seiten zum direkten Kampf gegeneinander antreten und so lange kämpfen, bis nur noch die Sieger stehen und ihre Gegner entweder geflohen sind, sich ergeben haben oder zu schwer verwundet sind, um weiterzukämpfen.«

Cass hatte kaum Gelegenheit, diese Information zu verdauen, als vor dem Zelt Unruhe aufkam. Man hörte, wie ein Bote Rowan Vorhaltungen machte. »Dann gib die Nachricht halt weiter, du sturer Bursche«, erklang eine genervte Stimme, und Rowan trat ein, nicht ohne sich mit einem misstrauischen Blick über die Schulter zu vergewissern, dass der Bote wieder gegangen war.

»Ich habe ihm keinen Zutritt gewährt«, sagte sie unnötigerweise, »doch er sagte, dass der Nahkampf bald beginnt, und weil der Tjost ohne klaren Gewinner beendet wurde, werden die Sieger des Turniers dabei ermittelt.«

»Wir reisen besser ab, Angharad«, drängte Vivian, die Stirn voller Sorgenfalten. »Es ist das Risiko nicht wert, egal, wie hoch die Siegprämie ist.«

»Wir müssen weitermachen«, insistierte Angharad. Sie blickte grimmig drein, als sie aufstand und Vivians Hand losließ. »Wir haben es verdient, unsere Prämie zu gewinnen. Er darf sie uns nicht wegnehmen.«

»Abgesehen davon«, fügte Sigrid hinzu, »brauchen wir das Gold, das wir als Prämie bekommen. Das weißt du ja auch, Vivian, und wir werden nicht so bald wieder Gelegenheit haben, um eine so hohe Summe zu kämpfen.«

Angharad fügte hinzu: »Außerdem wäre es merkwürdig und würde noch mehr Neugier wecken, wenn wir jetzt abreisten.« Sie legte eine Hand auf Vivians Arm. Und die schien nachzugeben, obwohl die Sorge nicht aus ihrer Miene wich.

»Wir brauchen noch eine Ritterin, die Vivians Platz einnimmt«, erinnerte Sigrid, während sie sich den Helm aufsetzte.

»Rowan«, sagte Vivian sofort mit resignierter Stimme. »Sie hat diese Chance verdient.«

Rowans Miene hellte sich auf und sie trat vor. »Ich werde dich nicht enttäuschen«, versprach sie und verbeugte sich vor ihrer Herrin.

Cass und Lily folgten ihr aus dem Zelt zurück zum Turnierplatz. Als Angharad mit geballten Fäusten hinterherlief, schüttelte Vivian den Kopf. Doch sie seufzte nur und schaute ihnen nach.

Die Planken waren entfernt worden und auf dem offenen Platz drängten sich an beiden Seiten die Ritter. Angharad, Sigrid, Rowan und die anderen Ritterinnen der Schwesternschaft gesellten sich zu der nächstliegenden Gruppe und wählten aus einem Haufen eigens abgestumpfte Schwerter aus. Cass und Lily blieben ein paar Schritte vor dem Pulk stehen.

Die Sonne ging langsam unter, sodass die Schatten der hölzernen Tribünen über das Gras zu ihnen hin krochen. In der Stille vor dem Beginn der Kampfhandlungen brach ein Kaninchen aus seinem Versteck hervor und rannte über den Platz. Dann erstarrte es vor Schreck und floh vor der Menge. Cass schirmte die Augen mit der Hand ab und beobachtete, wie Sir Mordaunt sich inmitten der gegnerischen Ritter einrüstete. Er schlug seinem Knappen direkt aufs Ohr, als dieser zu lange brauchte, um die Schnallen an seinem glänzenden Brustpanzer zuzuziehen.

»Diese Rüstung ist ein kleines Vermögen wert«, hauchte Lily, die Cass' Blicken gefolgt war. »Ein Kettenhemd und massive Metallpanzer können sich nur die Wenigsten leisten.« Sie hatte recht. Fast alle anderen Ritter waren, wie Sigrid und Angharad, in Leder gekleidet; manche hatten Metallstücke eingenäht oder trugen Kettenhemden darunter.

Die beiden Gruppen wandten sich einander zu und bewegten sich langsam vorwärts, die Schilde fest im Griff und die Schwerter bereit. Cass sah Rowans entschlossene Miene und fragte sich, wie es wohl sein mochte, auf die drohenden Schwerter der anderen Seite zuzuschreiten, wenn man so unerwartet mit in die Schlacht zog.

Das rosafarbene Licht der untergehenden Sonne glitzerte auf den metallenen Helmen, und es wirkte einen Moment lang so, als führten die beiden Seiten, die sich argwöhnisch aufeinander zubewegten, einen ätherischen Tanz auf. Dann trafen sie aufeinander, und der Moment war vorbei.

Es erhob sich ein Lärm, der anders war als alles, was Cass je gehört hatte. Gepresste Schreie, metallisches Scheppern, Schwerter, die auf Schilde donnerten. Cass erstarrte vor Schreck und klammerte sich an Lilys Arm.

Der ganze Platz war ein einziges Chaos. Schwerter wurden in großem Bogen geschwungen, Beine knickten ein und Schilde schwankten wild umher. Die beiden geordneten Linien waren praktisch sofort in ein Gewühl aus Körperteilen, Hitze und Lärm zerfallen. Ritter hieben mit solcher Wucht aufeinander ein, dass es Cass schon beim bloßen Zusehen schmerzte. Sie glaubte zu spüren, dass auch in ihre eigenen Augen Blut rann, nicht nur in die der Kämpfenden.

Zwischendurch erblickte sie in der Masse der Ritter einzelne, die sie kannte. Hier Angharad in stolzer, aufrechter Haltung, die ihr Schwert mit äußerster Genauigkeit niedersausen ließ. Dort Sigrid, die behände zwei Angreifer gleichzeitig in Schach hielt und schließlich besiegte, nur um sich sogleich mit einem zufriedenen Grunzen erneut ins Gewühl zu stürzen. Und die finster dreinblickende Rowan, die ihr Schwert mit beiden Händen gepackt hatte, während ein stämmiger Ritter sie langsam zurückdrängte. Die schiere Kraft hinter seinen Schlägen ließ sie zittern wie Espenlaub.

Cass und Lily hielten sich aneinander fest und mussten in hilflosem Schrecken zusehen, wie Rowan ein paar Schritte rückwärtsstolperte und auf die Knie sank. Sie hatte ihr Schwert schon fallen gelassen und reckte ihren Schild nun mit beiden Händen über den Kopf, während die Hiebe von oben auf sie herabregneten. Sie war tapfer, ihre Miene signalisierte feste Entschlossenheit, doch sie war nur wenig älter als Cass, und der Ritter ragte wie ein Baum über ihr auf. Aber dann war plötzlich Sigrid da und schlug dem Ritter so fest in den Nacken, dass er benommen auf die Knie sank und nicht wieder aufstand.

Obwohl Rowan einen Helm trug, konnte Cass erkennen, dass ihr die Kraft ausging, doch sie riss sich zusammen, nickte Sigrid zu und warf sich zurück ins Gefecht.

Während die Schatten immer länger wurden und die Sonne eine tiefrote Farbe annahm, lieferten sich die Ritter weiter einen erbitterten Kampf. Der Boden färbte sich rot wie der Himmel, denn selbst die abgestumpften Schwerter hinterließen auf ungepanzerten Armen und Unterschenkeln tiefe Spuren. Energische, schwungvolle Hiebe verlangsamten sich zu schwerfälligen, verzweifelten Stößen. Die Menge hatte sich ausgedünnt; die Verwundeten und Erschöpften saßen an den Rändern des Platzes und wurden von ihren Knappen versorgt oder humpelten mit deren Hilfe in ihre Zelte zurück, um ihren verletzten Stolz zu pflegen.

Auf dem Platz standen nur noch weniger als ein Dutzend Kämpfer, und Cass bemerkte, dass der Ritter mit dem silbernen Geweih auf dem Schild immer wieder in Sigrids Richtung strebte und dabei immer wütender wurde, weil ihm ständig jemand anders vor die Füße zu stolpern schien. Dann streckte er mit einem gewaltig krachenden Hieb Rowan nieder, die benommen liegen blieb. Im selben Augenblick rammte Angharad den Knauf ihres Schwertes unter den Rippenbogen eines grün gekleideten Ritters und nahm ihm derart die Puste, dass er sich nach Luft ringend vom Kampfplatz verabschiedete. Sir Mordaunt wandte sich ihnen zu, öffnete sein Visier und bat sie mit einem Grinsen, auch ihre Identitäten zu enthüllen. Doch als sie schweigend ablehnten, bleckte er gegenüber Sigrid die Zähne und fragte: »Gebt Ihr mir dann wenigstens die Ehre, im Einzelkampf gegen mich anzutreten, Sir Ritter vom Weißen Schild?«

»Gern«, antwortete sie mit ihrer dunklen, geschmeidigen Stimme, und während Angharad Rowan wieder auf die Beine und zurück zum Zelt half, griff Sigrid ihn auch schon an. Sie musste absolut erschöpft sein, und dennoch holte sie irgendwoher die Kraft, wie ein wildes Tier auf ihn zuzuspringen. Sie zwang ihn, ein paar Schritte rückwärtszugehen und seinen Schild zu heben, um ihre Hiebe abzuwehren. Dann kam er wieder voran, indem er ihr Schwert mit seinem Schild zur Seite ablenkte und dann mit der flachen Seite der Klinge ihren Brustpanzer so hart traf, dass sie sich krümmte und keuchend nach Luft rang.

Er hielt inne und musterte sie befriedigt, doch sie stürmte plötzlich nach vorn und versetzte dem ungeschützten Teil seiner Waden knapp unterhalb der Kniekehlen einen Schlag, der ihn zu Boden warf und fluchen ließ. Dann hielt sie ihm ihr Schwert an den Hals, um symbolisch den Sieg für sich zu reklamieren. Doch als sie die Klinge unbeweglich hinhielt und sich nach dem Seneschall umschaute, damit dieser ihren Sieg verkünden konnte, schnappte der schwarze Ritter nach ihrem Knöchel und warf sie krachend hin. Dann rollte er mit seinem ganzen Körpergewicht auf sie, und Sigrid rang nach Atem.

»Betrüger«, fluchte sie keuchend, als er ihr Schwert aus der Reichweite ihrer Hand schob. »Der Sieg gehörte mir.«

Mit einem grausamen Grinsen zeigte er seine spitzen, gelben Zähne. »Und doch bin ich obenauf, nicht wahr?« Damit rammte er plötzlich seinen gepanzerten Ellenbogen kraftvoll nach unten. Sigrid stöhnte auf vor Schmerzen.

Hinter ihnen erklang ein leises Schnauben. Lily und Cass drehten sich gleichzeitig um und erblickten Sir Mordaunts Knappen, einen bleichgesichtigen Jungen von etwa fünfzehn Jahren, auf dessen Oberlippe ein paar spärliche Barthaare wuchsen.

»Vertrauensseliger Idiot«, spottete er mit einem höhnischen Grinsen in Sigrids Richtung, die sich immer noch gegen das Gewicht von Sir Mordaunt stemmte, sich aber weigerte, aufzugeben. »Er hätte seinen Blick nicht vom Gegner abwenden sollen.«

»Das hätte er eigentlich nicht gemusst!«, protestierte Cass wutentbrannt. »Der Kampf war vorbei. Oder wäre es gewesen, wenn dein Herr auch nur einen Funken Ehre im Leib hätte.«

»Ehre gewinnt keine Turniere.« Der Junge feixte, während sich

Sir Mordaunt, der die Demütigung von Sigrid sichtlich genoss, auf einen Ellenbogen stützte und ausspuckte.

»Ein Sieg, den man durch Feigheit und Täuschung erringt, ist gar kein Sieg«, gab Lily wütend zurück. »Außerdem ist es kein Wunder, dass dein Herr keine Braut für sich gewinnen kann, wenn er sich so abstoßend benimmt«, fügte sie hinzu.

Noch bevor sie den Satz zu Ende gesprochen hatte, wurde ihr klar, wie leichtsinnig er war, und sie lief rot an. Der Junge sah sie mürrisch und misstrauisch an.

»Und woher willst du etwas über die persönlichen Angelegenheiten meines Herrn wissen?«, fragte er.

Lily drückte Cass' Hand so fest, dass ihre Finger ganz weiß wurden. An ihrer Miene war abzulesen, wie sehr sie ihren Fehler bereute.

»Darüber redet doch das ganze Turnier«, platzte es aus Cass heraus. »Glaubst du etwa, dass sich keiner aus seinem eigenen Gefolge über ihn lustig macht?«

Der Knappe blinzelte verwirrt und zog seine buschigen Augenbrauen zusammen. Sein Blick wanderte unsicher zu seinem Herrn, als wollte er ihm etwas zurufen.

»Und kann man es ihnen verdenken?«, fuhr Cass in dem verzweifelten Bemühen fort, ihn abzulenken. »Gibt es denn irgendeinen Mann, der sich nicht schämen würde, solch einer feigen Memme …«

»Sag das noch mal!«, kreischte der Junge wütend und griff sich ein Schwert und einen Schild von dem Waffenhaufen am Rand des Platzes, der von den bereits ausgeschiedenen Rittern zurückgelassen worden war. »Dann zwinge ich dich, es zurückzunehmen.«

»Nicht, wenn du dich mit dem Hintern im Dreck wiederfindest«, gab Lily fröhlich zurück. Sie war sichtlich erleichtert, dass seine Gedanken davon abgelenkt waren, seinem Herrn von ihrem Gespräch zu berichten. Ungeduldig drückte sie Cass ein Schwert und einen Schild in die Hände. »Du Trottel hast ja keine Ahnung, wen du hier herausforderst, aber ich kann dir sagen, dass du dein eigenes Unglück heraufbeschworen hast!«, neckte sie ihn laut. Dann duckte sie sich unter dem Vorwand, Cass beim Anschnallen zu helfen, hinter ihren Schild.

»Lily, was machst du denn?«, zischte Cass panisch.

»Du kannst ihn haben, Cass!« Lily fingerte an den Schnallen herum. »Wisch ihm dieses Grinsen aus dem Gesicht, für uns alle«, flüsterte sie dann. »Wenn du es schaffst, ihn so abzulenken, dass er nicht mehr dran denkt, seinem Herrn zu petzen, dass hier jemand ein bisschen zu viel über sein Privatleben weiß, nun ja ...« Sie schloss die letzte Schnalle und schlug Cass grinsend auf die Schulter. »Umso besser.«

»Aber Lily, ich trainiere doch erst seit ein paar Wochen. Mit einem *Holzstock*.« Lily hörte gar nicht zu. Sie rieb sich frohgemut die Hände und wippte auf den Fußballen auf und ab.

»Du tust mir echt leid, dass du so dumm warst, ihn herauszufordern«, rief sie laut in Richtung des Knappen, und Cass erschauderte.

»Lily!« Cass stieß ein letztes, ersticktes Flüstern aus.

Doch der Knappe näherte sich bereits mit höhnischem Grinsen. Cass hatte keine andere Wahl, als sich ihm entgegenzustellen. Das ungewohnte Schwert lag schwer in ihrer Hand und der Schild hing sperrig an ihrem ungeübten Arm.

»Hol aus ... nach links!«, rief Lily im vergeblichen Bemühen, Cass zu helfen, die sich schwerfällig vor dem ersten Schwerthieb des Knappen wegduckte. Das hier hatte nichts mit den methodischen Übungen zu tun, die sie auf der Wiese gerade erst zu lernen begann. Hier gab es keine Choreografie, keine Zeit, sich die nächsten Schritte zu überlegen oder darüber nachzudenken, mit welchem Teil des Schwertes sie seine Hiebe parieren sollte. Und die kamen unaufhörlich; der Junge machte seinen Mangel an Geschicklichkeit durch Eifer wett. Er stieß und drosch mit seinem stumpfen Schwert herum, sodass Cass immer wieder zur Seite springen und sich umdrehen musste und seinen schlimmsten Schlägen nur knapp entging.

Die Situation, in der sie sich plötzlich wiederfand, war so verwirrend absurd, und doch überkam sie, während ihre Füße im weichen Gras versanken und sie nach einem Streithieb, der ihre Unterlippe verletzt hatte, einen metallischen Geschmack im Mund hatte, eine merkwürdige Gelassenheit.

Es war beinahe wie ein Trance-Zustand, ein Gefühl, das Cass nach diesem ersten Tag noch viele Male erleben würde, ohne jemals in der Lage zu sein, es jemandem zu erklären. Es war, als ob sie in ihren eigenen Körper hineinschlüpfte, in ihre eigene Haut, aber mit einer Selbstsicherheit und Kontrolle, die sie nie zuvor an sich erlebt hatte. Es war, wie nach Hause zu kommen, wie die Sonne auf der Haut an einem warmen Sommertag, wie beim Schlafen ihre Hand auf den Bauch ihrer Schwester zu legen. Ein Gefühl der absoluten Zugehörigkeit, das wie ein goldenes Licht durch sie hindurch und in Schwert und Schild strömte. Und irgendwie bewegte sich das Schwert eher durch die Kraft ihrer Gedanken als durch die Kraft ihres Arms und traf nun jedes Mal genau die Stelle, wo es der Junge am wenigsten erwartete. Sie erwischte ihn zuerst hart unter dem Kinn, sodass seine Zähne zusammenschlugen, dann an der Hüfte, genau unter der vorstehenden Kante seines ledernen Brustpanzers. Als Nächstes klatschte die Klinge gegen sein Ohr und brachte es zum Leuchten. Der Junge stieß eine Reihe von Flüchen aus, die so eindrucksvoll waren, dass Lily kurz aufhörte, Cass anzufeuern, und einen anerkennenden Pfiff von sich gab.

Dann schien sich Cass' Schild beinahe wie aus eigenem Antrieb in der Luft zu drehen, sodass er auf das Handgelenk ihres Gegners traf, der sein Schwert mit einem heftigen Keuchen direkt vor ihre Füße fallen ließ. Schnell sprang sie darauf, nach Atem ringend und immer noch wie benommen, während Lily triumphierend aufschrie und der Junge Blut spuckte und sich missmutig davonmachte.

Einen Moment lang nahm Cass ein goldenes Läuten wahr, beinahe mehr eine Farbe als ein Geräusch – doch dann wurde es von Angharads aufgebrachter Stimme übertönt, die sich ihr plötzlich von hinten näherte. Cass' Hochgefühl verpuffte, als sie sich umdrehte und pure Wut in Angharads Miene erblickte. Hinter ihr kam Sigrid taumelnd auf die Beine, während der grinsende Ritter vom Seneschall einen prall gefüllten Beutel mit Goldstücken entgegennahm.

»KOMMT!«, befahl Angharad.

Auf einmal fühlte sich das Schwert in Cass' Hand wieder schwer an. Sie ließ es mit einem Klirren zwischen die anderen fallen und folgte Sigrid und Rowan gemeinsam mit einer erblassten Lily zu ihrem Ritterzelt.

12

»Unsicher zu sein, sich herauszuziehen, das sind keine Zeichen von Schwäche, sondern von Stärke.« Angharad brüllte sie so laut an, dass Cass beinahe einen Schritt zurück gemacht hätte. »Das hätte uns unsere Freiheit kosten können, du dummes Ding!«

Angharad lief jetzt erregt zwischen den Zeltwänden hin und her. Ihr Zorn loderte so hell wie ihr flammend rotes Haar.

»Dich ohne Erfahrung und ohne Rüstung auf einen unüberlegten Kampf einzulassen, bei dem du jeden Augenblick hättest enttarnt werden können …« Sie warf die Hände in die Luft, um ihrer Verzweiflung über Cass' Leichtsinn Ausdruck zu verleihen.

»Das war meine Schuld«, meldete sich Lily tapfer zu Wort. »Ich habe aus Versehen etwas Falsches gesagt, und Cass hat versucht, mich zu decken …«

»Daran habe ich keinen Zweifel.« Angharad richtete ihren erzürnten Blick auf Lily. »Ihr seid alle beide gleich töricht und kopflos.« Sie ging weiter auf und ab und murmelte dabei halblaut etwas von noch kaum eingerittenen Hengstfohlen und Jugendlichen, die sich wie die Kinder benahmen. Cass stand während des Wutausbuchs nur betroffen da, sie ahnte, dass sie sich besser nicht rührte, bevor die Strafpredigt vorbei war.

»Es ist ja kein Schaden entstanden«, erklang eine leise, ruhige Stimme. Vivian erschien und legte ihre Hand fest auf Angharads Schulter. »Die beiden werden daraus lernen, daran habe ich keinen Zweifel. Doch wir reisen besser ab, und zwar schnell. Hier gibt es nichts mehr zu gewinnen, aber wir riskieren immer mehr, je länger wir bleiben.«

Angharad seufzte, und Cass spürte, dass Vivians Stimme die einzige auf der Welt war, die sie erreichen und eine solche Wut besänftigen konnte. Angharad legte kurz ihre eigene Hand auf die von Vivian auf ihrer Schulter.

»Ja, ich bin stark genug«, sagte Vivian bestimmt und beantwortete damit Angharads unausgesprochene Frage. »Lass uns nach Hause reiten. Da können wir in Ruhe unsere Wunden lecken.«

Als Angharad nickte, trat Sigrid aus den Schatten heraus und verließ wortlos das Zelt. Sie trug noch immer ihren Helm mit geschlossenem Visier.

Als Cass ihr hinterhereilte, um ihr beim Aufsitzen zu helfen, ließ sie den Kopf hängen, denn sie erwartete eine ähnliche Tirade wie von Angharad. Bestimmt war Sigrids Zunge durch ihre eigene Niederlage geschärft. Doch die Frage, die dann kam, war nicht die, die Cass erwartet hatte. Sigrid fragte nicht »Was hast du dir dabei nur gedacht?« oder »Wie konntest du nur so dumm sein?«, sondern: »Ist dir das schon mal passiert?«

»Nein«, murmelte Cass und spürte, wie sie rot anlief. Schon jetzt fühlte sich das plötzliche Selbstvertrauen aus dem Kampf nur noch wie eine merkwürdige Erinnerung an, so als hätte ihr jemand anders davon erzählt. Sie war sich fast sicher, dass es sich um eine Illusion gehandelt und der eigene Verstand ihr etwas vorgegaukelt hatte. Doch Sigrid hatte es bemerkt. Und sie öffnete ihr Visier und schaute Cass für einen Moment mit einem neuen, berechnenden Ausdruck an, so als versuchte sie ein Rätsel zu lösen, das Cass selbst nicht sehen konnte. Anschließend nickte sie und schwang sich in den Sattel.

»Dann arbeiten wir daran, dass es wieder passiert. Jetzt, wo wir wissen, dass du es in dir hast.«

Als sie sich niedergeschlagen in einer ungeordneten Prozession auf den Heimweg machten, ohne einen Preis für ihre Anstrengungen davongetragen zu haben, stieg in Cass' Brust trotz allem ein warmes Gefühl auf, und ein Lächeln schlich sich auf ihre Lippen. Sie presste die Fersen zusammen und spornte Pebble zu einem schnelleren Trab an.

Es war eine anstrengende Reise, die durch das trostlose Herbstwetter nicht angenehmer wurde. Sie schienen die letzte Wärme des Sommers auf dem Turnierplatz hinter sich gelassen zu haben, und ein Nieselregen, der ohne Pause aus dem grauen Himmel fiel, verlangsamte ihren Zug noch weiter.

Sie waren sofort abgereist, um jeden weiteren Kontakt mit Sir Mordaunt und seinem Gefolge zu vermeiden, nur Blyth war zurückgeblieben, um die Zelte abzubauen. Sie holte sie auf demselben Rastplatz ein, den sie auch auf der Hinreise benutzt hatten. Vivian fuhr auf dem Karren mit der Ausrüstung mit. Verglichen mit dem leuchtenden Freudenfeuer auf dem Hinweg gab es diesmal nur ein mickriges Feuerchen, denn sie fanden nur einige wenige Zweige, die trocken genug waren, um zu brennen. Auch die Gespräche, die auf dem Weg zum Turnier angeregt gewesen waren, klangen jetzt gezwungen und erschöpft; es wurde lange geschwiegen und oft gegähnt. Sie bibberten in der feuchten Luft und rückten so nah wie möglich an die mageren Flammen heran, um sich ein wenig zu wärmen. Über dem gesamten Lager hing das Gefühl des Scheiterns.

Nur ein Moment hellte an diesem Abend die Stimmung auf. Rowan zog überraschend eine einfache, ramponierte Fiedel aus ihrer Satteltasche und begann, darauf eine schwermütige Melodie zu zupfen. Es war, als ob die Töne den kargen Lagerplatz umfingen und sie alle in ihrer Müdigkeit und ihrer Entmutigung vereinten. Cass saß neben Lily. Beide bliesen Trübsal, weil sie Angharad enttäuscht hatten, und die Musik war wie Balsam sowohl für ihre lädierten Seelen als auch für ihre schmerzenden, kalten Gliedmaßen.

»Rowan hatte es von uns allen am schwersten«, erzählte Lily halblaut, während die Musik anschwoll und abflaute. »Sie wurde schon als Kind zur Waise und hat Jahre damit verbracht, als fahrende Straßenmusikantin um Brotkanten und Obdach zu betteln, bis sie eines Tages im Herrenhaus ankam.«

Cass beobachtete, wie Rowan, deren Augen im Schein des Feuers glänzten, ihr zerkratztes Instrument in den Armen hielt. Sie dachte an die Abende, an denen Rowan, noch lange nachdem alle anderen schlafen gegangen waren, auf dem Trainingsplatz geblieben war, und an ihren heftigen Ärger eines Abends im großen Saal, als eine ungeschickte junge Knappin versehentlich ein Tablett voller Fleisch fallen gelassen und damit verschwendet hatte. Sie fragte sich, wie es wohl war, kein Sicherheitsnetz und keine Familie zu haben, zu der man zurückkehren konnte, falls ihre Gemeinschaft aufflog.

Dann endete die Melodie mit einem einzelnen, nachhallenden, lieblichen Ton. Vivian kletterte mit dem Schwert in der Hand vom Karren und berührte Rowan sanft an der Schulter.

»Du hast heute gut gekämpft, mein Mädchen«, sagte sie, und in ihrer Stimme klang ein Stolz mit, der Rowans Gesicht zum Glühen brachte. »Das war kein leichter Kampf, und es gab keinen einfachen Weg zum Sieg, aber das ist meistens so. Ritterin zu sein, bedeutet viel mehr, als Prämien zu erringen.«

Damit zog sie ihr Schwert aus der Lederscheide und berührte Rowan ganz leicht mit der Klinge, einmal auf jeder Schulter – die einfache Geste, die eine junge Frau zur Ritterin erhob. Lily drückte Cass' Hand ganz fest und flüsterte: »Stell dir nur mal vor, Cass, stell dir vor ...!«

Als sie sich später unter ihren Mänteln zusammenkuschelten und ihr Atem kleine Wölkchen in der Dunkelheit hinterließ, flüsterte Cass: »Mordaunts Schild ... das Geweih.«

Lily schnaubte und wickelte sich fester in ihren Mantel ein. »Natürlich hat er sich das Symbol der mächtigsten einheimischen Legende als Wappen ausgesucht. Das bedeutet nicht, dass der Hirsch irgendetwas mit ihm zu tun hat. Er will nur, dass die Leute das glauben.«

Sie schwieg lange und fragte dann leise: »Warum hast du mich angelogen, Cass?«

»Angelogen? Worüber?«

»Du hast gesagt, dass du noch nie zuvor gekämpft hast.« In ihrer Stimme lag ein Hauch von Vorwurf.

»Das hatte ich auch nicht, Lily. Ich kann das nicht erklären. Es war, als ob ...« Sie seufzte, drehte sich um und sah zu den Silhouetten der Äste über ihren Köpfen auf, die im Licht des erlöschenden Feuers erkennbar waren. Hier und da, wenn sich die Blätter sanft in der Brise bewegten, konnte sie kurz Sterne flackern sehen. »Es war, als wäre jemand anders in meinen Körper gefahren ... oder als hätte ich mich an jemanden erinnert, von dem ich nicht wusste, dass ich es selbst sein konnte.«

»Das ergibt keinerlei Sinn.«

Cass grinste, denn sie wusste, dass Lilys linke Augenbraue skeptisch hochgezogen war, auch wenn sie es im Dunkeln nicht sehen konnte.

»Ich weiß.«

Lily seufzte und schmiegte sich enger an Cass.

»Tja, jedenfalls musst du mir ein paar dieser neuen Taktiken beibringen, egal, wo sie hergekommen sind. Wenn wir bei Angharad je wieder wohlgelitten sein wollen, müssen sich bei unserer Ausbildung ein paar Wunder ereignen.« Sie drückte Cass, und Cass seufzte und drückte sie ebenfalls. Dann schloss sie die Augen.

Als sie im Herrenhaus eintrafen, wurde Cass losgeschickt, um Alys zu holen, damit sie sich um Vivians Wunde kümmerte. Sie traf die Frau auf den Knien vor ihrer Hütte an, umgeben von den Überresten dessen, was einmal ein sorgsam angelegtes Kräuterbeet gewesen war. Als sich Cass' Schritte näherten, blickte sie auf und ergriff einen dicken Holzknüppel, aber sobald sie das Mädchen erkannte, fuhr sie sich schwer seufzend mit der Hand durchs Haar und wischte sich die Augen – wobei sie einen Fleck aus Erde an ihrer Stirn hinterließ.

»Was ist passiert?« Cass sank neben Alys auf die Knie und betastete die zerdrückten Stängel einer Thymianpflanze, die mit den Wurzeln ausgerissen worden war.

»Ich bin eine Frau, die allein lebt und nicht versucht, ihr Wissen über Pflanzen und deren Verwendung zu verstecken«, antwortete Alys mit matter, resignierter Stimme. »Es war nicht das erste Mal und wird auch nicht das letzte Mal gewesen sein.« Sie zeigte wortlos auf ihre Eingangstür, und Cass erschrak.

BRENNE, DU HEXE. Die Worte waren mit dicken, weißen Pinselstrichen hingeschmiert worden, und rundherum hatte jemand Pferdemist als eine Art Rahmen für die Botschaft verschmiert.

»Wer war das?«, fragte Cass erbost und ergriff Alys' runzelige Hand. »Das sollten wir nicht auf sich beruhen lassen.«

Alys lächelte und tätschelte ihre Hand. »Du gute Seele! Aber die Männer, die durch diese Wälder reiten, sind weitaus gefährlicher und verschlagener als die Feenwesen und die Menschen mit alten Bräuchen, die sie zu hassen behaupten. Nur, dass sie sich mit Kettenhemden und Wappen schützen. Sie herauszufordern, birgt große Risiken.«

»Mordaunts Männer?«

Alys nickte.

Cass versuchte den bemitleidenswerten Thymian zu retten, indem sie die Wurzeln in den Boden drückte und mit einer Handvoll Erde bedeckte.

»Lebendige Wesen kann man nicht so einfach töten«, sagte Alys, die ihr dabei zusah. »Diejenigen, die wissen, wie man auf die Natur hört, können viel von ihr lernen. Und diejenigen, die sich an die alten Bräuche erinnern, wissen, dass der Wandel irgendwann eintritt. Man muss nur geduldig sein.« Ihr Blick fand erneut Cass' Handgelenk, wo die alte Narbe im nachlassenden Licht beinahe silbern wirkte. »Höre auf die Stimmen des Waldes, Cass.« Alys lächelte und steckte eine weitere Pflanze in den Boden zurück. »Sie werden dich leiten, selbst wenn du dich verirrt hast.«

13

Später an diesem Abend gingen Cass diese Worte nicht aus dem Kopf. Sie hatte Alys zu Vivians Schlafkammer begleitet und sich dann mit den anderen zum Abendmahl begeben.

Aber kaum hatten sie zu essen begonnen, da zerriss ein Schrei die Luft im Saal. Ritterinnen und Knappinnen sprangen auf. Angharad zog ein verstecktes Schwert, das vor ihr unter dem Tisch befestigt gewesen sein musste. Sigrid legte einen Brustpanzer an, der am Kamin lehnte. Gemeinsam rannten sie nach draußen in den Innenhof, gefolgt von den anderen. Cass und Lily schauten sich erschrocken an und liefen ihnen nach. Auf dem Weg schnappte Cass sich ein Messer vom Tisch.

Auf dem Steinboden lag eine junge Frau, in deren Schulter ein Pfeil steckte. Eine andere beugte sich über sie und rief verzweifelt um Hilfe.

»Es sind fünf oder sechs«, keuchte sie, als Angharad bei ihr ankam. »Sächsische Plünderer. In den Bäumen. Sie konnten das Tor nicht aufbrechen, aber wir haben sie von der Festungsmauer aus angegriffen, und das war ihre Antwort.«

In diesem Moment erklang vom Tor ein mächtiges Hämmern, ein Klopfen, das so laut war, dass es durch den ganzen Innenhof hallte und die Steine davon zu beben schienen. Angharad sprang mit dem Schwert in der Hand auf und legte ihren Zeigefinger an die Lippen, wobei sie die kleine Gruppe der Frauen, die sich auf den Stufen des Herrenhauses versammelt hatte, eindringlich ansah. Dann gab sie Leah und Rowan ein stummes Zeichen. Die beiden waren nicht sofort aus dem Saal ins Freie gerannt, sondern hatten sich vorher in ihren Kammern bewaffnet, sodass sie jetzt mit Helmen und Schwertern bereitstanden. Angharad gestikulierte in Richtung Tor, und beide bezogen davor Stellung.

Aus dem Stall kam Blyth mit einem Bogen und einem Köcher voller Pfeile herbeigerannt. Sigrid ergriff alles und sprang die Stufen zur Brustwehr hinauf. Sie lief tief gebückt, damit man sie von außen nicht sehen konnte.

Die Torflügel knarzten unter der Wucht eines dritten Angriffs, und diesmal schrie Angharad auf, bedeutete den anderen aber mit nach hinten hochgereckter Hand, weiterhin leise zu bleiben.

»Bitte wartet, meine Lords, ich mache ja schon auf. Ich bin eine Frau, die hier allein und ohne Verwandte ausharrt, und ich lasse nachts nicht gern das Tor auf. Aber ich versichere Euch, dass ich Euch jede Gastfreundschaft erweisen werde, die Ihr wünscht.«

»Wenn du nicht schleunigst aufmachst, nehmen wir uns mehr als nur ›Gastfreundschaft‹«, erklang eine bedrohliche Stimme mit anzüglichem Unterton und einem fremden Akzent, den Cass nicht einordnen konnte. Sie spürte, wie Lilys Hand nach ihrer griff. Hinter ihnen drängten sich einige Knappinnen mit angstverzerrten Gesichtern zusammen. Mit einer immer schwitzigeren Hand umklammerte Cass ihr Messer noch fester.

»JETZT!«, befahl Angharad, hob den mächtigen Riegel aus seiner Halterung und ließ die Torflügel aufschwingen.

Sigrid richtete sich auf und schoss innerhalb von wenigen Augenblicken drei Pfeile hintereinander von der Brustwehr aus ab, wobei sie ihren Bogen direkt nach unten ausrichtete, sodass die Pfeile von oben auf die nichtsahnenden Eindringlinge niedersausten. Cass hörte, wie einer der Männer vor Schmerz aufschrie und die anderen fluchten, während sie zum Tor stürmten.

Noch bevor sie es über die Schwelle schafften, hatten Angharad und Leah bereits zwei von ihnen niedergestreckt, indem sie aus dem Schatten des Torwegs vortraten und sie mit ihren Schwertern zweiteilten. Die Steine waren schon rutschig vom Blut, als die beiden letzten Männer stehen blieben und wild zwischen ihren getöteten Kameraden und der Gruppe der Frauen vor ihnen hin- und herblickten. Sie strebten weiter vorwärts, und es trat ein Augenblick der Stille ein. Dann erhob jede Frau und jedes Mädchen die Waffe, die sie zu Beginn des Aufruhrs ergriffen hatte. Manche hielten Messer oder Scherben von Steingut-Gefäßen in den Händen, andere Kerzenleuchter oder brennende Fackeln, die sie aus ihren Wandhalterungen gerissen hatten. Mit einem einzigen, schreckenerregenden Kampfschrei verliehen sie ihrer Wut über diese Verletzung ihres Zufluchtsortes Ausdruck.

Die Männer strauchelten mit verwirrten und angsterfüllten Mienen rückwärts und rannten dann los, um sich im Wald zu verstecken. Doch nach kaum mehr als einem Dutzend Schritten hörte man das leise Zischen weiterer durch die Luft fliegender Pfeile, und die Flüchtenden fielen zu Boden und blieben liegen.

Alle Augen wandten sich Sigrid zu, die die Treppe von der Brustwehr herunterschritt.

Sie zuckte die Achseln. »Ich konnte sie nicht am Leben lassen, sonst hätten sie uns verraten. Stellt euch vor, die Sachsen erfahren von einem schön abgelegenen Herrenhaus im Wald von Nordhumbrien, das lediglich von einer Handvoll Frauen verteidigt wird.«

Angharad nickte seufzend. Sie gab Blyth einen Wink, die daraufhin der unverletzten Torwächterin half, ihre verwundete Partnerin aufzuheben, indem beide einen Arm um deren Taille legten. »Bringt sie in Vivians Schlafkammer. Alys ist schon dort.«

Sie wandte sich um und erteilte eine Reihe von Befehlen. »Das war zu knapp. Verdoppelt die Wache. Und schickt zusätzliche Reiterinnen, damit sie den Wald durchsuchen. Hoffentlich war das eine isolierte Gruppe von Kundschaftern ohne andere im Hintergrund. Aber wir dürfen kein Risiko eingehen.«

Während sie zurück in den Saal drängten, um das Abendessen fortzusetzen, gab es unter einigen der Frauen Unruhe und Gemurmel. Cass bemerkte, dass Angharad schwer in ihren Sessel sank und mit Sorgenfalten auf der Stirn in ihrem Essen herumpickte. Plötzlich erhob sie sich und schob ihren Sessel schwungvoll zurück.

»Wenn ihr etwas zu sagen habt, dann lasst uns offen sprechen. Ein Witan.«

Die Frauen und Mädchen standen von ihren Plätzen auf den Bänken auf und sammelten sich in einem Halbkreis um den Kamin.

»Was meint sie?«, fragte Cass flüsternd Lily. »Der Witan in meinem Dorf fand nur einmal im Monat statt und war niemals öffentlich.«

Lily nickte. »In den meisten Orten besteht er nur aus den Dorfältesten, den mächtigsten Männern, aber bei uns ist jede dabei. Und wir berufen ihn ein, wann immer es nötig ist.«

Joan trat nervös vor, doch sie hatte ihr Kinn gereckt und sprach mit trotziger Stimme. »Wir hätten diese Männer gefangen nehmen können. Sie hätten nicht sterben müssen.« Unter zustimmendem Gemurmel aus dem Kreis trat sie zurück an ihren Platz.

»Und alles aufs Spiel setzen, was wir uns hier aufgebaut haben?

Für eine Bande blutrünstiger Sachsen, die uns alle im Schlaf ermorden wollten, wenn sie uns überrumpelt hätten?« Rowans Tonfall war barsch und verächtlich. Sie spuckte ins Feuer.

»Wir hätten wenigstens darüber abstimmen können«, warf ein pickeliges Mädchen mit leicht vorstehenden Zähnen ein, das neben Joan stand. Cass wusste, dass sie Susan hieß. »Bei solchen Entscheidungen sollten wir mit einbezogen werden.«

»Und die Sachsen bitten, geduldig vor dem Tor zu warten, während wir entscheiden, was wir mit ihnen machen sollen?« Lily lachte ungläubig auf.

»Du bist erst seit einem Jahr bei uns, Joan«, erklärte Leah ihrer Knappin. »Du weißt noch nichts über die Opfer, die wir bringen mussten, um unsere Lebensweise zu verteidigen.«

»Und wer sagt, dass sie all diese Opfer überhaupt wert ist?«, fragte Joan, die aussah, als wäre sie den Tränen nahe. »Was ist unsere Freiheit denn wert, wenn sie auf Kosten des Lebens anderer geht?«

»Hör mal zu, du Idiotin«, setzte Rowan an, doch Angharad hob warnend die Hand.

»Sie hat das Recht zu sprechen, Rowan, und jede Stimme hat hier das gleiche Gewicht, ob Ritterin, Knappin, Pagin oder Stallhelferin. Nur gemeinsam sind wir stark.«

Aus den hinteren Reihen des Kreises erklang ein kurzes Schnauben. »Aber du wirst nicht ihr Blut von den Steinen schrubben müssen, nicht wahr, Mylady?«, sagte jemand.

Angharad erstarrte, doch ehe sie antworten konnte, betrat Vivian mit langsamen Schritten den Saal. Mit einer Hand hielt sie sich die bandagierte Taille.

»Sie hat so viel größere Opfer gebracht, als ihr wisst«, fauchte sie ungewohnt wütend und etwas atemlos.

»Wir tragen alle unseren Teil bei«, meinte Leah beschwichtigend und legte einen Arm um Joan. »Bei eurer harten Arbeit als Knappinnen geht es nicht darum, euch zu beschämen oder zu belasten, sondern euch auf die großen Herausforderungen des Ritterinnenstandes vorzubereiten. Das ist Teil eurer Ausbildung, ein Teil des Erwachsenwerdens.«

»Und wenn euch das nicht gefällt«, fügte Vivian hinzu, »steht es euch frei, zu gehen und euer Glück anderswo zu suchen. Dann werdet ihr schon sehen, wie viel magischer das Leben hier im Vergleich zu der häuslichen Knechtschaft erscheint, die ihr finden werdet.«

Sie röchelte, und Angharad trat an ihre Seite. »Komm, du darfst das Bett nicht verlassen.« Vivian legte einen Arm über Angharads Schulter und ließ sich von ihr aus dem Saal führen.

Der Witan war beendet. Und Vivian hatte klargemacht, wessen Entscheidungen zählten.

14

Im Herbst betätigte sich die Schwesternschaft jeden Morgen ab dem Sonnenaufgang auf der Übungswiese. Sie schlitterten über taufeuchtes rötliches Laub, das von den Bäumen des Waldes über die Festungsmauer geweht wurde. In jedem freien Moment, in dem sie nicht Sigrid und Angharad zu Diensten waren oder mit Blyth Reiten übten, standen Cass und Lily im hohen Gras und hackten mit Übungsschwertern aufeinander ein, bis ihnen der Schweiß in die Augen rann und ihre Handflächen wund und mit Splittern übersät waren, die sie sich jeden Abend am Kaminfeuer im großen Saal herauszogen.

Sigrid drückte sich immer am Rand der Wiese herum. Ihre Augen mit einer Hand vor der Sonne abschirmend, beobachtete sie Cass' Fortschritt. Und jedes Mal, wenn Cass sie bemerkte, nickte sie ihr brüsk zu und verschwand.

Es war ein anstrengender Herbst, aber die Tage befriedigten sie auf eine Art, die Cass bisher nicht gekannt hatte. Die Arbeit war zehrend, doch sie fühlte sich lebendig, zielstrebig und ehrgeizig wie nie zuvor. Da waren Aufgaben, die sie erledigen musste: An einem Tag in der Küche Brotteig kneten; an einem anderen durchs Unterholz des umgebenden Waldes kriechen, um Kleinwild aus den aufgestellten Fallen zu holen. Sie verdrängte die Gedanken an ihr Zuhause, die beim Erledigen der Hausarbeit unweigerlich aufkamen; ebenso die Gewissensbisse, wenn sie sich fragte, wie ihre Mutter wohl ohne die Hilfe ihrer beiden ältesten Töchter die häuslichen Pflichten bewältigte. Sie hatte Tagträume von Mary, die nun ihren eigenen Haushalt führte, und fragte sich, ob vielleicht auch sie gerade in diesem Moment Teig knetete.

An den Abenden saß sie mit einem weichen Seidenkleid im Kerzenlicht des großen Saals und machte mit Lily und den anderen Knappinnen ein Würfelspiel oder lauschte einem anderen Mädchen, das sich bei einem Lied über Tapferkeit und Wagemut auf der Harfe begleitete, während sie alle gedankenverloren in das Feuer im großen Kamin starrten.

Die Sachsen kamen nicht wieder, und das Gemurre der jüngeren Knappinnen schien abzuflauen, jedenfalls fürs Erste. Dabei half es, dass Angharad, Vivian und die anderen älteren Ritterinnen ebenfalls die ganze Zeit beschäftigt waren. Entweder gingen sie auf die Jagd, trainierten ihre Knappinnen oder schlossen sich in Angharads Gemächern ein, um über komplizierten Briefen und Finanzen zu brüten.

Sie brauchten niemals zu hungern, doch die Menge des Nachschubs war genauso unvorhersehbar, wie Lily gesagt hatte – vor allem, als das Wetter umschlug und weniger Wild zu finden war.

Eines Abends kam Angharad mit geröteten Wangen, einer leuchtend roten Wunde quer über dem Unterarm und einem mit Münzen gefüllten Beutel in den Saal gefegt, und alle jubelten, als sie erklärte, dass sie in diesem Monat wie die Königinnen essen würden. Doch als Cass später auf dem Weg in die Küche am Fuß von Angharads Treppe vorbeikam, hörte sie Angharad und Vivian mit lauten und gereizten Stimmen streiten.

»Es ist einfach ein zu großes Risiko, nach Banditen zu suchen, die wir berauben können«, rief Vivian, doch Angharad gab zurück: »Und wovon sollen wir dann leben? Unseren Stolz können wir nicht essen, Vivian! Sicherheit ernährt uns nicht! Ich war in meinem Leben so lange eingeschränkt und fremdbestimmt – darum werde ich mir das von dir nicht auch noch gefallen lassen!«

Dann wurden die Stimmen wieder leiser, und Cass ging schuldbewusst weiter.

Eines Abends saß sie in Sigrids abkühlendem Badewasser. Dabei erhaschte sie in dem Spiegel, der an der Wand des Vorzimmers lehnte, einen Blick auf sich selbst und erschrak, als ihr eine Fremde daraus entgegenblickte. Ihre dunkelbraunen Locken waren so wild wie eh und je, doch jetzt fielen sie von einer gebräunten Stirn herab und waren von Strähnen durchzogen, die die Sonne goldgelb gefärbt hatte. Auf Nase und Wangen hatte sie Sommersprossen, und ihre Wangen waren von Gesundheit und frischer Luft gerötet. Die Schultern waren kräftig und gebräunt, die Muskeln ihrer Oberarme ausgeprägt und stramm. Und in ihren geraden, dunklen Augenbrauen und blaugrünen Augen lagen Wachsamkeit, Selbstbewusstsein sowie eine Entschlossenheit, die das Mädchen, das an jenem Morgen vor nur einigen wenigen Wochen im Obstgarten mit seinem Anhänger spielte, noch nicht gekannt hatte. Sie war sich nicht einmal sicher, dass dieses Mädchen sie heute überhaupt noch erkennen würde, und dieser Gedanke zauberte ein nicht zu unterdrückendes Lächeln auf die Lippen der neuen Cass.

Sigrids Interesse an ihr steigerte sich ebenfalls. Sie organisierte an vielen Abenden Einzeltrainings mit Cass. Manchmal saßen sie einfach nur zusammen, und Sigrid erklärte ihr stundenlang die Kunst des Schwertkampfs und der Taktik; andere Male erwartete Sigrid sie in einer von Fackeln erleuchteten Kammer mit Waffen, die sie studieren sollte, oder mit frisch gespleißten Pfeilen, die befiedert werden mussten. Aber meistens und immer wieder bestand sie darauf, dass sie sich einen Übungskampf lieferten.

Einige Tage nach der Rückkehr vom Turnier hatte Sigrid Cass nach dem Frühstück zu Iona in den Innenhof geschickt. Iona wartete in einem kleinen Steingebäude neben dem Stall. Sie war ein zierliches Mädchen mit einem schmalen, ernsten Gesicht und dünnen, aber muskulösen Armen. Ihr dunkelblondes Haar trug sie in einem Zopf, der beinahe bis zum Boden reichte. Sie sah grinsend vom Feuer zu Cass auf, als diese eintrat. Schweißtropfen rannen ihr Gesicht herab. Sie wischte sich ihre schwarzen Hände an einer Lederschürze ab, bevor sie Cass mit einem erstaunlich kräftigen Handschlag begrüßte.

»Na, kommst du wegen deines Schwertes?«

»Meines …?« Cass schluckte, blickte an dem Mädchen vorbei zum Feuer hin und fand davor einen stabilen schwarzen Amboss, auf dem eine stumpfe, noch unfertige Klinge lag, deren Spitze vom Feuer rot glühte. Es war ein feines, schlankes Schwert, das in einem schmalen, mit schwarzem Leder umwickelten Griff mit einem runden Silberknauf endete. Die zischenden Flammen schienen hinter ihm zu flüstern und zu murmeln.

»Sigrid findet, dass es so weit ist«, grinste Iona. »Sie hat mich Tag und Nacht daran arbeiten lassen, seit ihr aus Eboracum zurück seid.«

Der enge, heiße Raum fühlte sich plötzlich noch viel enger und heißer an. Cass spürte, wie der Atem ihren Körper verließ, als würde er von einer ganz eigenen Kraft heraus- und zu der rotgoldenen Klinge hingezogen, die so lebendig glühte und schimmerte.

Iona sah sie grinsend an.

»Manchmal wählst du dir das Schwert aus. Und manchmal wählt es dich.«

Iona hielt ihr ein anderes Schwert hin. Es lag flach auf ihren beiden erhobenen Handflächen, und das Metall blitzte im Licht.

»Das«, begann sie, »ist ein typisches Ritterschwert. Wenn ich mich recht erinnere, hat Sigrid es vor ein paar Monaten einem ganz besonders widerwärtigen Herrn im Wald vor Cambodunum abgenommen.«

Cass griff erwartungsvoll nach dem goldenen Heft. Als sie es aus Ionas Händen nahm, stellte sich heraus, dass sie auf sein hohes Gewicht nicht vorbereitet war, denn sie ließ es sofort auf ihre Zehen fallen.

»Aua!«

Iona lachte Cass aus, die auf einem Bein herumhüpfte und sich den schmerzenden Fuß hielt. »Wie können sie es denn so geschickt führen, wenn es so schwer ist?«, fragte sie ungläubig. Sie dachte an Sigrids schwungvolle Hiebe und Vivians schnelle Schwertstöße.

Ionas Augen leuchteten. »An der Stelle komme ich ins Spiel.«

Sie nahm das schmale Schwert vom Amboss und ließ die Spitze in einen Eimer mit kaltem Wasser gleiten. Es zischte und schäumte und eine große Dampfwolke stieg zum Dach auf. Als sich der Dampf verzogen hatte, drehte sie die Klinge herum und hielt Cass das Heft hin.

»Es muss noch geschärft und poliert werden, aber du kannst es schon mal testen.«

Cass streckte langsam die Hand aus. Ihre Finger streichelten das weiche, schwarze Leder und spürten die harte Bestimmtheit des Metallhefts darunter. Sie nahm all ihre Kraft zusammen, um es aufzuheben, doch es flog mühelos an ihre Seite. Es war sogar noch leichter als die Holzstöcke, die sie beim Training benutzten. Sie lachte begeistert auf und probierte es aus, indem sie es sanft durch die Luft bewegte und von einer Hand in die andere gleiten ließ.

»Wie?«, hauchte sie.

»Zinn.« Iona lächelte. »Die meisten Schwertschmiede verwenden Bronze, legiert mit Kupfer und Zinn, oder Stahl. Diese Schwerter sind scharf und haltbar, aber schwer. Wir sind im Nachteil, wenn wir gegen Männer kämpfen, die ihre Waffen leichter heben können als wir.«

Sie hielt Cass ein Stück aus hellsilbrigem Metall hin.

»Das ist Zinn. Nimm es.«

Cass legte das Schwert hin und nahm es. Es war so leicht wie Seide, doch sie konnte es mit den Händen leicht verbiegen.

Iona schüttelte den Kopf. »Das ist nichts für Schwerter.«

Sie hob zwei weitere, dunkelgraue Metallstücke auf. Eins davon war ein großer, dicker Brocken, das andere erheblich dünner.

Sie reichte Cass das größere Stück. »Das ist der Rohstahl, mit dem du normalerweise beim Schwertschmieden anfangen würdest. Man erhitzt ihn und schmiedet ihn dann in die richtige Form. Aber wenn du hiermit beginnst …« Sie nahm Cass den Streifen Zinn aus der Hand, »und das hier hinzufügst …« Sie legte das Zinn auf das dünnere Stück Stahl. »Dann kannst du das Zinn in den Stahl einarbeiten und ein Schwert herstellen, das viel leichter ist, aber auf der Außenseite, wo es darauf ankommt, immer noch genauso hart.« Sie reichte Cass das Schwert zurück, die es erstaunt in der Hand wog.

»Wie hast du das gelernt?«

»Das hat mir mein Vater beigebracht«, erklärte Iona stolz. »Und mich hierhergeschickt, sobald ich volljährig war.« Sie lächelte über Cass' verwunderten Gesichtsausdruck. »Er ist nur von seiner Mutter erzogen worden«, fuhr sie fort. »Darum hat er ganz andere Vorstellungen von Frauen und ihrer Rolle in der Welt als die meisten anderen. Er ist Angharads Bruder, und einer von der Handvoll Leute, denen man das Wissen über das, was innerhalb dieser Mauern passiert, anvertrauen kann.«

»Aber hat er sich denn keine Sorgen wegen Angharads Ehemann gemacht?«, wollte Cass neugierig wissen.

Ionas Miene verdüsterte sich. »Angharad hat ihm erst nach dem Tod ihres Mannes einen Brief geschrieben und ihm ein wenig davon berichtet, wie ihr Leben gewesen war und warum sie sich entschieden hat, hierzubleiben und das Herrenhaus in das zu verwandeln, was es heute ist. Vorher hatte ihr Stolz es ihr nicht erlaubt, ihm die Wahrheit über die Grausamkeit ihres Mannes zu sagen. Und er fühlt sich seitdem schuldig, weil er ihr während dieser leidvollen Jahre nicht zur Seite stehen konnte; deshalb hat er sie vom ersten Moment an unterstützt, als sie sich entschied, nach ihren eigenen Regeln zu leben.«

Iona seufzte. »Mein Heim ist sehr weit weg, und er muss sich um meine Mutter und meine Brüder kümmern, aber ich weiß, dass er an mich denkt. Und an meine Tante.« Stolz leuchtete in ihren Augen. »Mich herzuschicken, war der größte Vertrauensbeweis, den er ihr erbringen konnte.«

Sie nahm das Schwert vorsichtig von Cass zurück und legte es wieder auf den Amboss. »Ich lasse sofort nach dir schicken, wenn es fertig ist«, sagte sie lachend, als sie die Begehrlichkeit in Cass' Miene sah. »Versprochen. Und bis dahin brauchst du ja auch deine eigene Rüstung. Komm!«

Sie führte Cass in den hinteren Teil der Schmiede, wo neben einem dampfenden Fass ein Stapel brauner Lederstücke lag.

»Kochendes Wachs«, erläuterte Iona, »um das Leder zu härten, damit es dich vor Pfeilen und Klingen schützt.« Cass verspürte wieder das vertraute Erschauern. Vor ihrem inneren Auge schienen geisterhafte Schwertspitzen langsam und bedrohlich auf sie zuzudriften, doch dieses Mal sah sie auch ein hellsilbernes Schwert, das sie abwehrte. Der Schauer flaute so schnell wieder ab, wie er gekommen war.

Iona hielt ein großes Stück hellbraunes Leder hoch und maß daran Cass' Schultern und Bauch ab, indem sie mit einem scharfen Werkzeug hier und da geschickt einige Kanten kürzte. Als sie mit der Größe zufrieden war, ergriff sie die Kante des Leders mit einer Metallzange und tauchte es in das Wachs, wo es zischte und blubberte. Einen Augenblick lang sah Cass ihre Mutter vor sich, wie sie kleine Osterfladen in heißes Öl warf und ihnen dabei zusah, wie sie aufgingen und an die Oberfläche schwammen. Dann tauchte das Leder aus dem Wachs auf, und Iona trug es schnell zu einer Werkbank hinüber, wo sie das nun dunkelbraune Leder in Form zog und mit einem Hammer bearbeitete. Ihre Hände hatte sie in dicke Handschuhe gesteckt. Während sie abwechselnd Cass' Körper und das Leder anblickte, schwang ihr Zopf hin und her. Sie verlieh dem Leder weiche Kurven, sodass es Cass passen und sie zugleich schützen würde, und rollte die Seiten so ein, dass sie ihre Rippen eng umschließen würden. Dann benutzte sie einen Hammer und einen spitz zulaufenden Metallmeißel, um die Löcher auszustanzen, an denen der Panzer durch Metall-Nieten oder Lederschnallen mit den anderen Rüstungsteilen verbunden werden würde.

Cass schaute ihr zu und bewunderte die Geschicklichkeit von Ionas Fingern und Händen. Vor ihren Augen wurde das Leder mit Leben erfüllt. Es verwandelte sich von einem weichen, flachen Stück in einen schnell aushärtenden Brustpanzer.

»Man muss zügig arbeiten«, murmelte Iona, »bevor es fest wird.«

Sie verstummte und hielt Cass erneut die Brustplatte an, dann nickte sie befriedigt. »Wenn die erst ordentlich geölt und poliert ist, glänzt sie wie eine Rosskastanie. Aber zunächst muss sie hart werden und sich setzen.«

Und so kam es, dass Cass nur wenige Tage später auf Ionas Nachricht hin in die Schmiede eilte und ihre erste Rüstung und ihr erstes Schwert in Empfang nahm.

15

Cass benutzte bei ihren täglichen Übungen auf der Wiese immer noch die Holzstöcke. Entsprechend begeistert war sie, als Sigrid ihr ausrichten ließ, dass sie sie für einen Trainingskampf treffen wollte. Das war die Gelegenheit, ihr neues Schwert zu benutzen!

Cass stand an ihr niedriges Holzbett gelehnt vor dem geliehenen Spiegel in ihrer Kammer und betrachtete erfreut, wie ihre Rüstung perfekt mit ihrem Körper zu verschmelzen schien. Der einfache und abgesehen von einigen Nieten aus Bronze unverzierte Brustpanzer glänzte wie Kupfer, genau wie Iona versprochen hatte. Die Schulterplatte umrahmte ihre Schultern und ließ sie breit und maskulin erscheinen, und unter ihrem Brustpanzer schützten lederne Lamellen ihr Becken und ihre Oberschenkel. Weiter unten wurden ihre Waden von einfachen, halbrunden Beinschienen verborgen. Und obwohl sie ihn bei diesem Übungskampf nicht brauchen würde, setzte sie sich auch den Stahlhelm auf, den Iona ihr aus der Waffenkammer geliehen hatte, denn sie wollte unbedingt wissen, wie sie in voller Rüstung aussah.

»Könntest du bitte mit dem Posieren aufhören und mir mit diesen Befestigungen helfen?«, grummelte Lily, deren Finger es mit den glänzenden, aber noch steifen Schnallen schwer hatten. Cass grinste und nahm den Helm ab, doch das Bild der Ritterin, das sie aus dem Spiegel heraus ansah, blieb ihr noch lange im Kopf.

Mit pochendem Herzen klopfte sie an die Tür des Übungsraums und wartete einen Moment, bis sie sie aufdrückte und eintrat. In den Halterungen an den Wänden flackerten Fackeln, doch Cass' Augen waren noch dabei, sich an das schwache Licht anzupassen, als ein Schwert eine Haaresbreite vor ihrer Nase vorüberzischte und sie erstarren ließ. Vor Schreck ließ sie ihr eigenes Schwert fallen, das laute Klirren hallte von den Wänden des spärlich möblierten Raums wider.

»Du musst stets bereit sein«, kam Sigrids leise Stimme aus den Schatten. »Und trage niemals dein Schwert, ohne einen Schild am Arm zu haben.« Sie reichte Cass einen leichten, blutroten Schild.

»So, und jetzt schauen wir mal, ob wir den Geist, der sich beim Turnier gezeigt hat, wiedererwecken können, nicht wahr?« Sigrid begann, sie mit erhobenem Schwert langsam zu umkreisen.

Cass beugte die Knie und umklammerte das Schwert fester. Sie versuchte sich an all das zu erinnern, was sie von Vivian und den anderen gelernt hatte: Sigrids Füße im Auge zu behalten, um vorauszuahnen, wo der nächste Hieb landen würde; sich mit dem Schild abzuschirmen, während sie ihren nächsten Angriff vorbereitete; ihre Gegnerin zu überraschen, indem sie die Richtung und Kraft hinter ihren Angriffen variierte.

Doch mit Sigrid zu kämpfen war, als würde sie eine Steinmauer attackieren. Wenn sie Lily auf der Wiese gegenübertrat, gelang es ihr oft, sie mit einem schnellen, tiefen Hieb in die Knie oder einem plötzlichen Stoß in die Rippen zu überraschen, doch Sigrid schien jede ihrer Bewegungen vorauszusehen. Die Sehnen in ihrem Hals spannten sich an, während sie immer und immer wieder aus der Reichweite von Cass' Schwert heraustanzte.

»Gut«, sagte sie lächelnd, als Cass sich langsam daran gewöhnte. Sie machten Pause, um etwas zu trinken. Cass wischte sich den Schweiß von der Stirn, während Sigrid kaum außer Atem zu sein schien.

»Gut?«, fragte Cass mit einem leicht bitteren Unterton. Sie merkte, dass ihre Muskeln bereits wehtaten. »Meine Klinge hat deine Rüstung noch nicht einmal berührt.«

»Genauso wenig hat meine dich zu Boden geworfen.« Sigrid schien sich über ihre Ungeduld zu amüsieren. »Und das hätte sie mit beinahe jeder anderen Knappin im ersten Ausbildungsjahr getan.« Angesichts von Sigrids Lob wurde Cass' Stimmung gleich besser, und auch die Muskeln schmerzten nicht mehr so sehr. Sie wischte sich den Mund ab und ergriff wieder ihr Schwert.

Es war nicht einfach, dieses innere Leuchten wiederzufinden, die Wärme, die sie so unerwartet an jenem Tag am Rand des Turnierplatzes in Eboracum überflutet hatte. An manchen Tagen war sie so erschöpft, dass sie bereits vor Sonnenuntergang enttäuscht ins Bett fiel, weil sie nicht glaubte, dass sie das alles schaffen konnte. Sie war sicher, dass sie einen Fehler gemacht hatte, hörte innerlich die Stimmen der Klatschtanten in ihrem Heimatdorf und stellte sich vor, was sie sagen würden, wenn sie sie jetzt sehen könnten.

Doch es gab auch Tage, Momente, in denen das Leuchten wieder aus ihr herausbrach – manchmal, wenn sie es am wenigsten erwartete.

Eines Abends betrat sie den Übungsraum gut vorbereitet, den Schild schon erhoben und bereit, den Hieb abzuwehren, der auf sie niedergehen würde, sobald die Tür geschlossen war. Sigrid nickte anerkennend. Dann verlagerte sie ihr Gewicht und griff an. Als Cass geschickt rückwärtssprang und ihr auswich, lachte Sigrid und stupste sie dann gegen die Schulter, so wie Mary es getan hätte, wenn Cass zu viele der Erbsen aufaß, die sie gemeinsam im Licht der Nachmittagssonne für das Abendessen pulten. Und in diesem Moment durchströmte Cass erneut das Gefühl, zu wissen, wer sie war. Es war, als würde das Kind aus ihrer Erinnerung, das trittsicher und furchtlos auf die höchsten Bäume geklettert war, während es über seine zaudernde Schwester gelacht hatte, sich noch weiter recken, nach einer stärkeren inneren Gewissheit, die noch kommen sollte. Das Schwert sprang beinahe aus ihrer Hand, beschrieb wie aus eigener Kraft einen Bogen, erreichte den Ellenbogen von Sigrids Schwertarm schneller, als die sich entziehen konnte, und traf die verwundbarste Stelle des Gelenks mit solcher Genauigkeit, dass ihre Herrin japste und beinahe ihr Schwert fallen ließ.

Sie bemerkte, wie Sigrids Mund einen entschlossenen Ausdruck annahm und sie sie mit neuen Augen ansah und einschätzte. Dann hieb sie ein weiteres Mal, zielte dabei geradewegs auf Cass' Stirn. Doch Cass hatte sich darauf eingestellt, erhob ihre eigene Klinge, um den Schlag abzufangen, und zwang Sigrids Schwert mit beiden Händen beiseite. Sigrid stolperte zurück, streckte einen Arm aus, mit dem sie sich beim Sturz auf den Boden abstützen wollte, und noch ehe sie sich fangen konnte, sprang Cass nach vorne und fand mit ihrer Schwertspitze die weiche Höhlung unterhalb von Sigrids Kehle. Sigrid erstarrte. Mit gebeugten Knien und einem ebenfalls gebeugten Arm hinter sich auf dem Boden war ihr Körper in der Waagerechten, während sie mit der freien Hand ihr Schwert in der Luft hielt. Es trat eine kurze Pause ein. Jeder Muskel in Cass' Körper bebte, während sie ihre Schwertspitze an die empfindliche, ungeschützte Hautstelle hielt. Dann öffnete Sigrid die Hand, und ihr Schwert fiel klirrend zu Boden.

Cass schnappte mit rasendem Herzen nach Luft. Sigrid kam hoch, setzte ein wölfisches Grinsen auf und klopfte ihr mit einem zufriedenen Nicken auf den Rücken. Cass verspürte einen warmen, intensiven Stolz in ihrer Brust.

Später lag sie stundenlang wach im Bett und versuchte sich an dieses Gefühl zu erinnern. Nicht nur an das Glühen ihres beinahe ungläubigen Stolzes, weil sie, Cassandra Ellory, eine *Ritterin* und noch dazu eine der härtesten Kämpferinnen der Schwesternschaft besiegt hatte. Sie wollte das Kampfgefühl in ihrer Erinnerung verfestigen, es ihrem Körper einschreiben. Die Wärme, die in ihre Wangen und Finger aufstieg; das plötzliche Hochgefühl in ihren Gliedern, als würde ein lange vergessenes motorisches Gedächtnis in sie zurückfließen; die Selbstsicherheit, die sie wie eine Droge durchflutete, wenn sie denn kam. Sie wollte in der Lage sein, es wieder zu tun, diesen Zustand willentlich zu erreichen, statt sich von ihm überraschen zu lassen. Und in ihrem Hinterkopf war da immer diese leise Stimme, die sie zu unterdrücken versuchte: »Ach, wenn Mary dich jetzt sehen könnte.«

Während sie in der Dunkelheit lag und diese Wärme und Selbstgewissheit in ihren Körper zurückzuzwingen versuchte, aber lediglich das Piksen des Strohs durch das Betttuch spürte, vernahm sie plötzlich das unverkennbare Quietschen der Holzdiele vor dem Eingang zu Sigrids Gemach und schreckte hoch. Alle ihre Sinne waren mit einem Mal alarmiert. Ihre Hand griff automatisch nach dem Heft des Schwertes, das sie griffbereit an das Kopfteil des Bettes gelehnt hatte. Doch bevor sie etwas sagen oder sich erneut bewegen konnte, bemerkte sie eine Schattengestalt, die sich nicht in Sigrids Gemach hinein, sondern aus ihm *heraus* bewegte. Die aufrechte, stolze Körperhaltung und der zielstrebige Schritt waren unverwechselbar: Es war Sigrid selbst, die sich, eingehüllt in einen langen, schweren Reiseumhang, zügig zur Treppe bewegte.

Cass zögerte, hin- und hergerissen zwischen ihrer Neugier und dem Respekt vor der Privatsphäre ihrer Herrin. Doch die kribbelnde Energie, die sie kurz zuvor am Abend in sich selbst heraufbeschworen hatte, ließ nicht nach. Die Kraft, die kein Ventil fand, machte sie ruhelos. Aus einem Impuls heraus sprang sie aus dem Bett, zog ihre Überschuhe an, warf ein Bündel Kleidungsstücke unter ihre Bettdecke, damit es so aussah, als läge sie noch darin, und folgte Sigrid.

Die Ritterin bewegte sich wie ein Schatten durchs Herrenhaus, eine Wendeltreppe hinab, durch die verlassene Küche, wo Körbe mit Äpfeln neben dem Kamin darauf warteten, zum Frühstück gebacken zu werden, und zur Hintertür hinaus. Cass folgte ihr und runzelte die Stirn, als Sigrid, ohne zu zögern, in den Wald lief. Als die kühle Nachtluft des Oktobers unter ihr einfaches Baumwollnachthemd drang, breitete sich Gänsehaut auf Cass' nackten Armen aus. Aus Angst, sie in der Finsternis der dicht stehenden Bäume aus den Augen zu verlieren, schloss sie eilig näher zu Sigrid auf. Dann erstarrte sie vor Schreck, als ein Zweig laut unter ihrem Fuß knackte. Sie kauerte sich in den Schatten eines Haselnussbaums, während Sigrid herumfuhr und die Umgebung langsam und methodisch mit ihren Blicken absuchte. Sie hatte eine Hand an der Hüfte, wo sie wahrscheinlich einen Dolch oder ein Schwert trug. Doch bevor sie Cass entdecken konnte, erklang ein leiser Schrei wie der eines Waldkauzes, und Sigrid wandte sich in Richtung des Schreis, legte die Hände an ihre Lippen und antwortete mit einem langen, trillernden Ton.

Aus dem Dunkel trat eine in einen Umhang gehüllte Gestalt, jemand, der einen Bogen und einen Köcher mit Pfeilen auf dem Rücken trug. Als er sich annäherte, zog er seine Kapuze herunter, und Sigrid lief auf ihn zu und umarmte ihn fest. Sie steckten die Köpfe zusammen und flüsterten angeregt miteinander. Obwohl Cass die Ohren spitzte, konnte sie die Worte nicht verstehen, und aus Furcht, entdeckt zu werden, traute sie sich auch nicht, näher heranzuschleichen. Die Unterhaltung war kurz und intensiv; beide begleiteten ihre Worte mit lebhaften Gesten, und als sie fertig waren, wandte sich der Mann ab, wobei Cass für einen Augenblick sein Gesicht sehen konnte. Der Mond kam hinter einer Wolke hervor, auf der Lichtung wurde es ein wenig heller, und Cass erkannte, dass er jung war, vielleicht nur ein paar Jahre älter als sie selbst. Er hatte ein Vogelgesicht und gewelltes Haar, das seine glatte Haut umrahmte. Eine frisch wirkende Narbe zerfurchte eine seiner Wangen vom Mundwinkel bis über sein Ohr.

Cass presste ihren Körper gegen die raue Rinde des Baums. Sigrid umarmte den jungen Mann erneut, sah zu, wie er wieder zwischen den Bäumen verschwand, und ging schließlich auf dem Weg zurück zum Herrenhaus an Cass vorüber.

Zitternd wartete Cass, bis sie sich einigermaßen sicher sein konnte, dass Sigrid wieder in ihrer Schlafkammer angekommen war. Dann schlich sie zum Haus, durch die Hintertür, über die glatten Bodenfliesen der Küche, die Treppe hinauf und in die Wärme ihres eigenen Bettes zurück.

Sie lag erneut im Dunkeln, lauschte dem Pochen ihres eigenen Herzens, dachte wieder an jenen abschätzenden Blick, den Sigrid ihr am früheren Abend zugeworfen hatte, und fragte sich zum hundertsten Mal, warum Sigrid sie als ihre Knappin ausgewählt hatte. War es, weil sie glaubte, dass Cass echtes Potenzial hatte?

Oder hatte sie gedacht, einem einfachen, unerfahrenen Mädchen vom Land würden ihre heimlichen Eskapaden entgehen? War sie ein Schützling? Oder lediglich ein bequemer Schild für welche Geheimnisse auch immer Sigrid vor den anderen Ritterinnen hatte?

16

»Ach, und wie sah er aus?«, flüsterte Lily, als sie und Cass am nächsten Morgen beim Stallausfegen die merkwürdigen Ereignisse besprachen.

»Wie gesagt«, antwortete Cass und stützte sich auf ihren Besen. »Jung. Ernsthaft. Narbe im Gesicht.«

»Ein Liebhaber?« Lilys Augen funkelten schelmisch.

Doch Cass schüttelte den Kopf. »Den Eindruck hat es nicht gemacht«, sagte sie und warf frisches Heu in Pebbles Futtertrog.

»Sohn?«

»Das bezweifle ich. Sigrid ist nicht gerade der mütterliche Typ. Und abgesehen davon kann er nicht mehr als sieben oder acht Jahre jünger als sie gewesen sein.«

»Aber du glaubst doch nicht …« Lily schaute sich im Stall um, ob sie alleine waren. »Du glaubst doch nicht, dass sie etwas Böses im Schilde führt?«

Cass verzog das Gesicht. Sie stellte sich seit dieser Nacht dieselbe Frage. Sigrid hatte sich alleine mit einem Mann getroffen, ohne dass sie irgendwelche Anstalten gemacht hätte, ihr Erscheinungsbild oder Geschlecht zu verhüllen. Verriet sie die Schwesternschaft? Sollten sie Angharad einweihen?

»Es gibt keinen Grund, das anzunehmen«, sagte sie und versuchte dabei überzeugter zu klingen, als sie war. »Wenn sie uns Ärger machen wollte, dann hätte sie bloß in Eboracum ihren Helm abnehmen müssen, oder irgendwo in unserer näheren Umgebung. Wenn sie wollte, hätte sie uns jederzeit enttarnen können.«

»Sigrid ist eines der neuesten Mitglieder der Schwesternschaft. Sie ist zu Beginn des Sommers gekommen, nicht lange vor dir«, meinte Lily gedankenverloren, während sie Wasser aus einem Eimer in den Trog der Pferde kippte. »Sie hat nur wenig über ihre Vergangenheit und ihre Herkunft erzählt. Genauso wenig, warum sie so gut mit dem Schwert umgehen kann. Aber sie hat ihre Loyalität klar erklärt und wieder und wieder bewiesen.«

Lily nahm eine Pferdebürste und strich damit sanft über die Flanken ihres Ponys Elise. »Es gab einen Zwischenfall, nur ein paar Wochen nachdem sie hier angekommen ist. Sie und Angharad waren auf der Jagd und wurden von Banditen überfallen, die ihnen aufgelauert hatten. Einer von denen ließ sich aus einem Baum fallen, und Angharads Pferd geriet in Panik, warf sie ab und ging durch. Sie war ihm ausgeliefert, er hatte sein Messer an ihrer Kehle, doch Sigrid hat ihn mit einem einzigen Pfeil erledigt und dann die anderen drei ganz allein vertrieben. Sie hat Angharad das Leben gerettet. Und die gesamte Beute der Banditen mit nach Hause gebracht. Warum sollte sie so lange bleiben und über Monate so loyal kämpfen, wenn sie uns verraten wollte?«

»Angharad und Vivian vertrauen ihr, das ist klar«, fügte Cass hinzu. »Sie ziehen sie mehr als jede andere Ritterin ins Vertrauen. Vielleicht hat sie ihn auf ihren Befehl hin getroffen oder mit ihrem Wissen.«

»Wenn du sie verpetzt, könnte das illoyal erscheinen«, sinnierte Lily.

»Genau das habe ich auch gedacht«, pflichtete Cass bei. »Ich könnte wohl kaum weiter ihre Knappin sein, wenn ich mich für ihr Vertrauen damit revanchieren würde, dass ich in ihrem Privatleben herumschnüffele und sie dann an Angharad verrate, nicht wahr?«

Außerdem, ergänzte Cass in Gedanken, schien Sigrid fest entschlossen zu sein, ihr dabei zu helfen, die aufkeimende Kraft nutzbar zu machen, die sie selbst kaum begriff, geschweige denn beherrschte. Wer, wenn nicht Sigrid, würde ihr helfen zu lernen, das, was in ihr steckte, zu kontrollieren?

»Sag besser nichts«, entschied Lily. »Aber halt Augen und Ohren offen, was als Nächstes passiert.«

Und was als Nächstes passierte, sollte, wie sich herausstellte, die Fantasie und den Klatsch des gesamten Herrenhauses anregen.

Spät am nächsten Abend, als das Essen schon wieder abgeräumt worden war, saßen die Mitglieder der Schwesternschaft um den Kamin im Saal herum, tranken heißen Apfelmost und lauschten dem Sturm, der um das Herrenhaus fegte. Cass rieb mit einem Tuch Öl auf die kleinteilige Verzierung von Sigrids Lederpanzer. Im flackernden Licht des Feuers wirkten die Kringel und Muster, als würden sie tanzen; zusammen mit der Wärme der Flammen und dem Dunst des Apfelmosts entstand so ein beinahe hypnotischer Effekt. Neben ihr starrte Lily gedankenverloren ins Feuer. Sie hatte Angharads glatten, kastanienbraunen Brustpanzer, den sie sich zwischen die Knie geklemmt hatte, vor lauter Tagträumerei völlig vergessen. In ihrer Hand baumelte ein Lappen, aus dem Öl auf den Kaminrand tropfte und dort zischend verdampfte. Auf der anderen Seite des Kamins hatte sich Joan über einen Wetzstein gebeugt und schärfte Leahs Schwert mit mahlenden, sich wiederholenden Bewegungen. Der Feuerschein zuckte über ihre mit Juwelen geschmückten bunten Kleider. Blyth, die selten dazustieß, weil sie anscheinend die Gesellschaft der Pferde vorzog, saß mit einem dampfenden Becher in den Händen still in einem Stuhl.

Plötzlich kam am Rand des Saals Unruhe auf. Zwei junge Frauen näherten sich Angharad und sprachen leise auf sie ein. Überrascht erkannte Cass in ihnen die beiden unbeschwerten Mädchen, die am Tag ihrer Ankunft auf der Wehr der Außenmauer zu spielen schienen. Sie hatte damals zu Recht vermutet, dass es Kundschafterinnen waren – in der unsichtbaren Verkleidung nicht bedrohlicher Kindlichkeit –, und dass sie in den Saal gekommen waren, um Angharad vor einer Gefahr am Tor zu warnen.

Angharad erhob sich mit zusammengepressten Lippen. Fast im selben Moment klopfte es an der Doppeltür, die vom Innenhof in den Saal führte.

»Schnell!«, rief Vivian, sprang auf und öffnete den Deckel einer großen, geschnitzten Truhe neben dem Kamin. Gemeinsam warfen Cass, Lily und die anderen Knappinnen die Rüstungsteile und Waffen ungeordnet hinein und legten den Deckel wieder auf.

Blyth, die Einzige der Gruppe, die noch ihre Arbeitshose trug, verschwand still und leise im Schatten.

Die Türen schwangen auf und eine heftige Unwetterböe wehte hinein, sodass die Flammen der Fackeln an den Wänden erzitterten.

Es war ein Bote. Obwohl das Licht flackerte, erkannte Cass deutlich, dass seine schwarze Samtuniform mit einem silbernen Geweih geschmückt war. Sie warf Lily einen besorgten Blick zu. Ein Bote von Sir Mordaunt!

Der Mann verbeugte sich vor Angharad, die sich zur Begrüßung erhob. Das nervöse Stirnrunzeln, das sich noch Augenblicke zuvor abgezeichnet hatte, war durch ein gleichmütiges Lächeln verdrängt worden.

»Ich heiße Euch willkommen, Sir.« Sie lächelte und sprach mit leiserer und höherer Stimme, als Cass je vernommen hatte. »Warum setzt Ihr Euch nicht ans Feuer und wärmt Euch auf?«

»Ich danke Euch, Madam«, antwortete der Bote steif, »doch ich muss heute Abend noch viele weitere Nachrichten überbringen.« Er wies auf seine samtene Tasche, die mit einem Durchziehband so locker verschlossen war, dass man darin Dutzende gefaltete Pergamentbriefe mit einem bordeauxroten Wappen erkennen konnte. Er zog einen heraus und zögerte.

»Ich habe den Auftrag, eine Nachricht an Euren Ehemann zu überbringen«, sagte er und schaute sich erwartungsvoll im Saal um.

»Leider befindet er sich auf Geschäftsreise«, antwortete Angharad ungerührt, »und hat mich hier mit meinen Ladys bis zu seiner Wiederkehr zurückgelassen, wie Ihr seht.«

Cass hörte, wie Lily erstickt schnaubte, und rammte den Ellenbogen in ihre Rippen.

»Doch ich versichere Euch, dass er mich damit betraut hat, während seiner Abwesenheit alle Angelegenheiten des Hauses zu regeln«, fuhr Angharad fort, wobei ein Hauch von einer Warnung in ihre Stimme kroch. »Wobei ich, wenn nötig, natürlich seinen brieflichen Rat einhole«, fügte sie mit einem gebieterischen Lächeln hinzu, als der Bote weiterhin zögerte.

Widerstrebend nickte er und reichte Angharad den Brief, die ihn mit einer huldvoll geneigten Hand entgegennahm. Dann verließ der Bote den Saal genauso plötzlich, wie er gekommen war.

Angharad nahm ein Messer vom Tisch und schlitzte das Pergament auf. Vivian lehnte sich mit besorgtem Stirnrunzeln zu ihr, und gemeinsam lasen sie den Inhalt. Angharad seufzte schwer und hob den Kopf.

»Das kommt nicht unerwartet«, murmelte sie und legte ihre Hand auf die von Vivian. »Und ist auch unvermeidlich.« Vivian nickte kurz, doch die Sorgenfalten verschwanden nicht aus ihrer Miene.

»Sir Mordaunt lädt zu einem Winterfest ein«, verkündete sie.

»Na ja, eher bestellt er uns ein«, korrigierte Vivian bitter, während sich unter den anwesenden Ritterinnen und Knappinnen ein Gemurmel erhob.

Sigrid erhob sich von einem Stuhl im schattigen hinteren Bereich des Saals. Sie schob ihn so unsanft zurück, dass er umkippte. Sie war ganz bleich geworden und ihre Nasenlöcher waren geweitet. »Ich gehe davon aus, dass wir nicht teilnehmen.«

»Es wäre unklug, abzulehnen«, erwiderte Angharad ungerührt. »Wir würden unnötige Aufmerksamkeit erregen. Ohne Zweifel wünscht er seine Gastfreundschaft auf seine Nachbarn auszuweiten …« Sie verzog das Gesicht, »… oder seine Vormacht über uns auszubauen. Wir werden teilnehmen, wie es von uns erwartet wird.«

»Aber wir wissen doch alle, wie er und seine Ritter die Dorfbewohner behandeln«, protestierte Rowan erbost. »Wir müssten sie angreifen, nicht mit ihnen essen!«

»Wir warten den richtigen Moment ab«, erwiderte Angharad entschieden, »und tun nichts, was ihr Misstrauen erweckt. Es wäre Wahnsinn, sie jetzt anzugreifen. Alles, wofür wir gearbeitet haben, stünde auf dem Spiel.«

Rowan sah noch immer rebellisch aus, gab jedoch mit vor Wut gerunzelter Stirn klein bei.

Sigrid stand ganz still, ihr Blick bohrte sich in Angharads

Augen, und ihre Stimme troff mit einem Mal von einer Bosheit, die Cass darin noch nie vernommen hatte. »Ich werde nicht mit Männern tanzen, die es verdient haben, die scharfe Seite meines Schwertes zu spüren zu bekommen, aber ganz gewiss kein Streicheln meiner Hand.«

»Von allen anderen wird erwartet, dass sie tanzen«, sagte Vivian seufzend, als Sigrid wortlos den Saal verlassen hatte.

»Die Tanzstunden beginnen in Kürze, abends, damit sie nicht auf Kosten eurer Ausbildung gehen«, ordnete sie an. Und obwohl Angharad besänftigend eine Hand auf ihren Arm legte, wandte sie sich um und folgte Sigrid aus dem Saal.

17

An einem stürmischen Tag, an dem sie ausnahmsweise einmal den Nachmittag freibekommen hatten, sattelte Cass Pebble und ritt mit Rowan und Lily in den Wald hinaus. Allen dreien stand der Sinn nach einem Abenteuer. Seit der katastrophalen Reise zum Turnier hatten sie das Herrenhaus kaum verlassen, und während die Ritterinnen oft sogar für mehrere Tage auf verschiedene Streifzüge und Missionen ausritten, gönnte man den Knappinnen kaum eine Pause vom ewigen Kreislauf aus Arbeit und Ausbildung, der ihre Tage füllte.

Es lag eine scharfe Kälte in der Luft, sodass Cass für ihre Gesichtsbedeckung dankbar war, die es ihrem heißen Atem erlaubte, ihre eigene Nasenspitze zu wärmen. Irgendwo verbrannte jemand Laub, und sie genoss den intensiven Geruch des Rauchs und das Machtgefühl, das ihr das an ihrer Seite ruhende Schwert verlieh. Hin und wieder tastete sie unten nach dem Knauf und ließ ihre Finger über das kühle Metall gleiten.

Ein oder zwei Stunden lang passierte nicht viel. Die Hufe ihrer Pferde ließen das goldene Herbstlaub rascheln, und gelegentlich trillerte ein in den Bäumen verstecktes Wintergoldhähnchen. Dann fanden sie sich plötzlich in einem Hain von Holunderbäumen wieder, deren Blätter rotgolden leuchteten. Es war, als hätte sich das Licht verändert, als wären sie in ein Reich aus Bernstein eingetreten. Auf der gegenüberliegenden Seite einer Lichtung sahen sie zwischen den Bäumen für einen Moment ein stattliches Tier, dessen dunkles Fell zu funkeln schien.

»Der schwarze Hirsch!« Rowan und Lily schnappten gleichzeitig nach Luft. Die glanzvolle Kreatur wandte ihren majestätischen, von einem riesigen schimmernden Geweih gekrönten Kopf und schien sie, so kam es Cass jedenfalls vor, direkt anzuschauen. Dann war sie plötzlich verschwunden und ließ sie in der bernsteinfarbenen Stille zurück.

»Ich dachte, er wäre nur eine Legende«, flüsterte Lily ehrfürchtig.

»Er fordert uns heraus«, sagte Rowan und griff nach ihrem Bogen. »Er hat sich uns aus einem bestimmten Grund gezeigt.«

»Er ist so schön!« Lily blickte unentschlossen auf die Lücke zwischen den Bäumen, wo der Hirsch gestanden hatte.

Rowan schnaubte. »Er würde ausreichen, um alle im Herrenhaus eine Woche lang satt zu machen. Und für das Fell würden wir einen ordentlichen Preis erzielen, von dem Geweih ganz zu schweigen. Und stell dir mal den Ruhm vor, Lily, wenn die Geschichte des schwarzen Hirschs mit unseren Namen endet! Wir würden die Bezwingerinnen des schwarzen Hirschs werden, unsere Namen würden etwas *bedeuten* …«

Lily zögerte. Der Rausch der Jagdlust schien mit ihrem Mitgefühl für das Tier zu ringen. »Es wäre *auch* eine Heldentat, wenn wir den Hirsch einfangen«, schlug sie schließlich vor. »Ohne ihm etwas anzutun …«

»Ja, aber er fordert uns alle drei heraus!«, beharrte Rowan und funkelte sie beide an. Cass hatte den Verdacht, dass sie nur deshalb auf Lily einging, um sie zum Mitmachen zu bewegen. Wenn Rowan den Hirsch als Erste stellte, schätzte Cass seine Chancen nicht hoch ein.

Die beiden diskutierten aufgeregt weiter, während Cass in Gedanken dasaß und ihr Geplapper nur halb mitbekam. Sie versuchte ein Gefühl zu fassen, das sie nicht recht einordnen konnte; das merkwürdige Gefühl, dass der Hirsch ihretwegen hier war, dass er eine Botschaft für sie hatte. In ihrem Kopf hallte Alys' Stimme wider: »Höre auf die Stimmen des Waldes, Cass. Sie werden dich leiten.«

»Cass?« Lilys drängende Stimme unterbrach ihre Gedanken. »Bist du noch bei uns?«

Cass schüttelte sich ein wenig und hob den Blick zu den Baumkronen, die über der Lichtung ein kathedralenartiges Dach aus Orange- und Bronzetönen bildeten. Vielleicht hatte ihr ja auch nur der besondere Schauplatz dieses eindringliche Gefühl vermittelt. Selten oder nicht, bei dem Tier handelte es sich letztlich nur um einen Hirsch. Sie hatte sich von dem seltsamen Licht mitreißen lassen.

Cass schnappte sich den Bogen, der von ihrem Sattel herabhing. »Ich reite in die Richtung.« Sie zeigte mit der Hand nach rechts und zog los, während Lily und Rowan sich aufteilten. Lily nahm den Pfad nach links, und Rowan ritt in die Richtung, in die der Hirsch verschwunden war.

Cass war noch nicht weit gekommen, da begann Pebble zu wiehern und schüttelte den Kopf. Sie legte nervös die Ohren an und man konnte das Weiße in ihren Augen sehen.

»Was ist denn, meine Kleine?«, flüsterte Cass und kraulte die struppige Mähne. Doch Pebble schnaubte und blieb stehen, machte sogar ein paar Schritte rückwärts. Genau vor ihnen stand ein Baum mit einer Wegmarkierung. Die Rinde war abgeschält worden, und dann hatte jemand etwas in das weiche Holz darunter geschnitzt. Cass tätschelte Pebble sanft, saß ab und schlang ihre Zügel um einen niedrigen Weißdornast.

Sie schlich vorwärts und blickte auf die Narbe des Baums. Mit der Spitze eines Messers hatte jemand ein Symbol hineingekratzt, das tief in Cass' Innerem eine Erinnerung wieder aufleben ließ, die Erinnerung an ein Gefühl von Angst, von Schock, und dann von etwas anderem: Begeisterung vielleicht, oder Verlockung. Das Symbol war grob und gesplittert, doch unverwechselbar. Eine unendliche Spirale.

Ganz in der Nähe raschelte etwas. Cass hob ruckartig den Kopf und spähte durch die Bäume. Hinter ihr wieherte Pebble weiterhin nervös. Doch Cass hatte keine Angst. Sie fühlte sich beschwingt, als würde sie von etwas angezogen. Als wäre sie dafür bestimmt, in genau diesem Augenblick hier zu sein. Sie schlich mit dem Bogen in der Hand und dem Köcher auf dem Rücken weiter. Sie spürte, dass hinter diesen Bäumen etwas auf sie wartete.

Dann nahm sie eine kleine Bewegung vor sich wahr und erstarrte. Sie stand unmittelbar vor dem majestätischen Hirsch. Seine Muskeln unter dem glänzenden Fell waren angespannt und er witterte. Dann wandte er Cass, als hätte er ihren Geruch wahrgenommen, langsam den Kopf zu, bis sie direkt in seine dunkelbraunen Augen blickte. Er zwinkerte einmal und sprang davon. Ohne zu zögern, warf sich Cass ins Unterholz, um ihm zu folgen. Sie bemerkte gar nicht, und es war ihr auch gleich, dass scharfe Zweige sich in ihren jungenhaften Kleidern verfingen und ihre Hände zerkratzten.

Sie befand sich jetzt tiefer im Wald. Die immergrünen Bäume über ihrem Kopf ließen nur wenig Licht durch, sodass es plötzlich dunkler wurde, und vielleicht auch gefährlicher? Cass blieb nach Luft ringend stehen und lauschte, wobei sie geistesabwesend mit der Hand über die Blutstropfen strich, die sich an ihren Handrücken gebildet hatten. Stille.

Sie ging erneut mit geballten Fäusten und angehaltenem Atem voran; es war, als ob auch ihr Herz aussetzte. Dann erreichte sie eine weitere Lichtung, die von hohen, uralten Eichen umstanden war. Die Strahlen der Herbstsonne fielen zwischen den verbliebenen Blättern hindurch, und Staubflöckchen schwebten und glitzerten darin. Genau in der Mitte der Lichtung befand sich ein Teich, dessen Wasser spiegelglatt und dunkel dalag. Der Hirsch hatte sie hierhergeführt. Das wusste sie.

Das Sonnenlicht tanzte und flimmerte auf der Wasseroberfläche, und einen Moment lang war Cass sich sicher, eine durchscheinende Hand zu sehen und einen Arm, der in feinstes Samtgewebe gekleidet war. Die Hand erhob sich aus dem Teich und winkte sie herbei.

Cass trat langsam näher, wie in einem Traum, und merkte kaum, dass sie ihre Gesichtsverhüllung wie zum Gruß abnahm. Als sie in den Teich spähte, schien es zunächst so, als sähe sie ihr eigenes, blasses und staunendes Spiegelbild. Doch dann wirkte es plötzlich so, als würde das Hirschgeweih, schön und schrecklich zugleich, ihrem eigenen Schädel entsprießen und sie in ein groteskes Wesen verwandeln. So schnell, wie es erschienen war, verschwand es auch wieder, und erneut starrten ihre eigenen verwunderten Augen aus dem Teich zurück. Plötzlich geriet das Wasser in Bewegung, sodass das Spiegelbild ihrer Augen verwischte und schließlich durch Marys Augen ersetzt wurde, die sie angstvoll anblickten. Doch dann veränderten sie sich erneut, wurden golden und furchterregend und fixierten sie mit einer Mischung aus Bewunderung und Angst. Sie sahen sie mit einer solchen Intensität an, dass es beinahe unerträglich war – als könnten sie Cass bei lebendigem Leibe verbrennen.

Schließlich stieg das faltige Gesicht der Frau aus dem Wald gestochen scharf zur Wasseroberfläche auf, und ihre runzeligen Hände streckten sich nach Cass' Schultern aus. Cass wollte schreien, davonrennen, konnte sich aber nicht bewegen; jetzt hatten die Hände der Frau ihre Schultern erfasst, ihre Fingernägel gruben sich in ihre Haut und zogen sie auf die Wasseroberfläche zu. Cass war machtlos dagegen, konnte sich nicht widersetzen; ihr Kopf tauchte ein, und die Kälte des Wassers traf sie wie ein Dolchstoß, als ihre Schultern und ihr Oberkörper folgten und sie ganz in die Eiseskälte hineingezerrt wurde.

Es fühlte sich an, als würde ihre gesamte Haut in Flammen stehen. Cass spürte, wie sie immer weiter nach unten gezogen wurde. Der Teich schien unendlich tief zu sein. Doch dann ertönte hinter ihr ein lauter Schrei, und Rowan riss sie aus dem Wasser auf das schlammige Ufer zurück. Cass keuchte und schniefte, hustete heftig und spuckte fauliges Wasser aus, während ihre Haut vor Kälte brannte.

»Was ist passiert?« Rowans Augen waren über dem Tuch zu sehen, das die untere Hälfte ihres Gesichts verhüllte, und in ihrem Blick zeichneten sich Sorge und Verwirrung ab. Ihre Stirn war zerkratzt, ihr Haar zerzaust.

»Was ist passiert, Cass?«

Cass schüttelte den Kopf; sie konnte nicht sprechen.

Rowan schaute sich auf der Lichtung nach einem Angreifer um.

»Ausgerutscht«, röchelte Cass schließlich. Ihre Lungen brannten noch von der Kälte und dem Wasser, das sie geschluckt hatte. »Wie dumm von mir, ich hatte nur Augen für den Hirsch.«

Rowan sah sie zweifelnd an, nickte jedoch. »Wo ist er hin?« Cass hob die Hand und zeigte in die Richtung, wo sie den Hirsch zuletzt gesehen hatte. Rowan warf ihr einen letzten besorgen Blick zu und rannte ihm dann nach, dicht gefolgt von Lily. Cass war erneut allein in der Stille.

Sie hockte, die Hände wie zum Gebet gefaltet, am Rand des leeren Teichs, der nun trüb und unbedeutend aussah.

Cass kniete am Wasser und hatte Mühe zu verarbeiten, was sie gesehen hatte. Sie sagte sich selbst, dass ihre Fantasie durch das fremdartige Erscheinungsbild des Hirschs und die Schönheit der Holunderbäume angeregt worden war, und weiter nichts. Und doch wusste sie, dass das nicht stimmte. Sie rieb sich die Schultern an den Stellen, an denen sie noch immer vom Druck dieser langen, scharfen Fingernägel zu schmerzen schienen, und auch die halbmondförmige Narbe an ihrem Handgelenk schien ein wenig zu pulsieren, was sie schon seit vielen Jahren nicht mehr getan hatte.

Schließlich kehrten Rowan und Lily mit zerrissener Kleidung und enttäuschten Mienen zurück. Cass stand erst auf, als Rowan sie sah.

Der Hirsch hatte sich nicht mehr blicken lassen, aber das hatte Cass auch nicht erwartet.

»Ich bin mir sicher, das war ein Zeichen«, sagte Rowan enttäuscht, als sie wieder auf ihren Pferden saßen.

Lily galoppierte gleich los, und auch Rowan lenkte ihr Pferd in die Richtung ihres Heimwegs, aber nicht ohne kurz innezuhalten und sich mit einem leichten Stirnrunzeln nach Cass umzusehen.

Sie kehrten mit leeren Händen nach Hause zurück. Doch Cass' Gedanken überschlugen sich, und ihr Herz war voll.

18

Die Tanzstunden begannen, als der Novemberregen einsetzte. Tagelang strömte das Wasser über das Herrenhaus. Die Wiese verwandelte sich in einen Sumpf, und Übungen im Freien wurden zugunsten langer Nachmittage abgesagt, an denen sie schwierige Schwertkampftechniken vorgeführt bekamen und sich über komplizierte Diagramme von Nahkampfstellungen und -taktiken beugten, bis die Fackeln entzündet werden mussten und das Licht schließlich nicht mehr ausreichte.

Jeden Morgen wurden die langen Tische auf einer Seite des Saals zusammengeschoben und Heuballen hereingebracht, an die Zielscheiben gesteckt waren. So konnten sich die Knappinnen am anderen Ende des großen Saals aufstellen und Bogenschießen üben.

Pfeile schwirrten durch den Saal und nahmen nicht immer die richtige Richtung. Lily bekam einen Kicheranfall, als die neueste Knappin, ein schüchternes, klein gewachsenes Mädchen namens Nell, versehentlich einen Pfeil vorzeitig losließ. Er stieg hoch auf und drang in das Nasenloch eines ausgestopften Hirschkopfs ein, der über dem Kamin an der Wand hing.

»Nicht schlecht«, kommentierte Cass, während sie auf einen

Tisch stieg, um den Pfeil zu bergen. »Das Nasenloch ist ein empfindliches Ziel, das muss man dir lassen.« Sie klopfte der kleinen Knappin ermunternd auf den Rücken, wobei ihr plötzlich aufging, dass sie selbst nun nicht länger das neueste oder das unerfahrenste Mitglied der Schwesternschaft war. Das Mädchen lächelte verschämt und legte den nächsten Pfeil vorsichtiger an. Cass fühlte sich gleich ein paar Zentimeter größer, obwohl auch ihre eigenen Pfeile selbst jetzt noch häufig weit am Ziel vorbeischossen.

»Es geht dir wieder besser«, bemerkte Rowan beiläufig, nachdem Cass Nell ihren Pfeil zurückgegeben hatte. Cass wurde ein wenig rot.

»Ich bin ja nur kurz untergetaucht.« Sie zuckte mit den Achseln.

Doch Rowan musterte sie mit etwas mehr Aufmerksamkeit, als Cass recht war, und sie runzelte auch wieder die Stirn unter ihrem kurz geschnittenen Haar. Cass lächelte und wandte sich wieder ihrem Bogen zu, doch als sie die Sehne anspannte und der Pfeil weit am Ziel vorbeiging, spürte sie Rowans Blick in ihrem Nacken.

Am Nachmittag saßen die Knappinnen mit baumelnden Beinen auf den Tischen und sahen Vivian und Angharad fasziniert beim Kämpfen und Fintieren zu. Ihre Technik des Vor- und Zurückspringens war so ausgefeilt, dass sie manchmal mehr nach einem Tanz als nach Kampf aussah. Cass schaute ihnen ganz genau zu und merkte sich, wie Vivian ihr Schwert für einen Hieb in die linke Hand gleiten ließ und Angharad dadurch aus dem Rhythmus brachte. Vivian machte sich die kurze Ablenkung zunutze, sprang auf Angharad zu und tippte mit der abgestumpften Schwertspitze für einen Sekundenbruchteil an deren Schlüsselbein. In Angharads Augen blitzte ein anerkennendes Lächeln auf. Und als Vivian anschließend einen Schritt zurück machte, ihr linkes Knie dabei leicht verdrehte und zu viel Gewicht auf ihre alte Verletzung am Knöchel legte, war Angharad in Sekundenschnelle da, kniete sich hinter sie, stützte Vivian sanft im Rücken und half ihr, sich wieder aufzurichten. Dann wirbelte sie zurück vor Vivian, und der Schwertkampf ging weiter, als wäre nichts gewesen.

Cass wusste, dass es sich bei dem, was sie da sah, um mehr als Schwertkampf handelte, und wünschte sich auch für sich selbst einen Moment ohne Einsamkeit. Nachdem sie Mary verloren hatte, fehlte ihr der einzige Mensch, der ihren Körper so gut gekannt hatte wie sie selbst.

Wenn abends alle Kerzen gelöscht worden waren und nur Sigrids Schnarchen aus der Nachbarkammer herüberdrang, fehlte ihr Lilys beruhigende Nähe. Sie grübelte wieder und wieder über die Bilder, die sie im Wasser gesehen hatte, und quälte sich verbissen mit der Frage, was sie wohl zu bedeuten hatten. Sie wünschte sich, Mary fragen zu können, ob sie sich an den Tag im Wald erinnern konnte, an die Frau mit den goldenen Augen und daran, wie sie Cass angesehen hatte. Hatte sie sich das alles vielleicht schon damals nur eingebildet?

Sie hätte mit Lily sprechen können. Tatsächlich fühlte sie immer mehr, dass Lily für sie genauso zu einer Schwester geworden war wie Mary und in mancher Hinsicht sogar mehr war. Wenn Cass an ihre Entscheidung dachte, vor der drohenden arrangierten Heirat davonzureiten, und jene Schattenzukunft mit der engen, liebevollen Verwandtschaft verglich, die sie hier mit Lily und den anderen gefunden hatte, wusste sie mit aller Entschiedenheit, dass sie an jenem Morgen am Rand des Obstgartens die richtige Wahl getroffen hatte. Trotzdem hinderte sie etwas daran, Lily zu erzählen, was sie in der Oberfläche des Teichs gesehen hatte. Die Kräfte, die ihren Körper manchmal übernahmen, waren so mächtig und in ihrer Intensität so beunruhigend, dass sie selbst nicht einmal sagen konnte, ob sie sie wertschätzen oder fürchten sollte. Was, wenn sie durch das Enthüllen der Wahrheit die engste Freundin verschreckte, die sie jemals gehabt hatte?

In den meisten Nächten schaffte sie es, kurz bevor sie einschlief, sich selbst davon zu überzeugen, dass alles nur in ihrem Kopf stattgefunden hatte, dass es sich um die aufgeregte Erinnerung eines Kindes handelte. Und dass sie bei der Verfolgung des Hirschs tatsächlich gestolpert und in den Teich gestürzt war; dass ihr Hirn ihr etwas vorspielte. Doch dann sah sie wieder das Geweih, wie es aus ihrem Kopf herausragte. Und über dieses schockierende Bild blendete sich die Erinnerung an Mordaunts Schild, an das silberne Geweih, das auf seinen Abzeichen und dem Waffenrock seines Knappen geleuchtet hatte. Sie wälzte und warf sich unruhig im Bett herum, bis sie das Bild abschütteln und nichts mehr sehen konnte außer Dunkelheit.

Lily nahm eine Pfanne mit gepufften Maiskörnern aus dem Feuer und machte sich daran, sie einzeln in Cass' Mund zu werfen. Sie lachte, wenn sie nicht traf und sich der Mais in ihrem Haar verfing. Cass ließ sich gern ablenken und in den verlockenden Sog des Alltagslebens im Herrenhaus hineinziehen.

Sie vermisste Mary stets und unausweichlich, so als würde sie nur einen Handschuh tragen. Doch das Hochgefühl, ihr eigenes Schicksal in der Hand zu haben, war noch stärker. Ja, sie war erschöpft und arbeitete härter, als sie es jemals auf dem Hof getan hatte; ja, sie hatte jetzt offiziell eine Herrin, war Teil einer Hierarchie. Aber sie verspürte eine gewaltige Erleichterung, weil das Gewicht der Erwartungen von ihr genommen worden war. Nun hatte sie die Möglichkeit, selbst eine Wahl für ihr eigenes Leben zu treffen, konnte selbst entscheiden, wie es aussehen sollte. Sie erfreute sich an der Kraft in ihren neuerdings muskulösen Gliedern, am elastischen Bogen in ihrer Hand, dem Schwert, das sich immer an ihrer Seite befand, und an dem Wissen, dass sie ihr eigenes Schicksal bestimmen konnte. Dass niemand für sie entschied.

Lachend zupfte sie den gepufften Mais aus ihrem Haar und warf ihn sich in den Mund. Sie rückte näher an Lily heran, setzte sich in den Schneidersitz, stützte das Kinn zufrieden in die Hand und beugte sich vor, um den nächsten beiden Ritterinnen zuzusehen, die den Kampfplatz übernahmen.

Jeden Abend fassten sie einander auf der von Tischen freigeräumten Fläche in der Mitte des Saals bei den Händen, bildeten einen Kreis, knicksten und wirbelten vor und zurück. Dabei wurden sie von Rowans Fiedel und den Instrumenten anderer Knappinnen begleitet. Blyth, die erklärt hatte, dass irgendjemand bei den Pferden bleiben und dem Ärger aus dem Weg gehen musste, war von der Teilnahme am Fest entschuldigt worden. Manchmal erschien sie im Türrahmen, aß einen Apfel und schaute mit offensichtlichem Vergnügen dabei zu, wie Cass und die anderen über ihre eigenen Füße stolperten. So gut eingeübt ihre Kampftaktiken waren, so ungelenk waren ihre Tanzbewegungen. Kein Abend verging, ohne dass mindestens eine von ihnen die Tanzstunde mit einem Fluch beendete oder mit einem geprellten Ellenbogen oder einem geschwollenen Knöchel vom Rand aus zusehen musste.

Lily war in ihrem Element. Sie wirbelte fröhlich von Susan zu Joan, stieß Elisabeth versehentlich unterwegs ihren Ellenbogen ins Auge und wurde von lauten Schmerzschreien begleitet, denn wohin auch immer sie kam, trat sie vor Aufregung ihrer jeweiligen Partnerin auf die Zehen. Angharad war eine leidenschaftliche Lehrerin und bewegte sich mit einer faszinierenden Eleganz.

In der zweiten Woche der Tanzstunden fasste sogar Cass langsam Vertrauen in ihre Fähigkeiten.

Eins, zwei, drei, formte Lily mit den Lippen, als sie Cass im Saal gegenüberstand. Sie traten vor, drehten sich um, beugten ein Knie und kehrten in die Ausgangsposition zurück.

»Als besonders anmutig kann man uns nicht gerade bezeichnen, oder?«, fragte Lily mit einer Grimasse, als sie in der Pause mit einer Schale gerösteter Nüsse am Kamin saßen.

»Höchstens wenn man uns mit Rowan vergleicht«, antwortete Cass halblaut und kicherte, als Rowan bereits zum dritten oder vierten Mal die Tanzrunde auf dem falschen Fuß anfing und damit alle anderen Tänzerinnen in die falsche Richtung taumeln ließ. »Dann wären wir allerdings die Anmut in Person.«

Rowan, die das gehört hatte, warf eine Pflaume nach Lily, und die Tanzstunde versank im Chaos, als alle Knappinnen einander spielerisch bekämpften und neckten.

Doch später, als ein wenig Wein geflossen war, durchschritt Angharad den Raum, verbeugte sich tief vor Vivian, streckte einen in dunkelbernsteinfarbene Seide gehüllten Arm aus und nahm ihre Hand. Stille senkte sich über den Saal. Sie bewegten sich, als wären sie Teil der Musik, als könnten sie ihre Gedanken gegenseitig spüren, fließend und geschmeidig. Mit geschlossenen Augen wiegten und bogen sie ihre Körper wie Bäume im Wind. Und wie an jedem anderen Hof sah ihnen das Gefolge voller Ehrerbietung und Stolz zu.

Dann kamen wieder alle zusammen, fassten sich an den Händen und erhoben ihre Stimmen. Das warme Glühen des Feuers des Kamins übertrumpfte jetzt die Kraft der Dunkelheit und des Regens, und die Regenbogenfarben der Kleider gaben ein glanzvolles Bild ab. Sie tanzten wild und trotzig; die Szenerie im großen Saal war anders als alles, was Cass zuvor gesehen hatte. Die Musik wurde lauter und der Tanz schneller, das Stampfen der Füße und das Händeklatschen steigerten sich zu einem herrlichen Rausch. Cass und Lily gaben erschöpft auf, aber mit geröteten Wangen und glänzenden Augen, und sie lachten so sehr, dass sie sich die Bäuche halten mussten.

Niemand hörte das Klopfen oder nahm wahr, dass die großen, massiven Eichentüren leise aufgeschwungen waren. Keine Wachen waren vom Tor hereingekommen, um vor seiner Ankunft zu warnen, denn als der Abend voranschritt, hatten sie sich alle dem Tanz angeschlossen und um das wärmende Feuer versammelt.

Also stand der Ritter eine Weile unbemerkt in der Tür und beobachtete die außergewöhnliche Szenerie. Unter seinem Waffenrock trug er ein Kettenhemd, und an seinem Gürtel hing ein elegantes Schwert mit goldener Scheide. Seinen Helm, der mit einer Adlerfeder gekrönt war, hatte er sich unter den rechten Arm geklemmt, und aus seinem krausen roten Haar und Bart tropfte das Regenwasser. Er war untersetzt, hatte ein breites, gerötetes Gesicht, in dem kleine Augen eng zusammenlagen, und stand breitbeinig da. Während er den Frauen im großen Saal dabei zusah, wie sie nach und nach auf ihn aufmerksam wurden und sich hektisch sammelten, zeigte seine Miene zunächst Verwunderung, dann Misstrauen und schließlich höfliche Distanz.

»Willkommen, Sir«, rief Angharad und ging mit blitzenden grünen Augen und geröteten Wangen auf ihn zu. Sie machte einen tiefen Knicks und versuchte, die Situation zu retten, während die Knappinnen verwirrt durcheinanderliefen.

»Ihr müsst unsere Ausgelassenheit entschuldigen«, sagte Angharad lachend und wies mit dem Arm auf den Saal. »Wie Ihr seht, sorgen meine Hofdamen, wenn es an diesen langen, kalten Abenden dunkel wird und unsere Männer fort sind, für ihre eigene Unterhaltung.«

»Das ist ein willkommener Anblick, denn ich habe seit drei Tagen keine andere Seele getroffen«, antwortete der Fremde höflich, ergriff die Fingerspitzen, die Angharad ihm hinhielt, und berührte sie kurz mit den Lippen.

»Reitet Ihr allein, Sir …?« Angharads Stimme war höflich, doch Cass vernahm darin einen wachsamen Unterton. Sie wusste, dass Angharad taktierte, nach Informationen forschte und, wie immer, an ihrer aller Sicherheit dachte.

»Sir Beolin«, antwortete er mit einem höflichen Nicken. »Ich komme aus Ceredigion, mit Korrespondenz von König Ceredig für Sir Mordaunt und andere Lords und Könige von Nordhumbrien und Merzien.« Er hielt einen Packen Pergamentumschläge hoch, die allesamt mit rotem Wachs versiegelt waren und die Insignien »CR« trugen. Das Siegel passte zu dem schweren Goldring, den er an seinem geschwollenen, rötlichen Finger trug.

Angharad warf einen neugierigen Blick auf die Umschläge und schaute Beolin dann unter ihren Wimpern hindurch an.

»Eure Korrespondenz ist von größter Dringlichkeit, da bin ich sicher«, murmelte sie.

»Wir brauchen ihre Hilfe, um die Schiffe der Seewölfe abzuwehren, die unsere Küsten bedrohen. Im Gegenzug dafür, dass die Männer aus dem Teifi-Tal und dessen Umgebung ihnen geholfen haben, als die Pikten ihr Grenzgebiet plünderten, bitten wir sie nun, uns zu Hilfe zu kommen.«

Angharad lächelte mädchenhaft, doch Cass wusste, dass sie diese Information sorgfältig abwog. »Ich verstehe von solchen Dingen natürlich nichts, Sir Beolin, doch Ihr seid hier herzlich willkommen. Bitte lasst uns Euch unsere einfache Gastfreundschaft durch einen Platz am Feuer und ein Mahl erweisen, und wir werden Euch ein Bett für die Nacht herrichten. Ich schicke jemanden, um Euer Pferd in den Stall zu bringen.«

Er nickte, doch Cass bemerkte, dass er mit seinen kleinen Äuglein die ganze Zeit über forschend durch den Saal blickte.

Er stolzierte zu der von Angharad angewiesenen Bank, ließ sich schwer darauf fallen und legte seinen Helm mit einem lauten Scheppern auf dem Tisch ab.

»Es ist ungewöhnlich, eine solche Versammlung mit so wenigen männlichen Teilnehmern zu sehen«, murmelte er, als er, ohne zu danken, das von Angharad angereichte Glas mit Met nahm und trank.

»Die Männer reisen mit meinem Lord«, erwiderte Angharad gelassen, so als hätte diese Frage weiter nichts zu bedeuten. »Und diejenigen, die hiergeblieben sind, haben sich aufgrund ihrer anstrengenden Pflichten bereits in ihre Gemächer zurückgezogen.« Sie reichte Sir Beolin einen Teller mit gebratenem Hähnchen. Er nahm sich ein Stück, und das Fett blieb an seinen Fingern und in seinem Bart hängen, als er hungrig hineinbiss.

»Meine Hofdamen und ich haben uns diesen Abend der Frivolität gegönnt, weil es so selten ist, dass wir ohne weitere Gesellschaft unter uns sein können. Und natürlich ist es eine willkommene Ablenkung davon, dass mein Lord und seine Männer abwesend sind.« Sie senkte mit einem Seufzer den Blick.

»Selbstverständlich«, erwiderte Sir Beolin rülpsend. »Und doch ist es merkwürdig, dass kein Torwächter Euren Seneschall geweckt hat, nicht wahr? Könntet Ihr ihn aufwecken, damit ich mit ihm das Anliegen besprechen kann, das ich an seinen Herrn habe?«

In diesem Moment näherte sich Rowan aus der Richtung von Angharads Gemächern; Cass hatte gar nicht bemerkt, dass sie bei

Sir Beolins Eintreffen aus dem Saal geschlichen war. Rowans eleganter Uniformrock und die Hose waren mit äußerster Präzision gegürtet, und sie hatte ihr kurzes Haar unter der Kappe eines Knappen verborgen.

»Mylady, wenn ich unterbrechen dürfte«, sagte sie barsch und flüsterte Angharad schnell etwas zu.

»Mein Page informiert mich, dass der Seneschall mit einem Gichtanfall zu Bett liegt«, gab Angharad bekannt. »Er lässt sein Bedauern ausrichten und hofft, sich bis morgen so weit erholt zu haben, dass er mit Euch frühstücken kann.« Sie nickte Rowan zu, die sich schnell entfernte.

»In Ordnung«, antwortete Beolin nach einer Pause, doch Cass konnte sehen, dass die Furchen in seiner Stirn tiefer geworden waren. Rowans Eingreifen hatte sein Misstrauen nicht völlig beseitigen können. »Und doch ist das ... ungewöhnlich.« Sein Blick wanderte über Angharads Körper, ihre durchscheinende Haut und geröteten Wangen, den langen, dunkelroten Vorhang ihres Haars, der ihr über die Schultern fiel, und blieb dann an dem spitzenbesetzten Mieder ihres Kleides hängen. »Ungewöhnlich, dass eine Gruppe Frauen mit so wenig Begleitung zurückgelassen wird.« Er grinste anzüglich. »Ohne Beschützer.« Die Drohung in seinen Worten war glasklar, dennoch fügte er hinzu: »Mich deucht, dass es Euch große Sorgen bereiten müsste, wenn andere in der Umgebung von Eurer Verwundbarkeit erfahren würden, nicht wahr?«

Inzwischen war es im Saal sehr still geworden; die Musikantinnen hatten ihre Instrumente schon lange beiseitegelegt. Im Kamin rutschte ein Holzscheit in die Flammen und löste zischend einen Funkenregen aus. Die Knappinnen waren erstarrt und schauten Angharad an. Mit wutverzerrtem Gesicht griff Vivian unter dem Tisch nach dem Schwert, von dem Cass wusste, dass es dort verborgen war. Doch Angharad warf ihr einen Blick zu und schüttelte kaum merklich den Kopf. Dann schloss sie kurz die Augen und legte ihre Hand auf die von Sir Beolin.

»Vielleicht erlaubt Ihr mir«, murmelte sie, »Euch Eure Schlafkammer persönlich zu zeigen.« Sie erhoben sich gemeinsam. Er folgte ihr, wischte sich seine fettigen Finger an der Hose ab und faselte laut auflachend etwas von besonderer Gastfreundschaft. Angharad berührte im Vorbeigehen ganz kurz Vivians Schulter, während sie mit der anderen Hand fest die verschwitzte Pranke von Beolin umfasste. Dann verließen die beiden den Saal.

19

Als Cass am nächsten Morgen vor Einbruch der Dämmerung erwachte, fühlte sie sich schlecht, ohne gleich zu wissen, warum. Dann fiel es ihr wieder ein. Die Musik im Saal war verstummt, und es war, als wäre auch das Licht aus dem Raum entwichen und damit auch plötzlich alle Farbe und Heiterkeit, die ihn gerade noch erfüllt hatten. Hilflos und entmutigt waren die Ritterinnen und Knappinnen zu Bett gegangen. Die wilde Unbekümmertheit, mit der sie getanzt hatten, erschien nur noch wie eine Illusion. Keine von ihnen konnte Angharad und Vivian helfen, ohne die ganze Schwesternschaft in Gefahr zu bringen.

Cass war erleichtert, dass es an diesem Morgen ihre Aufgabe war, die Kleinwildfallen zu überprüfen. Sie freute sich, die Mauern des Herrenhauses verlassen zu können, die plötzlich nicht mehr schützend, sondern einengend und bedrohlich wirkten. Ihr Herz schlug fest und die kühle Herbstluft füllte ihre Lunge, während ihre Füße durch das mit Raureif bedeckte Laub raschelten. Der Morgennebel hatte schwer über den Schutzmauern gehangen, doch nun durchdrangen ihn die ersten Sonnenstrahlen und legten sich wie eine Salbe auf ihre Stirn.

Sie hatte nicht lauschen wollen, hatte Angharad und Vivian erst bemerkt, als sie den beiden bereits sehr nahe gekommen war. Gerade wollte sie zu ihnen gehen und sie begrüßen, da blieben ihr die eigenen Worte angesichts der erhobenen Stimmen und ihrer Mienen im Hals stecken.

»… dir das nicht antun sollen. *Mir* das nicht antun sollen! Das wäre auch anders gegangen!«

»Das stimmt nicht. Und wir hatten keine Zeit. Ich habe nicht vor, mich für etwas zu entschuldigen, was ich tun musste, um meine Leute zu schützen, Vivian. Er wird uns jetzt keinen Ärger mehr machen.«

»Und wenn er wiederkommt und die gleiche Art von *Gastfreundschaft* erwartet?«, fauchte Vivian wütend.

»Dann müssen wir es ertragen, mein Schatz, so wie vieles andere, was wir in den vergangenen vier Jahren ertragen mussten«, erwiderte Angharad mit bewegter Stimme. Sie griff nach Vivians Hand und presste sie an ihre Wange. »Und dank deiner Liebe könnte ich es noch hundert Mal aushalten. Denn in meinen Gedanken konnte ich zu dir flüchten, wie ich es schon so viele Male getan habe.«

»Ich hätte ihn erledigen können. Ich hätte ihn in deinem Bett mit meinem Schwert durchbohren können. Es wäre nicht das erste Mal gewesen.«

»Ja. Und es hätte uns in Gefahr gebracht.«

»Hätte ich mich damals anders verhalten sollen? Hätte ich noch jahrelang dabei zusehen sollen, wie dein Mann dich missbraucht und verachtet, dich erniedrigt und dir jegliche Souveränität über deinen eigenen Körper raubt? Hätte ich noch jahrelang die pflichtbewusste Hofdame spielen und mir im Vorzimmer die Ohren zuhalten sollen?«

»Nein, natürlich nicht.« Finger auf ihren Lippen. Dann ein

kurzer Kuss. »Aber die Umstände waren nicht vergleichbar. Bei Beolin war es besser, ihn zu beschwichtigen, als ihn zu beseitigen. Denn so reitet er – befriedigt – weiter und ist keine Gefahr für uns. Seine Wollust zieht weniger Aufmerksamkeit auf sich als sein Verschwinden. Er war kein unmittelbares Risiko.«

Vivians Antwort war schneidend. »Dann verstehen wir beide etwas völlig anderes unter Risiko.«

»Nein, mein Liebling. Ich habe einen hohen Preis gezahlt. Aber einen Preis, den ich freiwillig gezahlt habe und den ich um unseres hiesigen Lebens willen wieder zahlen würde. Unser aller Leben. Wir können es nicht mehr riskieren, Aufmerksamkeit auf uns zu ziehen. Wir müssen Mordaunts Fest ohne Zwischenfälle überstehen. Es ist an der Zeit, vorsichtig zu sein.«

»Ich werde jedenfalls nicht mit ihm frühstücken«, antwortete Vivian nach einer Weile mit rauer Stimme. »Ich reite aus.« Damit wandte sie sich von Angharad ab und ging zum Stall, ohne sich umzusehen. Angharad seufzte schwer und kehrte ins Herrenhaus zurück.

Cass stolperte wie blind durch den Wald. Das Herz klopfte ihr bis zum Hals. Wusste sonst noch jemand davon? Sigrid? Rowan? Lily hatte ihr erzählt, dass Angharads Ehemann tot war, doch nicht, auf welche Weise er gestorben war. Aber sie hatte gesagt, er wäre auf einer Geschäftsreise umgekommen. Hatte sie Cass belogen oder kannte auch sie die Wahrheit nicht?

Sie versuchte verzweifelt, das alles zu begreifen und zu entscheiden, wie sie es beurteilen sollte, doch es gelang ihr nicht. Offensichtlich war Angharad von ihrem Mann bedroht und missbraucht worden. Aber hatte Vivian, die nun Angharads Liebhaberin und Stellvertreterin war, nicht stark vom Tod ihres Lords und Herrn profitiert? Konnte es sich wirklich um einen selbstlosen

Akt der Verteidigung ihrer Geliebten gehandelt haben, wenn die Situation doch insgesamt erheblich komplizierter war?

Cass lief immer weiter, ohne zu bemerken, dass sie vom Weg abgekommen war.

Andererseits ... Wie sehr unterschied sich diese Tat wirklich von Sigrids kaltblütigem Mord an dem Mann, damals an dem Tag, als sie sich kennengelernt hatten? Hatte Cass nicht selbst gedacht, dass es die gerechte Strafe für seine Missetaten war?

Ihre unerfreulichen Gedanken wirbelten durcheinander, sodass sie beinahe in die erste Falle getappt wäre, die am Fuße eines Kastanienbaums versteckt lag. Der Boden war mit den Früchten des Baums bedeckt, die Kastanien waren aufgebrochen, von Eichhörnchen halb verspeist, ihr Glanz verblasst. Die stacheligen Schalen waren an den Rändern braun geworden, während das weiche Innere zu verrotten begann.

In der Falle lag ein toter Fuchs, sein Lauf war blutig und entstellt, er hatte versucht, sich zu befreien. Seine Augen waren trüb, und an seiner Schnauze hatten sich Fliegen gesammelt. Cass kniete sich hin und unterdrückte ein Schluchzen. Sie zog den Dolch aus ihrem Gürtel, um das Bein des Fuchses abzutrennen. Normalerweise hätte sie in der Lage sein sollen, die Bügel der Falle auseinanderzubiegen, um es frei zu bekommen, doch der Schenkel des Fuchses war so stark angeschwollen, dass sich das Metall der Falle tief in sein Fleisch eingegraben hatte. Sie musste durch Sehnen und Knochen sägen; dann gab es ein lautes Knacken und der Kadaver war frei. Sie nahm ihn in die Arme und scherte sich nicht darum, dass Blut auf ihren Waffenrock tropfte. Der Stoff ihrer Gesichtsmaske war heiß und feucht. Gerade wollte sie sich wieder aufrichten, da spürte sie die Spitze eines Schwertes in ihrem Nacken.

»Steh langsam auf und dreh dich nicht um!«

Mit rasendem Herzen tat sie, was ihr befohlen wurde. Ihre Finger legten sich um den Griff des Dolches, und sie dachte an die Übungsstunden mit Sigrid.

»Fallen lassen!«

Sie zögerte, doch der Druck der Schwertspitze an ihrem Hinterkopf verstärkte sich unangenehm. Sie ließ den Dolch fallen.

»Das Tier auch!«

Sie ließ den toten Fuchs zu Boden gleiten und hob die Hände.

»Was machst du hier?«, fragte die Stimme.

Vielleicht lag es an dem Gefühl von Enttäuschung und Verrat, das das Gespräch zwischen Vivian und Angharad bei ihr hinterlassen hatte, oder vielleicht wollte sie sich nicht einfach etwas von einem weiteren gefährlichen Mann vorschreiben lassen, jedenfalls erwiderte sie, ohne nachzudenken, patzig: »Wonach sieht es denn aus?«

Es entstand eine kurze Stille. Dann sagte der Mann in einem leicht überraschten, vielleicht sogar amüsierten Tonfall: »Es sieht so aus, als ob du unsere Jagdbeute stiehlst.«

Das hatte sie nicht erwartet.

»Eure?«

»Mein Herr, Sir Mordaunt, ist der Eigentümer dieses Landes. Du wilderst. Das ist verboten.«

Beinahe hätte sie erleichtert aufgelacht, doch sie erinnerte sich daran, dass sie ihre Stimme möglichst tief und die Hände unbewegt halten musste.

»Das ist ein Missverständnis. Ich war in Gedanken und bin vom Weg abgekommen. Ich wollte meine eigenen Fallen überprüfen und bin aus Versehen bei einer von Euch gelandet. Ich entschuldige mich für das Missverständnis und werde mich entfernen.«

Sie wartete. Stille. Langsam, ganz langsam, begann sie, sich auf der Stelle umzudrehen. Der Druck des Schwertes ließ nach.

Ein junger Mann, vielleicht höchstens zwanzig. Hellbraunes Haar, das er sich aus einer breiten Stirn gestrichen hatte. Ein stoppeliges Kinn. Volle, zuckende Lippen. Dichte Wimpern. Das Schwert jetzt auf ihre Brust gerichtet. Er schaute sie entspannt an.

»Hast du es so eilig, wegzukommen, junger Mann? Willst du dich nicht wenigstens vorstellen?«

Cass nahm sehr deutlich seinen Geruch wahr; Schweiß, der sich mit etwas Süßem vermischte – Heu vielleicht. Noch nie hatte sie allein so nahe bei einem fremden Mann gestanden. Ihr fiel auf, wie kantig sein Kinn war und wie sich durch den festen Griff die Muskeln an seinen Unterarmen abzeichneten.

»Mein Name tut nichts zur Sache.«

»Trotzdem möchte ich ihn gern erfahren.« Er sah sie fragend und neugierig an, und sie bemühte sich mit jeder Faser ihres Körpers, keine verdächtige Regung zu zeigen.

»Anders als bei dem Fuchs«, sagte sie beiläufig und bemühte sich, mit fester Stimme zu sprechen, »habt Ihr darauf keinen Anspruch.«

Er gluckste, und an seinen haselnussbraunen Augen erschienen Lachfältchen. »Das stimmt, junger Mann.«

Sie wartete unbeweglich, während sie einander weiter anstarrten.

»Vielleicht erlaubst du mir dann, ihn zu gewinnen?« Er nahm eine Kampfhaltung ein, das Schwert an seiner Seite.

Cass' Gedanken überschlugen sich. Wenn sie sich umdrehte und davonlief, würde das Verdacht erregen oder sie sogar in Gefangenschaft bringen. Wenn sie ablehnte, riskierte sie, ihn zu verärgern, und aus einem harmlosen Kämpfchen konnte ein echtes

Duell werden. Schwäche oder Angst zu zeigen, bedeutete, das Risiko einer Enttarnung zu erhöhen.

Sie zog ihr Schwert. Einen Moment lang berührte der junge Mann dessen Spitze sanft mit seiner eigenen Schwertspitze. Dann ging er schnell und direkt zum Angriff über. Sie dachte an ihre Ausbildung. Nicht versuchen, abzublocken, sondern besser ausweichen. Schneller als er, leichter, aber nicht stärker. Attackiere ihn nicht ernsthaft. Versuche nicht, die volle Kraft eines stählernen Schwertes mit einem aufzufangen, das zur Hälfte aus Zinn gemacht ist. Ermüde ihn und vereitele seine Absichten. Sie fintierte nach links, sprang dann pfeilschnell nach rechts und erwischte ihn so auf dem falschen Fuß. Sie duckte sich und sprang, führte schnelle, kleine Stöße und Hiebe mit ihrem Schwert aus und traf mit dessen Spitze seine Oberschenkel, seine Rippen.

Er lächelte, und wieder erschienen diese Fältchen in seinen Augenwinkeln, während er sie neu einschätzte. Es folgte noch eine Runde, in der sie gleichauf waren und sich ihre Schwerter kaum trafen. Ein Zusammenprall der Spitzen, eine leichte Berührung der Klingen, doch schon wich sie geschickt zur Seite aus und ließ sein Schwert vom Ende ihres eigenen abgleiten. Sie wirbelte herum, verschätzte sich jedoch und wurde gegen seinen Körper gepresst; ihr Rücken spürte die festen Konturen seines Torsos, und ihr Nacken seinen Atem. Beide erstarrten, und der Moment zog sich in die Länge.

Dann rief Cass: »Nein!«, trat mit ihrer Ferse fest auf seinen Fuß und flitzte dann davon, während er halb fluchend, halb lachend rückwärtsstolperte.

»Nicht gerade die höflichste Art«, rief er ihr nach, als sie zwischen den Bäume hindurchsprintete und sich in das dichteste Unterholz flüchtete. Beim Weglaufen hörte Cass, wie sein Lachen in der Ferne verhallte. »Dann muss ich wohl noch warten, bis ich deinen Namen erfahre. Bis zu unserem nächsten Treffen.« Cass' Herz schlug selbst dann nicht langsamer, als sie die Sicherheit des Weges erreichte.

20

Während der kältesten Periode des Winters ritten Angharad und einige aus dem Gefolge traditionell mit Geschenken und Lebensmitteln in die nahe gelegenen Dörfer. Angharad reiste ohne Verkleidung und ohne Waffen und lud Cass und Lily ein, sie zu begleiten.

Pebbles Atem formte große Dampfwolken, und sie ritten über zugewachsene Pfade, wo Drosseln sich an Schlehen gütlich taten und Krähen einander von kahlen, vereisten Ästen etwas zuriefen.

Cass fühlte sich merkwürdig ungeschützt in ihrem Seidenkleid und ihrem dicken Wollumhang. Mit einem Lächeln wurde ihr klar, dass sich Frauenkleidung für sie inzwischen beinahe so ungewohnt anfühlte, wie es anfangs ihre Knappinnenkleidung getan hatte. Sie ritt im Damensitz und musste sich sehr darauf konzentrieren, sich am Sattelknauf festzuhalten und die Knie aneinanderzupressen.

Es ist paradox, dachte sie, dass diese Reittechnik, die angeblich damenhafter sein sollte und als weniger anstrengend galt, tatsächlich *größere* Fähigkeiten und mehr Kraft verlangte.

Lily trabte neben ihr her, spähte in die Satteltasche ihres Pferdes und zählte entzückt die Lebensmittelpakete und Bündel mit warmer Kleidung.

»Das ist meine Lieblings-Jahreszeit«, erklärte sie, und ihr herzförmiges Gesicht glühte vor Begeisterung über ihrem fellbesetzten Kragen.

Vor ihnen ritt Angharad, stolz, aufrecht und elegant. Das rote Haar fiel in Kaskaden über ihre Schultern, und ihre Satteltaschen waren mit Geschenken und Nahrungsmitteln vollgepackt. Cass verspürte dennoch Unbehagen. Angharad spielte die mildtätige Lady, und doch war sie Komplizin bei dem Mord an ihrem Mann gewesen. Sie hatte die Tat vertuscht und sich schamlos in eine Beziehung mit seiner Mörderin gestürzt. Das Wort hallte unangenehm in Cass' Kopf. Noch vor weniger als einem Jahr wäre ihr der Gedanke, jemals eine Person, die sie kannte, als Mörder oder Mörderin zu bezeichnen, absurd erschienen. Und nun das; sie war jetzt Teil dieser Welt, in der alles anders war, in der moralische Grenzen so viel komplizierter erschienen, als sie es sich je hatte vorstellen können. In dieser Welt war selbst Mord irgendwie etwas anderes; in dieser Welt, in der ein Leben so viel weniger wert war; wo Banditen und Grobiane und Seewölfe wie die Bösewichte in Märchen waren, die berechtigterweise von den Helden besiegt wurden. Aber sie war es nicht gewohnt, dass diese Helden Heldinnen waren und noch dazu Frauen, die sie tatsächlich kannte. Ganz zu schweigen davon, dass sie sich ausdrücklich dazu entschieden hatte, ihnen zu folgen und von ihnen zu lernen. Was machte das aus ihr?

Die Dörfer waren ganz anders, als Cass sie sich vorgestellt hatte. Sie hatte immer geglaubt, sie selbst sei in einfachen Verhältnissen groß geworden, doch das robuste und geräumige Bauernhaus ihrer Eltern und das Land darum herum waren prächtig im Vergleich zu den ärmlichen kleinen Ansammlungen aus Lehmfachwerkhütten, denen sie sich jetzt näherten. Die Strohdächer waren notdürftig zusammengeflickt, manche von ihnen faulten bereits und waren undicht.

Die Dorfstraßen waren voller Schneematsch, und als sie hineinritten, schmatzten die Hufe ihrer Pferde. Aufgeregte Kinder rannten ihnen entgegen und kreischten begeistert beim Anblick der Pferde. Ein kleiner blonder Junge von etwa zwei Jahren mit einer wilden Haarlocke auf der Stirn streckte die Hände nach Cass aus und brabbelte unsinnige Wörter. Cass zügelte Pebble vorsichtig, damit die Mutter des Kindes ihn hochheben und er den Hals des Ponys streicheln konnte. Als Pebble ihre Nüstern blähte, kicherte er begeistert. Cass tätschelte beruhigend den Hals des Tieres und lächelte die Mutter an – eine junge Frau ungefähr in ihrem eigenen Alter, die sich ihre flachsblonden Zöpfe um den Kopf gewunden hatte, in ein einfaches honigfarbenes Baumwollkleid und eine Küchenschürze gekleidet war und ein abgewetztes graues Tuch um die Schultern geworfen hatte.

Cass nahm ein Paket mit Hafer, Gemüse und Mehl aus ihrer Satteltasche und reichte es ihr schüchtern.

»Danke Euch«, sagte die Frau und machte einen unbeholfenen Knicks. Der kleine Junge klammerte sich noch immer an ihren Hals und sie hatte Mühe, gleichzeitig ihn und das Paket zu halten. »Wir möchten eigentlich keine milden Gaben annehmen, aber ich weiß nicht, wie wir sonst den Winter überstehen sollen.« Sie wies auf die Allmende in der Mitte der ringförmig aufgestellten Hütten, wo Rote Bete und Grünkohl erntereif zu sein schienen. Eine Hälfte des Gartens war völlig zertrampelt; überall lagen verderbende Gemüsereste herum und die zerbrochenen Reste eines Weidezauns, dessen Holzlatten verdreht und zersplittert waren.

Die metallene Tür eines zerstörten Schweinestalls schwang im Wind hin und her.

Ein klein gewachsener Mann mit sonnengebräuntem Gesicht legte der Frau tröstend eine Hand auf den Arm. »Wir konnten die Abgaben nicht zahlen, die Sir Mordaunt verlangte«, erklärte er Cass leise. »Und seine Männer haben gesagt, das hier wäre die erste und einzige Verwarnung.«

»Aber was denken die, wie wir ohne die Schweine satt werden sollen?«, warf eine Frau mit Tränen in den Augen ein. »Sie haben sie nur aus Bosheit mitgenommen, nicht, weil sie das Fleisch brauchten. Sie haben den Stall zerstört und ihnen dann einen Klaps versetzt, sodass sie weggerannt sind.« Ihr brach die Stimme.

Lily wischte sich Zornestränen aus den Augen. »Das ist nicht gerecht«, klagte sie wütend und wandte sich an Angharad, als wollte sie sie auffordern, dieses Unrecht auf der Stelle wiedergutzumachen.

»Warum hilft denn sonst niemand?«, fragte Cass Lily leise. Ihr Herz raste vor Wut über diese Ungerechtigkeit. »Warum erheben sich die Leute nicht dagegen?«

»Das haben sie anfangs versucht«, erwiderte Lily. »Doch nachdem Mordaunt zwei der benachbarten Grundbesitzer umgebracht hat, weil sie zu Hilfe kommen wollten, und sich dann ihr Land angeeignet und die Frauen und Kinder heimatlos gemacht hat, hat sich niemand mehr getraut.«

Angharad schüttelte traurig den Kopf. »Wir werden euch bringen, was wir können«, sagte sie, zog ihren eigenen Umhang aus und legte ihn um die Schultern eines alten Mannes, der mit nackten Füßen aus seiner Hütte gehumpelt war und zitternd vor seiner Tür stand. »Aber wir wagen es nicht, Sir Mordaunt in die Quere zu kommen.«

»Was für ein schändlicher, feiger, nichtsnutziger ...«, murmelte Lily halblaut, als sie ins nächste Dorf weiterritten.

»Möchtest du noch irgendetwas hinzufügen, Lily?«, fragte Angharad, deren Lippen amüsiert zuckten. Sie hatte schnell zu den beiden Mädchen aufgeschlossen.

»Ich finde ... das ist ...« Lily lief rot an, hob aber stur ihr Kinn. »Wofür stehen wir denn, wenn wir das hier einfach so hinnehmen?«, fragte sie ihre Herrin herausfordernd.

»Wer hat etwas von hinnehmen gesagt?«, gab Angharad zurück. »Du musst lernen, dich von deinem Verstand leiten zu lassen, mein Hitzkopf, sonst bringt dich deine Wut in so viele Schwierigkeiten, dass du dich mit deinem Schwert nicht daraus befreien kannst. Tapferkeit besteht nicht nur darin, sich gedankenlos ins Gefecht zu stürzen. Man braucht auch den Mut und die Weisheit, erst im geeignetsten Augenblick zu handeln.« Damit ritt sie voraus; Lily und Cass folgten ihr und warfen einander verblüffte Blicke zu.

»Starke Worte für jemanden mit so aufbrausendem Gemüt, oder?«, grummelte Lily. »In der letzten Osterzeit hat Leah sie im Würfeln geschlagen, und da hat sie die Würfel ins Feuer geschleudert und eine Bank umgeschmissen!«

Vor ihnen musterte Angharad den Pfad und blickte aufmerksam hin und her.

»Was macht sie da?«, fragte Lily neugierig.

»Ich glaube, sie folgt einer Spur«, murmelte Cass, die auf dem Boden des schlammigen Pfades frische Hufabdrücke erkannte, die darauf schließen ließen, dass hier kürzlich mehrere Reiter entlanggekommen waren.

Angharad wich abrupt vom Weg ab und ritt ins Unterholz. Cass und Lily mussten ihr folgen. Schon bald trafen sie auf eine Gruppe von Sir Mordaunts Rittern, erkennbar an ihren schwarzen Rüstungen und dem silbernen Geweih-Symbol. Sie hatten die Pferde nahebei angebunden und sich auf einer Lichtung niedergelassen, wo sie auf warmen Decken saßen und sich einen Brotlaib und ein Stück geräuchertes Fleisch teilten. Als die Frauen sich näherten, hackte derjenige, der an der schwarzen Feder auf dem neben ihm liegenden Helm als Anführer zu erkennen war, ein großes Stück von dem Fleisch ab und spießte es mit seinem juwelenbesetzten Dolch auf.

»Guten Tag«, grüßte Angharad höflich und mit gesenktem Blick, als sie die Lichtung erreichten.

Der Mann kaute schmatzend, wischte den Dolch an seinem Ärmel ab und steckte ihn wieder an seinen Gürtel. Dann rülpste er laut.

»Ihr seid weit von zu Hause weg, Mylady.«

»Ein belebender Ausritt mit meinen Hofdamen.« Sie lächelte. »Sie sind zu jung, um den ganzen Winter über im Herrenhaus eingepfercht zu sein, sie brauchen Bewegung und frische Luft.«

Der Mann grunzte, und Cass bemerkte besorgt, dass zwei seiner Begleiter feixten und hinter vorgehaltener Hand tuschelten. Ihre Blicke musterten sie und Lily ohne Scham. Zum Glück trugen sie ihre dicken Mäntel. Dennoch wurde ihr bewusst, wie lange es nun schon her war, dass sie sich wie dieses Stück Fleisch gefühlt hatte, das die Männer auf den Waldboden geworfen hatten, um es nach Gutdünken zu zerhacken und miteinander zu teilen.

Plötzlich spürte sie die Freiheit, die sie in den vergangenen Monaten genossen hatte – jedes Mal, wenn sie in ihrer Jungenkleidung oder ihrer Rüstung ausgeritten war. Jetzt, da sie wieder der unverhohlenen Musterung durch Männer ausgeliefert war, fühlte sie sich entblößt und verletzlich, so als hätte man ihre Kleidung abgestreift. Sie erinnerte sich daran, wie sie solche Blicke auf sich gespürt hatte, wenn sie mit ihrer Familie ins Dorf gekommen war; wenn sie am Markttag hinter ihrem Stand wartete; wenn sie an den Burschen vorbeilief, die während der Erntezeit auf den Feldern geholfen hatten. Die Blicke vieler Männer fühlten sich auf ihrer Haut an, als würde sie mit Sand abgerieben, wie wenn Iona in der Schmiede einen Schleifstein benutzte, um die Klingen zu schärfen.

Zu Hause hätte sie sich gedemütigt gefühlt; beschämt durch das anzügliche Grinsen. Mary hätte sie am Arm gepackt und schnell weggezerrt und sie dafür getadelt, dass sie überhaupt die Blicke auf sich gezogen hatte oder einfach zu wenig Keuschheit ausstrahlte. Doch während sie hier stand, in ihrem neuen Körper, fühlte sie nichts als Wut und Überlegenheit. Wer waren diese Mistkerle, dass sie sie kleinmachen wollten? Feige Diebe, die Dorfbewohner bestohlen hatten, die so wenig besaßen. Sie spürte, wie die Wut ihre Wangen rot färbte. Lily legte ihr mahnend eine Hand auf den Arm.

»Meine Lords«, begann Angharad respektvoll, »wir haben gerade etwas gesehen, was uns zutiefst beunruhigt.« Sie zupfte ein Seidentuch aus ihrem Mieder und tupfte sich damit vorsichtig die Augen. »Ein armes Paar, das nicht in der Lage ist, seine Familie zu ernähren, nachdem seine Schweine vertrieben und der Gemüsegarten zerstört wurde.« Sie machte eine unschuldig wirkende Pause. »Ihr seid nicht zufällig den Kreaturen begegnet, die so tief gesunken sind, ihnen das anzutun?«

Cass verspürte plötzlich einen überwältigenden Drang, laut aufzulachen, zu klatschen und zu jubeln. Trotz allem konnte sie nicht anders, als den Mut zu bewundern, mit dem Angharad diese Männer herausforderte. Konnte sie ihr wirklich zum Vorwurf machen, dass sie froh war, ihren Lord los zu sein, wenn er wie diese grobschlächtigen Kerle gewesen war, oder vielleicht sogar noch schlimmer?

»Es wäre besser für Euch, wenn Ihr näher an Eurem Zuhause ausreiten würdet, Lady«, spottete einer der Männer. Er erhob sich und streckte sich zu seiner ganzen Größe aus. Das silberne Emblem auf seiner Brust blitzte auf. Er zog sein Schwert aus der Scheide und strich lässig darüber. »Es wäre doch sehr traurig, wenn Euch etwas zustoßen würde.« Er machte einen Schritt auf Lily zu und berührte ihr Knie mit dem Schwert. »Oder einer Eurer zarten Hofdamen.«

Angharad presste die Lippen zusammen. »Selbstverständlich«, antwortete sie angespannt und wendete ihr Pferd. »Wie dumm von mir, mich einzumischen. Danke, Sir, für Euren Rat.« Widerstrebend wendeten auch Lily und Cass und folgten ihr von der Lichtung.

Kaum, dass sie den Pfad erreicht hatten, schwang Angharad ein Bein über den Sattel und trieb das Pferd zum Galopp an. Sie zog ihr Kleid hoch, damit ihre Schenkel fest an Stars Flanken anliegen konnten. Cass und Lily tauschten erfreute Blicke aus, während sie es ihr nachmachten und die Reitposition wechselten.

Es wurde rasch deutlich, dass Angharad nicht die Absicht hatte, die Sache auf sich beruhen zu lassen. Sie ritt nämlich nicht in Richtung der anderen Dörfer, die sie an diesem Tag hatten besuchen wollten, sondern auf direktem Weg zum Herrenhaus zurück. Sie ritt, als wäre ein Rudel Wölfe hinter ihr her. Bei ihrer Ankunft rief sie Blyth, damit sie die Pferde tränkte, sprang aus dem Sattel und wandte sich an Cass und Lily.

»Legt schnell eure Rüstungen an und setzt die Helme auf. Wir treffen uns dann wieder hier. Ihr braucht eure Schwerter.«

Die Mädchen beeilten sich, sich umzuziehen. Mit vor Aufregung bebenden Fingern zurrten sie gegenseitig ihre Schnallen und Schnürbänder fest.

Als sie zur Lichtung zurückkehrten, brach die Dämmerung herein. Die Ritter schoben gerade mit den Stiefeln Erde über die letzten Glutreste ihres Feuers und sattelten ihre Pferde. Diesmal verschwendete Angharad keine Zeit mit einer höflichen Begrüßung. Sie ritt an dem ersten Ritter vorbei, zog ihr Schwert aus der Scheide und versetzte ihm, als er sich gerade nach seinem Gepäck bückte, mit dessen flacher Seite einen so heftigen Schlag auf den Hintern, dass er mit dem Gesicht voran in den Schlamm fiel.

Mit einem lauten Wutschrei sprang er wieder auf, schnappte sich seinen Helm und sein Schwert und schwang sich auf sein Pferd.

»Ihr werdet mich kein zweites Mal unvorbereitet erwischen, ungehobelter Schurke!«, schrie er und nahm die Verfolgung auf.

Cass und Lily ritten langsam im Kreis um die anderen beiden Ritter herum, die sich nicht so schnell hatten bewaffnen können und jetzt von ihren Rüstungen und Waffen getrennt waren.

»Wir wollen keine Schwierigkeiten«, stammelte einer von ihnen und sah zu den beiden schweigenden Rittern auf, deren Visiere geschlossen und Schwerter gezogen waren.

»Wir kommen gerade von einem Wohltätigkeits-Besuch in einem Dorf von Untergebenen unseres Lords zurück«, erläuterte der andere und öffnete seine Tasche, um zu zeigen, dass sie fast leer war. »Wir haben keine Wertsachen bei uns, denn sie hatten wenig, das sie uns anbieten konnten, und wir haben sie nicht weiter bedrängt.«

»Ach, da geht einem das Herz auf, nicht wahr?«, fragte Lily Cass. Ihre Stimme tönte tief und rau aus dem Helm heraus. »Mir kommen glatt die Tränen.«

Während sie weiter um die Männer herumritt, ließ sie ihr Schwert ein wenig tiefer herabhängen, sodass es die Nacken der Männer zerkratzte, wenn sie an ihnen vorbeikam. Einer verzog das Gesicht und tastete nach der Wunde.

»Warum behandelt Ihr uns so, wenn wir Euch nicht beleidigt haben?«, empörte er sich. »Schließlich sind wir doch alle Ritter.« Lily schwieg, doch Cass hatte den Verdacht, dass sie unter ihrem Helm grinste. Diese Rüpel bekamen jetzt einen Geschmack jener Angst, die grundlose Einschüchterung erzeugte. Gut so.

Sie hörten das Geräusch galoppierender Hufe. Angharad kehrte mit dem Schwert in der Hand zu ihnen zurück, und Cass sah sofort, dass die Spitze ihrer Klinge rot war. Einer der Männer zu ihren Füßen schrie laut auf.

»Kommt«, befahl Angharad, und Cass und Lily ließen die kauernden Männer zurück und folgten ihr. Sie sagten nichts, bis sie schon fast wieder zu Hause waren.

»Ist er …«

»Er wird es überleben«, sagte Angharad grimmig und öffnete ihr Visier. »Aber seine Überheblichkeit wird in Zukunft deutlich geringer ausfallen«, fügte sie mit einem zufriedenen Lächeln hinzu.

»Was hast du gemacht?«, fragte Lily ehrfurchtsvoll.

»Ich habe ihn vor die Wahl gestellt«, antwortete Angharad, als wäre es die einfachste Sache von der Welt. »Als er mich um Gnade angefleht hat, habe ich ihm gesagt, er könne sich entscheiden: Sein Leben verlieren oder sich den namenlosen Rittern unterwerfen und ihnen Treue schwören. Vor Sonnenuntergang morgen Abend den Schaden im Dorf reparieren und drei von Mordaunts fettesten Ferkeln als Ersatz für das entlaufene Vieh mitbringen. Dann zu seinem Herrn zurückkehren und den Tag erwarten, an dem wir auf seinen Eid zurückkommen und er tun muss, was die namenlosen Ritter von ihm verlangen. Oder auf den Knien im Schneematsch sterben.«

Lily stieß einen begeisterten Jubelruf aus. Angharad lachte und gab ihrem Pferd die Sporen.

»Es kommt nicht darauf an, wie schnell man handelt«, rief sie ihnen über die Schulter zu, »sondern darauf, sich auf das Wichtigste zu konzentrieren.«

»Ich wünschte nur«, keuchte Lily, als sie hinter Angharad herritten, »dass wir unsere Helme hätten abnehmen können. Ich hätte diesen Männern mit Freude gezeigt, wer ihnen heute eine Lektion erteilt hat.«

Cass wusste, was sie meinte. Doch ihr reichte es, dass sie den Lauf der Dinge verändert hatten. Dass sie in der Lage gewesen waren, zu helfen; dass sie, Cass, eine kleine Rolle beim Schutz dieser Dorfbewohner gespielt hatte. Zum ersten Mal in ihrem Leben hatte sie Macht – eine Macht, die groß genug war, den Willen erwachsener Männer zu brechen. Diese Erkenntnis ließ ihren ganzen Körper auf dem restlichen Heimweg vor Aufregung prickeln.

In der Nacht träumte sie erneut von dem Teich. Sie war wieder im Wald, trug nur ihr dünnes Baumwollnachthemd und schlotterte, als sie mit nackten Zehen ans Ufer trat. Doch irgendetwas zog sie vorwärts. Sie wusste, dass sie wieder auf die Oberfläche schauen musste, dass sie die Bedeutung dessen begreifen musste, was sie dort zuvor gesehen hatte – die Visionen von sich selbst, ihrer Schwester, dem Hirsch.

Doch diesmal war es Vivians Gesicht, das aus der Tiefe zu ihr aufstieg, zugleich vertraut und kaum wiederzuerkennen, in ihren Augen standen flammende Wut und Wollust. Sie streckte die

Arme nach Cass aus, und in ihrer Hand blitzte die Klinge eines Dolchs.

Ihre Stimme war nur ein Zischen und ein wehklagendes Stöhnen. »Dummes Mädchen, hast du etwa geglaubt, du könntest weiterleben, wenn du mein Geheimnis kennst?«

In dem Moment, als die Klinge schmerzvoll zwischen ihre Rippen glitt, schreckte Cass japsend und schwitzend auf. In dieser Nacht schlief sie nicht wieder ein, sondern lag wach und starrte in die schwarze Leere.

21

Eines Wintermorgens wurde Cass unsanft geweckt. Lily schoss in ihre Kammer und sprang schwungvoll zu Cass ins Bett.

»Was is los?«, stammelte Cass im Halbschlaf. Sie hatte eine kalte Nasenspitze und versuchte sich wieder in ihre warme Felldecke einzumummeln. »Zu früh«, beklagte sie sich, als sich Lily an sie drängte und ihre eisigen Füße zwischen Cass' Waden streckte, um sie zu wärmen.

»Frag mich, was es Neues gibt!«, quietschte Lily, die vor Aufregung bebte. Cass öffnete widerstrebend die Augen und lachte, als sie das ansteckende Grinsen ihrer Freundin sah. Sie kam gähnend auf einen Ellenbogen hoch und strampelte Lilys kalte Füße weg.

»Was gibt es Neues, Lily?«

»Im Frühling findet der Kampf der Knappen statt!« Lily quietschte vor Begeisterung und strampelte so mit den Beinen, dass die Bettdecke davonflog.

»Vorsicht!« Cass stand auf, um sie wiederzuholen, und verzog das Gesicht, als ihre nackten Füße auf den eiskalten Steinboden trafen. »Der was?«

»Der was?!« Lily machte ein schockiertes Gesicht. »Du willst mir doch wohl nicht weismachen, du hättest noch nie vom Kampf der Knappen gehört?«

»Lily, bevor ich hierher kam, wusste ich kaum, was ein Ritter ist, von einem Knappen ganz zu schweigen.«

»Ja, ja.« Lily stöhnte dramatisch und verdrehte die Augen. »Ich kläre dich auf. Aber lass mich gleich sagen, dass die einzig angemessene Reaktion auf diese Neuigkeit darin besteht, zu kreischen, auf und ab zu springen und vielleicht sogar vor Aufregung ein paar Tränen zu vergießen.«

»Ich werde es mir merken.« Cass stieg lachend ins Bett zurück.

»Der Kampf der Knappen ist ein legendäres Turnier, das nur alle drei oder vier Jahre stattfindet. Es ist wie ein normales Turnier, aber Knappen dürfen gegen gerade erst ernannte Ritter antreten. Sie kommen aus ganz Britannien, um diese Gelegenheit zu nutzen. Und diejenigen, die sich am mutigsten bewähren, können sogar gleich auf dem Turnierplatz zu Rittern geschlagen werden.«

Cass setzte sich aufrecht hin.

»Aha, jetzt habe ich deine Aufmerksamkeit.« Lily grinste.

»Wird da tjostiert?«

»Jaa!«, rief Lily. »Und Vivian fängt gleich heute an, uns zu trainieren.

»Warum findet das Turnier denn nur alle drei oder vier Jahre statt?«, fragte Cass, während sie in ihren Waffenrock schlüpfte.

»Ach, na ja, bloß weil es danach einige Knappen weniger gibt«, antwortete Lily leichthin und wedelte wegwerfend mit der Hand.

»Wie bitte?«

»Na ja, sie können es sich nicht leisten, das Turnier öfter zu veranstalten, sonst würden die Knappen knapp«, stellte Lily nüchtern fest. »Und Knappen sind schließlich wertvoll, denn sie brauchen eine gründliche Ausbildung – das solltest ja gerade du wissen. Bist du fertig? Dann komm!«

Cass wusch sich schnell das Gesicht und zog sich an. Anschließend polterten sie gemeinsam die Treppe zum Saal hinunter und schnappten sich warme Brötchen vom Esstisch. Dann rannten sie auf die Wiese hinaus.

Pebble, Lilys Pony Elise und die Rösser der anderen Knappinnen standen bereit und waren schon gesattelt. Blyth wartete neben ihnen. Die Knappinnen schwatzten aufgeregt miteinander. Sogar die kleine Nell, das gedrungene Mädchen mit ernstem Gesicht, das gerade erst seine Ausbildung begonnen hatte, war auf dem Platz und freute sich darauf, den Tjost zu lernen.

Doch bevor sie sich dem Stapel bunt bemalter Lanzen, den Vivian zusammengestellt hatte, überhaupt nähern durften, mussten sie zuerst geschickter im einhändigen Reiten werden – auch im Galopp, was nicht einfach war. Doch die langen Herbsttage voller Übungen und die vielen Ausritte in den Wald zahlten sich für Cass und Pebble aus. Sie hatten ein starkes gegenseitiges Verständnis füreinander entwickelt. Das beherzte kleine Pferd reagierte nun genauso sensibel auf Cass' Bewegungen und den Druck ihrer Schenkel wie auf ihre Zügelführung. Sie führte die Lederriemen zwischen Daumen und kleinem Finger der einen Hand und legte die andere auf ihren Oberschenkel. So galoppierte sie schon bald begeistert um die Wiese herum. Pebbles Schweif wehte durch die Luft, während ihre Hufe knirschend die spröden, mit Frost überzogenen Grashalme zerdrückten.

Lily galoppierte grinsend neben ihr her. Cass trieb Pebble an, um mit ihrer Freundin Schritt zu halten, und sog mit tiefen Atemzügen die kalte Luft in ihre Lunge. Einen Moment lang glaubte sie, nie glücklicher gewesen zu sein.

Die Lanzen waren schwer; lange, robuste Holzpfähle von zwei Pferdelängen mit angespitzten Enden, die jedoch für Übungszwecke mit stumpfen Kappen versehen wurden.

»Haltet sie hier fest«, wies Iona an und zeigte ihnen die richtige Handposition hinter der konischen Handschutzplatte, »nicht davor, es sei denn, ihr wollt eure Lanzen verkehrt herum benutzen und dabei ein oder zwei Finger einbüßen.« Dann fuhr sie fort: »Diese Lanzen hier sind ein wenig leichter als die traditionellen«, sie wog eine in ihrer rechten Hand, »ich habe den hinteren Teil nämlich ein Stück weit ausgehöhlt. Aber zu leicht dürfen sie auch nicht sein, weil sie sonst weniger Wucht entwickeln. Und ihr seid gewichtsmäßig ohnehin schon im Nachteil gegenüber euren Gegnern.«

Cass runzelte die Stirn. Das hatte sie sich nicht klargemacht. Schwertkampf war das eine, denn dabei konnte die größere Gewandtheit und Geschicklichkeit der Frauen die größere Körperkraft der Ritter wettmachen. Doch wie sollten sie sich in einem Wettkampf durchsetzen, der im Wesentlichen darin bestand, seinen Gegner mit der größtmöglichen Kraft aus dem Sattel zu werfen? Sie biss sich auf die Unterlippe und dachte zum ersten Mal darüber nach, was es wohl bedeutete, wenn ein ausgewachsener Mann mit der Geschwindigkeit eines Pferdes absichtlich einen massiven Pfahl gegen ihren Oberkörper rammte.

Lily gab ihr einen Stoß in die Rippen. »Jetzt schau doch nicht so verdrießlich. Wenn wir ernsthaft verletzt werden, dürfen wir total lange im Bett herumliegen und quatschen und brauchen keine Hausarbeiten zu machen. Stell dir das mal vor!«, sagte sie in einem verträumten Tonfall. »Wenn wir uns einen Knochen brechen, brauchen wir keinen Pferdemist zu schaufeln …« Sie lächelte noch breiter. »Wenn ein wichtiges inneres Organ verletzt wird, vielleicht monatelang nicht!«

»Und das findest du ermutigend?«, flüsterte Cass. Sie nahm eine kornblumenblau und gelb gestreifte Lanze, die Iona ihr hinhielt. Das Gewicht versetzte ihr einen Schreck.

»Es wird leichter, versprochen«, sagte Iona lächelnd. »Du legst die Lanze in deine Armbeuge ein, und die Balance nimmt dann einen Teil des Gewichts auf. Eine schlecht ausbalancierte Lanze ist sehr viel schwieriger zu tragen, doch du hast Glück. Ich habe diese Lanzen selbst hergestellt, und der Schwerpunkt ist ...« Sie hielt inne und führte es vor, indem die Lanze genau waagerecht auf ihrer flachen Hand lag, »... perfekt.«

»Schaut mal, wie es sich anfühlt«, ermutigte Vivian sie, und die Knappinnen hoben gehorsam ihre Lanzen in die waagerechte Position und ritten um die Wiese herum.

»Lasst Platz zwischen euch«, rief Iona, »denn sonst ...«

Zu spät. Joan wandte sich ein wenig im Sattel herum, um sich nach dem Mädchen hinter ihr umzusehen, und ihre Lanze drehte sich wie ein Windmühlenflügel mit und warf das Mädchen rückwärts vom Pferd.

Lily kicherte, während Cass sich bemühte, ein erstes Gesicht zu machen.

Mit der Lanze zu reiten, fühlte sich natürlicher an, als sie erwartet hatte. Beim Umkreisen der Wiese stellte sie sich vor, wie sie auf einen Gegner zuritt, und stieß die Waffe dabei instinktiv nach vorn, als würde sie ihn treffen wollen.

»Nein, nein, nein!«, rief Vivian. »Lasst die Lanze in eurer Armbeuge liegen. Haltet sie niemals nach vorn, schon gar nicht kurz vor dem Aufprall.« Sie führte es vor, indem sie ihren Arm vor sich ausstreckte. »Wenn ihr den Arm für den Treffer ausstreckt, landet die ganze Wucht des Aufpralls in eurem Handgelenk und zerbricht es, wenn ihr Pech habt. Aber wenn die Lanze fest unter eurem Arm klemmt« – sie zeigte es, indem sie ihren Ellenbogen gegen die Rippen presste –, »dann wird die Kraft durch euren Körper ins Pferd abgeleitet, das viel besser als ihr in der Lage ist, sie auszuhalten.«

»Arme alte Elise«, murmelte Lily und tätschelte ihr Pferd.

Blyth grinste. »Sie spürt es kaum, jedenfalls nicht so, wie du es spüren würdest.«

Cass starrte Vivian an und bemühte sich, vor ihrem geistigen Auge nicht die stechende Bewegung zu sehen, die sie wieder und wieder mit der Hand vollzog. Versuchte, sie sich nicht mit einem Dolch in der Hand und Angharads blutüberströmtem Ehemann zu ihren Füßen vorzustellen. Sie erschauerte und schüttelte den Kopf, so als könnte sie ihre Gedanken mit einer Bewegung wegwischen. Pebble schnaubte und stampfte mit den Hufen.

Iona zog eine riesige, aus Metall gebaute Vorrichtung auf Rädern in die Mitte der Wiese. Ein langer Pfahl, an dem eine waagerechte Querstrebe befestigt war. An deren einem Ende war ein großer Schild festgenagelt, und am anderen Ende baumelte an einer Kette eine schwere Metallkugel.

»Was ist denn *das*?«, fragte Cass besorgt.

»Eine Stechpuppe«, antwortete Lily aufgeregt. »Du musst drauf zureiten und mit deiner Lanze den Schild treffen. Der Aufprall lässt dann das ganze Ding herumschwingen, und wenn du den Fehler machst, nicht schnell genug weiterzureiten, trifft dich die Metallkugel von hinten und wirft dich vom Pferd.«

»Ist ja albern«, sagte Cass mit ausdrucksloser Miene. »In einem echten Tjost gibt es keine Metallkugeln, die dich vom Pferd schleudern. Wer um alles in der Welt hat sich einen Wettkampf angesehen, bei dem Leute einander bei voller Geschwindigkeit mit scharfen Spießen aus dem Sattel zu stoßen versuchen, und sich dann gedacht: ›Ich weiß, was da fehlt: Noch ein bisschen mehr Risiko!‹«

»Das ist, damit du lernst, weiterzureiten«, antwortete Vivian kühl. »Einer der häufigsten Fehler, den unerfahrene Ritter machen, besteht darin, im Moment des Aufpralls, wenn sie im Sattel nach hinten gestoßen werden, die Hände nach oben zu reißen. Dabei ziehen sie dann automatisch die Zügel an und stoppen unbeabsichtigt ihr Pferd. Aber ihr müsst eure Vorwärtsbewegung beibehalten. Denn wenn ihr das Pferd genau in dem Moment zum Stehen bringt, wenn jemandes Lanze mitten auf eurem Schild landet, findet ihr euch schneller unten im Schlamm wieder, als ihr das Wort ›Ritter‹ aussprechen könnt.«

»Deshalb müsst ihr euch einprägen«, ergänzte Blyth, »dass ihr die Zügel locker lasst und die Hand nach vorne bewegt, kurz bevor eure Lanze auftrifft. Das verhindert, dass ihr aus Versehen anhaltet, und ihr teilt eurem Pferd mit, dass ihr schnell weiterreiten wollt.«

»Ah, na klar, kein Problem«, murmelte Lily. »Halt einfach den unglaublich schweren Holzpfahl waagerecht, reite mit nur einer Hand, triff ein kleines, sich *schnell bewegendes* Ziel, stell sicher, dass dein eigener Schild dich vor der Lanzenspitze deines Gegners schützt, lass die Zügel sinken und treib dein Pferd voran. Ganz einfach. Keine Ahnung, warum wir das üben sollen. Das könnte ich im Schlaf.«

»Vorwärts, Mädchen!«, befahl Vivian, die Lilys Gemurmel ignorierte. »Du bist als Erste an der Reihe. Reite auf die Stechpuppe zu.«

Lily atmete tief durch, straffte ihre Schultern und kanterte über die Wiese. Sie hielt ihre Lanze fest, zielte genau, und für einen Augenblick sah es so aus, als würde es ein triumphaler erster Versuch. Doch dann traf die Lanze mit einem laut hallenden Scheppern ihr Ziel, und die von der Wucht des Aufpralls überraschte Lily wurde im Sattel nach hinten geschleudert und vergaß komplett alle Warnungen wegen der Zügel, die sie nach oben riss, um sich wieder zu fangen, sodass Elise schlagartig stehen blieb. Die Stechpuppe schwang herum, die Metallkugel peitschte durch die Luft und traf Lily mit voller Wucht ins Kreuz. Sie flog über Elises Kopf nach vorn auf den Boden.

Es war lange still, bis Lilys unbändiges Lachen über die Wiese tönte. Elise schnaubte missbilligend; sie war von dieser neuen Aktivität nicht beeindruckt. Lily lachte noch heftiger und hielt sich den Bauch.

»Ist ... das ... lustig. Darf ich noch mal?«

22

Die Weihnachtszeit brachte Schnee. Im Innenhof fegten und schaufelten Blyth und die Knappinnen ihn zu großen Haufen und legten Pfade vom Haupttor zum Eingang des großen Saals und von der Küche zu den Ställen frei. Cass und Lily brachten Blyth immer wieder Becher mit heißem Apfelmost, um die Kälte zu vertreiben. Sie deckten die Pferde mit dicken Schaffellen zu, warfen mit der Heugabel große Mengen Stroh in ihre Boxen und saßen dann zwischen den warmen Körpern, machten Würfelspiele mit alten Knochenstücken, lachten und tranken den heißen Apfelmost, bis ihre Finger und Bäuche vor Wärme prickelten. Sie genossen die Ausbildungspause, die der Schnee mit sich brachte.

Da sie weniger Stunden bei Sigrid hatte, weil sie immer besser in Form kam, und die Tjost-Übungen über Weihnachten pausierten, waren die Tanzstunden fast die einzige Lernzeit. Der Höhepunkt der Weihnachtszeit war das Dreikönigsfest, zugleich der Tag von Sir Mordaunts Feier, sodass alle behaglichen Feierlichkeiten im Herrenhaus von der Sorge wegen des bevorstehenden Treffens überschattet waren und bei jeder Gelegenheit durch Tanzübungen unterbrochen wurden.

»Man wird von euch erwarten, dass ihr euch wie die jungen Damen aus den anderen umliegenden Häusern benehmt«, erinnerte sie Angharad, deren Stirn sorgenvoll gerunzelt war. Gerade hatte ein weiterer Reigentanz im Chaos geendet, nachdem Rowan und Lily Arm in Arm aus der Formation heraus und durch den ganzen Raum gewirbelt waren, nur um dann in einem Lachanfall vor dem Kamin zusammenzubrechen.

»Die meisten jungen Edeldamen sind ans Tanzen und die Teilnahme an Feiern gewöhnt. Wir dürfen Mordaunt keinerlei Anlass zu dem Verdacht liefern, dass wir anders sein könnten.«

Vivian ergriff Angharads Hand. »Lass sie sich ein wenig amüsieren«, beschwichtigte sie. »Sie haben hart gearbeitet. Alles wird gut laufen. Mordaunt hat keinen Grund, uns zu misstrauen.«

Doch die Sorge wich nicht aus Angharads Miene, und sie nagte auch an Cass. Einige der Mädchen hatten wenigstens zuvor schon einmal an einem Bankett oder anderen Feierlichkeiten teilgenommen, doch dies war das erste Herrenhaus, das Cass jemals betreten hatte, und die Vorstellung, dass sie sich in einer noch vornehmeren Umgebung korrekt benehmen sollte, noch dazu umringt von Lords und Ladys, die sie nicht kannte, erfüllte sie mit Schrecken. Sie wäre ihnen lieber eine Million Mal auf dem Kampfplatz gegenübergetreten, wo ihr Selbstvertrauen mit Lanze und Schwert von Tag zu Tag zunahm.

Zum Glück gab es jede Menge Ablenkungen. An einem kalten, sonnigen Morgen veranstalteten sie im Innenhof eine große Schneeballschlacht. Ritterinnen und Knappinnen tollten gemeinsam in der eisigen Luft herum und bewarfen einander mit fest zusammengepressten Schneebällen, bis sie alle außer Atem waren und ihre knallroten Ohren vor Kälte schmerzten.

Die Knappinnen versammelten sich draußen vor dem Haupttor, um sich einen Mummenschanz anzuschauen, dessen maskierte

Darsteller eines Abends mit flackernden Laternen aus dem Wald auftauchten und die Bäume kurzzeitig erleuchteten, bis sie wieder von den Schatten verschluckt wurden. Cass erkannte die Frau mit den Zöpfen aus dem Dorf wieder und drückte ihr ein paar Bienenwachskerzen und einen Topf mit Honig in die Hände, als die Schauspieler weihnachtliche Volkslieder singend weiterzogen und die Lichter nach und nach im Wald verschwanden.

An den langen, dunklen Nachmittagen, wenn die Sonne früh unterging und der große Saal der einzige warme Raum im Herrenhaus war, trafen sie sich, um Kleidungsstücke zu flicken und neue Fallen herzustellen. Dabei erzählten sie sich Kampfgeschichten und schlechte Witze. Selbst Alys schloss sich ihnen an und brachte klebrige, mit Nelken gewürzte kandierte Äpfel für alle mit. Und die Knappinnen verbrachten einen ganzen fröhlichen Tag damit, ausgelassen ein Theaterstück vorzubereiten, in dem sich jede von ihnen als ihre jeweilige Herrin verkleidete und deren Angewohnheiten übertrieben darstellte. Sie spielten das Stück am Abend im Saal und erhielten stürmischen Beifall. Lily stolzierte selbstsicher in Angharads braunem Brustpanzer umher und erteilte Befehle an ihre Ritterinnen, Cass imitierte unter ihrem Helm Sigrids bellendes Gelächter, und Rowan lieferte eine täuschend echte Imitation von Vivians gelegentlichem leichten Hinken, wenn ihre Wunde am Knöchel wieder einmal Ärger machte. Die Ritterinnen genossen es in vollen Zügen, und selbst die sonst so stoische Sigrid verzog den Mund zu einem Lächeln. An diesen Abenden war Cass voller Freude und dachte weder an die Albträume, von denen sie immer noch hin und wieder erwachte, noch an das große Geheimnis um Sigrid, das sie vor Angharad und den restlichen Ritterinnen verschwieg.

Am Vorabend des Dreikönigsfests saßen Cass und Lily am großen Kamin, rösteten Esskastanien über dem Feuer und lauschten Rowan, die ein melancholisches Winterlied sang. Cass dachte an diesem Abend an Mary und fragte sich, wie ihr erster Winter im neuen Heim wohl gewesen war. Hatte sie Weihnachten mit ihrem Ehemann im warmen Glühen ihres noch frischen Eheglücks genossen? Hatten die beiden vielleicht ihren Eltern einen Besuch abgestattet und an dem festlichen Durcheinander teilgenommen, in dem die Kleinen kreischend und lachend herumtollten und sich um Kreisel und Krimskrams zankten? Waren die Kleinen gewachsen? Hatten sie sie vermisst? War Marys Ehemann nett?

»Hier«, sagte Lily, stupste sie an und reichte ihr ein kleines Holzkästchen, in dessen Deckel unbeholfen ein ›C‹ geschnitzt war.

»Das ist … ähm …« Cass suchte nach freundlichen Worten, mit denen sie das leicht splitternde Geschenk beschreiben sollte.

»Ich bin nicht gerade eine begnadete Schnitzerin«, entschuldigte Lily sich lachend und zeigte Cass mit schmerzverzerrter Miene mehrere Schnittwunden an ihren Fingern. »Aber es kommt auf das an, was drin ist.«

Cass öffnete das Kästchen und fand darin eine zarte Silberkette mit einem Hufeisen als Anhänger.

»Das bringt Glück«, sagte Lily. »Oder festsitzende Hufeisen. Was ja im Grunde beides dasselbe ist.« Cass umarmte sie ganz fest und fühlte dabei eine Wärme, die mit dem Kaminfeuer und dem Bier nichts zu tun hatte.

Am nächsten Morgen herrschte eine gespannte Erwartung im Herrenhaus. Cass bat Lily, ihr die neue Halskette umzuhängen. Ihre Seidenkleider ergänzten einander, Lilys war blassrosa, das von Cass farngrün, und Lily legte einen Augenblick lang ihren

Arm um Cass' Taille, als sie zusammen vor dem Spiegel standen.

»Nicht, dass ich es vermissen würde, festgeschnürt und wie eine Pute zur Schau gestellt zu werden«, begann sie, wobei sich ihre Grübchen vertieften, »aber ...«

»Aber wir sehen ziemlich spektakulär aus«, vervollständigte Cass den Satz lachend und drückte Lily an sich. Lilys Haar hing in hübschen Löckchen herab und war mit einem Winterbeeren-Kranz gekrönt, dessen knallrote Beeren mit der blassen Farbe ihrer Haut kontrastierten. Cass' braune Mähne war dank der Hilfe ihrer Freundin mit Olivenöl gebändigt worden; der größte Teil davon steckte in einem langen, glänzenden Zopf. Lily hatte ihr eine einfache Efeu-Girlande geschenkt, die sie oben auf Cass' Kopf festgesteckt und dann durch den ganzen Zopf gewunden hatte, sodass aus dem Braun unerwartete grüne Stellen hervorblitzten.

Im Damensitz benötigten sie bis zum Nachmittag, um Sir Mordaunts Ländereien zu erreichen. Unterwegs überquerten sie riesige, dick mit Schnee bedeckte Äcker, und Cass sah große Obstgärten mit Hunderten von Bäumen, deren Äste der Winter entkleidet hatte. Ihr fiel auf, wie reich diese Ländereien waren und wie karg im Vergleich die armen Dörfer in der Nähe.

»Sein Vater hat das sich das beste Land angeeignet und die Leibeigenen vertrieben, die dort lebten«, stellte Rowan bitter fest, als sie Cass' Miene bemerkte. »Die meisten hat er mit falschen Versprechungen von üppigen Weiden an andere Orte gelockt, und die, die nicht gehen wollten, hat er getötet – jedenfalls erzählt man sich das hier. So hat Mordaunt ein geteiltes Land geerbt, das fruchtbare Böden, aber eine bettelarme Bevölkerung hat. Und statt ihnen Zugang zu dem Land zu geben, mit dessen Hilfe sie wieder auf die

Beine kommen und ihm viel mehr Abgaben zahlen könnten, verweigert er sich und treibt sie immer tiefer in die Armut. Aber er erwartet trotzdem die gleichen Leistungen.«

Cass versetzte Pebble einen wütenden Tritt in die Seite, sodass die verärgert schnaubte. »Entschuldige«, brummelte Cass und tätschelte den Pferdehals, während sie weiter in die Dunkelheit starrte.

In diesem Moment verließen sie das dichte Waldstück und erreichten die unteren Hänge eines Hügels. Im Dunkeln erschien ein goldener Lichtschein, der immer heller und prächtiger wurde. Er kam von einem großen Herrenhaus auf einem Hügel, das beinahe so prächtig und gut befestigt war wie eine Burg. Das hölzerne Bauwerk war umgeben von mit Zinnen versehenen Steinmauern, auf dem Wehrgang flackerten Fackeln, und das Ganze wurde von einem tiefen, mit Wasserpflanzen bewachsenen Burggraben umringt. Eine robuste Zugbrücke war herabgelassen, sodass sie ins Innere reiten konnten. Auf beiden Seiten der Brücke standen Barrikaden aus angespitzten Ästen, die wie ein offenes Maul mit drohenden Zähnen aussahen und beängstigend wirkten. Sie ritten im Schritttempo über die Brücke und bis zum Haupteingang, einem gewölbten Torbogen, der mit in Stein gehauenen Rosen und kleinen Statuen verziert war. Cass hatte nie etwas Prächtigeres gesehen.

Elegant gekleidete Stallburschen mit Silbergeweihen auf ihren Uniformen übernahmen die Zügel ihrer Pferde und führten sie in den Innenhof. Dieser war mit Dutzenden Tannen dekoriert, an deren Ästen Schnüre mit gepufftem Mais und leuchtend rote Preiselbeeren hingen und auf denen Dutzende Wachskerzen leuchteten. Der Effekt war bezaubernd, und bei dem Anblick schnappte Cass tatsächlich vor Bewunderung nach Luft.

»Als würde man das Feenland betreten«, hauchte Lily. »Jedenfalls, wenn das Feenland von einem herzlosen Tyrannen beherrscht würde«, fügte sie halblaut hinzu.

Sie schlossen sich der Menschenmenge an, die sich von dem Miniaturwald auf die Türen des großen Saals zubewegte, aus dem eine gewaltige Flut von Licht hervorquoll. Da waren Männer in luxuriösen Uniformen aus Samt, die mit goldenen und silbernen Garnen gesäumt waren. Sie hatten glänzende Schnallen an ihren Lederschuhen, und ihre Bärte waren sorgfältig geölt. Die Frauen hatten prachtvolle Kleider an; ihre Taillen zierten juwelenbesetzte Gürtel, und an den Armen trugen sie geflochtene goldene Reifen. Um ihre Hälse hingen Ketten mit glitzernden Juwelenanhängern, und viele hatten silberne oder goldene, mit Perlen und Edelsteinen besetzte Diademe im Haar.

Auf halbem Weg durch den Innenhof schien sich die Menschenschlange zu stauen. Mit leisen Ausrufen gingen die Gäste an etwas vorbei, was Cass und Lily noch nicht sehen konnten. Als sie endlich an der Stelle ankamen, bot sich ihnen ein ungewöhnlicher Anblick: ein Schwert, in dessen Knauf ein dunkelroter Rubin eingearbeitet war und dessen Klinge bis zum Heft in dem Steinboden steckte, sodass nur der Griff zu sehen war. Der rote Edelstein schien durch eine Flamme von innen erleuchtet zu sein. Rund um den Griff befand sich ein leicht erhöhter steinerner Rahmen, wie zum Schutz oder zur Hervorhebung des Schwertes. Cass hörte die Leute um sich herum murmeln, dass es schon da gewesen sei, bevor das Herrenhaus gebaut wurde, und die Steinmetze den Innenhof aus Aberglauben um es herum errichtet hätten, ohne es zu beeinträchtigen.

»Gerüchten zufolge handelt es sich um das Schwert des großen Königs Konstantin, das immer noch an der Stelle liegt, wo es ihm aus der Hand gefallen ist, als er von einem Pikten erstochen wurde«, flüsterte eine Frau aufgeregt.

»Ich habe gehört, dass seine Krieger es bergen wollten, aber keiner von ihnen konnte es von dem Platz, auf den es gefallen ist, entfernen«, fügte ein Mann begeistert nickend hinzu.

»Unsinn, das ist Tinnef, der hier nur steht, um die Bewunderung von Dummköpfen zu erregen, die sich was einreden lassen«, erklärte ein anderer Mann besserwisserisch. Er trat entschlossen vor, ergriff das Heft und zog mit aller Kraft daran. Er runzelte die Stirn, setzte auch seine zweite Hand ein und stieß sich mit dem Fuß ab, während er zog, doch das Schwert bewegte sich keinen Zentimeter, und in der Menge um ihn herum erhob sich ein Tuscheln.

»Was für ein Quatsch«, brachte der Mann errötend vor. »Ich glaube nicht, dass da überhaupt eine Klinge ist – das ist nur ein Heft, wahrscheinlich mit einem falschen Edelstein, das mit Mörtel im Boden verankert ist, um diesem Ort eine geheimnisvolle und mächtige Aura zu verleihen.« Damit warf er sich seinen Umhang über die Schultern und ging schnell weiter, so als hätte er das letzte Wort in dieser Angelegenheit gesprochen.

Schließlich kamen die Mädchen an den Türen an. Sie wurden an beiden Seiten von böse dreinblickenden Steinfiguren bewacht, die mit abscheulich weit aufstehenden Mäulern höhnisch auf sie herabsahen. Cass griff nach Lilys Hand. Sie atmeten tief durch und traten gemeinsam über die Schwelle.

23

Durch die Türen zu schreiten war, als würde man in ein glitzerndes Kaleidoskop aus Farben, Düften und Tönen eintreten. An allen Wänden brannten Fackeln, und auf jeder Oberfläche standen Kerzen, sodass das Licht die Augen blendete. Der Raum war riesig, und die eine Hälfte war unmöbliert und von Instrumenten umringt, also eindeutig für den Tanz vorgesehen. In der anderen Hälfte des Saals dampfte das appetitlichste Festessen, das Cass je gesehen hatte. Das Weihnachtsmahl in Angharads Herrenhaus war schon üppig gewesen, doch hier bogen sich die Tische unter dem Gewicht von heißen Fleischpasteten, Würsten und Blutwurst, am Stück gebackenen Fischen mit Kräutern und wildem Knoblauch, gefülltem und mit Aprikosen und Rosinen gespicktem Geflügel sowie großen Platten voll mit gegrilltem Fleisch, das von seinem eigenen Saft reichhaltig durchtränkt war. Cass konnte sich nicht vorstellen, dass irgendjemand so viel Essen brauchte, wie hier zur Schau gestellt wurde.

An der rückwärtigen Wand des Saals saß Sir Mordaunt auf einem Podium in einem eindrucksvollen, mit dicken Pelzen gepolsterten Sessel aus fein geschmiedetem Metall. Er war in einen extravaganten blutroten Waffenrock gekleidet, der ihm bis zu den

Füßen reichte und mit Seidenfäden in kräftigen Farben bestickt war. An der Hüfte wurde er von einem schwarzen Ledergürtel mit silberner Schnalle zusammengehalten, seine Ärmel waren golden gestreift.

Mordaunt erhob seinen Kelch. Sein Blick wanderte durch den überfüllten Saal. Als er einen kurzen Moment lang auf Cass verharrte, stockte ihr der Atem, sie schlug die Augen nieder und trat einen Schritt zurück. Mordaunt griff nach einer gegrillten Rehkeule. Dabei sah Cass, dass ein gewaltiges, glänzendes silbernes Geweih den Rücken seines Umhangs zierte, dessen Spitzen feine Silberornamente trugen.

Am Rand des Saals hatten sich Harfenisten und Lautenspieler aufgereiht, die eine leichte, trällernde Musik vortrugen. Cass wusste, dass sie später durch die lebendigeren Klänge jener Tänze abgelöst werden würde, die sie so viele Wochen hindurch geübt hatten. Unwillkürlich umfasste sie bei dem Gedanken Lilys Hand fester.

»Nur Mut!«, meinte Lily. »Lass uns etwas essen. Es hat doch keinen Zweck, mit leerem Magen zu tanzen.«

Cass biss in ein weiches, blättriges Gebäckstück, das mit saftigem Fleisch und duftender Soße gefüllt, leicht gewürzt und mit geschmorten Pflaumen gesüßt war. In dem Bewusstsein, dass sie vielleicht nie wieder solches Essen kosten würde, versuchte sie, den Geschmack mit geschlossenen Augen voll und ganz auszukosten. Doch bei jedem Bissen verspürte sie auch eine leichte Bitterkeit, denn vor ihrem geistigen Auge erschienen anklagend die hungrigen Augen des kleinen Jungen und seiner Mutter aus dem Dorf, die gemeinsam mit den anderen vor ihrer ruinierten Ernte gestanden hatten.

Sie füllten ihre Mägen mit Scheiben von Räucherschinken und

in Gänsefett frittierten Röstkartoffeln, deren Außenseiten knusprig und saftig und deren Inneres fluffig wie Wolken war. Dazu gab es feines, weiches, dick mit Butter bestrichenes Brot. Doch die Schuldgefühle ließen nicht nach.

Beim Essen unterhielt Lily Cass mit dem bisschen an Information, das sie über die versammelte Menge besaß. »Von Lady Alice da drüben sagt man, dass sie es vorzieht, wenn ihre Jagdhunde in ihrer Schlafkammer übernachten, während sie ihren Ehemann woanders hinschickt«, flüsterte sie und zeigte unauffällig auf eine Frau in einem weiten mitternachtsblauen Kleid. »Und da ist er, in der Ecke, und bereits betrunken. Ich glaube, ich würde auch die Hunde als Bettgenossen vorziehen, du nicht auch? Und das da ist Sir Albinor.« Sie wies mit einem Kopfnicken auf einen alten Mann mit langem, weißem Bart, der still mit einer Handvoll älterer Ritter in verblichenen Waffenröcken an einem Tisch saß. Neben ihm saß eine Frau in einem einfachen Kleid, die ihr weißes Haar aus der hohen Stirn nach hinten gebunden hatte. »Sein Land grenzt an das von Mordaunt. Er ist ein guter Mann. Früher war er in der Lage, Mordaunt herauszufordern und sich bei Streitigkeiten über Land und Besitz auf die Seite der Dorfbewohner zu schlagen, doch seit er älter geworden ist, kann er seinen Einfluss immer weniger geltend machen. Er und seine Ritter bleiben jetzt auf ihren eigenen Landsitzen für sich. Man rechnet allgemein damit, dass Mordaunt versuchen wird, Albinors Land bei dessen Tod zu annektieren«, flüsterte Lily, »und seine Frau weiß das.« Cass bemerkte, dass die Finger der weißhaarigen Dame leicht zitterten, während sie ein Stück Brot butterte, und wie ihre Blicke immer wieder zu Mordaunts Podium hinaufflogen. Ihre Miene deutete darauf hin, dass sie versuchte, ihren wahren Gesichtsausdruck zu verheimlichen.

»Schau nur!«, flüsterte Lily und deutete mit dem Kopf in eine Ecke des Saals. Cass reckte den Hals und erblickte Sir Beolin, dessen gedrungener Körper in einem prachtvollen grünen Samtumhang steckte, den er mit einer rosenförmigen goldenen Gewandspange an der Schulter verschlossen hatte. Seine fettigen roten Locken waren geglättet und sein Bart geschnitten und gewachst worden. Er stand in der Ecke, tief in ein Gespräch mit zwei größeren Rittern vertieft, deren muskulöse und magere Körper verrieten, dass sie nur in wenigen Nächten ein weiches Kissen oder eine Pause vom Kämpfen hatten.

Lily ergriff Cass' Hand. »Siehst du ihre Insignien?« Die Waffenröcke der beiden Ritter trugen drei Goldmünzen auf azurblauem Hintergrund, und ihre Umhänge zeigten einen leuchtend roten Drachen, der wie zum Angriff nach oben strebte. »Das sind Artus' Ritter von der Tafelrunde«, zischte Lily. »Anscheinend haben die Seewölfe Geländegewinne gemacht, wenn sie so weit nach Norden gekommen sind, um gemeinsam mit Sir Beolin Unterstützung von Sir Mordaunt und anderen zu verlangen.«

Während sie hinsahen, rückte Beolin näher zu Angharad, Vivian und Sigrid, die unter einer Fackel zusammenstanden. Vivian und Angharad neigten gelegentlich den Kopf zum Gruß, wenn andere Gäste an ihnen vorbeigingen. Sigrid stand stocksteif da wie eine Lanze, ihr mitternachtsblaues Kleid hing unelegant an ihr herab. Angharad trug ein Kleid aus dunkelvioletter Seide, und in ihrem feuerroten Haar steckte ein goldenes Diadem mit bronzenen Blättern.

Beolin blieb hinter ihr stehen und neigte den Kopf ein wenig, um den Duft ihres Halses einzuatmen. Cass bemerkte, wie sich Angharads Schultern verkrampften, und sah die Pein in Vivians Miene, ehe sie sich schnell abwandte. Dann ging Beolin weiter, um einen anderen Ritter zu begrüßen. Angharad griff für einen Moment so fest nach Vivians Hand, dass ihre Knöchel weiß hervortraten.

Cass wandte sich an Lily, weil sie wissen wollte, ob ihre Freundin es auch bemerkt hatte, doch die beobachtete Mordaunts Ritter, die sich selbstgefällig durch die Menge bewegten. Eine Gruppe von ihnen stand um das Podium herum, lachte laut und stocherte sich mit kleinen, juwelenbesetzten Dolchen in den Zähnen herum. Wie Lily erläuterte, konnte man ihren Rang an der Verzierung ihrer Waffenröcke ablesen. Die erfahrensten Ritter trugen Ärmel, die vollständig mit silbernen und goldenen Fäden bestickt waren, während die Neulinge lediglich einen einzigen ringförmigen silbernen Saum hatten. Gerade als Cass hinschaute, blickte Mordaunt zu ihr, runzelte heftig die Stirn und winkte seinen Knappen zu sich.

»Guck mal«, zischte sie Lily zu, »Mordaunts Knappe.« Der Junge mit dem Oberlippenflaum hörte konzentriert zu, was Mordaunt ihm ins Ohr flüsterte.

»Er sollte lieber nicht zu uns kommen«, schäumte Lily, als er in ihre Richtung schlenderte, »sonst bekommt er eine noch schlimmere Tracht Prügel als in Eboracum ...«

»Psst!«, machte Cass aus dem Mundwinkel. »Wir sind höfliche, wohlbehütete junge Damen, erinnerst du dich?« Als der Junge geradewegs auf sie zuhielt, kroch Gänsehaut ihren Hals hoch. Hatte er sie wiedererkannt? Als sie sich an das Gefühl erinnerte, dass sie beim Kampf gegen ihn am Rand des Turnierplatzes überkommen hatte, prickelten ihre Finger. Die überschäumende Kraft, die durch sie in ihr Schwert zu fließen schien; das Hochgefühl, als ihm sein überhebliches Grinsen vom Gesicht gewischt wurde. Doch jetzt fühlte sie nichts als heiße Angst. Wenn er wusste, dass sie es gewesen war, wäre alles verloren.

»Ich werde ihm einen Grund geben, seine Weichteile zu schützen«, drohte Lily wütend, doch Cass knuffte ihr mit dem Ellenbogen in die Rippen. Da wurden sie auch schon von Mordaunts Knappen schmierig und unterwürfig begrüßt.

»Junge Dame«, begann er, und es war nicht Cass, die er ansprach, sondern Lily. Tatsächlich verschwendete er kaum einen Blick an Cass.

Er verbeugte sich leicht, allerdings wurde der Effekt dadurch beeinträchtigt, dass dabei ein Stück klumpiges Eigelb von seinem Waffenrock herunter und neben Lilys Schuh fiel. »Mein Herr hat Euch bemerkt und würde sich freuen, mit Euch zu sprechen«, erklärte er mit einem leichten Grinsen.

Lily zuckte zusammen, und die Farbe, die ihr Gesicht angenommen hatte, als der Knappe sich genähert hatte, wurde wieder etwas blasser.

»Oh. Aha, ich ...« Sie schaute Cass Hilfe suchend an, doch Cass wusste nicht, was sie sagen sollte, und konnte ihr überhaupt nicht helfen. Bis letzte Woche war sie noch nie mit einem nicht mit ihr verwandten Mann allein gewesen, und sie bemühte sich mit aller Kraft darum, so zu tun, als hätte das Treffen im Wald nie stattgefunden.

»Ich fühle mich natürlich geehrt«, stammelte Lily, »dass Euer Herr sich die Zeit genommen hat, eine einzelne Person in solch einem spektakulären ...« Sie gestikulierte vage in den Saal. »... Arrangement zu bemerken, doch ich muss bei meiner ... Schwester bleiben.« Sie ergriff Cass' Arm. »... der ich verspochen habe, ihr Gesellschaft zu leisten, und daher muss ich leider, ähm, diese äußerst freundliche Bitte abschlagen.« Cass musste sich die Hand vor den Mund halten, damit man nicht sah, wie sie sich über Lilys Versuch, sich vornehm auszudrücken, amüsierte.

Der Knappe grinste dreckig. »Mein Herr bittet nicht, Süße. Er befiehlt.« Und damit schnappte er Lily ohne weitere Debatte am Handgelenk und zog sie hinter sich her auf das Podium zu.

Cass schaute hilflos zu, wie Lily durch die Menge gezerrt wurde, während diese einen flehenden Blick zurückwarf.

Der Knappe schubste Lily auf einen Stuhl neben Mordaunt, und Cass sah, wie der Lord sich unangenehm nah zu Lily hinüberlehnte und mit ihr sprach. Lily schreckte ein wenig vor ihm zurück, obwohl sie sich zu bemühen schien, zu lächeln und höflich zu nicken. Mordaunts Ritter fanden das alles offenbar nicht ungewöhnlich; sie stupsten einander in die Rippen und lachten anzüglich.

Cass blickte sich suchend nach Sigrid oder Angharad um, doch genau in diesem Moment pflanzte sich ein dickes Mädchen in einem weißen Baumwollkleid neben Cass. »Ich bin Rosemary«, sagte sie lächelnd. »Das ist alles so aufregend, nicht wahr? Es ist mein erstes Mal. Ich war natürlich schon auf Dreikönigsfeiern, aber auf keiner wie dieser, und …« Sie plapperte die nächsten fünf Minuten ungebremst weiter, sodass Cass keine Gelegenheit bekam, sie zu unterbrechen und sich höflich zu entschuldigen.

Sie war erleichtert, als Pagen mit Gefäßen voller Eiercreme und glasiertem Zuckerwerk erschienen. Als sie die Schüsseln auf den Tisch stellten, ergriff Cass die Gelegenheit, schlüpfte davon und drängte sich auf der Suche nach Angharad durch die Menge. Sie lief schneller und schneller aus Sorge, dass Lily Hilfe benötigte, und schaute sich verzweifelt in der Menge um. Plötzlich kreuzte ein Page ihren Weg, der ein mit kandierten Früchten beladenes Tablett trug. Cass stolperte und fiel gegen einen von Mordaunts schwarz gekleideten Rittern, dessen Waffenrock einen einzelnen silbernen Saum hatte. Ein Neuling. Er fing sie auf und blickte sie aus haselnussbraunen Augen besorgt an.

Der junge Mann aus dem Wald. Der, der sich auf einen Kampf eingelassen hatte, um ihren Namen zu erfahren.

»Es tut mir so leid ...«

»Geht es Euch gut?«

Sie sprachen gleichzeitig, dann lief Cass rot an und lachte. »Entschuldigt, ich habe nach meiner Freundin gesucht und nicht darauf geachtet, dass ...«

»Entschuldigt, ich habe nicht gut genug aufgepasst ...«

Er stockte und fixierte sie mit leicht zusammengekniffenen Augen. »Kennen wir uns, Mylady?«

»Ach, das glaube ich nicht«, stammelte Cass und schickte sich an, weiterzugehen.

Sie konnte sich nur allzu gut daran erinnern, wie nahe sich ihre Körper im Wald gewesen waren, wie sich ihre Blicke durch die Schlitze ihrer Helme getroffen hatten. Das Haselnussbraun war mit kleinen goldenen Flecken gesprenkelt. Seine Augen erkannte man sofort wieder. Und ihre eigenen? Würde er die ungewöhnliche Mischung aus Blau und Grün wiedererkennen, oder vielleicht auch nur die Art, wie sie sich jetzt vor Panik weiteten, genau wie an jenem Tag im Wald? Schnell senkte sie die Augenlider.

»Bitte verzeiht mir meine Ungeschicklichkeit, Sir ...« Sie verstummte, als ihr auffiel, dass sie seinen Namen nicht kannte.

»Sir Gamelin. Und es gibt nichts zu verzeihen.« Er schaute auf ihre Hände, die nervös an ihrem Seidenkleid herumzupften. »Seid Ihr neu hier am Hof?«, fragte er freundlich.

»Ja«, antwortete Cass, die instinktiv wusste, dass ihre Halbwahrheiten umso überzeugender sein würden, je näher sie an der Wahrheit blieb. Doch sie konnte sich nur schwer konzentrieren, während diese goldgesprenkelten Augen sie so aufrichtig ansahen und ihr ganzer Körper sich dessen bewusst war, wie dicht er vor ihr stand. »Meine Familie kommt vom Land«, murmelte sie, »und deshalb ist das alles …« Mit ersterbender Stimme gestikulierte sie auf die Fülle und den Überfluss.

»Für mich auch«, antwortete Gamelin freundlich. Er lächelte sie an, und an seinen Augen erschienen seine Lachfältchen. »Ich habe als Knappe bei meinem Onkel in Wessex gedient, und meine Pflichten bestanden öfter darin, entlaufene Schweine einzufangen oder die Kühe unserer alten Nachbarn in den Stall zu treiben, als im Tjosten oder in der Teilnahme an glitzernden Bällen.«

Cass musste lachen. »Entlaufene Schweine?«

»Aber ja«, sagte er ernst, jedoch mit einem Glitzern in den Augen. »Ober-Schweinehirte, zu Diensten!« Er salutierte lachend. »Einmal bin ich auf der Verfolgungsjagd mehrmals ausgerutscht, und als ich wieder zu Hause ankam, war ich so mit Exkrementen bedeckt, dass meine Tante sich weigerte, mich ins Haus zu lassen, bevor ich nicht ein ausgiebiges Bad im Regenwasserbottich genommen hatte.«

Cass schnaubte amüsiert.

»Das hat meine Mutter genauso gemacht, wenn ich völlig verdreckt zurückkam, nachdem ich den ganzen Tag auf den Bäumen im Obstgarten herumgeklettert war«, erwiderte sie lachend und fragte sich sofort, ob sie zu viel gesagt hatte. »Das war natürlich, bevor ich in Lady Angharads Hausstand eingetreten bin«, fügte sie schnell hinzu.

Doch Gamelin nickte nur lächelnd.

»Das muss eine große Veränderung gewesen sein«, sagte er mitfühlend, und Cass merkte, wie sich ein Kloß in ihrer Kehle formte.

»Als ich volljährig wurde und sie mich hierhergeschickt haben, damit ich von Sir Mordaunt zum Ritter geschlagen werde, war es …« Er zögerte und schaute sich schnell nach den anderen Rittern mit silbern gesäumten Waffenröcken um, die in der Nähe standen. »Es war ein sehr anderes Leben, als ich es vom Rittertum erwartet hatte«, schloss er leise.

In diesem Moment ertönte das laute Scheppern eines Gongs. Es hallte durch die Luft, und Schweigen legte sich über den Saal.

»Danke Euch allen«, tönte Mordaunts Stimme durch den Saal, »dass Ihr zu diesem festlichen Abend erschienen seid.«

Plötzlich umschloss ein Paar Arme von hinten Cass' Taille. Mit einem erschreckten Laut fuhr sie herum. Es war Lily, die sie mit ihrem Grübchen-Lächeln anstrahlte. Cass umarmte sie erleichtert. »Was ist passiert?«, flüsterte sie, während Mordaunt weiterredete. Im Augenwinkel bemerkte sie, dass Sir Gamelin weiterging, und entspannte erleichtert ihre Schultern. Erleichtert – und ein ganz kleines bisschen enttäuscht.

»Na ja, Mordaunt hat behauptet, er wollte mich nach meinen liebsten Spazierwegen auf dem Land fragen«, begann Lily mit einer Grimasse. »Aber unter dem Tisch hat er seinen Oberschenkel gegen meinen gepresst, und sein Atem ... igitt!« Sie schauderte. »Ich habe gehört, wie einer seiner Ritter gelacht und zu seinem Sitznachbarn gesagt hat: ›Die ist weder reich noch blaublütig, aber für ein bisschen Herumtollen im Heuschober könnte sie reichen.‹«

Cass legte schützend einen Arm um die Schultern ihrer Freundin.

»Also habe ich ihm gesagt, dass ich meine monatliche Regel hätte und dringend auf den Abtritt müsste, um eine undichte Stelle zu vermeiden, und habe mit Freuden zugesehen, wie er vor Schreck erbleichte. Dann bin ich entwischt«, fuhr sie vergnügt fort.

Cass wusste nicht, ob sie begeistert oder erschrocken sein sollte. »Lily!«

»Ich weiß, ich weiß. Andererseits, Cass, denk mal an die Liste der Dinge, die ich ›Herumtollen im Heuschober‹ mit Sir Mordaunt vorziehen würde. Zum Beispiel, mir mit einer Stopfnadel das Gehirn aus der Nase ziehen ... drei Jahre lang mit bloßen Händen die Ställe ausmisten ... den Abtritt mit meiner Zunge sauber machen ...«

Ihre letzten Worte wurden von einem höflichen Applaus übertönt, der bedeutete, dass Sir Mordaunt seine Ansprache beendet hatte, dann strömte die Menge zur Tanzfläche. Ein Durcheinander von Tönen erklang, als die Musiker ihre Instrumente stimmten und sich darauf vorbereiteten, dass die Feier so richtig begann.

»Jetzt ist es so weit«, murmelte Lily besorgt, während sie von der Menge vorangetrieben auf den steinernen Tanzboden zusteuerten. »Jetzt gelingt es uns entweder, nicht aufzufallen, oder wir landen auf unseren Hintern und setzen alles aufs Spiel, was Angharad aufgebaut hat.« Sie grinste. »Na dann, viel Glück!«

24

Cass schloss sich dem Reigen mit Lily zu ihrer Linken und einem schüchternen, dünnen Mann zu ihrer Rechten an; er war alt genug, ihr Vater sein zu können, und lächelte unsicher. Die Musik setzte ein, und sie war lauter und komplexer als die Stücke aus ihren Tanzstunden, doch der Rhythmus war derselbe und die Schritte waren einfach genug. Sie schaute mit gerunzelter Stirn auf ihre Füße herab und konzentrierte sich voll darauf, sich im richtigen Moment nach links und rechts zu bewegen, zurück- und wieder vorzutreten, sich nach links zu wenden und zwischen den anderen Tänzern hindurchzufädeln, stehen zu bleiben und sich wieder dem Inneren des Kreises zuzuwenden.

Das Tempo zog an, der Tanz wurde lebhafter und weniger förmlich. Die Leute fingen an zu lächeln und zu lachen, nickten einander beim Tanzen zu, und auch Cass lächelte. Ihre Füße fielen in den Rhythmus, den sie so viele Male im vergangenen Monat im großen Saal des Herrenhauses geübt hatte. Es würde alles gut gehen. Auf der anderen Seite des Kreises sah sie Angharad, die sich mit einem vorsichtigen Lächeln auf den Lippen perfekt synchron mit der Musik herumschwang und neigte. Cass bemerkte den Ritter, den sie im Wald überwältigt hatten, und stellte fest, dass Angharad sich bemühte, mit respektvoll gesenktem Blick Distanz zu wahren. Sigrid war nirgends zu sehen, weder im Reigen der Tanzenden noch unter den Zuschauenden am Rand des Saals. Cass vermutete, dass sie, wie angekündigt, gegangen war, als der Tanz begonnen hatte.

Cass blickte sich im Reigen um. Überall wirbelten und raschelten Kleider, farbige Waffenröcke traten vor und verschwanden wieder. Und dann sah sie ihn plötzlich.

Im ersten Moment dachte Cass, sie hätte sich vertan. Weder das leicht gelockte Haar noch das fliehende Kinn waren ungewöhnlich. Doch dann drehten sich die Tanzenden, und sie erspähte sofort die Narbe, die man auf seiner Wange nicht übersehen konnte. Und darunter das silberne Geweih von Mordaunts Uniform. Ihr stockte der Atem und sie stolperte ein wenig und scherte aus ihrem Platz in der Formation aus. Angharad warf ihr einen schnellen Blick zu, und sie hörte, wie Lily leicht nach Luft schnappte. Das Blut rauschte in ihren Ohren und sie zwang sich zu atmen, ihre Tanzschritte zu machen und wieder in den Rhythmus zu kommen. Der Mann neben ihr lächelte ihr aufmunternd zu, und sie versuchte zurückzulächeln, so als wäre nichts, als hätte sie nur einen Schritt verpasst.

Sobald der Tanz endete und die Musiker eine leise Pausenmusik anstimmten, damit die Gäste sich erfrischen konnten, zog Cass sich höflich zurück und flüchtete in die Kühle des äußeren Hofbereichs. Ihre Gedanken rasten. Warum hatte Sigrid sich mit einem Mitglied von Mordaunts Hof getroffen? Warum nachts und heimlich? Hatte sie sie verraten? Verschworen sie sich, um das Herrenhaus einzunehmen? War Sigrid eine Spionin? Ihre Schritte waren genauso schnell wie ihre Gedanken, sodass sie sich plötzlich in einem mit Tannen bewachsenen abgelegenen Teil der Burganlage wiederfand, wo die Kerzen längst abgebrannt waren und nur das Mondlicht die gefiederten Äste erhellte.

»Lady.«

Cass zuckte zusammen und wirbelte herum, wobei ihr weiches grünes Kleid an einem Zweig hängen blieb und ein wenig einriss.

Ein Mann trat aus den Schatten heraus. Es war ein Ritter von Sir Mordaunts Hof, mit poliertem Schwert an seiner Seite, der sein Haar geölt und nach hinten gekämmt hatte. Er hatte ein breites Kinn, und seine Augenbrauen waren wild und borstig.

»Es tut mir leid«, stammelte Cass, die annahm, dass sie irgendeine Regel übertreten hatte. »Ich hätte nicht annehmen sollen … ich dachte, der Hof sei vielleicht für die Gäste zugänglich.«

»Das ist er auch, Madam. Und ich habe mich gefreut, Eurer Einladung nachzukommen«, raunte er und trat schwer atmend näher.

»Mein … Sir, das ist ein Missverständnis.«

»Ihr seid kokett, Lady.« Seine Finger glitten über die nackte Haut ihres Halses und ihres Schlüsselbeins. Cass erstarrte mit einer Gänsehaut und ging verzweifelt ihre Möglichkeiten durch. Wegzurennen oder zu kämpfen würde Aufsehen erregen, das sie sich nicht leisten durfte.

»Ich habe bemerkt, wie oft Ihr in meine Richtung gesehen habt, und wie Ihr mir einen Blick zugeworfen habt, als Ihr aus dem Saal gegangen seid.«

»Ihr missversteht mich, Sir, das kann ich Euch versichern.« Ihre Stimme war hoch und sie atmete hektisch. »Ich hatte nichts anderes vor, als mich abzukühlen.«

Seine Hand schloss sich um ihre Schulter, und seine Fingerspitzen gruben sich unangenehm in ihre Haut.

»Bleib stehen, du Miststück! Meinst du etwa, ich erkenne unter der Seide und den Juwelen nicht, dass du in Wirklichkeit eine Gänsemagd bist? Glaubst du, deine Art zu sprechen verrät nicht, was für ein niederes Dienstmädchen vom Lande du bist?«

Cass' gesamter Körper erstarrte zu Eis. Sie zuckte zurück und löste sich aus dem Griff des Mannes, stieß jedoch mit dem Rücken an den rauen, festen Stamm einer hohen Tanne. Er schnappte nach ihrem Handgelenk und drückte so fest zu, dass seine Finger ganz weiß wurden.

»Meinst du, du kannst in mein Haus kommen und mit mir Spielchen treiben, Kleine?«

Cass wehrte sich nach Kräften und tastete mit ihrer freien Hand nach dem silbernen Dolch, den sie in ihrer Unterwäsche versteckt hatte.

»Sir Leogrand.« Die Stimme klang scharf und wütend.

Der Griff an Cass' Handgelenk löste sich. Der Mann ließ sie los und drehte sich um.

Hinter ihnen stand ein weiterer von Sir Mordaunts Rittern. Er trat vor, sodass das Mondlicht sein Gesicht erhellte. Sir Gamelin.

»Was geht hier vor?« Er sprach in einem giftigen Ton und blickte den anderen Ritter mit unverhohlener Abneigung an.

»Diese junge Lady hat sich zwischen den Bäumen verlaufen«, antwortete Sir Leogrand, ohne Cass anzusehen. »Ich habe ihr natürlich meine Hilfe angeboten und war gerade dabei, sie wieder nach drinnen zu begleiten.«

»Es sah aber nicht danach aus, als ob Ihr ihr helfen würdet.« Er wandte sich an Cass und bot ihr seinen Arm an.

Mit weicherer Stimme sagte er: »Darf ich Euch nach drinnen eskortieren? Der Tanz geht gleich weiter.«

Cass strich sich mit immer noch zitternden Händen das Kleid glatt und zwinkerte sich die Tränen aus den Augen. Sie musste jetzt ruhig bleiben. Sie durfte keine Aufmerksamkeit auf sich ziehen, durfte keine Szene machen, durfte Angharad und die anderen keinem Risiko aussetzen. Sie holte tief Luft und schluckte den Kloß in ihrem Hals herunter.

»Danke«, sagte sie einfach und legte ihre Hand auf Sir Gamelins Arm. Sie verließen das Wäldchen, ohne sich noch einmal nach Sir Leogrand umzusehen.

Wieder roch sie diesen Duft, nach Heu und etwas Intensivem und Erdigem. Sie konzentrierte sich darauf, einen Fuß vor den anderen zu setzen, und spürte seine besorgten Blicke.

»Seid Ihr sicher, dass es Euch gut geht?«, fragte er.

»Ja«, flüsterte Cass, die immer noch gegen das Beben in ihrer Stimme ankämpfte. »Danke.«

Seine Hand lag sanft und beruhigend auf ihrer. Mit einem leichten Händedruck und einer höflichen Verbeugung ließ er sie im Eingang stehen. Sie stand vom Licht geblendet da. Es war, als wäre gar keine Zeit verstrichen. Die Gäste lächelten und löffelten Süßspeisen.

Die Musik setzte wieder ein, und sie spürte, wie ihre Füße sie wie betäubt, aber pflichtschuldigst wieder in Richtung des Reigens trugen. Sie ließ sich herumwirbeln, vorwärts und rückwärts, wie ein Stück Treibholz in den Gezeiten. Nach außen hin lächelte sie, nickte mit dem Kopf, berührte mit den Fingerspitzen die Fingerspitzen der anderen Tanzenden und setzte alle Schritte korrekt. Doch in ihrem Innern fühlte sie sich verbrannt, so als wäre sie einer großen Hitze sehr nahe gekommen und hätte es nur knapp vermieden, von den Flammen verzehrt zu werden. Aber sie hatten sie trotzdem angesengt. Sie schämte sich, schämte sich sehr, und war zugleich wütend.

Wie hatte sie sich nur so täuschen und glauben können, dass es für eine wie sie möglich war, eine so machtvolle und selbstbestimmte Position wie die einer Ritterin einzunehmen? Was bedeutete es schon, wenn sie sich verkleideten und allen mit ihren Schwertern und Pferden etwas vorgaukelten, wenn Männer sie wie Spielzeug behandeln, wie einen Lappen schütteln und dann einfach wegwerfen konnten, sobald sie wieder in ein hübsches Kleid schlüpften? Wenn der andere Ritter nicht eingegriffen hätte ...

Ihre Augen füllten sich mit Tränen. Die anderen Tanzenden verschwammen zu einem ungleichmäßigen Regenbogen, das Licht der Kerzen verwandelte sich zu grellen Strahlen.

Und genau in diesem Moment – als sie wie abgetrennt von den anderen tanzte und sich bewegte, ohne die Richtung zu kennen – entschied Cass sich für die Schwesternschaft. Sie entschied sich für Angharad und Vivian, egal, was sie getan hatten, egal, ob sie Blut an ihren Händen hatten. Sie verstand, was eine Frau dazu bringen konnte, das zu tun, was sie getan hatten. Sie spürte immer noch, wie seine Finger ihr Schlüsselbein berührten, und roch noch immer seinen fauligen Atem an ihrem Hals. Und Angharad hatte so viel Schlimmeres erduldet. Für so lange Zeit. Während Vivian, die sie liebte, zusehen musste. Sie versuchte sich vorzustellen, was sie getan hätte, wenn es sich um Lily gehandelt hätte, die mit dem Rücken an einen Baumstamm gepresst wurde und sie selbst mit dem Schwert am Gürtel in der Nähe gewesen wäre. Konnte sie ehrlich behaupten, dass sie tatenlos dagestanden hätte, ohne ihr Schwert einzusetzen?

Irgendwann verstummte endlich die Musik, und Cass stellte fest, dass Lily einen Arm um ihre Taille gelegt hatte und sie das Herrenhaus verließen. Dann spürte sie endlich Pebble unter sich, warm, tröstend und fest.

»Na komm«, sagte Lily mit einem besorgten Blick, »Lass uns nach Hause reiten.«

25

Bis zum nächsten Abend fand sich keine Gelegenheit, Sigrid wegen Sir Mordaunts Ritter zur Rede zu stellen. Als sie wieder zu Hause eintrafen, dämmerte es schon fast, und Cass löste dankbar ihre tauben Finger von Pebbles Zügeln, um sie an Blyth weiterzureichen, die sie mit besorgter Miene anschaute, aber keine Fragen stellte. Ihre Beine taten von der Kälte und dem langen Ritt weh, sodass sie nach oben humpelte und auf ihrem Bett zusammenbrach, ohne sich vorher auszuziehen. Als sie am nächsten Morgen erwachte, war Sigrid bereits ausgeritten.

Aus diesem Grund sah Cass sie erst wieder, als sich abends alle zum Abendessen im großen Saal versammelten. Sigrid trug ihre Lederrüstung, die so viel besser zu ihr passte als ein Seidenkleid. Sie schritt von draußen herein, ging wie üblich an den Wänden des Saals entlang, nickte Angharad und den anderen zu und steuerte dann schnell auf die Treppe zu, die zu ihrer Kammer führte. Doch Cass schob ihren Stuhl zurück, durchquerte den Saal und erreichte die Tür als Erste, sodass sie sich Sigrid in den Weg stellen konnte.

»Guten Abend«, sagte Sigrid kurz angebunden. »Entschuldige mich bitte.«

»Nein.« Cass verschränkte die Arme vor der Brust.

Sigrid blickte sie erstaunt an. Ihre schmalen Augenbrauen zogen sich zusammen. »Nein? Spricht eine Knappin so mit ihrer Ritterin?«

»Ja«, gab Cass ruhig zurück. »Und zwar dann, wenn die Ritterin eine Verräterin ist, die sich heimlich mit einem Mitglied von Sir Mordaunts Gefolge trifft.«

Sigrid verzog das Gesicht. Sie blickte sich schnell im Saal um, ob jemand mitgehört hatte, ergriff Cass beim Ellenbogen und zerrte sie durch die Tür auf die Treppe.

»Du hast keine Ahnung, wovon du redest«, knurrte sie.

»Dann erklär's mir«, bat Cass. »Ich hege nicht den Wunsch, dich zu verraten. Aber ich habe dich im Wald gesehen, wo du dich mit einem Mann getroffen hast, und dann habe ich ihn an Sir Mordaunts Hof wiedergesehen. Was soll ich denn da glauben?«

Sie beide erstarrten, als Schritte die Treppe hinuntertrappelten, und warteten verlegen, während eine junge Knappin an ihnen vorbei in den großen Saal lief und ihnen über die Schulter einen neugierigen Blick zuwarf.

Sigrids Wut verwandelte sich in Müdigkeit. Sie seufzte und griff in ihre Haare, um den festen Knoten zu lösen, der sie bändigte. »Komm mit«, sagte sie und führte Cass – vorbei an Fackeln, deren Halterungen Schatten warfen – die Wendeltreppe in ihre eigenen Gemächer hinauf.

»Ich bin keine Verräterin«, begann Sigrid und ließ sich in einen Stuhl vor dem Kamin fallen. »Ich habe dir ja schon gesagt, dass ich meinem Zwillingsbruder bis ans Ende der Welt folgen würde. Nun ja, ich kann Jonathan nicht dahin folgen, wo er jetzt ist«, sagte sie mit einem traurigen Lächeln und breitete die Hände aus, als würde das alles erklären.

Cass warf reflexartig einen Blick auf das Schwert an Sigrids Seite, in dessen silbernen Knauf der Buchstabe »J« eingraviert war.

»Genau.« Sie lächelte bitter. »Es war seins. Bis zu dem Tag, als Mordaunt ihn im Schlaf umgebracht hat.«

Cass sank bestürzt in den Stuhl neben Sigrid. Eine Weile hörte man nur das leise Prasseln und Knistern des Feuers.

»Mein Bruder war ein Mann mit Prinzipien. Er hat alles immer nur schwarz-weiß gesehen, ohne Grauzonen, jedenfalls, wenn es um richtig und falsch ging. Wir sind im Osten des Landes aufgewachsen, in Fenland. Jonathan war Lehrling bei einem Hufschmied, aber er träumte davon, Ritter zu werden. Irgendwann hat er einen reisenden Ritter namens Sir Pyrland überredet, ihn als Knappen zu nehmen. Er war sechzehn. Er reiste mit Pyrland auf die Ländereien von dessen Lord und wurde Teil seines Gefolges. Ich habe ihn jahrelang nicht gesehen, bis er eines Tages die Nachricht schickte, dass er an einem großen Turnier teilnehmen würde, bei dem er die Chance hätte, sich zu beweisen und sich den Ritterstand zu verdienen.«

»Der Kampf der Knappen?«

Sigrid nickte. »Er hat sich so gefreut. Ich habe mich mit ihm am Abend vor dem Turnier getroffen, und es war, als wäre keine Zeit vergangen. Wir haben die ganze Nacht zusammen verbracht, geredet, gegessen, uns gegenseitig berichtet, was in unseren Leben in den vergangenen vier Jahren passiert war. Unsere Eltern waren inzwischen gestorben, und ich war seine einzige verbliebene Familienangehörige.« Sie seufzte. »Ich hatte ihn nie so glücklich gesehen, so voller Leben. Alles, was er sich erträumt und wofür er gearbeitet hatte, war in Reichweite.«

»Was ist passiert?«

»Er hat sich ausgezeichnet.« Sie lächelte stolz. »Er wurde gleich dort auf dem Kampfplatz zum Ritter geschlagen und blieb ein loyales Mitglied seiner Bruderschaft. Er bewies sich viele Male im Kampf, als sein Lord sich an König Uthers Armee beteiligte, die die Sachsen bei Verulamium zurückgeschlagen hat.« Ihre Miene verdüsterte sich. »Er ließ mich immer wissen, wo er sich aufhielt und wie es ihm ging. Und obwohl ich alleine in Fenland zurückgeblieben war und den kleinen Bauernhof unserer Eltern betrieb, lebte ich durch ihn. Lernte mit ihm. Beschäftigte mich mit Taktik und Manövern und Waffen. Ich war immer in seiner Nähe.

Viele Jahre später schickte er mir eine Nachricht, dass in Cair Grauth, nur ein paar Meilen von dem Haus unserer Kindheit entfernt, ein Turnier stattfinden würde. Er war aus dem Krieg zurückgekehrt und prahlte fröhlich mit seinen Leistungen. Ich müsse kommen und ihn unter den glanzvollen und siegreichen Rittern sehen, von denen er immer geträumt hatte. Und wir würden endlich wieder eine Familie sein.«

Sigrid schwieg so lange, dass Cass sich schon fragte, ob sie sich dagegen entschieden hatte, ihr das alles zu erzählen. An ihrer Miene konnte man ablesen, dass sie nicht daran gewöhnt war, so offen über persönliche Angelegenheiten zu sprechen, und es sie große Überwindung kostete.

»Was ist passiert?«, flüsterte Cass.

»Es gab einen dummen Streit. Mordaunt beschuldigte meinen Bruder, beim Turnier betrogen zu haben. Das Pferd meines Bruders war im Kampf getötet worden, und der Ersatz, den er ritt, war jung und unerfahren. Der Lärm der Menge hat es erschreckt, und es ist an den Planken entlang losgerannt, bevor das Signal gegeben wurde. Mordaunt hat sich erst beschwert, nachdem Jonathan ihn aus dem Sattel geworfen hatte. Jonathan wollte alles erklären, hat angeboten, noch einmal von vorn anzufangen, aber

Mordaunt war fuchsteufelswild, weil sein Stolz verletzt worden war. Er ging auf Jonathan los, und der hat sich natürlich gewehrt, weil er den Vorwurf der Unehrlichkeit nicht auf sich sitzen lassen wollte. Sie wurden getrennt, aber Mordaunt ist nachtragend. An dem Abend, nachdem wir uns wiedergesehen hatten, ruhte sich Jonathan in seiner Unterkunft aus. Als er einschlief, habe ich uns etwas zum Abendessen besorgt. Als ich zurückkam, sah ich Sir Mordaunt gerade gehen. Er schlich sich verstohlen und eilig davon, ohne mich zu bemerken. Ich dachte, er wäre vielleicht gekommen, um sich gütlich zu einigen, sich wieder zu vertragen, doch …« Sie hielt inne und schloss für einen Moment die Augen. »Als ich hereinkam, war Jonathan tot. Mordaunt hat ihm im Schlaf mitten ins Herz gestochen. Sein Blut war …« Ihre Stimme wurde heiser. »… überall, einfach überall.« Sie schüttelte den Kopf und saß, ins Feuer starrend, eine lange Weile einfach nur da.

»Es ist schwer zu erklären, was es bedeutet, ein Zwilling zu sein. Ich bin die Hälfte eines Ganzen. Wir waren nicht einfach nur Geschwister. Wir wussten, was der andere dachte, ohne es aussprechen zu müssen. Wir bedeuteten einander alles, waren uns gegenseitig ein Zuhause. Wir lebten als Kinder in einer Welt, die wir selbst geschaffen hatten, und sprachen eine Sprache, die nur wir kannten. Deshalb ist an jenem Tag die Hälfte von mir gestorben. Und was von mir übrig geblieben ist, ist eine Wunde, die nicht verheilen will.«

Sigrid erhob sich und legte ein weiteres Holzscheit ins Feuer. Es zischte und knisterte; Funken flogen den Kamin hinauf.

»Was mich seit diesem Tag am Leben erhalten hat, ist nur das Versprechen, das ich Jonathan in jener Nacht gegeben habe. Dass ich Mordaunt finden und ihn rächen würde. Ich bin noch in derselben Nacht auf den Turnierplatz zurückgekehrt, aber Mordaunt war bereits abgereist. Jonathans junger Knappe war völlig aufgelöst, als ich ihm berichtete, was passiert war, und schwor, sich meiner Rachemission anzuschließen. Er war jung, ließ sich aber nicht davon abhalten.

Also machten wir uns daran, gemeinsam zu trainieren. Er brachte mir den Schwertkampf bei, und ich teilte mit ihm alles, was ich von Jonathan über Strategie und Taktik gelernt hatte. Wir reisten nach Norden, in die Richtung von Mordaunts Stützpunkt, zelteten monatelang im Wald und brachten von den lokalen Bauern und durch den Klatsch in der Taverne viel über seine Ländereien und sein Gefolge in Erfahrung. Er war zu gut geschützt, sein Herrenhaus zu gut gesichert, als dass wir einen Angriff hätten riskieren können. Aber eines Tages traf ich auf dem Markt eine der jungen Paginnen aus Angharads Gefolge, und sie ließ etwas durchblicken. Nicht viel, aber genug, um einen Verdacht bei mir zu wecken. Ich fand alles, was ich konnte, über Angharad und ihre Schwesternschaft heraus, und dabei wurde mir klar, dass das die Gelegenheit war, die ich brauchte. Ein Ort, an dem ich Kräfte sammeln, die Loyalität anderer Kämpferinnen gewinnen und in Ruhe abwarten kann, bis der richtige Tag für meine Rache gekommen ist.«

»Wissen sie davon? Angharad und Vivian und die anderen?«

»Nein. Und das dürfen sie auch nicht, bis die Zeit reif ist.«

»Aber warum? Sie würden dich doch sicher unterstützen?«

»Mordaunt ist der nächste Nachbar und deshalb ist das Risiko einer Enttarnung am größten. Sie können es sich nicht leisten, direkt in ein Komplott gegen ihn verwickelt zu werden. Aber ich werde nichts ohne ihre Zustimmung unternehmen. Ich werde es ihnen allen erklären, aber jetzt noch nicht. Ich kann meine Position nicht gefährden.«

»Und der junge Mann an Mordaunts Hof? Den du im Wald getroffen hast?«

»Er war der Knappe meines Bruders. Inzwischen ist er ein wenig älter und weiser, aber noch immer ein unbedachter junger Mann. Er hat sich Mordaunt angeschlossen, um näher an ihn heranzukommen und mir Informationen aus dem Inneren zu beschaffen, die für mich unbezahlbar sind. Aber er ist hitzig. Ich habe mich mit ihm getroffen, um ihn zu beruhigen, damit er abwartet, bis der richtige Moment für den Angriff gekommen ist. Wenn wir vorschnell handeln, könnten wir alles verlieren. Wir müssen gut vorbereitet sein. Wir müssen uns sicher sein, dass unser Plan gelingt.«

Cass schüttelte perplex den Kopf und versuchte, das alles zu verarbeiten. Ihr Herz war zerrissen zwischen starkem Mitgefühl für Sigrid und Besorgnis über die Risiken ihrer Rachepläne für den Rest des Hofes. Wem sollte sie die größere Loyalität erweisen, ihrer Herrin oder Angharad, der Frau, die ihr Obdach gab, sie ernährte und kleidete? Durfte sie überhaupt glauben, was Sigrid ihr erzählte? Doch in dem Moment, in dem sie sich diese Frage stellte, wusste sie instinktiv, dass es alles stimmte. Solche Trauer konnte man nicht vortäuschen – schon gar nicht als eine Frau, die so gar nicht daran gewöhnt war, überhaupt irgendwelche Gefühle zu zeigen.

»Kann ich dir vertrauen?« Sigrids Stimme war demütiger und zögerlicher, als Cass sie je vernommen hatte.

»Kann ich denn *dir* vertrauen?«, fragte Cass schließlich zurück.

»Ja. Ich gestehe ein, dass ich hierhin gekommen bin, weil es gut zu meinen Plänen passte. Aber inzwischen bewundere ich diesen Ort und die Menschen hier; sie bedeuten mir viel. Ich werde sie nicht verraten.«

Cass nickte, und sie gingen die Wendeltreppe wieder hinunter in den Saal.

Die Mahlzeit war fast beendet. Cass schlüpfte auf einen Platz auf der Bank zwischen Rowan und Lily und bediente sich hungrig an einem Stück kalter Fleischpastete und gekochten Kartoffeln.

»Du hast einen Streit unterbrochen«, sagte Lily mit einem aufgebrachten Blick zu Rowan.

»Es ist gar kein Streit«, antwortete Rowan ungerührt und leerte ihren Becher Wein. »Es ist eine einfache Tatsache.«

»Das ist es nicht!«, insistierte Lily. »Sie waren nicht beide Feiglinge!«

»Nun ja, aber keiner von beiden war ein Held«, kam es schroff zurück.

»Wer denn?«

Lily schien peinlich berührt. »Wir sprechen gerade über dein … Missgeschick gestern Abend. Im Innenhof.«

Cass wand sich unbehaglich auf ihrem Sitz und warf Lily einen verletzten Blick zu. Als sie sich ihr in der Nacht auf dem Nachhauseweg anvertraut hatte, war ihr gar nicht in den Sinn gekommen, sie zu bitten, es für sich zu behalten. Das hatte sie einfach vorausgesetzt.

»Es tut mir leid.« Lily biss sich beschämt auf die Unterlippe. »Es ist mir rausgerutscht. Aber ich wollte nur meine Bewunderung für den tapferen Ritter ausdrücken, der dir zu Hilfe gekommen ist.«

Rowan schnaubte und füllte ihren Becher nach.

»Er hat Mut bewiesen«, betonte Lily stur. »Wie kannst du nur irgendetwas anderes behaupten?«

»Mut?«, erwiderte Rowan, »verdient er Lob schon allein dafür, dass er ein besserer Mann ist als der andere? Oder sollten wir nicht eher fragen, warum er nicht bereits früher eingegriffen hat, da er doch wusste, was für ein Mistkerl der andere Ritter war? Ich würde es als Mut betrachten, wenn er ihn an so kurzer Leine gehalten hätte, dass er überhaupt nie mit einer Frau hätte allein sein können. Aber er ist dazugekommen und hat den Helden gespielt, als schon einiger Schaden angerichtet worden war.«

Lily schnalzte verärgert mit der Zunge, doch Rowan war in Fahrt.

»Wenn er sich nicht eingeschaltet hätte, hättest du dich selbst gerettet«, sagte sie aufgebracht zu Cass. »Aber jetzt ist er der Held, und du bist das Opfer.« Cass verzog das Gesicht.

»Nicht in meinen Augen«, fügte Rowan hastig hinzu, »aber in den Augen der Welt. Warum erlangen Männer Heiligkeit durch tapferes Handeln, Frauen aber nur durch Erdulden und Unterwerfung?«

Sie schlug wütend mit der Faust auf den Tisch. »Warum zeigen wir der Welt nicht unsere Taten und bekommen den Ruhm, den wir verdienen? Wir sollten ohne Tarnung bei Turnieren einreiten, egal, was die Konsequenzen sind. Die Leute würden schnell begreifen, dass sie uns genauso fürchten müssen wie die Männer von Mordaunt. Warum tun wir nicht einfach ebenfalls das, was uns beliebt? Die Fähigkeiten dazu haben wir.«

»Findest du nicht auch, dass er Mut bewiesen hat, Cass?«, drängte Lily, die Rowan jetzt den Rücken zugewandt hatte.

Rowan zuckte mit den Achseln, tunkte ihre Brotkruste in die Soße einer Taubenpastete und biss dann ein großes Stück davon ab.

»Ich …«

In dem Moment flog die Tür zum Saal auf und ließ das Licht der Fackeln und Kerzen wild an den Wänden zittern. Einen Augenblick lang schien eine riesige Gestalt in der Tür zu stehen, die vom flackernden Licht mal verschattet und mal verzerrt wurde. Draußen braute sich ein Unwetter zusammen und der Wind heulte. Als sich die Flammen wieder beruhigten, trat die Gestalt vor. Es war eine Frau, die auf einer Stute ritt. Sie war in einen dicken Reiseumhang gehüllt. Ihr Haar war zu einem langen Zopf geflochten, der halb über die Flanke des Pferdes herabhing, und sie trug ein schmales, goldenes Diadem, das im Licht des Feuers zu glänzen und zu glitzern schien. In seiner Mitte prangte ein quadratisch geschliffener Smaragd. Um die Hufe des Pferdes herum wirbelten feine Schneeflocken, und der Saal fühlte sich plötzlich kalt an. Hinter der Fremden stand Blyth, die zu Angharad hin eine hilflose Geste machte, als wollte sie sagen »Ich habe versucht, sie aufzuhalten«.

Dann erhob die Fremde ihre Stimme.

»Ich habe Erzählungen von diesem Ort gehört«, sagte sie heiser. Ihr Gesicht war von Erschöpfung gezeichnet. Sie ließ die Schultern hängen und wirkte, als könnte sie jeden Augenblick von ihrem Pferd herunterrutschen. »Und ich bin tagelang ohne Pause geritten, um zu Euch zu kommen.«

Die Frau stockte einen Moment, als wollte sie noch etwas anderes sagen. Dann wurde sie ohnmächtig. Ihre Augenlider fielen zu, und sie glitt aus dem Sattel direkt in die Arme der sehr überraschten Blyth. Als sie zur Seite abrutschte, öffnete sich ihr Umhang. Lily schnappte nach Luft, als sie den dicken Bauch erkannte, der verriet, dass sie schwanger war.

»Das«, kommentierte Rowan leise, »ist Tapferkeit.«

26

Die ganze Schwesternschaft sprach an den folgenden Tagen über nichts anderes als die Neue und deren Umstände. Dabei half es nicht gerade, dass das Unwetter mehrere Tage und Nächte lang tobte, ohne nachzulassen, sodass es draußen wenig Ablenkung gab. Gerüchte verbreiteten sich wie ein Lauffeuer unter den Bewohnerinnen des Herrenhauses.

Eines Morgens beim Frühstück ging ein Flüstern durch den Saal, wie eine rollende Welle.

Elaine. Elaine.

»Das kann nicht sein«, argumentierte Joan ungehalten. »Elaine ist tot. Ihre Leiche wurde in Camelot angeschwemmt – das weiß doch jeder.«

»Es heißt, sie sei an ihrer Liebe zu Sir Lancelot gestorben«, warf die junge Nell eifrig ein. »Und er habe so tief getrauert, dass er für eine prächtige Beerdigung mit allen Ehren und Zeremonien bezahlt hat.«

»Ich habe gehört, dass sie die schönste Leiche war, die jemals gesehen wurde«, seufzte Elisabeth.

Susan nickte ernst. »Ich habe gehört, dass sie an den Ufern des Flusses um sie geweint haben.«

»Aber ich habe gehört, dass sie ein goldenes Diadem mit einem quadratischen Smaragd trug«, fügte das Mädchen mit den Sommersprossen stur hinzu. »Und ihr goldenes Haar fiel bis über ihre Hüfte. Und ...«

»Als sie wusste, dass sie sterben würde, hat sie Anweisungen hinterlassen«, unterbrach Joan. »Ihre Leiche sollte auf einer mit schwarzem Samit ausgeschlagenen Barke aufgebahrt werden, mit einem Brief in den Händen, der von ihrer Liebe zu Lancelot berichtete, und Lilien sollten um ihren ganzen Körper herum verstreut werden. Die Barke glitt dann den Fluss von Astolat die ganze Strecke bis nach Camelot hinunter«, schloss sie mit schwermütiger Miene.

Plötzlich erklang ein lauter und gänzlich unromantischer Schnarchlaut.

»Frauen sind an Bauchkrankheiten, an Fieber und Ruhr gestorben«, sagte Sigrid laut. Sie saß am anderen Ende des Saals am Haupttisch und ihre Stimme war voller Verachtung. »Sie sind im Wochenbett gestorben, an Schlaganfällen, Schüttelfrost, Grippe und Hunger. Aber keine Frau ist jemals an Liebe gestorben.« Sie stieß ein lautes Lachen aus.

An Sigrids Seite lächelte Angharad höflich.

»Vielleicht sollten wir unserer Besucherin die Würde ihrer Privatsphäre lassen, statt hier beim Essen über sie zu spekulieren.«

Das sommersprossige Mädchen schaute angemessen schuldbewusst und wandte sich wieder ihrem Haferbrei zu, doch eine andere Knappin beschwerte sich: »Aber wie kann das Elaine sein, wenn so viele Leute in Camelot ihre Leiche gesehen haben? So viele haben davon erzählt, dass es sich bis in alle Ecken des Königreichs herumgesprochen hat!«

»Hast du sie dort gesehen, Mädchen?«, fragte Sigrid grinsend. »Kennst du irgendjemand persönlich, der sie gesehen hat?«

»Nun ja, nein, aber …«

»Lass mich dir etwas über Geschichten erzählen«, mischte Vivian sich ein. »Diejenigen, die sie schreiben, verfügen über große Macht. Sie können die Wahrheit verändern und bestimmen, wie sie von der Welt für alle Zeiten gesehen wird, egal, was wirklich geschehen ist. Und wenn sich eine Geschichte erst einmal zu verbreiten beginnt, dann kann man sie nicht mehr aufhalten. Sie wird zu etwas Lebendigem, das seinen eigenen Weg geht.«

»Aber Vivian«, protestierte Sigrid mit gespielter Entrüstung, »was für ein Interesse sollte ein Ritter von Artus' Hof haben, die Geschichte zu verbreiten, eine Lady sei vor Kummer über seine unerwiderte Liebe gestorben?«

Niemand hatte die neue Bewohnerin auf nackten Füßen hereinkommen hören oder bemerkt, bis sie sich mühselig auf eine Bank setzte und Honig auf ein Stück Maisbrot zu löffeln begann.

»In der Tat, warum sollte er das tun?«, sagte sie leise, ohne den Blick von ihrem Brot abzuwenden. »Höchstens vielleicht, weil eine tote Frau weniger Ärger macht als eine, die man geschwängert und dann ohne viel Federlesen fallen gelassen hat. Eine Frau, die aus Liebe zu einem Mann gestorben ist, verwandelt ihn von einem lügnerischen Tunichtgut in einen romantischen Helden. Und das Kind einer toten Frau beansprucht kein Geburtsrecht, denn es existiert ja gar nicht.« Sie legte eine Hand auf ihren dicken Bauch und hob mit der anderen das Brot an ihre Lippen. Dann hielt sie mitten in der Bewegung inne und schaute zu den Knappinnen auf, die sie mit offenen Mündern anstarrten.

»BUH!«

Sie zuckten zusammen; das sommersprossige Mädchen fiel beinahe rückwärts von ihrer Bank, und Elaines Lachen hallte von den Holzbalken an der Decke des Saals wider.

»Aber vielleicht bin ich ja ein Geist.« Sie biss herzhaft in ihr Brot. »Und spuke durch die Gegend.«

Ein paar Tage späte versammelten sich die Knappinnen wieder auf der Wiese, denn das Unwetter hatte sich abgeschwächt und ihm folgten mildere Tage mit Schneeschmelze und Wintersonne. Sie waren überrascht, Elaine bereits dort anzutreffen. Sie hatte ihren dicken Bauch in einen Männer-Waffenrock aus Wolle gepackt, maß fünfzig Schritte von der Zielscheibe ab, wandte sich dann um und spannte die Sehne ihres Bogens.
Der Pfeil traf mitten ins Schwarze der Zielscheibe. Angharad hob eine Augenbraue. »Hat dir dein Vater das beigebracht?«, fragte sie. Elaine nickte lächelnd. »Das hier ist ja wohl kein Grund, aus der Übung zu kommen.« Sie zuckte mit den Achseln und streichelte über ihren Bauch, während sie losging, um den Pfeil wieder einzusammeln.
»Vielleicht kannst du unseren Knappinnen etwas von deinen Fachkenntnissen beibringen, während du hier bist«, schlug Angharad vor. Elaine nickte und warf ihr einen dankbaren Blick zu.
Als sie sich über die Zielscheibe beugte, verzog Elaine das Gesicht und fasste sich mit einer Hand in ihr Kreuz. »Nur ein bisschen Rückenschmerzen«, sagte sie, als sie Angharads besorgte Miene sah. »Das ist in dieser Phase zu erwarten, vor allem nach einer so langen Reise.«
»Warum hast du dich entschieden, gerade jetzt zu uns zu kommen?«, fragte Angharad mit leiserer Stimme, damit die Knappinnen es nicht hören konnten – mit Ausnahme von Cass, die gerade ganz in der Nähe eine Zielscheibe aufstellte.
»Es wurde unerträglich«, antwortete Elaine leise. »Nicht nur die Gerüchte, sondern dass ich wie ein Gespenst behandelt wurde.

Meine eigene Stimme war nicht laut genug, um die Geschichte zu übertönen, die jemand anders für mich geschaffen hatte. Aber es war auch die Erniedrigung, die zusammen mit dem Kind heranwuchs. Ich brauchte einen sicheren Ort, wo man nicht über mich urteilt. Und zwar bevor das Kind kommt.«

»Hier bist du sicher«, bestätigte Angharad. »Für so lange, wie du willst.«

»Cass!«, rief sie. Cass zuckte schuldbewusst zusammen und versuchte den Eindruck zu erwecken, nicht gelauscht zu haben. »Geh zu Alys und frage sie nach einem Mittel gegen Rückenschmerzen.«

Also legte Cass ihren Bogen weg und machte sich auf den Weg zu Alys' Hütte. Sie traf sie im Schneidersitz direkt vor ihrem Kräutergarten an. Sie hatte das Gesicht den raren Sonnenstrahlen zugewandt und zog sorgfältig einem toten jungen Kaninchen das Fell über die Ohren.

Nachdem Cass ihre Bitte vorgetragen hatte, wischte sie sich die blutigen Hände an der Schürze ab und bedeutete Cass, ihr in die Hütte zu folgen. Wieder war das kleine Gebäude voller Heilkräuter und Medizin. Gut sortierte Keramikgefäße mit verschiedenen Salben und Sirupen; Körbe voller getrockneter Samenschoten und Pilze; und, neu seit Cass' letztem Besuch, ein Regal, auf dem zerbrechliche Schädel aufgereiht waren, die aussahen, als würden sie von Nagetieren oder anderen kleinen Säugetieren stammen.

»Möchtest du etwas Tee?«, fragte Alys auf ihre direkte, unkomplizierte Art, nahm einen Kessel von einem Haken über dem Feuer und griff nach einem Gefäß mit getrockneten Blüten, Blättern und Fruchtschalen.

Cass nahm das dampfende Getränk dankbar an, umfasste die Tasse mit ihren kalten Händen und atmete den beruhigenden Kräuterduft ein. Sie schloss die Augen.

»Bist du wegen irgendetwas beunruhigt?«, fragte Alys mit einem prüfenden Blick, während sie eine Steingutschale ergriff und verschiedene Öle und Kräuter vermischte.

Cass seufzte. Nicht im Herrenhaus zu sein und vielleicht auch der beruhigende Duft des Tees machten sie klarsichtig.

»Nein, nicht direkt beunruhigt. Eher ... unsicher.«

»Unsicher? Worüber?«

Cass lächelte. »Über beinahe alles. Gehöre ich hierhin? Führe ich ein zielgerichtetes und ehrenvolles Leben? Oder bin ich nur eine verblendete und undankbare Tochter, die nicht verstanden hat, wo sie hingehört, und besser nach Hause zurückkehren sollte?«

Sie schaute brütend in ihren Tee, wo eine Kamillenblüte sanft über die Oberfläche driftete.

»Gibt es hier eine Zukunft für mich?«

Sie hatte sich entschieden, Sigrid zu vertrauen. Sie hatte niemandem, nicht einmal Lily, von dem Zwillingsbruder der Ritterin, ihrem Spion an Mordaunts Hof und ihren wahren Absichten als Mitglied der Schwesternschaft erzählt. Doch wie lange konnte sie noch unter Angharads Schutz leben und die von ihr geschaffene Schwesternschaft genießen, wenn sich ihr Schweigen wie Verrat anfühlte? Was, wenn Sigrids Wut und Trauer über den Tod ihres Bruders sie alle in Gefahr brachte? Was, wenn sie unüberlegt etwas Katastrophales tat und Cass wegen ihres Schweigens mitschuldig war?

Und doch war es keine dieser Fragen, die sie wirklich bewegte oder ihr schlaflose Nächte bereitete. Es waren die wiederkehrenden Träume – der Teich, die Frau im Wasser, der Hirsch. Und die gelben Augen, in die sie vor vielen Jahren geblickt hatte.

Sie zuckte mit den Achseln und nahm einen Schluck Tee. Sie konnte ja wohl kaum fragen: Alys, bin ich etwas Besonderes? Hat die Frau im Wald damals in mir als Kind etwas gesehen, oder war sie nur eine verzweifelte Bettlerin, die mich bezirzen wollte? Was ist das, was ich in mir spüre, wenn ich mein Schwert in die Hand nehme? Was war das für eine Erscheinung, die ich in dem Teich gesehen habe? Habe ich mir das alles nur eingebildet? Und was hat das alles zu bedeuten?

Alys sah sie freundlich an. »Oft«, begann sie, während sie die Kräuter vorsichtig mit einem Stößel zermahlte, »sind die schwierigsten Fragen, die wir haben, solche, die uns niemand sonst beantworten kann. Entweder wir finden die Antwort selbst oder wir wissen die Antwort schon und müssen nur den Mut aufbringen, sie zu akzeptieren.«

Cass seufzte tief. Sie trank ihren Tee aus und schob den Becher über den Tisch.

»Vielen Dank!«

Alys nickte und erstarrte, als sie auf den Becher herabsah. Ihre Augen fixierten den Bodensatz aus Kräutern und Blättern.

»Gibt es etwas, was du uns über deine Herkunft nicht erzählt hast, Cass? Darüber, wer du bist? Deine Abstammung?« Ihre Stimme klang drängend, besorgt, und es klang ein wenig Ehrfurcht darin mit.

Cass merkte, wie sie rot anlief. »Nein. Nichts!«

»Aber …« Alys hielt inne, drehte vorsichtig den Becher, blickte wieder zu Cass auf und schaute ihr ins Gesicht, als ob es ein Geheimnis enthüllen könnte. Es wirkte, als kämpfte sie mit sich selbst, als gäbe es etwas, das sie dringend sagen wollte. Sie biss sich auf die Unterlippe, stand abrupt auf, nahm Cass in ihre Arme und drückte sie fest. »Wir werden an deiner Seite stehen, Cass, wohin auch immer dein Weg dich führt. Und ich glaube, du ahnst schon, dass es keine gewöhnliche Reise sein wird.«

Auf dem Rückweg zum Herrenhaus, die Medizin für Elaine in der Hand, rasten die Gedanken durch Cass' Kopf. Irgendetwas in ihr beglückte und ängstigte sie zugleich. Ein kleiner, bebender Teil von ihr, tief in ihrem Innern, hatte es gewusst, seit sie das Schwert gegen den Knappen von Sir Mordaunt erhoben hatte.

Sie war sich nicht sicher, ob sie jemals wissen wollen würde, was es genau zu bedeuten hatte, doch sie wusste, dass es echt war. Sie war sich sicher, dass mit ihr gerade etwas passierte, oder dass etwas auf sie zu kam – etwas so Großes, dass ihr Verstand gar nicht erfassen konnte, wie riesig es wirklich war. Und es war schon immer da gewesen, das wurde ihr nun klar. Derselbe Teil von ihr, der immer gewusst hatte, dass sie keine Apfelstängel drehen musste, um die Initialen ihres Ehemanns herauszufinden. Dass sie nicht Marys Pfad folgen würde. Dass die Frau im Wald, die sie an einem so lange vergangenen Morgen getroffen hatte, die erste Person gewesen war, die sie als das erkannte, was sie wirklich war.

27

Die Feierlichkeiten der Weihnachtszeit waren in die nicht enden wollenden kalten Tage des neuen Jahres übergegangen. Der Frost kroch jeden Morgen in die Betten und Badewannen, und der einfache Akt des Aufstehens erforderte eine lange Vorbereitung und dann einen plötzlichen Anfall von Mut. Nackte Zehen waren beinahe zu Eis erstarrt, bis endlich ein Feuer entzündet werden konnte, und trotz des gewaltigen Kaminfeuers im großen Saal stiegen beim Ausatmen kleine Wölkchen vor ihnen auf.

Die Tage waren trostlos und immer gleich, mit niedriger, metallgrauer Wolkendecke und so beißender Kälte, dass sie jeden Morgen das Eis auf den Wassertrögen der Pferde zerschlagen mussten. Cass, Lily und die anderen Knappinnen verbrachten die meiste Zeit am großen Kamin, um warm zu bleiben, denn Angharad fand es zu kalt, um draußen zu trainieren. Die Vorräte des Sommers schwanden, und die Essensauswahl reduzierte sich auf gepökeltes Schwein, Bohneneintopf und dicken Erbsenbrei, Tag für Tag. Bei dem eiskalten Wetter gaben die Kühe immer weniger und schließlich gar keine Milch mehr, sodass der morgendliche Haferbrei mit Wasser angerührt werden musste: ein unappetitlicher, klumpiger, grauer Schlamm.

Die jüngeren Mitglieder der Schwesternschaft waren unruhig und enttäuscht darüber, dass ihnen angesichts des im Frühling bevorstehenden Kampfs der Knappen so viel Ausbildungszeit entging. Die älteren Ritterinnen waren in Gedanken versunken und tuschelten in den dunklen Ecken des Herrenhauses mit sorgenvollen Mienen, als die Kälteperiode andauerte und ihre Vorräte immer mehr schwanden. Elaine blieb in ihrer Kammer und verbrachte die langen, kalten Tage im Bett, um Energie zu sparen und sich auf den Kraftakt vorzubereiten, der vor ihr lag.

Eines Morgens bog Cass um eine Ecke und stieß auf Angharad und Sigrid, die sich auf dem Flur stritten. Sigrid gestikulierte lebhaft, während Angharad die Fingerspitzen gegen ihre Schläfen presste, als müsste sie einen hämmernden Kopfschmerz besänftigen.

»… kann nicht auf dich verzichten, Sigrid, nicht für ein ebenso tollkühnes wie aussichtsloses Unternehmen, von dem du höchstwahrscheinlich mit leeren Händen zurückkehren wirst.«

»Nun ja, aber wenn niemand ausreitet, ist es bald ohnehin egal, weil wir alle verhungert sind«, erwiderte Sigrid scharf.

Als Cass sich näherte, verstummten sie, doch ihre Mienen blieben verhärtet.

Später würde sich Cass immer wieder fragen, ob das, was danach geschah, vielleicht niemals passiert wäre, wenn im Herrenhaus an jenem Tag nicht bereits so viel Anspannung und Zwietracht geherrscht hätten.

Es war später Nachmittag, als es klopfte.

Cass und die anderen Knappinnen saßen am Feuer und spielten halbherzig die hundertste Partie Karten. Weder die Holzteller und Schüsseln vom Frühstück noch die vom Mittagsmahl waren abgeräumt worden, denn die Knappinnen und Paginnen waren von der betäubenden, gnadenlosen Kälte bis auf die Knochen erschöpft. Der Saal wirkte in der zunehmenden Dämmerung dunkel und verwahrlost. Selbst die Fackeln schienen nur widerwillig zu rauchen und zu glimmen und weigerten sich, ordentlich zu brennen, denn die Feuchtigkeit und der Frost waren in jedes Stück Holz eingedrungen, das sie in ihren Lagerräumen hatten – genau wie in die Knochen der Frauen.

Bei diesem Wetter konnte man keine Torwachen aufstellen, denn man riskierte, sie steifgefroren auf ihren Posten wiederzufinden, deshalb war niemand da, der ihn begrüßte oder seine Ankunft ankündigte. Und da die Kampfübungen ausgesetzt waren, hatten sie schon seit Tagen keine Rüstungen getragen oder ihre Waffen geschärft, weshalb er sie müde und lethargisch, aber immerhin ordentlich angezogen vorfand, und es keine Indizien gab, die ihr Geheimnis hätten verraten können.

Sir Beolin betrat den Saal breitbeinig wie jemand, der zu viel Zeit auf Pferden verbracht hatte, und überblickte die Situation wie ein Schafhirte, der seine Herde nachzählt.

»Was sind *das* denn für Zustände hier?«

»Sir Beolin.« Hastig von einer der Knappinnen herbeigerufen, erschien Angharad in einem langen, blassgelben Seidenkleid im Saal. »Welch Freude und unerwartete Überraschung, Euch wiederzusehen.« Cass war beeindruckt, wie gut sie sich verstellen konnte. Sie klang tatsächlich erfreut darüber, den Besucher zu sehen.

»Meine Geschäfte mit Sir Mordaunt sind abgeschlossen«, sagte er stolz. »Ich werde mit seiner Unterstützung in Kürze eine Truppe aufstellen, und dann marschieren wir gemeinsam nach Westen.« Er hielt inne, blickte sich im Raum um und nahm das schmutzige Geschirr und die unaufgeräumten Tische sowie die betreten am

Feuer zusammengerückten Mädchen zur Kenntnis. »Ich bin erstaunt, dass Euer Ehemann es gestattet, dass Euer Haushalt seine Pflichten so liederlich vernachlässigt«, sagte er anstelle einer normalen Begrüßung, um seine Missbilligung der Zustände im Saal zum Ausdruck zu bringen.

»Ich bedaure.« Angharad lief rot an. »Ihr müsst unseren ungepflegten Zustand entschuldigen, denn wir hatten während dieser Kälteperiode gar nicht mit Besuch gerechnet. Mein Lord ist zur Handelsniederlassung in Merzien gerufen worden, um eine äußerst dringende Angelegenheit zu klären. Und wenn er abwesend ist, werden die jüngeren Mädchen ein wenig unachtsam.«

Beolin grinste schmierig. »Ich sehe, dass hier in Abwesenheit Eures Lords eine starke Hand gebraucht wird.« Damit ging er direkt auf Angharad zu und legte seine haarige Hand an ihre Taille. »Vielleicht besprechen wir diese Angelegenheiten besser unter uns, Mylady.« Er leckte sich die Lippen, als er diesen Satz aussprach, und Cass sah in Angharads Augen kurz Panik aufflackern, ehe sie ihm höflich zustimmte und ihn aus dem Saal geleitete.

Je länger der Tag sich hinzog, ohne dass Angharad oder Sir Beolin wieder erschienen, desto düsterer wurde die Stimmung. Am frühen Abend kam Vivian in einen dicken Wollumhang gehüllt in den Saal und verschwand in den Innenhof. Ein paar Augenblicke später hörte man das Zischen und Aufschlagen einer Axt; sie reagierte sich an dem vernachlässigten Brennholzstapel ab.

Am Abend herrschte düsteres Schweigen rund um den Kamin. Nachdem die Zwiebelsuppe und das schon etwas trockene Brot aufgegessen waren, verspürte niemand Lust, die Musikinstrumente oder Spiele herauszuholen. Das Feuer rauchte unstet, und die gesamte Atmosphäre war wackelig und übellaunig. Rowan brüllte Joan an wie ein Löwe mit einem Dorn in der Tatze, als diese versehentlich auf das Ende ihres Umhangs trat und Rowan zu Fall brachte. Joan zog sich unter Tränen in ihre Schlafkammer zurück, und es dauerte nicht lange, bis sie eine nach der anderen alle kläglich zu Bett gegangen waren.

Cass blieb noch, um die letzten Glutnester des Feuers auszutreten und ein paar gebackene Kartoffeln aus der Asche zu retten und als Wärmespender in der Frostnacht zu Blyth nach draußen zu bringen.

Als sie wieder ins Herrenhaus kam, wirkte es kalt und fremd. Ihre Kerze warf lange, verzerrte Schatten vor ihre Füße. Sie versuchte sich vorzustellen, wie anders es einige Jahre zuvor gewesen sein musste, als Angharad hier noch mit ihrem Ehemann gewohnt hatte. Ein »normaler« Hausstand mit Dienstmädchen und Pagen. Es fiel ihr schwer, sich Angharad ruhig am Feuer sitzend vorzustellen, den Kopf emsig über eine feine Stickerei gebeugt, oder wie sie ihrem Ehemann seinen Reiseumhang und Abschiedstrunk brachte, um ihm eine gute Reise zu wünschen. Sie dachte an Vivian, die knickste und Befehle von ihrem Herrn entgegennahm und mit ansehen musste, wie er seine Frau behandelte, ohne etwas dazu zu sagen. Sie fragte sich, ob Angharad schon damals Bescheid gewusst oder ob erst Vivians monströse Tat ihre Gefühle enthüllt hatte. Sie schüttelte leicht den Kopf und bewegte sich durch den stillen, verlassenen Saal auf die Treppe am anderen Ende zu.

Kurz bevor sie die Treppe erreichte, erklang ein ferner Schrei, gefolgt vom lauten Klirren eines schweren Metallgegenstands, der auf einen Steinboden fiel. Cass erstarrte, und die Härchen an ihren Unterarmen stellten sich auf. Sie lauschte konzentriert, und das Herz schlug ihr bis zum Hals. Stille. Sie wartete wie ein Fuchs, der die Nachtluft wittert. Der Saal wurde immer kälter und die

Schatten wurden länger. Und gerade als sie entschieden hatte, dass sie sich den Lärm nur eingebildet hatte oder es lediglich Blyth gewesen sein musste, die im Stall irgendein Werkzeug umgeworfen hatte, hörte sie es wieder. Ein schwerer Aufprall und ein Klappern, als würde etwas über den Boden gezerrt.

Cass wandte sich um und folgte dem Geräusch zum anderen Ende des großen Saals, zu dem kleinen Ausgang und der schmalen Treppe, die zu Angharads Gemächern führte. Sie blies ihre Kerze aus und ließ sie auf der untersten Stufe zurück. Dann schlich sie aufwärts, indem sie sich mit den Fingern an der Mauer entlangtastete und mit den Zehen die Kante der jeweils nächsten ungleichmäßigen Stufe erspürte. Erst als sie fast oben war, wo die große Tür mit den Eisenbeschlägen vor ihr aufragte, konnte sie wieder etwas hören. Ein angestrengtes Atmen, das sich beinahe mehr tierisch als menschlich anhörte; ein Geräusch, das nach Schweiß und heißem Atem und Gefühlsaufwallungen klang. Es kam rhythmisch, wurde lauter und leiser, entwickelte sich manchmal zu einem kräftigen Atemholen oder ebbte zu einem leisen Grunzen ab.

Cass stand wie angewurzelt da, und ihr Magen verkrampfte sich. Bereits indem sie nur hier stand, mischte sie sich in etwas Intimes ein, in etwas, das zu hören ihr nicht zustand. Ganz langsam tastete sie mit einem ihrer Füße rückwärts und begann den Abstieg, einen fröstelnden Schritt nach dem anderen.

Doch während sie das tat, schwollen die Geräusche wieder an, ihr Rhythmus wurde schneller, die Atemzüge drängender und gepresster. Die Person, die sie ausstieß, schrie zweimal gellend auf, gefolgt von einem fürchterlichen, gurgelnden Aufheulen, einem weiteren dumpfen Stoß, und dann Stille.

Cass blieb, den Blick voller Schrecken auf die Metallnieten der

Tür gerichtet, wie angewurzelt stehen und krallte ihre Finger in eine Fuge zwischen zwei Mauersteinen. Plötzlich schmeckte sie Blut und bemerkte, dass sie sich auf die Lippe gebissen hatte. Sie würde sich zurückziehen, ganz schnell – sobald sie sich wieder bewegen konnte.

Allerdings ging in genau diesem Moment die Tür auf. Angharad stand darin; ihre Silhouette zeichnete sich hell und überirdisch ab, weil in einem Fenster hinter ihr der Vollmond stand. Ihr Haar war zerzaust, ihre Baumwoll-Unterwäsche zerfetzt, ihr Gesicht blass vor Wut und Schock und ihre rechte Hand scharlachrot.

Benommen hob sie die Hand an die Stirn und hinterließ dort einen blutigen Fleck. Anschließend betrachtete sie ihre Hand, als gehörte sie jemand anderem, und runzelte verwirrt die Stirn. Dann rieb sie sich die Hände, und die linke Hand wurde ebenfalls grausig mit Blut verschmiert. Sie wischte sie an der Baumwolle ab und hinterließ so einen dunklen Fleck unterhalb ihres Bauchs. Ihre geweiteten, starren Augen waren fest auf Cass gerichtet, schienen sie jedoch zugleich zu sehen und nicht zu sehen. Sie zeigte jedenfalls kein Erstaunen, Cass dort zu erblicken.

»Er wollte nicht aufhören«, stellte sie nüchtern fest, so als würde sie über ein Nagetier in der Speisekammer oder ein Leck im Dach reden. Dann stieß sie plötzlich ein furchterregendes Lachen aus. »Er wollte nicht aufhören und mich nicht in Ruhe lassen.«

Cass hörte, wie sich hinter ihr Fußschritte näherten, und sah, dass sich eine Kerze langsam die Treppe hinaufbewegte. Als sie näher kam, enthüllte sie Vivians rundes, besorgtes Antlitz. Cass bemerkte, wie sich Vivians Gesichtsausdruck verfinsterte und Schock und Entsetzen darüberhuschten. Ihre Augen weiteten sich, als sie die Szenerie in Angharads Schlafkammer erblickten.

Sir Beolins Rüstung, sein Kettenhemd, sein wertvolles Goldschwert und der mit einer Adlerfeder gekrönte Helm lagen auf dem Boden verstreut.

Der Wandteppich, der hinter Angharads Bett hing, war voller Blutspritzer.

Sir Beolins teilweise bekleideter Körper hing zur Hälfte vom Bett herab. Die Beine und Füße waren in die Laken verwickelt, seine Arme standen seitwärts ab und sein Hals war unnatürlich in Richtung Boden verdreht. Der Anblick wirkte auf Cass wie ein Schlag in die Magengrube. Auf dem Boden lag ein schwerer, silberner Kerzenleuchter. Cass musste sich übergeben, und die bittere Flüssigkeit klatschte auf die Treppenstufen.

Vivian drängte sich wortlos an ihr vorbei, nahm Angharad wie ein Kind in ihre Arme und ließ sich mit dem Rücken am Türblatt zu Boden sinken. Angharad ließ zu, dass Vivian sie auf ihren Schoß zog, wo sie so willenlos und hingeworfen liegen blieb wie eine Stoffpuppe. Sie ließ ihren Kopf auf Vivians Schulter rollen und starrte mit offenen Augen durch die Tür, ohne etwas wahrzunehmen.

»Sie steht unter Schock«, stellte Vivian entschieden fest und wandte sich an Cass. »Du musst uns helfen.«

»Ich?«

»Siehst du hier sonst noch jemanden?« Vivian schaute Cass wütend an, so als beschuldigte sie sie, dort eingedrungen zu sein und das schreckliche Spektakel nicht verhindert zu haben. Dann bemerkte sie, dass Cass' Kinn bebte, während sie sich die Galle von den Lippen wischte, und erkannte, dass sie vielleicht zum ersten Mal eine Leiche sah, weil sie noch nie an einem echten Kampf teilgenommen hatte.

»Psst«, befahl sie behutsam, aber entschieden, und warf Cass einen beschwörenden Blick zu. »Hör mir zu.« Sie sprach leise und bedächtig und streckte beschwichtigend eine Hand aus, als näherte sie sich einem wilden Hengstfohlen, das jeden Moment flüchten oder ausschlagen konnte. »Du schaffst das, Cass. Wir kümmern uns um dich. Du hast hier ein Zuhause, ein Leben, eine Herrin – aber all das ist vorbei, wenn irgendjemand von dem hier erfährt.«

Dann veränderte sich ihre Stimme und wurde schmeichelnd, ja sogar beinahe flehend. »Niemand braucht das zu wissen. Er war kein guter Mann – er hat sie gezwungen, sie hatte keine Wahl – das weißt du.«

Cass zitterte und spürte, dass sich auf ihrer Oberlippe Schweiß gesammelt hatte. Sie fühlte sich wie in einem Traum und konnte sich nicht bewegen.

»Es ist nicht das erste Mal«, fuhr Vivian, langsam verzweifelter, fort. »Du kennst sie als die großartige, feurige Anführerin, die sie jetzt ist, aber du hast sie nicht vorher gesehen, hast nicht gesehen, was ihr Ehemann ihr angetan hat. Sie wäre viele Male beinahe gestorben, Cass.« Tränen der Wut rannen Vivians Wangen herab, aber sie wischte sie nicht weg. »Ich habe dabei zusehen müssen, wie sie ein ums andere Mal fast dabei umgekommen wäre. Bis ich es nicht mehr aushielt. Irgendwann konnte ich einfach nicht mehr. Genau wie sie heute Nacht. Denn es gibt Dinge, die menschliche Wesen einfach nicht aushalten können. Jeder hat seine Grenzen. Sie ist unschuldig, Cass. *Sie* ist hier das Opfer.« Vivian blickte auf die erschlafft daliegende Angharad herab und ihre Miene verzerrte sich vor Wut, dann stieß sie einen Schrei aus, der heiser und rau und fürchterlich war. Sie ergriff das Schüreisen, das neben dem Kamin stand, und schleuderte es nach Beolins Leiche. Es prallte an der Seite des Bettes ab und fiel klirrend auf den Boden.

»Ich würde wieder für dich töten. Ich hätte es gern an deiner

Stelle getan, mein Liebling«, schluchzte sie, legte ihren Kopf an Angharads Stirn und weinte.

Cass stand für eine gefühlt sehr lange Zeit da und blickte abwechselnd auf die beiden gebrochenen Frauen, deren Stärke und Freundlichkeit und Großzügigkeit sie kennengelernt hatte, und auf die geschundene Leiche des Mannes, der ihnen beiden Leid zugefügt hatte. Dann trat sie vor, stieg über Vivians ausgestreckte Beine, zog ein Laken vom Bett und wickelte es um die Leiche. Die Arme und Beine waren einfach, doch sie erschauerte, als ihre Finger dabei kurz seinen Oberkörper berührten. Das Gewicht überraschte sie, es war wie das einer riesigen Schinkenkeule. Diesen Gedanken spann sie dankbar weiter und stellte sich vor, wie sie zu Hause in der Scheune immer Fleischstücke zum Einpökeln für den Winter verpackt hatte. Nur eine Schweineschulter. Nur eine Rinderhüfte. Bis sie auf ihre Hände blickte, feststellte, dass sie ein Büschel Haare festhielt, und zu schluchzen begann.

Doch sie hörte nicht auf. Sie machte weiter, zog das Laken fest um die Leiche herum zu, obwohl ihr dabei die ganze Zeit Tränen über die Wangen liefen. Und als Vivian sich erhob, um den Toten mit Cass nach unten zu tragen (nachdem sie Angharad zärtlich auf ein Schaffell vor dem Kamin gebettet hatte, als wäre sie ein kleines Kind), sprach Dankbarkeit aus ihrem Blick. Aber sie schafften es auch zu zweit nicht. Halb zogen sie, halb warfen sie die Leiche die Treppe hinunter, doch als sie den großen Saal durchqueren mussten, war sie einfach zu schwer, egal wie sehr sie beide sich anstrengten. Da hörten sie Schritte und erstarrten vor Schreck.

Sigrid betrat den Saal. Sie hatte ihren Reisemantel bis über das Gesicht hochgezogen und strebte zielgerichtet zum Ausgang. Vivian und Cass warfen einander einen kurzen Blick zu, dann krächzte Vivian: »Sigrid!«

Die Ritterin fuhr herum und stutzte überrascht, als sie die beiden Frauen und das schwere, sperrige Bündel wahrnahm, das zwischen ihnen auf dem Boden lag. Auch Cass' verstörte Miene und Vivians fest zusammengepresste, blasse Lippen entgingen ihr nicht. Einen langen Moment starrten sie einander nur an. Dann kam Sigrid auf sie zu und hob wortlos den Mittelteil des Bündels an, sodass Vivian und Cass die Enden nehmen konnten. Vivian ging voran.

Sie schafften die Leiche durch die Hintertür nach draußen und von dort in den Wald. Sie keuchten und schnauften und mussten ein paar Mal umgreifen. Einmal stolperte Cass über eine Baumwurzel, sodass ihre Fracht mit einem scheußlichen dumpfen Geräusch auf den Boden fiel, doch sie ergriff das Laken erneut mit finsterer Entschlossenheit, und gemeinsam schleppten sie das Bündel weiter. Erst als sie eine ganze Weile schweigend in nahezu völliger Dunkelheit gelaufen waren, fiel Cass auf, dass Vivian nicht ein einziges Mal gezögert oder überlegt hatte. Sie wusste ganz genau, wo sie hinwollte.

Tief im Wald näherten sie sich schließlich dem Teich. Cass' merkwürdiges Gefühl, sich in einem Traum zu befinden, verdichtete sich, als sie die verkrümmte Silhouette des Weißdornbaums erkannte und wusste, wo sie sich befanden. Allerdings gab es in dieser Nacht keine Vision, nicht einmal eine Spiegelung in der dunklen Wasseroberfläche. Sie wickelten schwere Steine ins Innere des Bettlakens und schoben es dann ohne zu zögern ins Wasser, wo es leise untertauchte.

Vivian wandte sich um und ging durch die Bäume zum Herrenhaus zurück. Cass folgte ihr schweigend; in ihren Ohren klingelte es und ihre Finger waren taub. Erst als sie beinahe die äußere Wehrmauer erreicht hatten, wurde ihr klar, dass Sigrid in die

Dunkelheit verschwunden war. Plötzlich spürte sie die Kälte, und als sie sah, dass sie nackte Füße hatte, fing sie unkontrolliert zu zittern an.

28

Als die Kälte endlich nachließ und das Licht morgens schon vor Cass' Erwachen über die Schwelle kroch, hatte sich ihre Kammer in ein Gefängnis verwandelt. Bei den seltenen Gelegenheiten, bei denen sie in den Spiegel sah, erkannte sie das Mädchen mit dem verfilzten Haar, den dunklen Schatten unter den Augen und den eingefallenen Wangen kaum wieder. Ihre Fingernägel waren lang und schmutzig und ihre Unterarme mit rotem Schorf bedeckt, an dem sie herumgekratzt hatte, bis es blutete.

Jede Nacht sah sie seine Leiche. Sie spürte, wie seine Fingerspitzen über ihren Arm fuhren, und erwachte davon, dass sie sich an der Kontaktstelle kratzte und tonlos ins Dunkel schrie. Die Zeit verging anders als sonst, träge, wie eine zähe Masse. Draußen vor der Tür stand erst ein Teller mit kaltem, erstarrtem Essen, dann waren es drei Teller.

Der Haferbrei war klumpig und klebrig. Cass würgte, schob ihn wieder nach draußen und schloss die Tür.

Sigrid war schon fort, sie ritt aus, seit es zum ersten Mal taute. Also war Cass allein. An den ersten paar Tagen war Vivian gekommen, hatte an die Tür geklopft und leise mit ihr gesprochen, doch Cass hatte den Riegel vorgelegt und nicht geantwortet.

Sie schlief wenig und schlecht. Wieder und wieder führten ihre Träume sie zu dem Teich im Wald zurück, aber ohne dass ein weiß gekleideter Arm, ein Spiegelbild oder ein Bild von Mary an der Oberfläche erschien. Nur Beolins aufgedunsene Leiche trieb mit dem Gesicht nach oben im Wasser. Sein Mund klaffte schrecklich auf, und seine toten Augen starrten blind in den Sternenhimmel.

Cass glaubte nicht, dass sie jemals wieder den Weg in den Sonnenschein zurückfinden würde. Doch sie hatte nicht mit Lily gerechnet.

Lily hörte nicht auf, sie zu besuchen. Anfangs lachte und schmeichelte sie, dann schrie sie sie wütend an. Und als das Schweigen weiterging, kam sie einfach nur. Sie saß stundenlang still draußen vor der Tür und streckte die Finger darunter hindurch, damit Cass sie sehen konnte. Sie brachte ihr etwas zu essen nach oben und blieb auf der anderen Seite des Eichenholzes sitzen. Manchmal flüsterte sie Cass ein wenig Klatsch über die anderen Knappinnen zu, manchmal erzählte sie, wie die Hengstfohlen im Stall aufwuchsen, oder beschrieb den Geschmack einer Tinktur, die Alys gegen ihre Halsschmerzen gebraut hatte.

Stets schilderte sie, wie es im Freien war. Deshalb wusste Cass, auch wenn ihre Haut immer blasser und ihre Muskeln aus Bewegungsmangel immer schwächer wurden, dass es draußen allmählich wieder wärmer wurde. Sie wusste, dass der Bach zwischen den Bäumen am Ende der Wiese wieder plätscherte, dass die violetten Krokusse ihre goldenen Kehlen öffneten und dass die Rotdrosseln und Bergfinken endlich aus ihren Winterquartieren zurückkehrten.

Und eines Tages öffnete sie die Tür.

Lily blickte auf, erhob sich und legte einen Arm um ihre Taille, als hätte sie nur ein paar Augenblicke draußen gewartet, während

Cass etwas aus ihrer Kammer holte. Sie gingen gemeinsam nach draußen. Cass' Augen wurden von der hellen Sonne geblendet, die Farben überwältigten sie, und ihre Beine fühlten sich fremd und unsicher an.

An diesem ersten Tag gingen sie nur für ein paar Minuten spazieren, ohne etwas zu sagen. Doch Lily kehrte am nächsten Morgen zurück und wartete, und Cass öffnete wieder die Tür.

Am Tag vor Mariä Lichtmess hielten sie im Wald inne, und Cass setzte sich auf einen weichen Moosteppich und erzählte Lily alles. Das Gift, das ihr den Atem geraubt und sie in Geiselhaft gehalten hatte, schien ihren Körper gemeinsam mit den Worten zu verlassen. Lily hielt sie fest und sagte gar nichts. In dieser Nacht schlief Cass zum ersten Mal wieder tief und fest bis zum Morgen.

Ganz langsam kam sie wieder zu sich. Sie nahm das Training auf der Wiese wieder auf, und der Holzknüppel fühlte sich gut an in ihrer Hand. Dankbar kehrte sie auch in den Stall zurück und vergrub ihr Gesicht in dem süßen Duft von Pebbles Mähne. Sie probierte das Essen wieder und stellte überrascht fest, dass ihr Appetit zurückkehrte und es immer noch ein angenehmes Gefühl war, den hungrigen Magen zu füllen.

Sie begegnete Vivian und Angharad im großen Saal, und obwohl sie nie darüber sprachen, konnte sie ihnen in die Augen sehen. Zwischen ihnen existierte nun ein neues Maß von Vertrauen und Respekt, das zuvor nicht da gewesen war, und noch etwas anderes, nämlich eine Art von Verbundenheit. Cass würde nie mehr dieselbe junge Frau sein, die in jener Nacht die Treppe zu Angharads Gemach hinaufgestiegen war, aber es wurde ihr nach und nach klar, dass die neue junge Frau, die sie jetzt war, weiterleben würde und auch ein kleiner Teil von ihrem alten Selbst in ihr bleiben würde.

Die Atempause, die sie endlich von den andauernden Gedanken an Beolin und seine Leiche bekommen hatte, währte nur kurz.

An einem für die Jahreszeit warmen Frühlingstag, an dem eine kräftige Brise zarte, gefiederte Wolken vor sich hertrieb, ritten Lily und Cass gemeinsam vom Herrenhaus zum ersten Markt der Saison, nachdem sie unter einem hellblauen Himmel trainiert hatten. Sie nahmen leere Satteltaschen mit, um sie mit Gemüse zu füllen, und zum ersten Mal seit Beginn des Tauwetters waren die Temperaturen so angenehm, dass sie keine Umhänge brauchten. Ihr seidenes Kleid breitete sich über Pebbles Kruppe aus, und Cass füllte ihre Lunge mit dem frischen, blumigen Duft des Frühlings.

Unterwegs legten sie eine Mittagspause ein. Cass lag mit dem Kopf in Lilys Schoß im Sonnenschein, der durch die zarten, sich entfaltenden neuen Blätter und Knospen gefiltert wurde. Mit einem zufriedenen Seufzen schloss sie die Augen.

»Stell dir nur vor, Cass«, sagte Lily und streichelte ihr gedankenverloren durchs Haar, »wenn wir beide beim Kampf der Knappen zu Rittern geschlagen würden, dann kämen wir als vollwertige Mitglieder der Schwesternschaft zurück, dürften am Tisch der Ritterinnen sitzen, könnten unsere eigenen Gemächer beziehen …«

Cass lachte. »Ist es das, worauf du dich am meisten freust? Wo wir essen und schlafen werden, wenn wir Ritterinnen geworden sind?«

»Ach, was, nein.« Lily schüttelte den Kopf. »Aber denk doch nur, was diese Gemächer bedeuten würden! Wir könnten kommen und gehen, wann wir wollen, gemeinsam auf Reisen und Bewährungsproben ausreiten, unserer eigenen Bestimmung folgen! Wir hätten dann unsere eigenen Knappinnen, stell dir das mal vor, Cass! Nie wieder Rüstungen polieren und den Stall ausmisten! Nur Ehre und Ruhm! Turniere und Preise!«

»Ich miste den Stall gern aus.«

»Dann kannst du mich ja begleiten und Pebbles Mist schaufeln, während ich Preise hole und Auszeichnungen gewinne.«

»Sehr gute Abmachung. Und ich kann dich dann auch retten, wenn du gefangen genommen und in einen Kerker geworfen wirst.«

»Ah, indem du dich mit deiner vom Mist verkrusteten Schaufel in den Kampf mit den Wächtern wirfst?«

»Nein, ich nehme für alle Fälle auch mein Schwert mit.«

»Ach so, gut.«

»Oder ich benutze einfach deins, das du ja wahrscheinlich fallen lassen hast, als du gefangen genommen wurdest.«

Sie verfielen in ein angenehmes Schweigen. Cass genoss die sanfte Wärme der Sonne auf ihrer Stirn und Nase. Vor ihrem inneren Auge hatte sie angenehme Tagträume von wilden Abenteuern mit Lily und Pebble.

Cass' Laune wurde noch besser, als sie am frühen Nachmittag auf dem Markt einritten und sie die dicht gedrängten Stände mit ihren farbenfrohen Baldachinen sah, die im Wind flatterten. Der Duft von frisch gebackenem Brot und Gebäck erfüllte die Luft. Farmer riefen ihre Preise in freundlichem Wettbewerb miteinander aus, und Frauen aus den Dörfern der Umgebung trafen sich mit ihren Einkaufskörben in Grüppchen, lachten und schwatzten und genossen die Gesellschaft nach der langen winterlichen Trennungszeit. Es gab nur einen kurzen Moment, als Cass ein Mädchen mit lose geflochtenen Zöpfen auf einem mit Kopfsalat beladenen Karren sitzen und ihre Beine in die Luft werfen sah, in dem sie sich fragte, wie es ihrem Vater ging und wer daheim wohl auf dem Karren sitzen mochte. Doch sie konnte solche Momente inzwischen schneller von sich abschütteln. Das Gefühl der Zugehörigkeit zu diesem neuen Leben war so viel stärker als zuvor.

Cass und Lily besorgten alles, was Angharad und Vivian ihnen aufgetragen hatten und was die Speisekammern des Herrenhauses benötigten. Cass überließ das Feilschen Lily, die sich als geschickte Verhandlerin erwies.

»Das liegt nur an deinen Grübchen«, neckte Cass, als sie einen Stand mit einem halben Pfund mehr Salz verließen, als sie bezahlen mussten. »Die sehen deine süßen Löckchen und dieses Lächeln und merken erst, wenn es zu spät ist, dass du sie über den Tisch gezogen hast.«

»Was soll ich sagen?«, grinste Lily, doch dann verstummte sie plötzlich. Cass folgte ihrem Blick und erspähte eine schwangere Frau, die sich lächelnd an einen Stand lehnte, während sich ihr Kleinkind eifrig nach dem Gemüse streckte. Sie erkannte das schwer zu bändigende sandblonde Haar wieder und sah, dass es die Mutter war, die sie bei ihrem weihnachtlichen Wohltätigkeitsbesuch im Dorf kennengelernt hatten. Lily eilte zu ihr und drückte ihr die wenigen Münzen in die Hand, die sie noch übrig hatten.

»Wie geht es dir?«

Die junge Frau strahlte und nahm Lily unerwartet und trotz ihres dicken Bauches fest in den Arm. »Dank euch haben wir den Winter überlebt. Ich weiß nicht, wie ihr es geschafft habt, diese Männer dazu zu bringen, unsere Schweine zu ersetzen, aber wenn ihr an jenem Tag nicht zu Besuch gekommen und so gütig gewesen wärt, hätten wir es nicht geschafft. Danke!«

»Wir werden es unserer Herrin berichten«, sagte Lily und lief vor Freude rot an.

Sie kehrten dahin zurück, wo sie die Pferde angebunden hatten. Dankbar nahm Cass Pebbles Zügel von einem verlotterten Jungen zurück, der dafür gesorgt hatte, dass ihr Wasser und ein Sack Hafer zur Verfügung standen. Doch während sie mit dem

Beladen ihrer Satteltaschen beschäftigt waren, kam hinter ihnen Unruhe auf.

»Hat dir keiner beigebracht, wie man einen Knoten macht, du Trottel?« Die Stimme war laut, rau und sehr ungehalten.

Cass wandte sich um und erblickte die beiden Ritter der Tafelrunde, die beim Dreikönigsfest gewesen waren, sowie einen ähnlich gekleideten dritten Mann, der kleiner und plumper war und dessen Gesicht von einem Topfschnitt umrahmt wurde. Er hatte gerade sein Pferd wieder in Empfang genommen: eine schöne, kastanienbraune Stute, die sich selbst losgemacht hatte. Deshalb beschimpfte er mit aufgeblasenen Wangen den Stalljungen. Seine Kumpel verdrehten die Augen, sie waren solche Ausbrüche anscheinend gewohnt.

»Der Knoten ist doch noch fest«, sagte Lily, obwohl Cass ihr den Ellenbogen in die Rippen stieß. »Also war es der Pflock, der sich gelöst hat, nicht der Knoten.« Sie nickte zu dem Jungen hin. »Ihr schuldet ihm eine Entschuldigung.«

»Was glaubst du eigentlich, wer du bist, Mädchen, dass du einem Ritter von Artus' Tafelrunde Befehle erteilst?« Der Mann schwang sich in seinen Sattel und trabte zu Cass und Lily herüber. Elise scharrte nervös auf dem Boden herum.

»Euer Pferd hat auf andere Tiere die gleiche abschreckende Wirkung, die Ihr vermutlich auf Frauen habt«, grummelte Lily verärgert, während sie auf ihr Ross aufsaß und Cass ein Kichern unterdrückte.

»Ich muss Euch mitteilen, dass ich schon jede Menge Frauen in meinem Bett hatte, und zwar mit weit besserer Herkunft als Ihr«, gab er großspurig zurück.

»Ach, wirklich?«, meinte Lily mit gespieltem Interesse. »Waren diese Frauen allesamt blind und hatten keinen Geruchssinn?«

»Sir Kay!«, mischte sich einer der anderen Männer ein und winkte seinem Begleiter. Er war groß und dünn, hatte einen ordentlich geschnittenen Schnäuzer und freundliche Augen. »Wir müssen nach Norden weiterreiten, unser Auftrag kann nicht warten.« Dann betrachtete er Lily genauer; er schien sie wiederzuerkennen.

»Seid Ihr eine der Hofdamen von Lady Angharad? Von dem Fest am Dreikönigstag?«

Lily nickte müde. Cass fragte sich, wie oft sie von Männern aus einer Menge herausgepickt wurde. Sie war bestimmt daran gewöhnt, das Gesicht zu sein, das auffiel und an das sich alle erinnerten, genau wie Mordaunt es getan hatte.

»Welch glücklicher Zufall, dass wir Euch getroffen haben«, sagte der blonde Mann mit einem höflichen Nicken. »Mein Name ist Sir Elyan.« Dann wies er auf den anderen großen Mann, der schweigend in seinem Sattel saß. Seine grünen Augen musterten Lily und Cass interessiert, allerdings blieb seine Miene neutral. Seine Haut war ahornbraun, seine nackten Unterarme muskulös. Die Zügel lagen jedoch locker in seinen Händen. »Das ist Sir Safir, und wie ich sehe, habt Ihr Sir Kay bereits kennengelernt.«

»Wir müssen nach Norden weiterreisen, doch wir suchen Sir Beolin, einen Ritter, der, wie ich glaube, mit Eurer Herrin gut bekannt ist. Er arbeitet mit uns zusammen, um eine Kriegsarmee aufzustellen, und wir müssen äußerst dringend nach Ceredigion zurück. Anders als erwartet, hat er sich uns nicht für den nächsten Abschnitt unserer Reise angeschlossen. Deshalb haben wir hier ein paar Tage in der Hoffnung verweilt, dass er doch noch kommt.«

Cass dröhnte es in den Ohren, als ob eine gewaltige Glocke läutete und läutete und nicht zum Verstummen gebracht werden konnte. Sie krallte ihre Finger in Pebbles Mähne, als wollte sie sich davon abhalten, im Boden zu versinken.

»Wir haben uns gefragt, ob er vielleicht vor seiner Abreise Eure Herrin besucht hat.« Sir Safir sprach langsam, mit leiser Stimme, und seine stechenden grünen Augen blickten forschend. »Wir haben gehört, sie seien eng befreundet.« Er überbetonte die beiden letzten Worte und schaute Cass und Lily mit bedeutungsschwerer Miene direkt an.

»Nein.« Lily schüttelte den Kopf. »Nein, wir haben ihn seit dem Fest nicht mehr gesehen. Wir hatten gar keine Besucher, seit der Frost eingesetzt hat, nicht wahr, Cass?«

Cass schüttelte stumm den Kopf und sah, wie sich Lilys Augen beim Anblick ihres blassen, ausdruckslosen Gesichts besorgt weiteten.

»Wir müssen uns beeilen, Cass«, plapperte Lily, und Cass saß ebenfalls auf. »Ja, sonst wird es dunkel, ehe wir zu Hause ankommen.«

»Eine Sache noch«, rief Sir Elyan mit freundlicher Stimme hinter ihnen her. »Einer unserer Kameraden sucht Hinweise über eine Lady. Er hat versucht, ihr zu helfen, doch sie scheint verschwunden zu sein, und er macht sich große Sorgen um ihr Wohlergehen. Sie ist hochschwanger.«

Cass erstarrte im Sattel.

»Ach du meine Güte, nein, wir haben so jemanden nicht in dieser Gegend gesehen«, antwortete Lily leichthin. »Ich hoffe, er findet sie.«

Sie schlängelte sich freundlich lächelnd zwischen den Männern hindurch, als wäre die Frage völlig belanglos gewesen. Dann spornte sie ihr Pferd an, ergriff Pebbles Zügel und zog Cass auf dem Weg zur Straße schnell hinter sich her. Doch Cass warf einen Blick zurück und stellte fest, dass Sir Safir ihnen im Wegreiten prüfend nachschaute.

29

Während der nächsten Tage versuchte Cass die unheilvolle Vorahnung abzuschütteln, die wie ein dunkler Schatten über ihr hing. Sie stürzte sich in die Übungen mit Lily und den anderen Knappinnen. Sie alle verbrachten nun die ganze Zeit zwischen Sonnenauf- und -untergang auf der Wiese, ritten auf die Stechpuppe los und übten den Nahkampf in Erwartung des bevorstehenden Turniers.

»Es wird im Sande verlaufen«, keuchte Lily, als sie nach einer besonders anstrengenden Schwertkampfrunde ins Gras sanken. Seit Cass im Herrenhaus war, hatten sich ihre Fähigkeiten angenähert, sodass sie inzwischen nahezu gleich stark waren, obwohl keine von beiden es erwähnte. Was Lily an Genauigkeit fehlte, machte sie durch schiere Begeisterung mehr als wett, doch sie würde niemals die Präzision, Schnelligkeit und flüssige, traumwandlerische Kampfstärke erreichen, zu der Cass zunehmend fähig war.

»Sie haben keinen Beweis. Sie wissen nur, was auch immer er ihnen über Angharad vorgeprahlt hat. Sir Beolin war hier zu Besuch. Na und?« Sie schaute sich auf der Wiese um, auf der Mädchen Pfeile schossen und verschossen, siegreich johlten oder enttäuscht knurrten; Pferde galoppierten um den Rand der Wiese herum, und die Stechpuppe quietschte, wenn sie getroffen wurde und herumschwang.

»Niemand sonst weiß etwas, und das wird sich auch nicht ändern. Du bist in Sicherheit.«

»Und Elaine?«

Lily antwortete nicht.

Sie hatten Elaine in ihren Gemächern besucht und sie gewarnt, sobald sie vom Markt zurückgekehrt waren. Sie trafen Alys bei ihr an, die vor einem sanften Kaminfeuer mit einem konischen Instrument vorsichtig ihren Bauch untersuchte und immer wieder daran lauschte.

»Starke Herztöne.« Sie lächelte, und Elaine drückte fest ihre Hand.

»Ich wusste gar nicht, dass du auch Hebamme bist«, meinte Cass leicht überrascht.

»Das ist nichts, was man herumerzählt«, erwiderte Alys trocken, »denn Leben zu schenken, kann bedeuten, sein eigenes zu riskieren, wenn abergläubische Menschen zugegen sind.«

Sie berichteten Elaine alles, und Cass erwartete, dass sie aufschreien oder erbleichen würde. Doch stattdessen lief sie vor Wut rot an und sprang trotz ihres zusätzlichen Gewichtes auf die Füße.

»Sollen sie mich doch finden!«, rief sie wütend, und die Flammen im Kamin hinter ihr schienen dabei höher zu schlagen. »Dann erkläre ich der Welt, was für eine Art Held ihr großer Lancelot tatsächlich ist.« Ihre Stimme war voller vor Sarkasmus. »Nicht ich werde mich schämen müssen, sondern er!«, sagte sie trotzig.

Auch Angharad hatte trotzig reagiert, obwohl sich Vivians Stirn besorgt gerunzelt hatte, als Cass ihnen von ihrem Gespräch mit den Artus-Rittern berichtet hatte. »Wir waren sehr umsichtig«, sagte Angharad und strich Vivian beruhigend mit der Hand über den Rücken. »Sie können ja spekulieren, aber es gibt nichts, was sie finden könnten.«

Sie erhoben sich wieder aus dem Gras, und Cass bemühte sich, Lilys tröstende Worte anzunehmen und sie wie einen Schal gegen die Kälte um sich zu wickeln, doch ihre Angst fand die Lücken, kroch hinein und zwickte sie.

Als sie Wut in sich aufsteigen spürte, nahm sie ihren Holzknüppel und näherte sich einer Attrappe. Diese bestand aus einem schweren Getreidesack, der an einem Holzpfahl befestigt war und als Zielscheibe und auch für Nahkampfübungen genutzt wurde. Die Wut in Cass wurde heftiger, sie war wie ein unangenehmer, heißer Knoten in ihrem Bauch, der sich aufwärts und aus ihr heraus presste und in ihren Schwertarm floss. Sie war wütend darüber, wie Elaine behandelt worden war. Sie holte aus. Wütend auf Sir Beolin, der sie alle mit Gewalt in diese Lage gebracht hatte. Sie schlug zu. Wütend auf Angharad, die die Kontrolle verloren hatte, und auf Vivian, weil sie Cass in ihre Probleme hineingezogen hatte, indem sie sie gezwungen hatte, bei der Beseitigung der Leiche zu helfen. Und vor allem war sie wütend über die Situation, die sie alle überhaupt erst hier hergeführt hatte, nämlich dass Frauen nicht verhindern konnten, dass Männer Macht über ihr Leben hatten. Nichts von all dem, was geschehen war, wäre geschehen, wenn Angharad offen über ihr eigenes Herrenhaus gebieten könnte oder wenn ihr Ehemann sie nicht misshandelt hätte. Cass' Hiebe prasselten schneller und härter auf die Attrappe ein. Sie merkte, wie sie die Kontrolle verlor und in einen Rauschzustand geriet, als würde eine andere Macht ihrem Körper befehlen, was er zu tun hatte.

Vage wurde ihr bewusst, dass die anderen Knappinnen tuschelten, dass der Lärm um sie herum leiser wurde und schließlich verebbte, dass sich eine Menge um sie herum bildete, doch sie konnte noch immer nicht aufhören. Es war, als hätte sie ein Ventil gefunden, durch das sie all die Aufregung und Pein der letzten Wochen herauslassen konnte, schneller und hitziger, als sie es zu kontrollieren vermochte.

Das Sackleinen war zerfetzt, das Korn rieselte heraus und auf den Boden, der Pfosten begann zu schwanken, und Cass hörte, dass wieder und wieder ihr Name gerufen wurde.

Dann nahm sie Arme wahr, die sie zurückrissen und ihre Hände an ihren Seiten festhielten, während sie schrie, und die sie dann, als die Raserei aus ihr wich, rückwärts von der Wiese zerrten.

»Sch, sch.« Als Cass' Schluchzer sich in ein bebendes Hicksen verwandelten, blickte sie auf und stellte fest, dass weder Lily noch Rowan sie im Arm hielt, sondern Elaine, deren herzförmiges Gesicht voller Mitgefühl war und deren langer Zopf bis auf den Boden herabhing. Ihre Augen hatten einen dunkelblauen Farbton, der Cass an tiefe, ruhige Gewässer erinnerte. Wenn sie lächelte, sah man eine Lücke zwischen ihren Vorderzähnen, die sie jünger wirken ließ, als sie war.

Sie legte Cass ihre Hände auf die Schultern und atmete mit geschlossenen Augen tief durch; durch die Nase ein und durch den Mund aus, bis Cass sich ihr anschloss und ihr Zittern verschwand.

»Ich weiß ein paar Dinge darüber, wie es ist, wenn man Wut in sich sammelt«, sagte Elaine trocken. »Aber wir haben eine Wahl: uns davon auffressen lassen oder trotz allem den Kampf aufnehmen.«

Dann erschien Sigrid, nickte Elaine zu und übernahm ihren Platz an Cass' Seite. Sie sagte zunächst nichts, stand einfach nur neben ihr, ließ sie sich weiter beruhigen und sah zu, wie sich Cass' Fäuste Stück für Stück öffneten.

»Eines Tages«, sagte sie schließlich, »wirst du auf dem Schlachtfeld spüren, wie diese Wut in dir tobt, und wissen, dass sie die Kriegerin erschaffen hat, die du bist. Also atme. Konzentriere dich. Und mach dir klar, dass deine Wut eine Stärke sein kann und keine Schwäche – aber nur, wenn du genügend Selbstkontrolle hast, um sie weise einzusetzen.«

Die nächsten Tage vergingen wie im Fluge mit Packen und Vorbereitungen. Rüstungen wurden geölt und poliert, die Pferde reisefertig gemacht, Proviant und Kleidung für die Reise beschafft und verpackt. Das Turnier sollte in Tamworth stattfinden – näher war Cass seit dem Tag von Marys Hochzeit im vergangenen Sommer nicht mehr an ihrem Zuhause gewesen. Während sie ihren kastanienbraunen Brustpanzer auf Hochglanz polierte, versuchte sie sich vorzustellen, wie sie an jenem Tag im Obstgarten reagiert hätte, wenn ihr jemand gesagt hätte, dass sie ein ganzes Jahr später in voller Rüstung zu Pferd und mit einem Schwert an ihrer Seite zurückkehren würde. Ihre Mundwinkel zuckten. Sie hätte ihm gesagt, dass er den Verstand verloren hätte.

Elaine winkte ihnen vom Tor aus mit ihrem Bogen in der Hand zum Abschied zu. Da die Geburt nun kurz bevorstand, verließ sie kaum noch das Herrenhaus, doch sie bestand darauf, alle paar Tage eine Schicht der Wache zu übernehmen. »Ich muss schließlich meinen Unterhalt verdienen. Außerdem ist es besser, etwas zu tun zu haben und abgelenkt zu sein, als die ganze Zeit über den bevorstehenden Kampf nachzudenken«, hatte sie lächelnd und mit einem Blick auf ihren Bauch gesagt.

Es war eine lange Reise, aber sie war wärmer und angenehmer als der Ritt durch die Kälte nach Eboracum. Cass dachte staunend an das ängstliche Mädchen zurück, das sich damals vor dem, was kommen würde, gefürchtet hatte. Sie hatte sich verändert. Sie war gut vorbereitet und stark und sie freute sich auf die bevorstehenden Kämpfe. Pebble schnaubte, als ob sie Gedanken lesen könnte, schüttelte begeistert den Kopf und nahm Tempo auf.

Tamworth war für den Anlass mit Fahnen und Wimpeln geschmückt worden. Die Straßen waren dicht mit Menschen bevölkert, denn König Pybba hatte allen Stadtbewohnern für das Fest zwei Tage freigegeben.

»Es geht das Gerücht um, dass König Pybba keineswegs nur aus selbstlosen Gründen den Wunsch hatte, den Kampf der Knappen auszurichten«, bemerkte Sigrid süffisant. »Immerhin hat er zwölf Söhne, die sich allesamt beweisen wollen.«

Sie fanden in einem kleinen Gasthaus Unterkunft, wo die Wirtin der Gruppe von Rittern, die für das Turnier in die Stadt kam, wenig Aufmerksamkeit schenkte. Sie interessierte sich nur für die Münzen, die sie ihr bezahlten, und für die Sauberkeit ihrer Schuhe.

Lily und Cass schliefen in dieser Nacht im selben Bett und tuschelten im Dunkeln noch lange aufgeregt miteinander.

Bei Sonnenaufgang standen sie auf und frühstückten in ihrem Zimmer. Danach halfen sie sich gegenseitig in ihre Rüstungen. Cass hielt kurz inne, als sie in einer Hand den silbernen Anhänger von ihrer Mutter und in der anderen Lilys zarte Hufeisen-Halskette hielt. Dann streifte sie schnell die Halskette über den Kopf und stopfte den Anhänger in ihren Lederstiefel. Sie holten ihre Pferde aus dem Stall ab und machten sich, noch bevor die anderen erwachten, auf den Weg zum Turnierplatz – so gespannt waren sie, ihn zu sehen.

Er war kleiner als der Platz in Eboracum. Es handelte sich um den Acker eines Bauern, der speziell für das Ereignis freigeräumt worden war und an dessen einem Ende eine baufällige alte Scheune und ein paar Schweineställe standen. Hier gab es keine großen Zuschauertribünen. Stattdessen waren an einer Seite des Platzes Ritterzelte mit flatternden Bannern aufgestellt worden, und das Publikum musste sich seine Sitz- oder Stehplätze selbst suchen. Viele waren bereits da, schwirrten herum oder legten Decken oder Mäntel auf den Boden, um sich ihren Platz zum Zuschauen zu sichern.

Die Planken waren bereits errichtet worden. Auf ihrer Oberseite glitzerte eine Reihe von golden angestrichenen Holzringen. Die erste Runde bestand in einem Geschicklichkeitstest, bei dem die Wettbewerber mit ihren Lanzen so viele Goldringe wie möglich aufspießen mussten.

Danach stand der Schwertkampf auf dem Programm, und schließlich der Tjost. Am Ende würde einer der Kandidaten zum Sieger ausgerufen werden, doch der größte Preis für jeden der teilnehmenden Knappen war das, was anschließend geschehen würde: die Anerkennung durch ihre Lords, dass sie sich hinreichend gut ausgezeichnet und die Ritterschaft verdient hatten.

Je höher die Sonne stieg, desto fieberhafter wurden die Aktivitäten. Die Menge wuchs, Eltern trugen erwartungsvolle Kinder auf den Schultern, und Grüppchen junger Leute schwatzten aufgeregt, während sie sich zwischen den Ritterzelten durchdrängten. Ritter und wie Ritter gekleidete Knappen erschienen und versammelten sich in Gruppen rund um den Platz. Ihre Pferde waren reich geschmückt und ihre Rüstungen glänzten und glitzerten.

Kurz bevor das Turnier begann, kündigte ein Fanfarenstoß das Erscheinen von König Pybba an, einem beleibten Mann, dessen Gesicht feine Äderchen eine rote Färbung verliehen und an dessen von der Gicht geschwollenen Fingern geflochtene und mit Juwelen besetzte Goldringe steckten. Er trug eine breite goldene Krone auf dem Kopf, und sein dunkelblauer Umhang war mit weißem Fell gesäumt. Dienstboten trugen ihm einen Stuhl mit scherenförmigen Beinen und ein Podium hinterher, das sie hastig an der Stelle mit der besten Sicht aufstellten – genau in der Mitte der Planken und erhöht hinter der Menge der normalen Zuschauenden. Während er umständlich auf seinem Stuhl Platz nahm, rief der König einer Schar junger Männer in glänzenden Silberrüstungen Anweisungen zu. Ihr Reichtum drückte sich durch bis zum Boden reichende Kettenhemden aus, und ihre blauen Schilde waren mit weißen Kronen dekoriert. Doch trotz ihres ganzen Ornats fand Cass, dass sie nach schlechten Beispielen der Ritterlichkeit aussahen. Der Kleinste putzte sich seine triefende Nase; der Größte, der ein langes, trübseliges Gesicht mit hohlen Wangen hatte, stolperte ständig und ließ seinen Helm fallen, und zwei Weitere zankten sich um ein Schwert, in dessen Knauf ein Smaragd eingelassen war.

Sigrid und Angharad riefen Lily, Cass und die anderen zusammen, prüften ihre Schnallen und Befestigungen, halfen ihnen beim Aufsitzen und der Vorbereitung ihrer Pferde.

Cass fiel eine Gruppe von Artus-Rittern auf, darunter Sir Elyan, die ihren Knappen hektisch letzte Anweisungen zuflüsterten. Erschreckt stellte sie fest, dass Sir Safir zu Pferd war und auf seinem am linken Arm befestigten Schild ein roter Drache leuchtete. Erst jetzt fiel ihr wieder ein, dass die jüngeren Ritter, die weniger als drei Jahre Erfahrung hatten, ebenfalls beim Turnier mitmachen durften.

In der gegenüberliegenden Ecke des Platzes befand sich eine Gruppe Ritter, die das unverkennbare Schwarz Sir Mordaunts trugen. Die fein ausgearbeiteten silbernen Geweihe auf ihren Schilden wirkten, als wären sie mit dem Schwert hineingeschnitten worden.

Cass schluckte und schaute schnell weg. Sie versuchte, sich auf das zu konzentrieren, was sie in den vergangenen Monaten gelernt hatte; versuchte, die schwirrende Furcht und Verwirrung abzuschütteln; versuchte, sich an das zu erinnern, worum es eigentlich ging: Freiheit und die Möglichkeit, nach ihren eigenen Regeln zu leben.

Angharad reichte Lily eine gelbe Lanze, die sie sich sorgfältig unter den Arm klemmte.

»Danke dir, Knapp-«

»Wenn du mich als Knappe bezeichnest, dann könnte es sein, dass du morgen kein Zuhause mehr hast, in das du zurückkehren kannst«, warnte Angharad in scharfem Ton, doch mit einem Augenzwinkern. »Jetzt zieh los und mach mich stolz.«

Cass beobachtete, wie Lily ihr Visier schloss und selbstbewusst lostrabte. Vor ihr torkelte das Pony eines kleinen Knappen, der nicht älter als dreizehn oder vierzehn sein konnte, nervös über den Kurs. Er verpasste vier der fünf Ringe komplett und katapultierte den letzten mit der Seite seiner Lanze im hohen Bogen in die Menge. Von den Zuschauenden kamen Lacher, und Cass sah, wie er sich zurückzog, seinen Helm auf den Boden warf und ihm einen Tritt versetzte.

Dann war Lily an der Reihe, die Elise perfekt unter Kontrolle hatte und ihre Lanze vorbildlich gerade hielt. Als sie zuversichtlich lostrabte, wusste Cass genau, welchen Gesichtsausdruck sie dabei hatte, obwohl sie ihn unter dem glänzenden silbernen Helm gar nicht sehen konnte: die Augenbrauen zu einem V verzogen, den Mund seitlich verzerrt und die Unterlippe hoch konzentriert eingesogen. Sie hatte tausend Mal dabei zugesehen, wie ihre Freundin für diesen Moment geprobt hatte, und hielt mit geballten Fäusten den Atem an, während sie ihr zuschaute.

Lily ritt elegant und schnappte mit ihrer Lanze vier der fünf Ringe auf. Den letzten verpasste sie nur deshalb, weil ein Zuschauer so laut nieste, dass Elise erschrocken den Kopf hochriss. Damit zwang sie Lily, den Arm kurz anzuheben und brachte sie ein wenig aus dem Gleichgewicht. Die Menge stöhnte über die Störung und jubelte Lily begeistert zu, als sie entlang der Planken zurückritt und dabei triumphierend ihre Lanze mit den vier glänzenden goldenen Ringen in die Luft reckte.

Als Nächster war einer der Knappen der Tafelrunde an der Reihe. Er stolzierte selbstbewusst zu den Planken, schaffte aber nur drei Ringe. Dann kam einer von Mordaunts jungen Rittern, der geschickt alles abräumte und seine Lanze mit den fünf Ringen präsentierte. Danach folgten drei nicht voneinander zu unterscheidende Brüder aus Pybbas Brut, von denen einer weniger bot als der andere. Sie saßen krumm im Sattel und ihre Technik ließ zu wünschen übrig. Doch ihre Pferde waren gut ausgebildete Vollblüter, sodass jeder von ihnen zu lautem Applaus aus dem Hintergrund der Menge ein paar Ringe ergatterte.

Dann war Cass an der Reihe.

»Finde dieses Ding in dir selbst«, sagte Sigrid leise, »und lass es raus!«

Cass atmete langsam und tief und erinnerte sich an alles, was sie gelernt hatte. Die Zeit schien sich zu verlangsamen, als Pebble pflichtbewusst lostrabte und dann auf das Startsignal wartete. Die Flagge wurde gesenkt und sie galoppierten los. Das Trommeln der Hufe schien im perfekten Gleichklang mit dem Trommelschlag in Cass' Brust zu sein. Der erste Ring glitt beinahe mühelos auf ihre Lanze, dann der zweite und der dritte. Es war, als müsste sie nicht einmal darüber nachdenken, sondern eher, als würde sie sich selbst in einem Traum dabei beobachten, wie sie langsam über den Platz ritt. Sie fädelte die Lanzenspitze geschickt durch den vierten Ring und sauste auf den letzten zu. Doch als sie einen kurzen Blick ins Publikum warf, wurde die Sonne für einen Sekundenbruchteil von der Gewandspange eines Mädchens reflektiert.

Die Zeit blieb stehen. Denn es war nicht einfach irgendein Mädchen. Es war Mary. Mary Arm in Arm mit ihrem Ehemann, lachend und mit dickem, rundem Bauch, die kaum zu dem Knappen hinsah, der die Planken entlangritt, und nicht ahnte, dass die Augen hinter seinen Visierschlitzen auf sie fixiert waren, als die Lanze aus der behandschuhten Hand rutschte und auf den Boden krachte.

30

Sigrids enttäuschtes Seufzen, Lilys besorgter Blick, Angharads Erstaunen, das Hohngelächter der Menge, als sie den letzten Ring verpasste – all das prallte von Cass ab, als wäre sie in einer Blase gefangen. Mary war das Einzige, was zählte, das Einzige, woran sie denken konnte. Sie zu sehen, hatte ihr praktisch einen körperlichen Stoß versetzt, den sie noch immer spürte, als sie bereits wieder mit Pebbles Zügeln in der Hand bei den anderen stand und dem nächsten Knappen zusah, der an der Reihe war. Das Herz klopfte heftig in ihrer Brust, ihre Beine zitterten, und sie hatte einen Kloß im Hals, den sie weder herunterschlucken noch in einem verzweifelten Schrei ausstoßen konnte.

Marys Gesicht war dasselbe, und doch war sie so anders – älter, selbstsicher, plötzlich erwachsen, wie jemand ganz anderes. Eine erwachsene Frau, eine *Ehefrau*, die bald ein Kind bekam und sich mit ihrem Mann das Turnier ansah. Warum hatte Cass nicht damit gerechnet, dass das passieren konnte? Sie wusste, dass sie in Merzien waren; wusste, dass der Kampf der Knappen ein seltener Tag der Unterhaltung war. Trotzdem gehörte das zum Hier und Jetzt, zu ihrem neuen Leben, und es war ihr unmöglich, dessen Überschneidung mit allem, was sie zurückgelassen hatte, zu verarbeiten.

Mary wiederzusehen, brachte alles wieder hoch: ihre Zweifel, ihre Schuldgefühle, den Verlustschmerz und die Sehnsucht – all die unterdrückten Emotionen taten sich wieder in ihr auf. Sie wollte zu ihr hinrennen, sie in die Arme schließen, den Fremden an ihrer Seite wegstoßen und den ihr zustehenden Platz an Marys Seite wieder einnehmen. Sie wollte, dass Mary alles erfuhr und sah, was aus ihr geworden war, und wusste, was sie sein konnte. Sie brauchte sie.

Sie brauchte Marys Verständnis. Sie musste dem Lebensweg, für den Cass sich entschieden hatte, ihren Segen geben.

Die Zeit reichte.

Die vier Ringe hatten genügt, um Cass für die nächste Runde des Wettkampfes zu qualifizieren, aber der Schwertkampf fand erst am Nachmittag statt.

»Das war nur ein Ausrutscher«, munterte Lily sie auf, während Cass' Blicke über das Publikum schweiften. »Du hast dich einen Moment lang nicht mehr konzentrieren können, das ist alles. Und mit dem Schwert bist du sogar noch besser, Cass, das weißt du.« Doch Sigrid sah Cass forschend an. In ihrer Miene zeichnete sich Enttäuschung ab.

Während die restlichen Knappen und Ritter darauf warteten, auf die Ringe losreiten zu können, zog Cass den Anhänger mit zittrigen Fingern aus ihrem Stiefel und wickelte ihn in ein Stofftaschentuch. Im Innern ihres Helms rann Schweiß an ihrem Hals herab. Ehe sie es sich anders überlegen oder sich davon abbringen konnte, etwas so Leichtsinniges zu tun, winkte sie eine junge Pagin herbei und drückte den Anhänger zusammen mit einer Münze in deren Hand. Sie zeigte auf Mary und flüsterte ihr Anweisungen zu. Dann schlich sie, während Sigrid und die anderen Joan anfeuerten, die nervös zur Schutzplanke trabte, in

Richtung der Scheune am anderen Ende des Platzes hinweg und wartete.

Die Scheune war still und dunkel. Das einzige Licht drang schwach durch einen zerbrochenen Fensterladen herein. Der Lärm des Turniers war hier gedämpft und die Stimmung eigenartig entspannt. In einem an der Wand befestigten Futtertrog lag noch etwas verrottetes Stroh. In den Boxen befanden sich Eisenringe, an denen einst die Tiere angebunden gewesen waren. Es roch intensiv und erdig, sodass sie an Blyth und ihren Stall dachte; das half ihr, die Bodenhaftung nicht zu verlieren. Dennoch ging sie auf und ab, vor und zurück, während sie eine gefühlte Ewigkeit lang wartete.

Da öffnete sich quietschend das Tor, und Mary trat unsicher mit einem Fuß ein, den anderen noch draußen, als wollte sie vielleicht doch noch flüchten. Cass stieß ein Geräusch aus, das halb Lacher und halb Schluchzer war, weil Mary immer so vorsichtig war und sie genau dieselbe Haltung eingenommen hatte, als sie noch Kinder waren und auf dem Dachboden Verstecken gespielt hatten. Nur ein Fuß drinnen, jederzeit fluchtbereit, falls jemand hervorsprang und ihr Angst machte.

Cass nahm den Helm ab und trat in den Lichtstrahl. Mary japste. »Cass ... bist ... bist du das?«

Cass konnte nur stumm nicken. Das Tor fiel zu und Mary warf sich in Cass' Arme.

So standen sie mit bebenden Schultern. Cass weinte heiße, glückliche und schuldbewusste Tränen auf Marys Hals. Sie spürte die ungewohnte Schwellung von Marys Bauch zwischen sich.

Dann packte Mary sie an den Schultern, hielt sie behutsam auf Armeslänge und blickte forschend in das Gesicht ihrer Schwester. Cass bemerkte, wie ihre Augen von den Sommersprossen auf ihren

Wangen zu den neuen Muskeln und dem geschmeidigen, kraftvollen Körper wanderten, der die Weichheit der kleinen Schwester, an die sie sich erinnerte, ersetzt hatte.

Cass brauchte viel Zeit, um alles zu erklären. Aber sie hatte es eilig, denn ihr war schmerzhaft bewusst, wie leicht sie unterbrochen werden konnten und wie gefährlich das sein würde. Lange, kostbare Minuten vergingen, in denen sich in Marys Miene Schock und Erleichterung, Wut und Fassungslosigkeit spiegelten. Die Worte purzelten unsortiert aus Cass heraus. Sie rieb sich genervt die Schläfen, während sie Dinge zu erklären versuchte, für die sie nicht einmal selbst eine gute Erklärung gefunden hatte.

Schließlich hielt sie inne und stand einfach da, mit dem Helm unter dem Arm, in der Männerkleidung und der Rüstung, die ihr inzwischen so natürlich erschienen, und fühlte sich unter den Blicken ihrer Schwester lächerlich und wie ein Clown.

»Du bist nicht nach Hause gekommen.« In der Stimme ihrer Schwester lagen Verbitterung und Wut, aber vor allem so viel Schmerz, dass heiße Tränen in Cass' Augen stiegen. »Man hat dich nicht davon abgehalten, und trotzdem hast du dich entschieden, es nicht zu tun. Ich habe geglaubt, du wärst gestorben, Cass. Das hat so wehgetan!« Sie hielt inne und schüttelte den Kopf.

Alles, was Cass sagen konnte, war immer wieder nur: »Es tut mir leid.«

Mary musterte sie erneut von Kopf bis Fuß, sah aber länger in ihr sonnengebräuntes Gesicht und auf ihre muskulösen Waden als auf den Helm und den Brustpanzer. Schließlich fragte sie: »Bist du glücklich, Cass?«

Und Cass nickte langsam. »Ich glaube, das werde ich sein.« Dann lagen sie einander wieder in den Armen, und Cass betastete sanft und voller Staunen und Ehrfurcht Marys Bauch. Mary weinte wieder. Da ertönte draußen eine Stimme.

»Mary? *Mary?*«

»Das ist Thomas«, sagte sie alarmiert. »Wir gehen gleich – wir sind nur für den Vormittag gekommen, er kann seine Schmiede nicht länger …«

Sie ergriff Cass' Hand. Keine von beiden wollte schon wieder loslassen.

»Ich sage unseren Eltern, dass es dir gut geht, Cass, aber dein Geheimnis behalte ich für mich. Dein Platz war nie in der Küche irgendeines Bauernhofs oder in einer Taverne, und ich glaube, das wussten wir beide. Ich kann nicht so tun, als würde ich dich verstehen, aber ich habe dich lieb. Ich habe dich lieb.«

Das Tor fiel zu und sie war fort.

Cass hatte erwartet, dass das Treffen mit Mary irgendwie den Zauber brechen würde. Doch als sie mit zusammengekniffenen Augen wieder ins Sonnenlicht trat, wurde ihr klar, wie viel Angst sie davor gehabt hatte, dass die erneuerte Verbindung mit ihrem alten Leben den Funken auslöschen könnte, den sie in sich entdeckt hatte. Dass sie sich eingestehen müsste, dass sie nicht der Mensch war, der zu sein sie nun vorgab. Aber das Treffen mit Mary hatte anscheinend den gegenteiligen Effekt. Es war, als hätte der Segen ihrer Schwester eine Barriere beseitigt, von der sie gar nicht gewusst hatte, dass sie sich dahinter versteckte; als hätte er innere Blockaden zerschmettert wie Wasser, das einen Damm durchbricht.

Als sie an diesem Nachmittag an der Reihe war, im Kampf gegen einen jungen Knappen von Artus' Tafelrunde anzutreten, richtete Sigrid eine scharfe Ansprache an sie, und ihre Worte schmerzten ein wenig.

»Ich erwarte mehr von dir, Cass, denn ich weiß, was in dir steckt.«

Auch Lily nickte ihr ermutigend zu, als sie vorbeiritt; sie hatte ihre Arme vor Besorgnis und Aufregung um ihren Oberkörper geschlungen.

Aber sie hätten sich keine Sorgen zu machen brauchen. Die fließende Kraft, die seit jenem Tag in Eboracum nur selten und flüchtig spürbar gewesen war, durchflutete sie nun stärker denn je. Die aufflackernden Momente und Funken von Brillanz, die während ihrer Übungen mit Sigrid sichtbar geworden waren, wurden von dieser Welle überstrahlt. Im Augenwinkel nahm sie den Ausdruck reinen Triumphs in Sigrids Miene wahr. Ihr Schwert nahm eine Eleganz und Geschwindigkeit an, die sie zuvor noch nicht beherrscht hatte. Ihre Füße flogen geradezu über den Boden, und ihr Schild war wie ein Blitz und fing jeden Hieb ab, scheinbar ohne auch nur das Auftreffen zu bemerken. Sie sah die Überraschung in den Augen hinter den Visierschlitzen; bemerkte, wie das Schwert des Knappen, der einsah, dass er übertrumpft war, ins Schlingern geriet; vernahm das kollektive Nach-Luft-Schnappen, als die Zuschauenden erregt aufsprangen. Und statt ihre Nervosität zu verstärken, schienen all diese Dinge sie zu unterstützen und voranzutreiben, sie mit Wärme und Licht und Kraft zu erfüllen.

Dann lag der Knappe benommen zu ihren Füßen und der Kampf war vorbei. Auch Cass fühlte sich benommen, als hätte sie eine kostbare, persönliche Vision gehabt, und stolperte vom Platz. Sie bemerkte kaum, dass die Menge johlte und Lily auf und ab hüpfte. Ganz kurz nur konnte sie sehen, dass Mary sich mit einer stolzen und ungläubigen Miene noch einmal nach ihr umblickte, während sie von ihrem Ehemann weggeführt wurde. Angharad stand neben Sigrid und schaute sie überrascht und bewundernd an, doch

Sigrid, die es die ganze Zeit über gewusst hatte, betrachtete Cass mit reinem Stolz. Das bedeutete Cass mehr als jeder Preis.

Sie ging über den Platz, am Publikum und den anderen Knappen vorbei, die ihr aufgeregt auf den Rücken klopften, durch die engen Straßen, über den Fluss, der unter der Brücke brandete und gurgelte, durch die feiertägliche Menge, die sich zur Taverne drängte, und in das Zimmer, das sie sich in der Nacht zuvor mit Lily geteilt hatte. Sie legte sich auf die Strohmatratze, nahm ihren Helm ab und weinte.

31

Als Cass am nächsten Morgen erwachte, stellte sie fest, dass Lily hereingeschlichen war, ohne sie zu wecken, und einen Arm um sie gelegt hatte. Sie blieb lächelnd in der Stille des frühen Morgens liegen, genoss die Wärme von Lilys schlafendem Körper und schaute den tanzenden Staubflocken in den Lichtstrahlen zu, die durch die hölzernen Fensterläden drangen. Eine tiefe Ruhe und ein Gefühl der Sinnhaftigkeit überkamen sie an diesem stillen, leisen Morgen, wie schon seit Monaten nicht mehr. Sie war so weit.

Lily wachte auf, und während sie sich die Gesichter mit dem eiskalten Wasser aus der Waschschüssel bespritzten, beschrieb sie Cass begeistert Hieb für Hieb den Kampf, den sie gewonnen hatte und der ihr einen Platz in der Finalrunde sicherte. Es waren nur noch sechs Wettbewerber übrig geblieben. Cass und Lily waren die beiden einzigen verbliebenen Knappen der Seidenritterinnen. Einer von Pybbas mittleren Söhnen hatte es geschafft, wie Lily berichtete, Sir Safir von den Rittern der Tafelrunde sowie ein junger Ritter von Sir Mordaunts Hof. Jeder von ihnen würde beim Tjost gegen zwei verschiedene Gegner antreten, und der erfolgreichste und geschickteste Reiter würde das Turnier gewinnen.

»Wenn König Pybba der Kampfrichter ist, wird es wohl kaum ein fairer Kampf«, beklagte sich Cass, »wo doch sein eigener Sohn um den Titel kämpft.«

»Es ist nicht nur Pybbas Entscheidung«, versicherte Lily. »Er hat seinen Witan mitgebracht, und alle Stimmen haben das gleiche Gewicht. Und wie ich höre, sind sie alle nicht scharf darauf, dass der mittlere Sohn noch populärer wird, als es unbedingt sein muss. Die Leute sagen, dass Pybba alt und schwach ist und der Witan aus mehr als genug Wölfen besteht, die gern seinen Platz einnehmen würden, anstatt ihn an einen beliebten Sohn übergehen zu sehen.«

»Wie schaffst du es immer, den pikantesten Klatsch zu erfahren, kaum dass wir einen Tag lang irgendwo sind?« Cass schüttelte lachend und bewundernd den Kopf.

Lily grinste. »Weil ich weiß, dass man die Leute fragen muss, die sonst niemand bemerkt!«

Die sechs letzten Wettbewerber trafen sich später am Tag auf dem Turnierplatz und wurden beordert, dem König und dem Witan ihren Respekt zu erweisen. Cass fummelte nervös an den Riemen ihres Brustpanzers herum und zog sich den Helm noch fester über den Kopf. Obwohl sie wusste, dass ihre Rüstung sie davor bewahren würde, erkannt zu werden, und niemand die Wahrheit auch nur im Entferntesten ahnen würde, fühlte sie sich leichtsinnig, als sie kühn auf das Podium zuschritt und gemeinsam mit den anderen auf ein Knie sank.

Pybba war tatterig und aufgedunsen. Als seine wässrigen Augen sich überrascht weiteten, so als wäre er verwundert, die Kämpfer hier zu sehen, wechselte Cass einen Blick mit Lily und begriff, warum sich die Mitglieder seines Rates so viele Gedanken über seine Nachfolge machten.

»Mein nobler Lord Artus sendet Euch Grüße, Lord«, verkündete der Ritter vom roten Drachen lautstark. Pybba nickte vage, blickte aber unverwandt seinen Sohn an.

»Dies ist eine großartige Gelegenheit, Euren Wert und Mut zu beweisen«, sagte er schwer atmend und wedelte mit der Hand undeutlich in Richtung Platz. »Möge das Glück Euch hold sein. Viel Erfolg!« Damit ließ er sich schwer in seinen Stuhl zurückfallen, und sie waren offenbar entlassen.

»Ich bin Sir Gamelin«, ertönte eine angenehme, tiefe Stimme neben Cass, als sie sich alle erhoben und zu den Planken zurückgingen. Sie wandte sich ihm zu und blickte ein weiteres Mal direkt in diese haselnussbraunen Augen, in deren Fältchen stets ein Lächeln lauerte. Er hatte seine vollen Lippen leicht geöffnet und seinen kräftigen Unterkiefer bedeckte ein kurzer Bart.

Er lächelte erwartungsvoll und wartete auf ihre Antwort. Cass geriet unter ihrem Helm in Panik, und auf ihrer Oberlippe sammelte sich Schweiß. Als ihre Blicke sich durch den Schlitz in ihrem Helm trafen, bemerkte sie, wie sich seine Stirn ein wenig in Falten legte. Offenbar fragte er sich, ob er diese Augen kannte. Sie erwiderte seinen Gruß durch ein Winken und stolperte dann hastig und wortlos davon, während er ihr neugierig hinterherblickte.

»War das der Junge, für den du schwärmst, seit du ihn im Wald getroffen hast? Der, der dich auf dem Ball gerettet hat?«, fragte Lily aufgeregt, als sie die Zügel und Steigbügel ihrer Pferde überprüften. »Das ist Schicksal, Cass!«

»Ich schwärme *überhaupt* nicht!«, zischte Cass empört zurück. Sie bereute es bereits, Lily von Sir Gamelin erzählt zu haben. »Und er hat mich keineswegs ›gerettet‹, er war nur im richtigen Moment am richtigen Ort. Ich hätte mich auch allein gegen diesen Ritter zur Wehr setzen können, wenn es nötig gewesen wäre, ganz wie Rowan gesagt hat.«

»Klar«, Lily nickte spitzbübisch. »Aber das musstest du ja nicht, weil dein Traumprinz erschien und …«

Cass zerrte an dem Kampfhandschuh, den sie sich gerade überstreifte. »Kein Prinz. Und auch kein Traum.« Sie spähte über den Platz nach dem schwarzen Schild mit dem silbernen Geweih. »Bloß irgendein Jungritter, den ich auf dem Weg zum Turniersieg schlagen muss.«

»*Das* ist die richtige Einstellung!« Lily grinste, und ihre Grübchen erschienen. »Aber wenn das klappen soll, müsstest du den Kampfhandschuh vielleicht an der rechten Hand anziehen.« Cass lief rot an und streifte ihn schnell wieder ab.

Als Lily zu ihrem ersten Tjost zum Ende der Planken trabte, verdunkelte sich der Himmel. Das Los hatte bestimmt, dass sie gegen König Pybbas Sohn antreten musste. Angharad blickte stirnrunzelnd zu den dicken Regenwolken hoch, die über die dicht gedrängten Dächer von Tamworth auf sie zutrieben. »Wenn du an der Reihe bist, könnte der Boden bereits schlammig und aufgewühlt sein, Cass«, warnte sie. »Dein Pferd wird es schwerer haben, sicher aufzutreten. Aber du kannst das auch zu deinem Vorteil nutzen. Dein Gegner wird ebenfalls weniger Kontrolle über sein Streitross haben und hat es deshalb nicht leicht, in letzter Sekunde zu reagieren.«

Sie schauten zu Lily, die aufrecht im Sattel saß, die Lanze gerade und unbewegt, den reinweißen Schild bereit. Am anderen Ende der Planken salutierte Pybbas zweitältester Sohn – derjenige, der sich mit seinem Bruder um das smaragdbesetzte Schwert gezankt hatte – seinem Vater, setzte den Helm auf und hob die Lanze zum Zeichen, dass er bereit war.

Die Flagge wurde geschwenkt, und die beiden rasten genau in dem Moment aufeinander zu, als die ersten Regentropfen fielen.

Lilys Helm senkte sich, während sie ihr Pferd vorantrieb, wobei ihre Lanze weiter nach vorne strebte – bis zum Moment des Aufpralls, als sie ihren Gegner genau in die Mitte seines Schildes traf und ihn so nach hinten schleuderte, dass er von seinem Pferd herabrollte, ohne mit seiner eigenen Lanze überhaupt einen Kontakt erzielt zu haben.

»Ja!« Cass boxte in die Luft und hüpfte auf und ab. Sie jubelte gemeinsam mit Sigrid und Angharad und den anderen Knappinnen, die zu Lilys Unterstützung erschienen waren, obwohl sie bereits aus dem Turnier ausgeschieden waren.

Lily kehrte mit gerötetem Gesicht unter ihrem geöffneten Visier zurück, und Cass umarmte sie fest.

Doch es war keine Zeit zum Feiern, denn nun war Cass an der Reihe. Ihr gesamter Körper begann erwartungsvoll zu kribbeln. Sie schloss ihr Visier und saß auf. »Wir schaffen das«, flüsterte sie Pebble ins Ohr. »Wir schaffen das gemeinsam.«

Mit einem leichten Zug an den Zügeln stoppte sie für einen Moment, als Sigrid herantrat und ihr die Lanze reichte. Völlig unerwartet sagte sie in einem leicht barschen Ton: »Ich bin stolz auf dich. Ganz egal, wie es ausgeht.« Dann drehte sie sich abrupt um und marschierte zu den anderen Zuschauenden zurück. Cass hatte einen Kloß im Hals.

Sie schluckte und begab sich an ihr Ende der Planken. Ihr Helm schützte ihr Gesicht vor dem Nieselregen, der aus dem dicht bewölkten, eisengrauen Himmel fiel. Am entgegengesetzten Ende des Platzes brüstete sich der selbstsichere Knappe aus Artus' Gefolgschaft, indem er sein Pferd zur Freude der Menge ein wenig herumparadieren ließ.

Als er sich umdrehte und zum Zeichen seiner Bereitschaft die Faust hob, jubelte ihm das Publikum zu.

Cass schloss für einen Moment die Augen und ignorierte es, um sich stattdessen auf ihren eigenen Körper zu konzentrieren, auf ihre Verbindung mit Pebble und ihre nur eine Richtung kennende Bahn. Dann öffnete sie die Augen wieder und presste die Waden fest zusammen. Ihr Herz machte einen Freudensprung, als Pebble Geschwindigkeit aufnahm. Ihre beiden Körper bewegten sich in perfekter Harmonie. Ihre Lanze war angelegt, den Schild hatte sie in Erwartung des Aufpralls fest im Griff. Und sie hörte die Stimmen von Angharad, Sigrid und Vivian so deutlich, als stünden sie direkt neben ihr.

Ziele auf den oberen rechten Quadranten des Schildes.
Senke die Zügel im letzten Moment.
Du musst weiterreiten, stoppe auf keinen Fall dein Pferd.

Ihr Körper verhielt sich wie im Training und wiederholte reibungslos die Bewegungen, die sie wieder und wieder und wieder auf der Wiese hinter dem Herrenhaus geübt hatte.

Kurz vor dem Aufprall sah sie, wie Artus' Knappe seine Lanze nach vorn stieß und vor Selbstsicherheit geradezu zu platzen schien. Doch sie wusste, noch bevor sie es spürte, dass die Lanze sie nur streifen würde, denn er hatte sie nicht abgestützt. Die Kraft würde durch sein Handgelenk geleitet werden und ihn zur Seite werfen. Und genau so geschah es. Ihre eigene Lanze traf seinen Schild mit voller Wucht, exakt so, wie sie es sollte, und sein ohnehin bereits gedrehter Körper wurde wie eine Puppe aus dem Sattel und auf den eingeweichten Boden geschleudert.

Dann brandete der Jubel der Menge wieder auf, so als könnte Cass plötzlich wieder hören. Sie stieg ab, umarmte die hellauf begeisterte Lily, nahm den herzlichen Applaus der älteren Ritterinnen entgegen. Sigrids Stolz war für Cass schöner als alles andere zusammen.

Als Nächstes beobachteten sie, wie Sir Gamelin in seinem schwarzen Waffenrock und Sir Safir in Blutrot gegeneinander antraten. Safirs großartiger, rabenschwarzer Hengst scharrte erwartungsvoll mit den Hufen. Doch obwohl Safir auf ihm mit der Geschwindigkeit eines Orkans lossprengte, erhob sich Sir Gamelin, der kleiner und leichter auf seiner Rappschecke saß, ganz kurz vor ihrem Zusammentreffen ein klein wenig aus dem Sattel. Safirs Lanze rutschte harmlos unter dem Schild seines Gegners hindurch, während Gamelin ihn in der Mitte seines Schildes traf. Seine Lanze zerbarst und schleuderte Safir unter die trampelnden Hufe seines Pferdes.

Cass sah, wie Sir Elyan erbleichte und schnell hinrannte, um das Pferd zu beruhigen und es zur Seite zu führen, und dann die gewaltige Erleichterung in seiner Miene, als Sir Safir sich auf wackeligen Beinen erhob und vom Platz humpelte.

»Da waren's nur noch drei«, sagte Lily dramatisch. Doch einen Augenblick später verschwand das Lächeln aus ihren Gesichtern, als der Platzmeister ankündigte, dass zur Ermittlung der Finalisten in der nächsten Kampfrunde die beiden Ritter mit dem weißen Schild gegeneinander antreten müssten.

32

»Das mache ich nicht.« Lily ging mit geballten Fäusten auf und ab. »Sie können uns nicht gegeneinander reiten lassen, das ist nicht fair. Ich trete einfach von diesem Turnier zurück.«

»Das lasse ich nicht zu«, presste Cass hervor, die kurz vor den Tränen stand. »Du hast viel länger als Knappin trainiert als ich – wenn jemand zurücktreten sollte, dann bin ich das.« Sie spürte den galligen Geschmack der Enttäuschung, obwohl sie ihre Freundin ermutigend anlächelte.

»Keine von euch kann zurücktreten«, zischte Angharad verärgert. »Nicht, ohne unnötigen Verdacht zu erregen. Kein Mann würde vor einem Kampf zurückscheuen, selbst wenn er gegen jemanden aus seiner eigenen Bruderschaft anträte. Die Lanzen sind abgestumpft, der Platz ist sicher, und es steht für euch beide zu viel auf dem Spiel, als dass ihr jetzt aufgeben könntet.«

Lily schüttelte rebellisch den Kopf. Doch bevor sie weiter protestieren konnten, ertönte die Fanfare, und wie in einem Traum fand sich Cass in den Sattel gehoben und bekam ihre Lanze in die Hand gedrückt.

»Ich täusche«, flüsterte sie Lily schnell zu, ehe sich ihre Pferde in verschiedene Richtungen wandten. »Nimm meinen Schild in der Mitte. Ich lasse meine Lanze zu weit nach links abdriften, damit sie deinen nicht berührt und du mich aus dem Sattel werfen kannst.« Noch ehe Lily eine Gelegenheit zu widersprechen oder überhaupt etwas zu sagen hatte, gab Cass Pebble die Sporen und Pebble kanterte zu einem Ende der Planken.

Inzwischen regnete es stärker. Dicke, schwere Tropfen platschten auf Cass' Helm und rannen unangenehm kalt über ihren Hals und Rücken. Sie erschauerte, griff ihre Lanze fester und spähte über das Feld zu Lily hin, die kläglich über ihren Schild gebeugt dasaß und die Lanze kraftlos unter dem Arm hielt.

»Komm schon, Lily«, murmelte Cass halblaut. »Lass dich jetzt nicht von deinen Nerven vom Kurs abbringen.«

Die Flagge wurde geschwenkt, und sie trabten beide voran. Ihre Pferde schienen das Zögern der Reiterinnen zu spüren und wollten nicht recht in einen Galopp verfallen. Cass trieb Pebble an, bereit, ihre Lanze zur Seite abgleiten zu lassen, um ihrer Freundin den Sieg zu schenken. Sie machte sich innerlich auf den Sturz gefasst.

Doch dann ergriff etwas von ihr Besitz. Cass spürte, wie es sie überkam. Es war das warme, goldene Licht, das ihr auf dem Turnierplatz in Eboracum zum ersten Mal erschienen war. Sie versuchte, es zu bekämpfen, es wegzuschieben oder zu unterdrücken, denn sie wollte es nicht – nicht jetzt! Sie wollte scheitern, wollte Lily das Geschenk ihrer Niederlage machen.

Doch irgendetwas in ihr ließ das nicht zu. Es übernahm die Kontrolle über ihre Gliedmaßen und ihre Lanze, zwang sie in Formation und brach dann in einem perfekten Treffer aus ihr heraus, der den weißen Schild mit vernichtender Kraft traf. Ihre Lanze zerbarst und rammte ihre Freundin mit so viel Wucht, dass die rücklings aus dem Sattel geschleudert wurde und sich noch in der

Luft mehrmals überschlug, bis sie schließlich mit einem unguten Krachen auf dem Boden aufschlug und reglos liegen blieb.

Cass konnte nicht mehr atmen. Pebble galoppierte von selbst immer weiter, da sie von ihrer Reiterin nicht gestoppt wurde. Cass öffnete ihr Visier, blieb einen Augenblick lang sitzen und blickte wie benommen auf die Äcker jenseits des Turnierplatzes, so als wäre der Stoß gegen ihren eigenen Kopf ausgeführt worden und nicht gegen Lilys Schild. Dann lösten sich ihre Gliedmaßen aus ihrer Erstarrung, und sie rutschte und taumelte verzweifelt aus dem Sattel und rannte über das Gras. Sie rutschte in dem Matsch, den die Pferdehufe aufgewühlt hatten, aus und glitt auf den Knien weiter an den bewegungslosen Körper in der beschmutzten Lederrüstung heran.

Angharad und Sigrid waren schon bei Lily und öffneten ihr Visier. Beim Anblick von Lilys flatternden Augenlidern weinte Cass heiße Tränen der Erleichterung. Gemeinsam hoben sie sie hoch und trugen sie vom Platz.

Lily lebte, das wenigstens wusste sie. »Wahrscheinlich ist sie nur benommen«, erklärte Sigrid, aber Cass hatte keine Zeit, um das zu begreifen, keine Zeit, um irgendetwas anderes zu tun, als die Hand ihrer Freundin fest zu drücken und ihr verzweifelt »Es tut mir leid!« ins Ohr zu flüstern. Dann wurde sie gegen ihren Willen wieder auf ihr Pferd gesetzt, ergriff im strömenden Regen eine neue Lanze und ritt zur letzten Runde in Richtung der Planken.

Wie es für die letzten beiden Wettkämpfer üblich war, ritt Sir Gamelin am Publikum vorbei. Er trug seinen Helm unter dem Arm, hatte sein hellbraunes Haar aus der Stirn gestrichen, und auf seinen Lippen zeichnete sich ein etwas schüchternes Lächeln ab. Cass fiel wieder ein, was er ihr auf dem Fest über seinen Hintergrund erzählt hatte, und fragte sich, ob das alles für ihn überwältigender war, als er zugab. Die Menge erhob sich, klatschte und kreischte für ihn. Das laute Gebrüll trieb ihn vorwärts. Cass folgte ihm nicht, sondern ließ sich wie betäubt von Pebble zu ihrem Startplatz an einem Ende der Planken tragen. Als sie sich ihrem Gegner zuwandte, nickte dieser ihr respektvoll lächelnd zu und setzte seinen Helm wieder auf.

Cass war übel, und sie fühlte sich schwach. Das Feuer in ihr schien nur kurz aufgeflackert zu sein und war dann erloschen. Die Idee, Ritterin zu werden, wirkte ohne Lilys ermutigende Begleitung plötzlich abwegig und absurd. Am liebsten hätte sie den Platz verlassen und wäre wieder zu Lily zurückgekehrt. Das hier bedeutete nichts. Sie durfte eigentlich nicht hier sein. Doch in ihrem Kopf hörte sie Angharads strenge Stimme – sie durfte auf keinen Fall aufgeben und dadurch vielleicht Verdacht erregen.

Die erste Runde war schnell und brutal. Gamelin hatte ein leichtfüßiges Pferd und zielte genau. Doch selbst in diesem sorgenvollen Zustand setzte Cass' motorisches Gedächtnis ein, auch Pebble erinnerte sich an ihr Training, und die Lanzen trafen genau im selben Moment. Beide zersplitterten und drückten ihre Besitzer in ihren Sätteln nach hinten, doch niemand wurde abgeworfen. Der Schock des Aufpralls war wie ein Eimer eiskalten Wassers, der über Cass' Kopf entleert wurde. Sie keuchte, brachte sich mühsam wieder in eine aufrechte Position und versuchte, die Kontrolle über Pebbles Zügel wiederzuerlangen. Ihr Hals tat weh und sie spürte einen pulsierenden Schmerz in ihrem Arm, doch sie saß noch im Sattel. Sie war noch im Spiel.

Sie wandte sich wieder zu Sir Gamelin um. Es goss in Strömen, sodass sie kaum etwas sehen konnte.

»Sie lebt. Sie wird sich vollständig erholen.«

Das war Sigrid, die ihr eine neue Lanze und die Nachricht überbrachte, die Cass' Herz in ihrer Brust hüpfen ließ. Sie spähte durch den Regen zum Platzrand und sah, dass Lily sich, von Angharad gestützt, aufgesetzt hatte und sprach. Eine heiße Welle der Erleichterung, wie sie sie noch nie verspürt hatte, verbreitete sich wie flüssiges Feuer durch Cass' Adern.

Sie drehte sich wieder um und galoppierte direkt auf Sir Gamelin zu. Ihr Herz stand in Flammen, ihre Waden umklammerten Pebbles Flanken, und sie klemmte sich die Lanze mit aller Kraft unter den Arm. Doch Gamelin war einen Hauch schneller. Seine Lanze schien unaufhaltbar durch die Luft auf sie zuzufliegen. Durch die schiere Wucht des Aufpralls rutschte die abgestumpfte Spitze von der oberen linken Ecke ihres Schildes ab und krachte gegen ihre linke Schulter. Dadurch wurde sie zurückgeworfen, noch bevor ihre eigene Lanze überhaupt Kontakt aufnehmen konnte, und ihr fuhr ein plötzlicher Schmerz durch den Körper, der sich wie ein gleißender, scharfer, sengender Blitzschlag anfühlte.

Aber sie wurde nicht abgeworfen. Wie durch ein Wunder blieb sie auf dem Pferd. Ihr rechter Fuß hatte sich im Steigbügel verhakt, und der Rest ihres Körpers hing hilflos an Pebbles linker Flanke herab wie Eigelb, das aus einer zerbrochenen Eierschale ausläuft.

Dann waren Sigrids Hände da, ergriffen und stützten sie, schoben sie wieder hinauf, und mit einer gewaltigen Anstrengung schaffte sie es in den Sattel zurück, obwohl sich ihr ganzer Körper so anfühlte, als würde er vor Schmerz und Erschöpfung zittern. Der Schild hing von ihrem linken Arm herab, doch ihre Lanze hielt sie noch immer fest und gerade. Durch den herunterprasselnden Regen schrie Sigrid ihr Ratschläge und Worte der Ermutigung zu und klatschte dann auf Pebbles Flanke, damit sie in den Kampf zurückkehre.

Gamelin preschte vorwärts, sein Pferd roch bereits den Sieg. Cass war angeschlagen, alles tat ihr höllisch weh, und durch den peitschenden Wolkenbruch konnte sie kaum etwas erkennen. Als sie sich einander näherten, machte sie sich innerlich auf den Stoß, den Treffer, den unvermeidlichen Sturz gefasst.

Doch im letzten Moment fielen ihr Angharads Worte wieder ein. »*Dein Gegner wird weniger Kontrolle über sein Streitross haben und hat es deshalb nicht leicht, in letzter Sekunde zu reagieren ... das kannst du zu deinem Vorteil nutzen.*«

Mit einer gewaltigen letzten Kraftanstrengung bremste Cass ihr Pferd im allerletzten Augenblick und tat alles, was man sie *nicht* zu tun gelehrt hatte. Pebble zögerte überrascht. Gamelin bewegte seine Lanze ruckartig nach oben, versuchte seine Bahn zu korrigieren, doch sein Pferd kam auf dem glitschigen Schlamm ins Rutschen und drehte sich zur Seite, sodass Gamelin komplett an Cass vorbeizielte. Im selben Moment gab diese Pebble heftig die Sporen und flog voran. Sie traf ihren Gegner in der Mitte seines Schildes und stieß ihn nach hinten. Doch Pebbles Hufe rutschten nun über denselben morastigen Boden, der Gamelins Pferd aus der Bahn geworfen hatte. Cass merkte, wie sie unaufhaltsam nach vorn geschleudert wurde und gemeinsam mit Gamelin über die Flanke von dessen Pferd in den Matsch stürzte.

Es war ein entsetzliches Durcheinander aus Gliedmaßen und zersplitterten Waffen, trampelnden Hufen und heißem, keuchendem Atem. Cass rollte sich frei und sprang auf. Ihr Herz schlug schneller, als sie sah, dass Gamelin sofort sein Schwert gezogen hatte. Ohne zu zögern, griff sie nach ihrem eigenen, und es sprang in ihre Hand, als wäre es begierig, benutzt zu werden. Cass spürte, wie eine Welle von dieser warmen Sicherheit in ihren Arm und ihren Bauch floss.

»Wenn nach der dritten Runde beide Ritter abgeworfen sind, wird die Angelegenheit mit dem Schwert entschieden«, erklang dröhnend die Ankündigung des Seneschalls.

»Bereit?«, keuchte Gamelin, während Knappen schnell die schnaufenden Pferde abführten. Cass schluckte schwer, nickte finster und umklammerte ihr Schwert fester.

Gamelin und Cass umkreisten einander mit in Bereitschaft gehaltenen Schwertern. Beide bemühten sich, wieder zu Atem zu kommen. Jeder wartete darauf, dass der andere den ersten Schritt machte. Der Regen war wie ein Vorhang zwischen ihnen, so dicht und verzerrend, dass Cass den Eindruck hatte, sie würde gegen einen Geist antreten.

Gamelin begann mit einem Schlag von oben. Sein Schwert durchteilte die Luft und zwang Cass, ihren Schild zu heben, um es abzuwehren. Die Bewegung sandte einen stechenden Schmerz durch ihre Schulter und sie keuchte. Der Hieb war abgewehrt, doch zu einem hohen Preis. Sie ließ ihren Schild ein Stück sinken. Der Ritter hielt mit erhobenem Schwert inne und öffnete sein Visier.

»Geht es Euch gut?«, fragte er, ohne seine Haltung zu verändern oder sein Schwert zu senken, sodass kein flüchtiger Beobachter erkennen konnte, dass er sprach. Doch seine sanften, goldbraunen Augen waren voller Sorge. »Wenn Ihr verwundet seid, ist es nicht unehrenhaft, aufzugeben. Ich will Euch nicht wehtun.«

Cass schüttelte entschlossen den Kopf, hob den Arm mit dem Schild wieder an und biss die Zähne zusammen, um den reißenden Schmerz zu ignorieren. Es fühlte sich an, als wären die einzelnen Fasern ihrer Muskeln zerfetzt, und unter ihrem Helm stieß sie einen stummen Schrei aus. Der Kampf musste bald enden. Lange würde sie nicht mehr durchhalten.

Sie ließ sich ein wenig zusammensacken, als würde sie schwächeln, und senkte plötzlich den Schild. Und als er sich besorgt zu ihr hin lehnte – was sie vorhergesehen hatte –, ergriff sie ihre Chance. Sie sprang vor, ließ ihren Schild fallen und nutzte die Gelegenheit, um einen kühnen Stich zu landen. Die Spitze ihres Schwertes fand die Stelle, an der sein Brustpanzer und seine Schulterplatte aneinanderstießen. Sie merkte, wie das Fleisch nachgab, spürte, wie der leichte Widerstand durch schwammartige Weichheit ersetzt wurde. Er schrie auf und sprang nach hinten. Sein schwarzer Waffenrock färbte sich durch das nasse Blut noch dunkler.

Durch den Tumult des Wolkenbruchs und das Pfeifen des Windes hindurch nahm Cass undeutlich wahr, wie der Lärm der Menge anschwoll. Sie wollten Blut sehen, hofften auf den nächsten Hieb, der den Kampf beenden würde.

»So willst du es also haben, ja?«, keuchte er wütend. Mit seinem Schild schmetterte er ihr Schwert beiseite und kam auf sie, die jetzt ohne Schild und ohne Schutz dastand, zu. Cass verspürte eine Angst, der nachzugeben sie sich seit jener ersten Nacht im Herrenhaus in Lilys Bett nicht mehr erlaubt hatte. Sie sah die glänzende Klinge und stellte sich vor, wie sie durch ihre Haut dringen und ihre Muskeln und Knochen zerteilen würde. Im allerletzten Moment duckte sie sich und wirbelte herum. Das Schwert zischte nur einen Fingerbreit an ihrer Wange vorbei. Sie drehte sich weiter, stolperte direkt in ihn hinein, genau wie damals im Wald, als ihr Körper gegen seinen gepresst worden war, und ihr Helm krachte gegen seinen Brustpanzer.

Für die Dauer eines Atemzuges schien der Regen schwerelos vor ihr in der Luft zu schweben, während sie sich an den Tag auf der stillen Lichtung und an seinen Duft erinnerte. »Nein!«, schrie sie, genau wie damals. Sie hörte ihn nach Luft schnappen. Dann übernahm ihr Körper die Regie, und sie hob den Fuß, um mit ihrer Ferse auf seinen Fuß zu stampfen, genau wie damals.

»Diesmal nicht!«, rief er und trat genau in dem Augenblick, als sie ihren Fuß angehoben hatte, nach ihrem anderen Bein. Sie fiel im strömenden Regen in den Schlamm, der sich inzwischen in einen Fluss verwandelt hatte. Er hob sein Schwert, um den Sieg für sich zu reklamieren, doch in dem ganzen Durcheinander und dem Zusammenprall ihrer Rüstungen blieb ihr Helm an seinem Kampfhandschuh hängen und wurde ihr vom Kopf gezogen, wobei er das Lederband, mit dem sie ihr Haar zusammengebunden hatte, mitriss. So lag sie im Matsch, mitten im sintflutartigen Regen, mit enthülltem Gesicht und Haar. Ihr Geheimnis war verraten, ihr Mund stand vor Schreck offen.

Für einen langen Moment starrte er auf sie herab, während sich ihr Magen mit Blei füllte und der dichte Regenvorhang sich um sie beide legte und vor den Blicken der Zuschauenden verbarg. Sie sah hilflos zu, wie seine Miene den Schock des Wiedererkennens spiegelte. »Ihr seid nicht nur der Junge aus dem Wald, sondern auch das Mädchen vom Fest.« Dann verschwand der schockierte Ausdruck und wurde von Unschlüssigkeit ersetzt, sogar Angst, als er zu der Menge hinschaute. Die ersten Zuschauenden waren bereits aufgestanden und drohten näher zu kommen, weil sie sehen wollten, was geschehen war.

Er nahm seinen Helm ab und beugte sich so zu ihr herab, dass sein Körper sie vom Publikum abschirmte. Sein Gesicht kam ihrem so nah, dass sie die Rauheit seines Kinns spüren und die bernsteinfarbenen Flecken in seinen Augen sehen konnte. Über seine Stirn rann der Regen und tropfte auf ihr Kinn herab.

»Du solltest wissen, dass nicht alle von Mordaunts Männern

von der gleichen Sorte sind«, flüsterte er, und sie spürte seinen warmen Atem auf ihren Lippen.

Und ohne ganz genau zu verstehen, wie und warum sie es tat, hob Cass den Kopf, nur ein ganz kleines bisschen, sodass sich ihre Lippen trafen, die nass vom Regen und salzig vom Schweiß waren. Er zog den Kopf nicht zurück, und für einen langen Moment, in dem die Zeit außer Kraft gesetzt schien, spürte sie den Kuss in jedem schmerzenden Muskel ihres Körpers, auf jeder frierenden, nassen Stelle ihrer Haut.

Hinter ihnen erklangen frustrierte Rufe und das Geräusch von sich durch den Matsch nähernden Stiefeln.

»Schnell!«, drängte er, nahm ihren Helm in seine Hände und stülpte ihn vorsichtig wieder über ihren Kopf. Dann nahm er sein Schwert, drückte es in ihre verständnislosen Hände und zog sie auf die Knie hoch.

Wenige Sekunden später waren sie von Zuschauenden und Wettbewerbern und Mitgliedern des Witans umrundet, die alle gleichzeitig schrien und zankten.

»Chaotisch …«

»Unerhört!«

»Verlange Auskunft …«

»Mylord.« Sir Gamelin begann ruhig zu sprechen. Seine Stimme erhob sich über das Unwetter, und er blickte an ihnen allen vorbei. König Pybba war aufgestanden und wankte über den matschigen Platz auf sie zu. Seine geschlagenen Söhne folgten ihm missmutig. Er betrachtete verwirrt die Szenerie und stützte sich schwer auf einen aufwendig geschnitzten Krückstock mit vergoldeten Ornamenten.

»Mein Lord, ich muss mich geschlagen geben«, wandte Gamelin sich direkt an den König. »Wie Ihr seht, hat mein Gegner mir mein

Schwert abgenommen.« Er lachte bitter. »Und als Sieger hat er, so glaube ich, das Recht auf Anonymität verdient.«

Langsam dämmerte Cass, was er vorhatte. Sie erhob sich mühsam und wollte einen Einwand vorbringen, doch Gamelin wandte sich mit einem warnenden Blick ganz kurz zu ihr um.

»Also gut«, seufzte der König und winkte sie alle davon, so als wäre ihm die ganze Angelegenheit lästig geworden. Er blickte auf seine Füße herab und schien zum ersten Mal den klebrigen, triefenden Schlamm zu bemerken, der seine Schuhe überzog und sich im Pelzsaum seines Umhangs festgesetzt hatte. Verärgert schnalzte er mit der Zunge und rief mit einer Geste seine Dienstboten herbei. »Lasst uns diesem verdammten Unwetter entfliehen.«

33

Es war eine verhaltene Heimkehr. Lily war lädiert und blass, konnte aber reiten. Sie hing matt im Sattel und schaute sich nicht ein einziges Mal nach Cass um. Und Cass selbst war gezwungen, einhändig zu reiten, denn ihr linker Arm war an ihrem Körper fixiert. Der Schmerz breitete sich inzwischen aus, und es sich fühlte an, als wäre ihr gesamter Oberkörper in Mitleidenschaft gezogen.

Die anderen schienen nicht recht zu wissen, wie sie mit Cass umgehen sollten. Leah ergriff begeistert ihre Hand, und Sigrid umarmte sie kurz, aber heftig – doch die Blicke der anderen wanderten immer wieder zu Lily hin, und ihre Glückwünsche waren gedämpft.

»Das habe ich nicht gewollt«, hatte Cass zu erklären versucht, als sie den Platz verließ und im strömenden Regen zu ihrer verdreckt aussehenden Gruppe zurückkehrte. »Ich hatte keine Wahl. Es ist einfach passiert.« Sie breitete hilflos die Arme aus. Sie wusste, wie lächerlich das klang, und wünschte, sie könnte es begründen.

»Du hast gewonnen«, stellte Sigrid lapidar fest und warf den anderen einen defensiven Blick zu. »Wir haben dir befohlen, zu kämpfen, und du hast dich bewiesen.«

»Niemand bestreitet, dass sie sich bewiesen hat, Sigrid«, erwiderte Angharad verstimmt, deren Blick auf Lilys trübseliger Miene ruhte. »Auch wenn man so wenig sehen konnte, dass uns die Schlussrunde fast vollständig verborgen blieb.« Damit warf sie Cass einen durchdringenden Blick zu, die betreten die Augen niederschlug und ihr Visier schloss.

Sie hielten nur kurz an ihrer Unterkunft, um sich trockene Sachen anzuziehen und das Nachlassen des Regens abzuwarten, bevor sie den Heimweg antraten. Es war eine triste Kolonne, der man nicht anmerkte, dass Cass gewonnen hatte. Und alle Hoffnungen auf Ritterschaft schienen auf dem schlammigen Platz zurückgeblieben zu sein.

Als sie zu Hause eintrafen, wurde Angharad bereits von Kundschafterinnen mit ernsten Mienen erwartet. Sie flüsterten zwar miteinander, aber Cass bekam mit, dass sächsische Banden erwähnt wurden und offenbar einige Kriegsherren näher rückten, und Angharads Stirn wies tiefe Sorgenfalten auf, als sie die Botinnen in ihre Kammern entließ.

Lily wurde direkt in ihr Zimmer gebracht. Sie bekam ein Kräutergebräu von Alys und die strikte Anweisung, im Bett zu bleiben. Sie erwiderte Cass' flehentliche Blicke nicht. Es gab keine Gelegenheit, an diesem Tag mit ihr zu sprechen, genauso wenig wie an den folgenden Tagen. Die Tür zu ihrer Kammer war fest verschlossen und wurde von Paginnen bewacht, die ihre absolute Ruhe und Privatsphäre sicherstellen mussten. Aber Cass hätte auch gar nicht gewusst, was sie sagen sollte, wenn sie eingelassen worden wäre. Zum ersten Mal, seit sie in das Herrenhaus eingezogen war, musste sie ohne Lilys warmherzige und lebenssprühende Nähe auskommen.

Als sie ein paar Tage später zum Frühstück nach unten ging, hörte sie zufällig ein erregtes Gespräch weiter hinten auf dem Gang mit.

»... sollte zur Ritterin geschlagen werden. Sie hat es verdient!«

»Und was ist mit Lily? Es war unehrenhaft, den Sieg zu erringen, indem sie eine von uns ausgestochen hat! Sie muss bis nächstes Jahr warten ...«

»Und was, wenn ich ...«

»Ja? Willst du mich erpressen? Glaubst du etwa, mir ist nicht jeden Tag bewusst, dass du uns mit deinem Wissen über das, was wir im Teich versenkt haben, ruinieren kannst?«

Cass schnappte nach Luft, und Angharad und Sigrid blickten überrascht auf.

»Ich verstehe«, murmelte Cass. Mit einem Mal hatte sie keinen Hunger mehr. Stattdessen nahm sie einen Korb aus der Küche mit, verließ das Herrenhaus und verschwand in den Wald.

Voller heißer Scham und Enttäuschung stapfte sie zwischen den Bäumen hindurch und versuchte, sich auf die Pilzsuche zu konzentrieren, denn sie wusste, dass sich in der Vorratskammer kaum noch welche befanden. Doch sie war von ihren eigenen Gedanken zu stark abgelenkt, um sich um ihre Aufgabe zu kümmern.

Es war nicht nur die Art, wie der Kampf abgelaufen war. Sie fürchtete auch, dass sie sich durch ihren unbarmherzigen Angriff auf Lily entehrt hatte, dass sie ihre beste Freundin verloren haben könnte. Sie war sich bewusst, dass sie die Kraft, die in ihr aufgewallt war, nicht hatte kontrollieren können. Aber da war noch eine andere, tiefer sitzende Angst, die sich hinter all den anderen Befürchtungen bemerkbar machte wie eine schlimme Prellung, die sie bei jeder Bewegung spürte.

Einer von Mordaunts Rittern kannte ihr Geheimnis. Und ja, jede Faser ihres Körpers erinnerte sich an den Kuss. Es war, als hätte irgendeine Alchemie ihre Zellen und ihre Haut verändert. Sie war sich sicher, dass er sie nicht verraten würde. Aber wie konnte sie sich da sicher sein? Sie hatte die gesamte Gemeinschaft enttarnt, und das auch noch vor einem Mitglied genau jener Ritterschaft, die ihnen am gefährlichsten werden konnte. Durfte sie das für sich behalten? Aber wenn sie es beichtete, würde sie mit Sicherheit von dem Ort verstoßen werden, den sie nun ihr Zuhause nannte.

Doch selbst dieses Zuhause erschien nun befleckt und unsicher. Konnte man Sigrid vertrauen, dass sie Angharads Verbrechen nicht verraten würde? War es überhaupt richtig, ihre Tat zu verheimlichen?

Cass stolperte wie blind durch den Wald.

Das Unwetter hatte sich aufgelöst und nur eine stürmische Frühlingsbrise hinterlassen. Die ersten Glockenblumen reckten ihre Blüten überall auf dem Waldboden.

Cass setzte sich seufzend vor den Stamm einer Eiche und lehnte sich mit dem Rücken dagegen. Dabei kreiste sie vorsichtig ihre steife Schulter.

»Du scheinst ja schon wieder beweglicher zu sein.«

Cass zuckte zusammen und blickte sich um. Alys hatte sich in ein Wolltuch gehüllt und trug einen mit wildem Knoblauch gefüllten Korb.

Cass nickte. »Der Schmerz lässt nach. Danke für den Wickel.«

Alys stellte ihren Korb ab und setzte sich neben Cass auf den bemoosten Boden.

»Es ist sicher nicht einfach, gleichzeitig als Heldin und Schurkin nach Hause zu kommen.«

Cass nickte.

»Das ist nicht das Ende der Reise, Cass«, fügte Alys sanft hinzu. Als Cass weder antwortete noch den Blick hob, fuhr Alys fort.

»Cass, ich muss dir etwas sagen. Etwas, worüber ich immer wieder nachdenke, seit ich neulich deine Teeblätter gesehen habe.«

Cass zuckte erschöpft mit den Achseln. »Was bedeuten schon ein paar Blätter auf dem Boden eines Teebechers?«

Alys lächelte. »Das ist eine berechtigte Frage.« Sie hielt inne und blickte gedankenverloren in die Wolken hinauf.

»Manche Leute fragen auch, was der Inhalt des Traums eines Babys zu bedeuten hat, aber ich habe oft gesehen, wie sich ein fieberndes Kind nach einer Schreckensnacht am nächsten Morgen erholt oder ein traumloser Schlaf einem tragischen Morgen vorausgeht, an dem es kein Erwachen gibt.

Ich bin in einem ungewöhnlichen Haushalt aufgewachsen. Es war ein Verbund, in dem Gruppen von Menschen, die in anderen Ansiedlungen nicht willkommen waren, gemeinsam ihre Kinder großzuziehen versuchten und sich gegenseitig unterstützten. Ich habe von ihnen allen gelernt. Da gab es Frauen, die über Pflanzen Bescheid wussten, mit deren Hilfe andere Frauen Entscheidungen über ihren eigenen Körper treffen konnten. Sie hätten sich aber gefährlichen Risiken ausgesetzt, wenn sie dieses Wissen in größerem Umfang weitergegeben hätten. Und es gab Menschen aus alten Gemeinschaften, die ihre Bräuche mit uns teilten – Bräuche, vor denen sich andere fürchten und über die sie sprechen, als wären sie etwas Böses.«

Sie seufzte schwer. »Sie sind alle längst tot. Am Ende lebten wir in unsicheren Verhältnissen, und die Gemeinschaft wurde zerschlagen. So bin ich hier hergekommen. Aber ich weiß die verschiedenen Dinge noch, die sie mir beigebracht haben. Und ja, manche halten es für töricht, zu glauben, man könne aus den zurückgebliebenen Teeblättern am Boden eines Bechers irgendetwas über die Person erfahren, die den Tee getrunken hat. Aber das ist nur eines von vielen Werkzeugen der Auslegung, eine von vielen fehlbaren Bemühungen der Menschen, uns selbst und die Welt um uns herum zu verstehen. Wer bist du, wer bin ich, dass wir entscheiden könnten, was Wissenschaft und was Mythos ist? Haben unsere Astrologen nicht häufig unrecht? Gibt es keine Patienten, die unsere Ärzte nicht retten können? Gibt es heute nicht Methoden und Ideen, die als brillant und bahnbrechend angesehen werden, die man noch vor wenigen Jahren als Wahnsinn betrachtet hätte?«

Ihre Stimme klang traurig und müde. »Cass, es gibt da eine Prophezeiung. Ein Versprechen, das sich die Menschen zugeflüstert haben, die sich noch an die alten Bräuche erinnern konnten. Eine Geschichte, die sich diejenigen weitererzählt haben, die schon seit langer Zeit in diesen Wäldern lebten. Über eine Person, die kommen und ein Licht in der hereinbrechenden Dunkelheit sein würde.«

»Ich bin müde, Alys.« Cass erhob sich. Sie wollte nichts mehr hören. Sie hatte jetzt schon das Gefühl, dass ihr die strahlende Zukunft, die bereits zum Greifen nah erschienen war, weggenommen wurde. Sie wollte nicht hören, dass sie etwas Besonderes war, dass diese Kraft, die sie in sich spürte, real sein sollte. Wozu war sie denn gut, wenn sie dadurch Lily verloren hatte? Wenn sie nicht einmal den Stand der Ritterin erlangen konnte? Was bedeutete sie noch, jetzt, da sie im Alleingang das Überleben der gesamten Schwesternschaft gefährdet hatte? Das war alles Unsinn. Nichts davon war real.

Sie reckte sich mühevoll, und ihre Muskeln protestierten schmerzend.

»Danke, dass du versucht hast, mich aufzuheitern.«

Sie wandte sich ab und trottete den Weg zurück, den sie gekommen war. Alys versuchte nicht, sie aufzuhalten.

Als Cass zurückkam, fand im Saal gerade eine Zusammenkunft statt. Die ranghöheren Frauen der Schwesternschaft saßen mit Angharad und den Kundschafterinnen zusammen. Ihre Mienen waren sorgenvoll. Vor ihnen auf dem Tisch war eine Landkarte ausgerollt worden, und Vivian zeigte auf verschiedene Regionen und murmelte etwas von feindlichem Eindringen und Risiken.

Angharad schlug verärgert mit der Faust auf den Tisch. »Angesichts dieser Bedrohung müssten wir als ganze Region zusammenstehen«, sagte sie wütend. »Nicht gespalten und bedrängt von Mordaunt und seinen Männern. Wenn es uns nicht gelingt, eine Armee von Kämpfern zu bilden, um uns zu verteidigen, haben wir den Eindringlingen nichts entgegenzusetzen. Und das nur, weil die Bevölkerung durch Mordaunts Gier so verarmt und unterernährt ist ...« Sie stockte, als ein Mädchen in den Saal gerannt kam. Sie hatte ihren Rock mit den Händen gerafft, als sie auf die Gruppe zulief.

»Mordaunt ...«, keuchte sie. »Vor dem Tor, mit einigen Männern.«

»Schnell!«, befahl Vivian, räumte die Landkarte und ein paar andere Papiere vom Tisch und drückte sie einer in der Nähe wartenden Pagin in die Arme. Die meisten der Frauen trugen bereits ihre normale Tageskleidung, doch ein paar von ihnen, die direkt vom Training hereingekommen waren und noch ihre Rüstungen trugen, verließen schnell den Saal.

Sie hatten sich kaum vorbereitet, da öffnete sich auch schon die Tür, und Sir Mordaunt betrat wie ein König den Raum, flankiert von vier Rittern in voller Rüstung. Er trug einen dicken, bodenlangen, pfauenblauen Waffenrock. An seiner Schulter hielt eine kunstvolle Gewandspange aus Metall einen goldverzierten Umhang fest. Sein zotteliges schwarzes Haar war mit Öl gebändigt und nach hinten gekämmt. Dadurch wirkten seine blassen Lippen und spitzen gelben Zähne umso auffälliger.

Angharad erhob sich und trat vor. »Sir Mordaunt, welch unerwartete Ehre.«

»Wir schenken uns besser diese Höflichkeiten, Lady, nicht wahr?«, höhnte Mordaunt, und Angharad erstarrte.

»Entschuldigt, ich verstehe nicht …«

»Wo sind sie?«

»Mein Ehemann und seine Männer sind auf einer Handelsreise, Mylord.«

»Nicht Euer Ehemann. Die Männer, die Ihr beschützt.«

»Welche Männer, Mylord?«

»Habt Ihr etwa geglaubt, Ihr könntet die Wahrheit verbergen?« Schaum sammelte sich an seinen Mundwinkeln. »Haltet Ihr mich für so dumm, dass ich nicht begreife, was hier vor sich geht?«

»Mylord.« Angharad sprach in einem beherrschten, bescheidenen und weiblichen Ton. »Ich weiß wirklich ganz und gar nicht, wovon Ihr sprecht.«

Mordaunt steigerte sich in seine Wut hinein, und auf seiner Haut erschienen rötliche Flecken. Er hielt seine Finger hoch und zählte die einzelnen Punkte an ihnen ab. »Erstens werden meine Ritter immer wieder auf ihrem eigenen Territorium angegriffen und untergraben. Zweitens gab es Versuche, von meinem Land Wild zu stehlen. Und drittens fielen meine Männer einem Hinterhalt zum Opfer, kurz nachdem Ihr sie höchst unhöflich wegen ihrer Handlungen in einem nahe gelegenen Dorf beschimpft hattet. Haltet Ihr mich für einen Dummkopf?«

Angharad murmelte eine leise Beschwichtigung. Cass erkannte, dass sie in die unterwürfige Rolle schlüpfte, die Mordaunt von ihr erwartete.

»Es tut mir leid, das zu hören, Mylord.«

Mordaunt schnaubte. »Ihr versteckt sie!«, rief er verächtlich. »Diese sogenannten ›namenlosen Ritter‹. Ihr gewährt ihnen Unterschlupf. Arbeitet vielleicht sogar mit ihnen zusammen. Gesetzlose Ritter, die hier keine Landrechte besitzen und keine Autorität, meine Herrschaft zu untergraben.«

Angharad unterdrückte für einen winzigen Augenblick ein kleines Lächeln, sodass Mordaunt, der es bemerkt hatte, sich in noch größere Wut hineinsteigerte.

»Haltet Ihr mich für einen Trottel?«

»Mylord.« Angharad trat näher und streckte flehend die Hände aus. »Mich trifft lediglich die Absurdität dieser Unterstellung. Meine Ladys und ich führen ein ruhiges und abgeschiedenes Leben, wenn mein Ehemann, wie so häufig, auf Handelsreise ist, wie Ihr ja wisst. Allein der Gedanke, ich könnte an so etwas beteiligt sein, übersteigt mein wildestes Vorstellungsvermögen.«

Mordaunt runzelte die Stirn, und seine bedrohliche Stimme wurde noch etwas tiefer.

»Das habe ich vielleicht einmal geglaubt. Aber nun ist die Sache mit Beolin passiert.«

Cass bemerkte, dass Vivian heftig nach Luft schnappte und leichenblass wurde. Doch Angharad stand völlig still da; ihre Miene verriet nichts.

»Ja, Sir Beolin«, brüllte Mordaunt. »Tut nicht so, als hättet Ihr noch nie von ihm gehört. Wir wissen, dass er sich hier aufgehalten hat, während Ihr ohne männliche Aufsicht wart, Lady, also spielt nicht die Unschuld vom Lande.«

Angharads Wangen röteten sich vor Ärger, und in Vivians Wange zuckte ein Muskel. Doch keine der Frauen sagte etwas.

»Und jetzt«, knurrte Mordaunt, »ist Beolin zur verabredeten

Zeit nicht erschienen. Und das, obwohl er uns angefleht hat, sich mit ihm zu verbünden. Wir haben einen Pakt mit ihm geschlossen, um eine gemeinsame Truppe aufzustellen, und er hat von mir eine größere Summe in Gold bekommen, um mit der Rekrutierung von Männern anfangen zu können.«

Angharad klappte den Mund auf und zu. »Mylord?«

»Er hat sein Wort gebrochen und ist mit meinem Gold verschwunden. Nachdem er Zeit mit Euch verbracht hat und mit wem auch immer Ihr in diesem Haus verbergt.« Er wischte sich Schweiß von der Oberlippe und hämmerte mit der Faust auf den Tisch, dass es krachte. Cass zuckte zusammen.

»Jetzt haben wir weder die finanziellen Mittel noch die Männer, um unser Land zu verteidigen, während die Sachsen im Westen ein Heer zusammenstellen.«

»Nein, Mylord, ich versichere Euch«, flüsterte Angharad leise, »wir verbergen nichts.« Doch Mordaunt wandte sich an seine Ritter.

»Durchsucht das Haus!«, befahl er, und sie liefen sofort los. »Findet, was sie verstecken!«

Cass bemerkte die Panik in den Gesichtern im ganzen Saal, und auch Angharads Miene war angstverzerrt.

»NEIN!« Vivian trat vor. Mordaunt hob die Hand, um seine Ritter zu stoppen. »Nein, eine Durchsuchung wird nicht notwendig sein.«

Angharad fuhr herum und blickte Vivian an. Mit gepresster Stimme sagte sie: »Vivian, tu das nicht.«

»Wir müssen es ihm sagen«, sagte Vivian entschieden und neigte den Kopf in Richtung Sir Mordaunts. »Denn die Entscheidungen, die Sir Beolin getroffen hat, sind seine eigenen, und uns kann man sie nicht vorwerfen. Wir sollten ihn nicht schützen.«

»Vivian.« In Angharads Stimme lag ein warnender Unterton, den Vivian ignorierte. Sie trat einen weiteren Schritt vor.

»Ihr habt recht, Sir«, sagte sie in absichtlich unterwürfigem Ton direkt zu Mordaunt. »Sir Beolin hat uns hier besucht, sowohl vor seinem Treffen mit Euch als auch danach, wenn auch nur kurz. Es tut mir leid, das sagen zu müssen, aber er hat sich über Euch lustig gemacht, Sir, weil Ihr bezahlt habt, noch bevor die Männer rekrutiert worden waren. Er erwähnte, dass er die Reichtümer mit nach Hause nehmen wollte, und hat meine Lady gebeten, ihn zu begleiten, was sie selbstverständlich sogleich abgelehnt hat. Wir hätten uns an Euch wenden und Euch davon berichten sollen, doch wir hatten Angst, dass Ihr uns bestrafen würdet, wenn wir unser Wissen enthüllen.«

Mordaunt atmete schwer. Angharad starrte Vivian ungläubig an.

»Ich fürchte, Mylord, dass das nicht das erste Mal war, dass er sich über Euch lustig gemacht hat«, fuhr Vivian fort und verzog ein wenig das Gesicht, als fiele es ihr schwer, derart heikle Dinge zu enthüllen. »Wenn ich mich nicht irre, hat er bei seinem ersten Besuch angedeutet, dass einige seiner Männer hier in der Gegend aktiv waren. Er hatte ihnen aufgetragen, mit Euren Männern zu kämpfen und sie zu behindern. So wollte er Euch von der Bedrohung überzeugen, damit Ihr Euch ihm anschließt und Euren Wohlstand in das Unternehmen einbringt.«

»Wenn das wahr ist«, schnaubte Mordaunt, dessen Gesicht inzwischen puterrot angelaufen war, »dann wird Beolin dafür bezahlen.« Er wandte sich mit einem fiesen Glitzern in den Augen an Angharad. »Er fühlt sich von Euch angezogen, Lady, so viel steht fest. Also werden wir mal seine Loyalität Euch gegenüber auf die Probe stellen, nicht wahr?«

»Ich bitte Euch, Sir«, wandte Angharad ein. »Ich weiß nicht, wo sich Sir Beolin aufhält, und mich verbindet auch nichts Besonderes mit ihm.«

Mordaunt grinste anzüglich. »Das würde ich viel eher glauben, Lady, wenn wir nicht auf dem Weg durch den Innenhof am Stall vorbeigekommen wären. Und dort steht, wenn ich mich nicht irre, ein prachtvolles neues Streitross.« Er lächelte sie unangenehm an. »Und das sieht Beolins Ross *extrem* ähnlich.« Er wandte sich zu seinen Rittern um und erteilte brüllend Befehle. »Schickt Kundschafter und Boten durch die Region. Beolin kann zu Fuß nicht mehr als ein paar Tagesreisen weit gekommen sein, und er hätte sicherlich nicht sein Pferd hiergelassen, wenn er nicht vorhätte, zurückzukommen. Verbreitet die Botschaft, dass ich ihm in drei Tagen zum Duell gegenübertreten werde, und zwar auf dem Turnierplatz in Gefrin. Er soll sich mir stellen und seine Ehre verteidigen oder sein Leben und das Gold verlieren, wenn ich ihn besiege.« Er hielt inne und trat ganz nah an Angharad heran, sodass seine Wolfszähne nur eine Haaresbreite von ihrem Gesicht entfernt waren. »Ich erwarte selbstverständlich, dass das Gefolge Eures Mannes anwesend ist, *Mylady*.« In der nachfolgenden Stille hörte man nur das Kaminfeuer prasseln.

»Und lasst alle wissen, dass ich dieses Haus hier dem Erdboden gleichmachen werde, wenn Beolin sich meiner Herausforderung nicht stellt.«

34

Es folgten Stunden voller Anspannung und Furcht. Von der ältesten Ritterin bis zur jüngsten Pagin schlichen alle wie in einem Fiebertraum durch die Flure. Die Frauen standen in Grüppchen zusammen und führten im Flüsterton Gespräche. Cass hörte, wie einige jüngere Knappinnen sich fragten, ob Sir Beolin zur Verteidigung ihrer Herrin zurückkommen würde und ob ihn die Botschaft überhaupt rechtzeitig erreichen konnte. Cass verspürte ein Stechen im Magen. Sie wussten nicht, dass er auf keinen Fall zurückkommen würde. Ein paar, nämlich diejenigen, die ein anderes Zuhause oder entfernte Verwandte hatten, zu denen sie zurückkehren konnten, packten ihre Habseligkeiten zu Bündeln zusammen und gingen fort.

Am zweiten Nachmittag kam Cass am Fuß der Treppe vorbei, die zu Angharads Gemächern führte, und hörte sie schreien: »Das kannst du nicht verhindern! Du hast schon genug getan!« Danach knallte eine Tür, und Vivian kam mit tränenverschmiertem Gesicht die Treppe herunter.

Cass wollte nichts dringender, als alles mit Lily zu besprechen – die Beine gemeinsam unter ein Schaffell gestreckt und mit einem beruhigend knisternden Feuer im Hintergrund. Doch Lily verließ noch immer nicht ihre Kammer. Zwar hieß es, dass ihre Kräfte langsam zurückkehrten, aber sie ließ Cass nicht eintreten, ganz gleich wie häufig sie anklopfte.

Der Morgen des dritten Tages dämmerte kalt und verhalten, der Himmel war schiefergrau. Angharad saß mit einer graugesichtigen Vivian neben sich wie versteinert im großen Saal, aß nichts und trank nur ein wenig.

»Wir könnten –«

Angharad brachte sie mit einer kleinen, energischen Handbewegung zum Schweigen.

»Es gibt keinen Ausweg. Wenn Beolin nicht erscheint, werde ich dem Lord die Wahrheit gestehen und mich ihm opfern. Dadurch kann ich zwar nicht unsere Gemeinschaft schützen, aber wenigstens unsere Leben.«

Der ganze Saal schnappte kollektiv nach Luft, und eine junge Pagin brach in Tränen aus.

»Es tut mir leid.« Angharad sprach mit ausdrucksloser Stimme. »Ich habe gedacht, es wäre möglich, dass wir uns unsere eigene Welt erschaffen, innerhalb einer anderen Welt, die es uns nicht erlaubt, unser eigenes Schicksal zu bestimmen. Ich habe mich geirrt. Aber ich werde nicht zulassen, dass irgendeine von euch für meinen Fehler büßen muss.«

»Du kannst dich auf keinen Fall opfern!«, rief Vivian verzweifelt. Doch Angharad hob eine Hand, um sie zum Schweigen zu bringen, stand auf und führte alle aus dem Saal.

Sie gingen in einer elenden Prozession die eineinhalb Meilen vom Herrenhaus zum großen Turnierplatz und schleppten sich niedergeschlagen die Hänge zu Mordaunts prächtigem Herrenhaus hinauf. Angharad hatte allen Mitgliedern der Schwesternschaft befohlen, dabei zu sein, doch Cass sah, dass ihre Gruppe nur klein war, denn viele waren bereits geflohen. Lily konnte ihre Kammer noch immer nicht verlassen, und Vivian und Sigrid hatten sich rundheraus geweigert, die Zerstörung von allem, wofür sie gearbeitet hatten, mit anzusehen.

Der Platz lag westlich von den Befestigungen, die den äußeren Schutzwall bildeten. Es handelte sich um eine lang gestreckte, hübsche Terrasse, die in den Hügel hineingeschnitten worden war. An einem Ende stieß sie an den Hang, am anderen stand ein Hain aus Birken und Haselnussbäumen, der an den Wald angrenzte.

Mordaunt und sein Gefolge waren bereits da. Die Ritter und ihre Bediensteten umringten ihren Lord, und der thronte auf einem schwarzen Streitross, dessen Muskeln unter dem Fell sichtbar zuckten. Mordaunt trug unter seiner Rüstung einen vollständigen Kettenpanzer. Das silberne Geweih auf seinem Schild passte perfekt zum blendenden Glanz seines Helms.

Die Frauen setzten sich auf eine Holztribüne, wo ihnen die Sonne warm in die Gesichter schien. Cass hatte die Hände in den Schoß gelegt, saß stumm da und starrte vor sich hin. Sie war sich bewusst, dass um sie herum getuschelt wurde und sich Hälse reckten, als sich die festgelegte Zeit näherte. Die jüngeren Knappinnen versuchten einen Blick auf den Ritter zu erhaschen, von dem sie hofften, dass er zur Ehrenrettung ihrer Herrin erscheinen würde. Unter den Anwesenden wussten nur Cass und Angharad mit Sicherheit, dass Sir Beolin nicht kommen würde.

Mordaunts Gesicht wirkte hinter seinem erhobenen Visier wie eine Granitplatte. Die Zeit verstrich quälend langsam. Aus Minuten wurde eine Stunde. Mordaunt wandte sich langsam und überdeutlich zu Angharad um und schaute sie direkt an. Angharad sah geschlagen aus. Als sie sich erhob, um sich dem Ritter zu nähern, brach auch Cass' Herz.

Doch bevor Angharad losgehen konnte, ertönte in der Ferne ein dumpfes, beharrliches Trommeln; ein Herzschlag, der lauter wurde und sich in das unverwechselbare Geräusch galoppierender Hufe verwandelte.

Aus dem Hain am anderen Ende des Platzes preschte Sir Beolin hervor, seine auffällige Rüstung glänzte im Sonnenlicht. Er donnerte auf seinem Hengst über den Platz, und die Adlerfeder flatterte keck an der Spitze seines Helms. Die Lanze hielt er ausgestreckt neben sich. Angharad stockte mit offenem Mund, und unter den versammelten Frauen breitete sich aufgeregtes Getuschel und Jubel aus.

Mordaunt schloss sein Visier und warf sein Pferd herum, um sich dem herannahenden Reiter zu stellen. Beim Reiten klemmte er sich seine große schwarze Lanze mit dem silbernen Streifen unter den Arm.

Sie beiden prallten mit einem ohrenbetäubenden Lärm aufeinander. Holzsplitter flogen in alle Richtungen. Beide stürzten von ihren Pferden, kamen jedoch sofort wieder auf die Beine und zogen ihre Schwerter. Cass erkannte die reich verzierte Goldscheide an Beolins Hüfte wieder, genauso wie den dicht mit Juwelen besetzten Knauf seines Schwertes.

Der Kampf war erbittert und schnell. Sie hieben und hackten gegenseitig auf ihre Rüstungen ein, bis sich der Boden um sie herum von dem Blut, das aus oberflächlichen Wunden rann, rot verfärbte. Die Frauen auf der Tribüne lehnten sich alle gleichzeitig nach vorn; in ihren Seidenkleidern fing sich die Sonne, während sich die beiden Ritter ihren todbringenden Kampf lieferten.

Die Zeit verging und beide Ritter ermüdeten langsam. Ihre Hiebe wurden wilder und verzweifelter und fielen ihnen zunehmend schwerer, doch beide führten das Duell beharrlich und fest entschlossen fort. Einen Moment lang wirkte es so, als wäre Mordaunt im Nachteil. Sein Gegner hieb verzweifelt auf ihn ein und zwang ihn Stück für Stück rückwärts.

Dann schien Mordaunt seine allerletzten Kräfte zu mobilisieren und warf sich mit einem brüllenden Schlachtruf wieder nach vorn. Er versetzte der linken Flanke seines Gegners einen schweren Schlag mit der Rückhand. In diesem Moment sahen sowohl Cass als auch Angharad, wie der linke Knöchel des anderen Ritters beim Zurückstraucheln nachgab, und erkannten die Wahrheit.

Angharad stieß einen langen, gequälten Klagelaut aus, der Cass durch Mark und Bein ging. Der Ritter sackte langsam nach hinten, und Mordaunt sprang mit einem markerschütternden Siegesschrei auf. Ohne Gnade rammte er die Spitze seines Schwertes durch den Lederpanzer und mitten ins Herz.

Die Zuschauenden verstummten. Angharad rannte mit wehendem rotem Haar, das in der Sonne leuchtete, auf den Platz. Zugleich drehte sich Mordaunt mit einem wölfischen Knurren triumphierend zu seinen Männern um, die seinen Namen so laut skandierten, dass er von den Außenwänden des Herrenhauses widerhallte.

Doch als sich Mordaunt wieder der Leiche seines geschlagenen Gegners zuwandte und es so aussah, als wollte er ihr den Helm abnehmen, warf sich Angharad schützend darüber.

»Nein«, schluchzte sie verzweifelt. »Wir werden ihn beerdigen.« Mordaunt zuckte mit den Achseln und entfernte sich. Er sah lediglich die Trauer einer Frau, deren Liebhaber gefallen war.

»Lasst Euch das eine Lehre sein, Lady«, hallten seine Abschiedsworte, »und sucht Euch Eure Gesellschaft besser aus.«

Sie antwortete nicht, sondern legte ganz schlicht den behelmten Kopf in ihren Schoß und weinte, als würde sie nie mehr damit aufhören.

35

Sie begruben Vivian in der Morgendämmerung des folgenden Tages auf der Wiese. Angharads Schluchzer waren einem qualvollen Schweigen gewichen. Die einzigen Laute kamen vom Morgengesang der Amseln und Drosseln, Rohrsänger und Zaunkönige und von leise raschelnder Seide, als die Knappinnen ihre Last in das frisch ausgehobene Grab hinabließen.

Sie hatten Vivians Körper in weiße Baumwolle gehüllt, nachdem sie Angharads Arme mühsam von ihrem Hals losgemacht und ihr vorsichtig Beolins Rüstung abgenommen hatten. Sie bestatteten sie mit ihrem Schwert in den Händen.

Angharad warf eine einzelne weiße Rose in das offene Grab. Dann schien sie in sich zusammenzusacken, und Rowan geleitete sie ins Haus. Die anderen füllten die Grube mit festgestampfter Erde und bedeckten sie mit schweren Steinen, um Raubtiere abzuhalten.

Niemand wusste, was sie danach tun sollten. Cass kehrte in ihre Kammer zurück und lag still auf ihrem Bett. Ohne Vivian im großen Saal zu sitzen, fühlte sich nicht richtig an. Wie sollten sie je wieder trainieren, wenn sie wussten, dass dieser schreckliche Steinhaufen ihren Körper bedeckte? Aber vielleicht war es auch egal. Niemand wusste, ob Angharad jetzt, da Vivian tot war, überhaupt mit der Ausbildung der Ritterinnen fortfahren würde. Vielleicht würde sich die Schwesternschaft einfach auflösen, so still und insgeheim, wie sie sich zusammengefunden hatte.

Da klopfte es leise an ihrer Tür. Eine bleiche Lily stand in Waffenrock und Hose und mit der Kappe eines Knappen auf dem Kopf davor. »Ich dachte, wir schließen uns Rowan für einen Ausritt an«, sagte sie, als wären nicht viele qualvolle Tage vergangen, seit sie zuletzt miteinander gesprochen hatten. »Sie gehörte zu Vivian, fast so sehr wie Angharad. Sie sollte heute nicht allein sein.« Cass nickte eifrig und zog ihre Reitkleidung an. Trotz allem hatte sie nun Herzklopfen, und eine zarte Hoffnung regte sich in ihr. Als sie zum Stall hinausgingen, nahm sie Lily bei der Hand, und obwohl sie weder sprach noch sie ansah, meinte Cass zu spüren, dass Lily ihre Hand ganz leicht drückte.

Blyth schaute Rowan mitfühlend an, als sie ihre Pferde sattelten. Pebble war nervös, stampfte mit den Hufen und schüttelte den Kopf, als Cass ihr das Geschirr über den Kopf zog.

»Sie sind heute nicht sie selbst«, bemerkte Blyth mit einem besorgten Stirnrunzeln und streichelte sanft Pebbles Nase.

Im ganzen Stall war Unruhe zu spüren. Pferde wieherten und liefen in ihren Boxen auf und ab, und ein Hengstfohlen bäumte sich auf und hämmerte mit den Hufen wieder und wieder auf die massive, mit Eisen beschlagene Tür seiner Box, bis von dem Metall Funken sprühten.

Blyth verzog das Gesicht und wandte sich an die anderen. »Vielleicht reitet ihr heute besser nicht aus. Irgendetwas stimmt nicht.« Cass überlief ein Schauer, als sie merkte, dass Pebble unter ihr zitterte. Einen Augenblick lang überlegte sie, wieder ins Haus zurückzugehen, doch dann dachte sie an die trostlose Stimmung, die dort herrschte. Sie schaute in Rowans rote, verquollene Augen und schüttelte den Kopf. »Vielleicht haben sie nur die Stimmung aufgenommen, und das ist alles«, sagte sie beschwichtigend. Und bevor Blyth weitere Einwände erheben konnte, trieben sie die Pferde aus dem Stall, durch den Innenhof und in den Wald.

Irgendwo hatte jemand ein Wildfeuer entzündet, vielleicht ein Farmer, der ein Stück Wald rodete. Der intensive, würzige Geruch stieg in Cass' Nase, und sie fühlte sich unwillkürlich beschwingt. Von Bäumen und Pflanzen umgeben zu sein, wirkte tröstlich und besänftigte ihr aufgewühltes Gemüt.

Wortlos ritten sie über die Waldwege und ließen Rowan die Führung übernehmen. An Weißdornbüschen und den Wildkirschen sprossen vielversprechende Knospen. Die ersten zartrosa Blütenblätter kämpften sich aus der Enge ihrer Winterbehausungen hervor und streckten sich fröhlich ins Licht. Die Bäume schienen für eine Hochzeit geschmückt zu sein, nicht für eine Beerdigung. Es war irritierend, doch je länger sie ritten, desto wohltuender fand Cass es. Die Blüten spendeten Hoffnung.

Endlich erreichten sie offenes Land und ließen die Pferde ihre volle Kraft entfesseln. Rowan strebte voran. Ihre hübsche kastanienbraune Stute schüttelte den Kopf und ihre Mähne, und ihr Schweif flatterte im Wind. Lily und Cass schlossen eng zu ihr auf. Sie beugten sich nach vorn, um sie noch schneller über die vom Frühling gelockerte Erde zu treiben.

Am Horizont erschien ein Hügel, ein kleiner brauner und grauer Fleck, der schnell größer wurde, während sie darauf zu galoppierten. Der Qualmgeruch wurde schärfer und bitterer; er kratzte unangenehm in Cass' Kehle. Ihre Augen füllten sich mit Tränen, als der Fleck zu einer dichten Rauchwolke heranwuchs, die vom Horizont aufstieg, bis der Wind sie verwehte.

Rowan schaute sich beunruhigt nach Cass und Lily um und zügelte ihre Stute. Sie näherten sich jetzt langsamer, trabten nebeneinanderher.

Es war kein Wildfeuer. Es war das Dorf, das sie im vergangenen Jahr besucht hatten – jedenfalls das, was davon noch übrig war.

Die Hütten waren eingestürzt, ihre Reetdächer standen in Flammen.

Der unverkennbare Gestank von verbranntem Fleisch wehte herüber.

Ein kleiner Junge lag mit ausgestreckten Armen und Beinen da, sein strohblonder Haarwirbel ragte noch immer auf.

Sie sahen eine wehklagende, verzweifelte Frau, deren Stimme mehr tierisch als menschlich klang.

Männer in schwarzen Waffenröcken umstanden die Verletzten und Trauernden. Ihre ungerührten Gesichter schienen sogar noch über die Brutalität ihrer Taten zu spotten.

Ein älterer Mann stolperte von einer Hütte weg. Er wurde von einem Berittenen verfolgt, der einen angespitzten Speer nach ihm warf und ihn tötete wie einen jungen Baum, der an der Wurzel abgebrochen wird.

Ein Vater, der über die Leiche seines Kindes gebeugt dastand, blickte auf. In seiner Miene standen Grauen und Verständnislosigkeit. »Wir konnten nicht zahlen«, stammelte er ungläubig. »Sie haben gesagt, es ist zu spät.«

Rowan stieß einen Zornesschrei aus und gab ihrem Pferd die Sporen. Die Klinge ihres Schwertes schwirrte durch die Luft und klirrte dann mit dem Schwert eines Mannes mit schwarzem Waffenrock zusammen, der mit silbernen Geweihen geschmückt war.

Ohne nachzudenken und furchtlos zog auch Cass ihr Schwert und warf sich neben Rowan in die Schlacht. In ihr brannte eine grelle, heiß lodernde Wut. Sie saß ab und legte sich verzweifelter ins Zeug als je zuvor. Sie streckte einen Mann nieder, dann einen weiteren, und nahm die anderen Schwertkämpfe um sie herum dabei nur vage zur Kenntnis, die Schreie und Rufe und das widerwärtige Geräusch von brechenden Knochen und in Fleisch eindringenden Klingen.

Alles floss durch ihre Hände in ihr Schwert: ihre Trauer um Vivian; ihre Wut über die Ungerechtigkeit, mit der Mordaunt seine Untergebenen misshandelte; ihre Furcht, ihr neues Zuhause und ihre Bestimmung zu verlieren. Ihre innere Kraft übernahm voll und ganz die Kontrolle. Schonungslos.

Nach und nach wurde es stiller.

Um sie herum lagen Körper. Manche wanden sich noch und rangen nach Luft oder machten schreckliche gurgelnde Geräusche; andere bewegten sich nicht mehr und waren still. In der Ferne sah man immer noch flüchtende Dorfbewohner. In der anderen Richtung preschten einige wenige von Mordaunts Männern davon, um sich in seine Festung zurückzuziehen.

In diesem Moment legte Rowan ihre Hand auf Cass' Schulter. Cass schaute auf und konnte es an ihrer Miene ablesen, ohne dass sie ein Wort sagen musste.

Lily lag auf der Seite. Aus ihrem Mundwinkel rann Blut. Ihre Augen starrten ins Leere. Ihre Lippen waren leicht geöffnet, wie vor Erstaunen.

Cass hielt nicht inne. Sie weinte nicht, beugte sich nicht zu der Leiche hinab, um sie zu berühren, ließ es nicht zu, die Trauer zu spüren, die sich wie ein Tritt in ihren Magen anfühlte. Sie nahm ihr Schwert, saß auf und ritt zum Herrenhaus zurück, als würde sie von tausend Wölfen gejagt.

Sie klapperte in den Innenhof und warf Blyth die Zügel zu, die erschreckt aufschrie, als sie ihren Gesichtsausdruck, ihr blutiges Schwert und ihre Kleidung sah, doch sie blieb nicht stehen. Sie rannte durch den Saal, ignorierte die erschrockenen Mienen der dort sitzenden Knappinnen und Ritterinnen, sprang, immer drei Stufen auf einmal nehmend, die Treppe hoch und hämmerte wild an die Tür von Angharads Gemach.

Angharad war blass, ihr Haar fettig. Ihre von dunklen Schatten umgebenen Augen waren gerötet, ihre Lippen geschwollen.

Doch für all das hatte Cass keinen Blick. Sie konnte nicht über Trauer nachdenken oder sie an sich heranlassen, denn dann wäre sie mit Haut und Haaren davon verschluckt worden.

»Mordaunt hat unschuldige Dorfbewohner abgeschlachtet. Lily ist tot. Wir müssen handeln.«

Da war kein Platz für Gefühle oder unnötige Erklärungen. Das waren die Tatsachen. Nichts anderes zählte.

Cass fuhr fort: »Wir können nicht länger tatenlos zusehen. Das ist nicht nur Tyrannei, das ist Mord. Es ist teuflisch. Sie dürfen damit nicht durchkommen.«

»Ich stimme dir zu.« Angharads Stimme bebte vor Wut. »Wir bringen es vor den Witan.«

Und noch vor Sonnenuntergang hatten sie sich im Saal versammelt. Es waren alle verbliebenen Frauen da, Ritterinnen und Knappinnen, Paginnen und Stallhilfen. Und ehe im samtschwarzen Himmel über der Wiese die Sterne ganz sichtbar geworden waren, hatten sie ihren Witan abgehalten und jede Einzelne von ihnen hatte dafür gestimmt, zu handeln.

36

Über drei lange Wochen hinweg beobachteten und warteten sie. Der Frühsommer polierte den Himmel mit silbernen Sonnenaufgängen und spektakulären rosa-goldenen Sonnenuntergängen.

Auf der Weide probierten drei neue Fohlen freudig ihre langen dünnen Beine aus. Butterblumen sprenkelten das Gras mit goldenen Flecken. Hagebutten sprossen in den Hecken, und im Wald hing der berauschende Duft des Geißblatts.

Die Apfelbäume im Dorf wirkten in ihrer cremefarbenen üppigen Blüte geradezu obszön, als sie hingingen, um die Toten zu begraben und den Überlebenden ihren Beistand anzubieten. Wo auch immer sie hinschauten, reifte der Frühling zum Sommer, als wollte die Natur die Toten verspotten.

An einem Tag führte Alys sie mit in der sommerlichen Brise wehendem weißem Kleid auf die Wiese. Sie stand vor den Gräbern und führte Beerdigungsriten aus. Dabei übersäte sie die Steine mit Blumen und legte die Rüstungen der Toten neben die Grabsteine, in die Elaine ihre Namen gemeißelt hatte. Sie sang und weinte und erinnerte an sie. Elaine war da und Blyth und die anderen. Sie standen im Kreis und hielten einander bei den Händen, als könnten sie sich nicht allein aufrecht halten.

Cass hatte sich geweigert, mitzukommen. Ihr Herz war noch zu wund, als dass sie es hätte aushalten können. Stattdessen sah sie von Lilys Turmkammerfenster aus zu. Doch der Duft des Lavendels war zu viel für sie. Sie legte sich auf die Matratze, auf der Lily zum ersten Mal den Arm um sie gelegt hatte, und weinte.

Cass aß fast nichts und fand keinen Schlaf. Aus Furcht, an Lily denken zu müssen, erlaubte sie sich keinen Moment des Stillstands oder der Ruhe. Sie konnte die Wiese nicht betreten, auf der sie Lily direkt neben Vivian begraben hatten – ein zweiter schrecklicher Steinhaufen. Deshalb trainierte sie im Wald oder allein in ihrer Kammer und baute ihre Muskeln und ihr Durchhaltevermögen mit so unnachgiebiger Intensität auf, dass sogar Sigrid sich besorgt äußerte.

»Ich weiß, was es bedeutet, von Trauer zerfressen zu werden«, sagte sie eines Abends unvermittelt, als sie in ihre Gemächer zurückkehrte und Cass schweißüberströmt mit blutigen, abgebrochenen Fingernägeln beim Gewichtheben mit schweren Steinen antraf. »Deine Wut ist wie eine Flamme. Du musst sie ausreichend nähren, um sie am Leben zu erhalten. Aber wenn du ihr erlaubst, zu hell zu lodern, dann wird sie dich zu Asche verbrennen, bevor du sie nutzen kannst.«

Doch Cass hörte nicht auf sie. Sie konnte es nicht.

In jeder Sekunde, in der sie nicht trainierte, kroch sie bäuchlings durch den Farn, der die Hänge rund um Mordaunts Herrenhaus umgab, oder hielt in den Ästen des Hains am Ende des Turnierplatzes Wache. Ihre Blicke folgten jedem Schritt seiner Ritter und Wachen, jedem Wachwechsel auf der Wehrmauer, jeder Lieferung, jedem Boten und jedem Ausritt. Nach drei Wochen hatte sie einen Überblick über alle Bewohner – da Mordaunt keine Frau hatte, war es ein überwiegend männlicher Haushalt. Sie kannte die Schichten der Wachleute, die Bewegungen der Dienstboten und alle Ein- und Ausgänge des Herrenhauses.

»In einer offenen Schlacht haben wir keine Chance gegen sie«, warnte Sigrid, als sie und Cass, Angharad und Rowan mit ein paar der anderen Ritterinnen bei Kerzenlicht bis in die kalten, frühen Morgenstunden Pläne und Karten von Mordaunts Herrenhaus und den umgebenden Wäldern studierten. »Aber sie sind nicht so viele, dass wir nicht durch List Erfolg haben könnten.«

Sie hielt inne und nahm einen tiefen Atemzug, so als wollte sie sich selbst Mut machen.

Dann enthüllte Sigrid alles: Sie erzählte von Jonathans Knappen, ihrer langen, von Trauer befeuerten Vergeltungsmission, ihrem geheimen Informationsaustausch mit einem Mann an Mordaunts Hof. Es wurde eine lange, angespannte Nacht, in der Sigrid sich zu erklären versuchte und darauf bestand, dass die von ihm gelieferten Informationen verlässlich seien, während Angharad wütend über ihre Unehrlichkeit und ihren Verrat fluchte.

»Sigrid hatte recht, es vor uns geheim zu halten«, sagte Rowan bitter in das Schweigen hinein, als beide verstummt waren und wütend ins Feuer starrten. »Wir waren zu weich. Vor dem heutigen Tag hätten wir die Informationen nicht auf die richtige Art genutzt. Wir hätten früher handeln sollen. Wir hätten schon längst gegen Mordaunt und seine Männer vorgehen müssen, egal zu welchem Preis. Wenn wir das getan hätten, würde Vivian vielleicht noch leben. Und Lily auch. Diese Männer verdienen, für das zu sterben, was sie so vielen angetan haben.«

Dann ergriff Cass das Wort. Leise, unsicher, denn der Schmerz lag so schwer auf ihrer Brust, dass es schwierig war, Worte herauszubekommen. Sie wusste, dass sie handeln mussten, dass Lily gerächt werden musste. Aber sie war sich genauso sicher, dass

Gamelin den Tod nicht verdient hatte und dass da noch andere wie er sein konnten. Also erzählte sie ihnen die Wahrheit. Über den Kampf der Knappen; darüber, wie er sie im Wald überrascht hatte; wie er sie auf dem Fest gerettet und auf den Turniersieg verzichtet hatte, um ihre Tarnung nicht aufzuheben. Sie erzählte ihnen alles, außer von dem Kuss.

Sie lachte trocken, als die anderen anschließend über sie herfielen. Denn zum ersten und einzigen Mal erleichterte es sie, dass Lily nicht da war und von ihr nicht so enttäuscht sein konnte wie die anderen. Doch es bedeutete keinen Unterschied, ob sie jetzt von ihr enttäuscht waren. Es war unwichtig, was sie von ihr hielten oder was mit ihr geschehen würde. Sie mussten Mordaunt stoppen. Danach war alles andere gleichgültig. Denn ohne Lily schien sich die Zeit in einer leeren, unerträglich farblosen Ewigkeit dahinzuschleppen.

Es war ihr egal, dass Sigrid sie anschaute wie eine Fremde. Egal, dass Rowan ihre Augen angewidert zusammenkniff und murmelte, sie hätte schon vermutet, dass Cass irgendetwas verheimlichte – seit jenem Tag im Wald, als sie in den Teich gestürzt war. Es war ihr sogar egal, dass Angharad aufstand und ging, ohne sich auch nur einmal umzusehen. Nichts davon bedeutete mehr etwas.

»Ich hätte es euch eher erzählen sollen«, sagte Cass ausdruckslos. »Aber das ändert nichts an der Tatsache, dass es auch an üblen Orten gute Menschen gibt. Es ist wichtig, dass ihr das erfahrt.«

»Das weißt du nur, weil du dich mit dem Feind verbrüdert hast«, erwiderte Rowan scharf. »Nach allem, was Angharad und Vivian für dich getan haben. Es ist nicht dasselbe wie bei Sigrid, die mit jemandem zusammenarbeitet, den sie bereits kannte, um Mordaunt zu stürzen. Das war leichtsinnig von dir. Und dumm.«

Cass nickte müde. Ihre innere Leere ließ ihr keine Kraft, um sich zu verteidigen. Und vielleicht hatte Rowan ja ohnehin recht. Vielleicht verdiente sie es nicht, hier zu sein. Vielleicht würden sie nach dem, was als Nächstes geschehen würde, nicht mehr wollen, dass sie blieb. Doch so weit in die Zukunft konnte sie nicht denken. Sie musste sich auf das Hier und Jetzt konzentrieren, denn sonst würde der unwiederbringliche Verlust sie mit Haut und Haaren auffressen.

Wenn Cass nicht kundschaftete oder trainierte, stürzte sie sich auf jede beliebige einfache Tätigkeit, mit der sie ihre Hände und ihr Hirn beschäftigen konnte: Holz hacken, Feuersteinsplitter zu Pfeilspitzen verarbeiten, den Stall ausmisten, bis Blyth sie vornübergebeugt in Pebbles Box antraf, wo sie dünne Galle ins Stroh spuckte und die blutigen Blasen an ihren Händen studierte, als wäre sie von deren Existenz überrascht. Doch als Blyth eine sanfte Hand nach ihr ausstreckte, flüchtete sie in die Stille und Einsamkeit des Waldes.

An einem Nachmittag lief sie barfuß und mit unbedecktem Haar herum und achtete weder auf scharfe Steine unter ihren Füßen noch auf das Risiko, entdeckt zu werden. Sie wusste nicht, wohin sie ging, nur, dass sie in Bewegung bleiben musste, denn wenn sie stillstand, wurde der Schmerz unerträglich. Ohne zu wissen, wie sie dorthin gekommen war, fand sie sich auf der Lichtung wieder und starrte auf die höhnisch silbrige Oberfläche des Teichs. Sie wusste nicht, wie lange sie am Ufer gekniet hatte, als eine sanfte Hand ihre Schulter berührte und Alys neben ihr stand.

»Cass«, sprach sie sie an, und es machte Cass Mühe, sie überhaupt wahrzunehmen, als kämen ihre Worte von unter Wasser oder von dem Ende eines sehr langen Tunnels. »Cass, ich weiß, dass du mit dir ringst, aber ich muss mit dir sprechen.« Ihre Miene war besorgt, ihre Finger zuckten nervös. »Ich muss mit dir darüber sprechen, wer du bist.«

Cass lachte sie aus. Als ob das noch etwas ändern würde.

Doch Alys ließ nicht ab, sondern packte sie an den Schultern, um sie zum Zuhören zu zwingen. Sie stellte ermüdende und unwichtige Fragen, Fragen die keinen Sinn ergaben – über ihre Identität und ob sie noch irgendetwas aus ihrer Vergangenheit besaß.

Da fiel Cass der Anhänger wieder ein. Zum ersten Mal seit jenem Tag im Obstgarten, der eine Ewigkeit her zu sein schien, dachte sie an die Worte ihrer Mutter. »Er hat nie wirklich mir gehört, Cass. Es ist deiner.« Doch als sie an zu Hause dachte, an die Geborgenheit des Obstgartens, den Duft des Grases und den Schmerz, den sie sich erspart hätte, wenn sie an jenem Morgen nie die Küche verlassen hätte, füllten sich ihre Augen mit Tränen. Sie schüttelte Alys' Hand ab, rannte in den Wald davon, ehe sie sie aufhalten konnte, und ignorierte Alys' Rufe.

Sie schärfte verbissen ihr Schwert, fuhr wieder und wieder mit dem Wetzstein darüber und fand das unangenehme Geräusch eigenartig trostspendend. Denn sie machte die Klinge kampfbereit, die Lilys Namen singen würde, wenn sie ihren Tod rächte. Auch sich selbst schärfte sie wie ein Schwert, indem sie im Innenhof Zielscheiben aus Sackleinen aufbaute und wieder und wieder Speere darauf schleuderte, bis ihre Arme ihr vor Schmerzen den Dienst versagten und die Füllung der Zielscheiben auf den Steinboden rieselte. Sie war wie das Stück Metall, das Iona im Feuer geschmiedet hatte: Ihr Herz hatte erst vor unerträglichem Zorn über den Verlust von Vivian rot geglüht und war dann durch Lilys Tod schockartig in eiskaltes Wasser getaucht worden, wodurch sie gehärtet und kalt wie Stein zurückgeblieben war. Sie versenkte die weichen, zarten Teile von sich selbst so tief in sich wie das Zinn ihres Schwertes, sodass lediglich der scharfe, gnadenlose Stahl nach außen ans Licht trat.

Die Trauer legte sich wie ein Nebel um sie. Alles außerhalb ihrer zwanghaften Gedanken war weit weg und blass. Sie bemerkte kaum, dass Angharad wie ein Gespenst über die Flure schlich und mit der Hand über die Wände fuhr, als würde sie sich für immer von ihnen verabschieden; dass Sigrid noch distanzierter und unnahbarer war als je zuvor, während ihr Verhältnis zu den anderen Ritterinnen durch ihr Geständnis und deren offensichtliches, unverhohlenes Misstrauen zum Zerreißen gespannt war. Sie verbrachte ganze Tage und Nächte auf einsamen Ausritten, und Cass, dankbar für die Ruhe in ihrer Kammer, vermisste sie nicht.

Als sie eines Morgens hinter einem Ginsterbusch lag und darauf wartete, dass Mordaunts Wachen den Schichtwechsel vollzogen, bemerkte sie, wie ihr die Augen zufielen. Doch selbst wenn sie schlafen konnte, bot der Schlaf keinen Ausweg, sondern war ein schreckliches, ruheloses, unangenehmes Etwas, das an den Innenseiten ihres Schädels kratzte. Sie jagte Lily durch den Wald hinterher; rief, dass sie warten und zurückkommen sollte, erhaschte jedoch immer nur einen kurzen Blick auf ihre goldenen, gerade hinter dem nächsten Baumstamm verschwindenden Locken und schaffte es nie, sie einzuholen. Lilys Lachen hallte neckend und spottend, doch sie blieb immer außer Reichweite. Bis Cass wieder allein auf der Lichtung und vor dem schrecklichen Teich stand. Diesmal war der Hirsch wieder da, und plötzlich stand da auch Lily mit ausdruckslosem Gesicht und weißen, blinden Augen. Der Hirsch schubste Cass von hinten mit seinem Geweih, und sie fiel hart und unvermittelt am Rand des Wassers auf die Knie. Und noch ehe sie sich entziehen konnte, wurde sie wieder unter

Wasser gedrückt. Nur, dass es diesmal Gamelins Gesicht war, das zu ihr aufstieg. Gamelin, dessen Mund in einem stummen Schrei weit geöffnet war. Gamelin, dessen Festung sie in ein paar Tagen erstürmen würden. Er streckte mit flehentlichem Blick die Hand nach ihr aus, und sie versuchte ihn am Handgelenk zu ergreifen. Doch Lilys leblose, kalte Hand schloss sich um ihren Hals und zog sie beiseite, weg von ihm, dessen Fingerspitzen ihre eigenen nur nutzlos streiften.

Dann wurde sie wieder wach. Sie spürte die Tränen auf ihren Wangen und das Kitzeln des Ginsters an ihrem Rücken und hatte den Wachwechsel verpasst.

37

Am zweiundzwanzigsten Tag nach Lilys Tod hielten sie einen Witan ab. Vielleicht den letzten.

Alle Mitglieder der Schwesternschaft waren anwesend, allesamt still und ernst, selbst die jüngsten Paginnen. »Bei Einbruch der Dunkelheit brechen wir auf«, erklärte Angharad. »Wir nehmen Mordaunts Herrenhaus ein und kämpfen für Gerechtigkeit, für Freiheit, für die unschuldigen Dorfbewohner, für Vivian und Lily.« Es gab keinen Jubel, keinen dröhnenden Applaus.

Cass sah den toten Körper des kleinen Jungen vor sich, obwohl sie alles tat, um nicht daran denken zu müssen. Und sie dachte an die Frau, die so dankbar für das Essenspaket gewesen war.

»Was danach geschieht, entscheiden wir gemeinsam«, fuhr Angharad fort. Sie fasste sich wieder, nachdem ihre Stimme bei der Erwähnung von Vivian gebebt hatte.

»Rache!«, zischte Rowan sofort. »Leben um Leben. Brutale Vergeltung.« Und Cass stellte leicht überrascht fest, dass sie Rowan in dem kriegslüsternen Gesicht mit den harten und hungrigen Augen gar nicht mehr wiedererkannte.

»Ich bin dieser Schwesternschaft nicht beigetreten, um wahllos zu morden«, erklang eine leise Stimme. Es war Leah, die nahe am Kamin stand. »Ich bin hergekommen, um der Gewalt zu entfliehen, nicht, um sie zu verüben.«

»Wenn wir Gewalt scheuen«, antwortete Cass verärgert und mit gesenktem Blick, »dann hätten wir genauso gut in ein Kloster gehen können.«

»Ich habe nicht gesagt, dass wir ganz ohne Gewalt auskommen sollen«, erwiderte Leah kühl. »Aber wir müssen maßvoll bleiben. Ich bin auch der Meinung, dass Mordaunt für den Schmerz, den er bereitet hat, büßen muss. Aber wir sind nicht in der Position, über ihn und sein ganzes Gefolge zu richten. Dann wären wir kein Stück besser als sie.«

Sigrid stand auf der anderen Seite des Kamins und trat gegen eines der Holzscheite, sodass dieses in einem Funkenregen zerbarst.

»Wenn wir sie nicht eliminieren, werden sie noch sehr viel mehr Gewalttaten begehen«, beharrte sie. Sie hatte die Hände zu Fäusten geballt, bemühte sich aber, mit gefasster Stimme zu sprechen. »Und wenn wir sie leben lassen, meint ihr nicht, dass sie uns dann …«

»Wir müssen an die künftige Gewalt denken, Sigrid«, entgegnete Angharad, und in ihren grünen Augen lag stählerne Härte. »Diese Angelegenheit ist größer als wir, größer als Mordaunt, als Lily, sogar als Vivian.«

Sie blickte sich im Raum um. »Ich habe in den letzten Tagen Kundschafterinnen ausgeschickt. Die Artus-Ritter wären ohne einen dringenden Anlass nicht so weit nach Norden gesandt worden. Im Westen bildet sich eine riesige Armee. Sachsen. Und die Pikten machen der nördlichen Grenzregion wieder zu schaffen. Es wird schneller, als wir uns vorstellen wollen, zu einer großen Auseinandersetzung kommen. Wir werden um unser Land, unsere

Familien und unsere schiere Existenz kämpfen müssen. Das schaffen wir nicht allein. Wir benötigen Mordaunts Männer, jeden von ihnen, der bereit ist, sich uns anzuschließen. Und davon abgesehen, werden wir noch eine Menge andere Dinge brauchen. Die einzige Art, das zu erreichen, besteht darin, gerecht und gnädig zu sein.«

Leah nickte. »Mordaunt muss ins Exil vertrieben werden. Aber vielleicht können wir seine Männer davon überzeugen, hierzubleiben und um ihre Heimat zu kämpfen. Und sie werden sich uns viel bereitwilliger anschließen, wenn wir uns ihnen gegenüber gnädig erweisen.«

»Gnade?«, brüllte Rowan mit zu einer Grimasse verzerrtem Gesicht. »Wie könnt ihr beide von Gnade reden, wenn Vivian kalt unter der Wiese liegt?«

Das schien Angharad einen Schlag zu versetzen. Sie sackte förmlich in sich zusammen. »Vivian hat ihr Leben gegeben, damit unsere Schwesternschaft überleben kann, Rowan.« Sie zog ein zerknittertes Stück Pergament aus ihrer Tasche und las es mit lauter, aber brüchiger Stimme vor. »Was wir geschaffen haben, ist es wert, gerettet zu werden. Du bist es wert, gerettet zu werden. Der Preis ist nicht zu hoch. Ich liebe dich.«

Angharad tupfte sich mit dem Ärmel die Augen ab und schien sich mit großer Anstrengung zusammenzureißen. »Sie ist gestorben, um zu erhalten, wofür wir gekämpft haben. Ich werde sie jetzt nicht enttäuschen. Unsere größte Stärke«, fuhr sie leise fort, »besteht darin, dass wir uns von unserer Liebe und unserer Trauer leiten lassen.«

»Dann öffne dein Herz«, sagte Sigrid barsch. »Aber lass es dich stark machen, nicht weich und schwach.«

Angharad prüfte mit dem Daumen die Klinge ihres Schwertes, die eine feine blutige Linie hinterließ.

»In der Hinsicht brauchst du dir keine Sorgen zu machen«, erwiderte sie finster.

Cass kehrte in ihre kleine Kammer zurück. Sie fand ihren Anhänger und streifte ihn sich über den Kopf, ohne ihn anzusehen, ja fast ohne ihn überhaupt zu berühren, so als könnte sie sich die Finger daran verbrennen. Aber sie hatte dennoch das Gefühl, dass sie ihn bei sich haben sollte. Dann fügte sie die Halskette von Lily hinzu, wobei sie länger an dem winzigen Verschluss herumfummeln musste. Eine kurze, weiche Sekunde lang schloss Cass die Augen und spürte Lilys Finger in ihrem Nacken, sah ihre stets zu einem Lächeln aufgelegten Grübchen vor sich. Dann war der Moment vorüber. Sie warf sich ihren Umhang über die Schultern und ging aus dem Raum, ohne sich noch einmal umzusehen.

Sie verließen das Herrenhaus im Licht eines hellen Halbmondes. Angharad ritt voran, hinter ihr ein halbes Dutzend andere Ritterinnen in voller Rüstung und ein Gefolge von Knappinnen. Alle hatten die Hufe ihrer Pferde mit Stoff umwickelt, damit sie leiser waren. Elaine war ebenfalls dabei; sie trug ein gelbes Seidenkleid, das im Mondlicht sanft schimmerte, und hielt sich mit entschlossener Miene den mittlerweile sehr dicken Bauch.

Angharad stoppte ihr Pferd für einen Moment, blickte sich nach Elaine um und schaute ihr im Mondlicht in die Augen. »Bist du dir sicher, dass das nicht zu viel ist?« Elaine nickte finster, gab ihrem Pferd die Sporen und galoppierte voran.

Hinter ihnen war Sigrid, die sich zusammen mit Rowan und Cass und einer kleinen Gruppe anderer zu Fuß auf den Weg gemacht hatte. Sie waren vollständig bewaffnet: scharfe Speere in der Hand und Schwerter an ihrer Seite.

Leah folgte mit dem Rest der Ritterinnen, nämlich denjenigen, die die besten Bogenschützinnen waren. Auf ihren Rücken trugen sie volle Köcher und schwere Bögen.

Das Herrenhaus war komplett verlassen. Jeder hatte bei dem, was in dieser Nacht geschehen sollte, eine Rolle zu spielen – von Alys bis zur jüngsten Pagin. Die Schweine grunzten unbeaufsichtigt in ihrem Stall, die Teller vom letzten Abendessen stapelten sich unordentlich in der Küche, die Kamine waren kalt. Nur die beiden Steinhaufen bewachten die Wiese.

Während sie unterwegs waren, legte sich der dunkelste Teil der Nacht wie eine Decke um sie. Als sie an der Stelle ankamen, wo der Wald in den mit Ginster und Farn bestandenen Hang überging, auf dem Mordaunts Herrenhaus wie ein Scheusal kauerte, teilten sie sich auf. Angharad blieb gemeinsam mit den anderen Reiterinnen am Waldrand im dunklen Schatten der Bäume verborgen. Sigrid und ihre Gruppe machten sich am Fuß der Hänge nach Westen auf, um sich den Befestigungen von hinten zu nähern. Leah und ihre Bogenschützinnen zogen nach Osten weiter, wo sie sich über den Turnierplatz anpirschen und in dem Hain positionieren wollten, in dem Vivian an jenem schrecklichen Tag in Sir Beolins Rüstung gekleidet gewartet hatte. Elaine machte sich schwer atmend allein auf den Weg. Sie raffte ihre Röcke mit den Händen und fixierte ihren Blick auf den einzigen Lichtschein, der von der Laterne der Wache auf der Wehrmauer ausging.

Als sie die andere Seite des Hügels erreichten, ging Sigrid leise auf die Knie. Die Übrigen taten es ihr nach und begannen, im kärglichen Schutz der stacheligen Ginsterbüsche und niedrigen Bäume, mit dem mühseligen Anstieg. Jedes Mal, wenn ihre Kniescheiben auf Steine trafen, ignorierte Cass den scharfen Schmerz.

Während sie sich vorarbeiteten, lauschten sie. Irgendwo im Wald ertönte der lange, schrille Schrei einer Schleiereule. Dann war es wieder still, bis schließlich die Nacht von dem mitleiderregenden Schmerzensschrei einer Mutter in den Wehen zerrissen wurde. Eine Pause, dann der nächste verzweifelte Schrei, dem kurz darauf der fragende Ruf eines Mannes folgte. Es kam keine Antwort. Cass stellte sich vor, wie Elaine am Rand des Burggrabens auf die Knie fiel, das Kleid um sich herum auf dem Boden ausgebreitet wie flüssiges Gold. Es trat eine weitere quälende Stille ein, doch dann hörte man einen schnellen, scharfen Befehl, dem das Quietschen und Knirschen der sich senkenden Zugbrücke folgte. Mit einem dumpfen Geräusch traf sie auf dem Boden auf; dann folgte das metallische Klirren der Eisenriegel, und das große Eichentor öffnete sich.

Danach war Fußgetrappel zu vernehmen. Cass stellte sich vor, wie der Wachposten auf Elaine zurannte, sich über sie beugte, um ihr aufzuhelfen. Sie spürte den Schock, der durch seinen Körper gehen musste, als Elaine sich wie eine Schlange erhob und den Dolch zog, den sie in ihrem Mieder versteckt hatte. Wenige Augenblicke später erklangen männliche Schreie, und wieder Fußgetrappel. Dann das unverwechselbare Zischen von Pfeilen, die den dunkelblauen Nachthimmel durchschnitten, sowie überraschte Schmerzensschreie, als sie ihre Ziele trafen.

Dann herrschte erneut Stille.

Kurze Zeit später schien sich ein Stern vom Herrenhaus zu erheben. In einem eleganten Bogen flog er darüber hinweg und stürzte dann wieder in die Dunkelheit. Ein leises Klirren von splitterndem Glas. Damit wussten sie, dass die Wache überwältigt worden war und Elaine ihr Signal gesendet hatte, indem sie die Laterne des Wachmanns mit aller Kraft hoch über die Wehrmauern geworfen hatte. Am Waldrand trafen Angharads Sporen auf die Flanken ihres Pferds.

38

Jetzt brauchten sie nicht mehr zu lauschen. Schnell und leise richteten sich Sigrid, Cass und die anderen wieder auf und eilten über das offene Gelände, bis sie das Ufer des Burggrabens erreichten. Eine nach der anderen ließen sie sich mit einem kleinen Japsen ins Wasser gleiten. Die Kälte war so schockierend wie ein blendender Lichtblitz. Sie erfüllte Cass' Körper mit einer Klarheit, die wie eine geschärfte Klinge war und jeden Teil ihres Gehirns auf die bevorstehende Aufgabe konzentrierte. Mordaunt finden. Seine Männer überwältigen. Ihn verbannen.

Halb wateten, halb schwammen sie die kurze Strecke auf die andere Seite. Sigrid streckte die Hand aus und Cass umfasste ihr in einen Kampfhandschuh gehülltes Handgelenk, um sich mühevoll aus dem Morast zu ziehen. Der schlammige Untergrund klebte an ihren Füßen, als wollte er sie zurückziehen.

Sie erreichten die Deckung der Außenmauer und verteilten sich mit dem Rücken zum rohen Stein an ihr entlang. Von Sigrid angeführt, rückten sie langsam seitwärts, bis sie die von rankendem Efeu halb versteckte Hintertür erreichten – eine robustes Türblatt aus Eiche, das von innen fest verriegelt war. Sie hatten von ihr erst durch ihre langen Tage des Kundschaftens erfahren. Eines

Morgens hatte Cass müde in die ersten Sonnenstrahlen des Tages geblinzelt und bemerkt, dass drei Knappen auf der Rückseite der Festung erschienen, um ihre Nachttöpfe zu leeren und aus einem nahe gelegenen Brunnen Wasser für die Küche zu schöpfen. Sie hatten sich nicht die Mühe gemacht, die Tür hinter sich zu sichern.

Das war der perfekte Hintereingang, und wenn es ihnen gelang, ihren Plan umzusetzen, konnten Sigrid und ihre Truppe Mordaunts Ritter im selben Augenblick von hinten überfallen, wenn Angharad und die Kavallerie von vorn einritten.

Cass wusste, dass sie nicht lange zu warten brauchten. Ihre Zähne klapperten wild, ihr ganzer Körper zitterte vor Kälte, doch sie spürte es gar nicht. Es war, als wäre das Fleisch von ihr abgeschält worden, als würde es taub und gefühllos mit Lily im Grab liegen. Sie wusste nicht, ob sie je wieder etwas fühlen würde.

Der Himmel wurde langsam hell. Über den Horizont krochen kaum wahrnehmbare bernsteinfarbene Strahlen.

Stimmen erklangen, und Cass merkte, wie Rowan neben ihr erstarrte. Sigrid legte warnend einen Finger an die Lippen. *Wartet. Keine Bewegung. Haltet die Position.*

Das Efeu wurde von der aufschwingenden Tür zur Seite gedrückt. Drei Knappen stolperten heraus und rieben sich die Augen. Einer hustete einen Schleimklumpen hoch und spuckte ihn auf den Boden, nur wenige Meter von der stehenden Cass entfernt, die den ganzen Körper sprungbereit angespannt hatte. Der junge Mann gähnte und reckte sich, und als er den Kopf ein wenig drehte, erkannte sie die Blässe seines Gesichts und den spärlichen Schnauzbart wieder. Es war Mordaunts Knappe. Ihr fiel wieder ein, wie er Lily verspottet hatte, und durch ihre Glieder fuhr eine Welle tatendurstiger Hitze. Sie war bereit.

Doch Sigrid hielt ihre Hand noch immer mit ausgestreckten Fingern erhoben.

Das Warten war die reinste Tortur. Jeden Moment konnte sich einer der Knappen umdrehen und sie sehen, eine Reihe von stillen Beobachtern, die sich in der Morgendämmerung an die Festungsmauer pressten. Doch wenn sie zu hastig handelten, riskierten sie, dass einer der Knappen ins Herrenhaus floh, Alarm schlug und die Tür hinter sich verriegelte.

Also warteten sie und wagten kaum zu atmen. Eine Amsel trällerte fröhlich, als wäre es ein Morgen wie jeder andere. Und die Knappen, deren Haare noch vom Schlaf zerdrückt waren, drehten sich nicht um, sondern latschten von der Tür weg zum Brunnen, so wie jeden Tag, an dem Cass sie mit schmerzenden Gliedmaßen aus ihrer Stellung in den Büschen beobachtet hatte.

Endlich waren die drei jungen Männer ein gutes Stück von der Tür entfernt. Einer beugte sich herab, um einen Nachttopf auf den Boden auszuleeren; einer drehte an dem Griff der Winde, um den Eimer herauszuziehen; der Dritte erleichterte sich an die Brunnenmauer. Sigrid ließ ihre Hand sinken. Leise schlich die Formation der Frauen voran und rückte näher und näher an die Tür.

Als er ein leises Rascheln von einem Blatt oder von einem zertretenen Zweig wahrnahm, drehte sich einer der Knappen im letzten Moment um. Er schrie überrascht auf, ließ den Nachttopf fallen und griff nach seinem Schwert, doch da war keins – keiner von ihnen hatte seine Schlafkammer bewaffnet verlassen.

Da sie ihn hörten, wandten sich auch die anderen um, doch die Frauen griffen sie an, noch ehe sie schreien oder davonlaufen konnten. Cass und Rowan stürzten sich auf Mordaunts Knappen. Cass sprang ihm auf den Rücken und krallte sich in sein Gesicht wie eine Wildkatze. Rowan nutzte aus, dass er abgelenkt war, und trat ihm mit aller Kraft von hinten in die Knie, sodass er wie ein Sack nach vorn kippte. Sie knebelten ihn, zurrten ein Stück Sackleinen fest um seinen Kopf und fesselten seine Hände und Füße. Währenddessen machten die anderen mit seinen zwei Kumpanen das Gleiche.

Dann traten die Frauen durch die offene Tür und ließen die gefesselten Knappen liegen wie hilflose Ferkel, die zum Rösten aufgespießt werden sollten. Die drei wanden sich ein wenig, doch die Fesseln hielten.

Angharad und die anderen hatten bereits angegriffen. Als sie von der Hintertreppe aus in die Küche kamen, hörte Cass Schreie und das Klirren von Schwertern. Die gemütliche Küche war groß; auf einer Kochstelle loderte ein Feuer und in einer Pfanne brutzelte Speck. In einer Ecke drängte sich eine verängstigte Gruppe von Frauen, die sich die Hände auf den Mund pressten.

»Geht!«, befahl Cass mit tiefer Stimme, die keinen Widerspruch duldete. Sie zog ihr Schwert und zeigte damit auf die schmale Treppe, die zur rückwärtigen Festungswand führte. Dann nahm sie einen kleinen Beutel mit Münzen von ihrem Gürtel und warf ihn ihnen zu. »Das ist die Bezahlung dafür, dass ihr die Männer, die ihr draußen gefesselt vorfinden werdet, liegen lasst.«

Die Frauen nahmen den Beutel und flüchteten. Sigrid führte ihre Kämpferinnen quer durch die Küche in den großen Saal.

Durch die offenen Türen am anderen Ende des Raums sahen sie es sofort: Draußen im Hof herrschte Chaos. Das Klappern von Hufen und das Wiehern von Pferden mischten sich mit dem ohrenbetäubenden Geklirr von Waffen. Cass erspähte Kämpfer und blitzende Schwerter.

Im noch halbdunklen Saal beeilten sich verwirrte Ritter und Knappen, die gerade erst geweckt worden waren, sich für den

Nahkampf bereit zu machen. Einige zogen sich im Gehen ihre Rüstungen an, während andere, wie Angharad gehofft hatte, noch in ihren Nachthemden waren und hektisch nach ihren Schwertern und Schilden suchten.

Sigrid sprang mit einem lauten Kriegsschrei aus dem Küchenkorridor hervor und warf sich wie ein Rammbock vor einen hochgewachsenen, stämmigen Ritter. Ihr behelmter Kopf traf ihn in die Magengrube, sodass er mit einem schmerzvollen Grunzen zusammenklappte.

Rowan folgte ihr und schlug mit ihrem Schild einen wieselgesichtigen Knappen bewusstlos, um dann einen weiteren Knappen mit ihrem Speer durch das Schulterstück seiner Rüstung hindurch an einen großen hölzernen Kamin zu spießen. Dabei hob sie ihn ein wenig in die Luft, sodass er mit zappelnden Beinen oben hängen blieb.

Cass und die anderen folgten ebenfalls. Ihre Speere flogen, die Schwerter waren gezogen und überraschten die Männer, die ihre Aufmerksamkeit von der Schlacht im Innenhof abwandten, um zu erkennen, dass sie auch von hinten angegriffen wurden.

Wo immer sie konnten, schlugen die Ritterinnen ihre Gegner bewusstlos und fesselten sie schnell mit mitgebrachten Schnüren, solange sie noch am Boden lagen.

Doch bald schon kämpften sie mit ganzer Kraft gegen die verbleibenden rund zwei Dutzend Männer, die mit Schwertern und Schilden besser bewaffnet und jetzt hellwach waren. Sie kochten vor Wut über die Invasion ihrer Festung.

Ein Ritter, der außer seinem Helm keine Rüstung trug, warf sich knurrend auf Cass. Sein Schwert zischte so schnell von oben auf sie herab, dass es ihr kaum gelang, ihren Schild schnell genug zu heben. Der Aufprall hallte in ihrem ganzen Körper nach, sodass sie wie ein Setzling im Wind schwankte. Doch sie hielt stand, wartete darauf, dass sein Schwung ihn nach vorn warf, und sprang dann, ihren Schild abwerfend, wieder auf.

Während sie sich erhob, sah Cass die tote Lily wieder vor sich, aus deren Mund Blut rann. Sie sah den alten Mann zusammensacken, als der Speer in seinen Rücken eindrang. Sah den kleinen blonden Jungen. Und als sie ihr Schwert in die Magengrube des Mannes stieß und er mit einem Schmerzensschrei umfiel, empfand sie weder Schuld noch Kummer oder Schrecken, so wie sie es sich in ihren langen schlaflosen Nächten vorgestellt hatte. Sie fühlte nur Befriedigung.

Das Morgenlicht erreichte jetzt den großen Saal. Die Bogenfenster glühten blutrot und tauchten die kämpfenden Ritter in ein gespenstisches rosafarbenes Licht. Cass erblickte Sigrid, deren Helm von einem violetten Glorienschein umgeben war; sie hielt ihr eigenes Schwert in der rechten Hand und ein weiteres, das sie einem von Mordaunts Rittern abgenommen hatte, in der linken. Doppelt bewaffnet wirbelte Sigrid mit tödlicher Geschwindigkeit durch die Mitte des Saals. Gnadenlos säbelte sie jeden Kämpfer um, der ihr im Weg stand. Das »J« im Knauf glitzerte kurz im Licht, als sie ihr Schwert über den Kopf erhob, es herabsausen ließ und ein weiterer schwarzer Waffenrock zu Boden ging.

Nun rannte ein anderer Mann auf Sigrid zu. Gerade wollte Cass Sigrid eine Warnung zurufen, da drehte er sich um, sodass er mit Sigrid Rücken an Rücken stand, zog sein Schwert, stieß einen gequälten, kehligen Kampfschrei aus und kreuzte sein Schwert mit einem der schwarzen Ritter. Während sie den beiden zusah, wie sie Angreifer von allen Seiten gleichzeitig bekämpften, wurde Cass klar, dass es sich um Jonathans Knappen handeln musste, der im gemeinsamen Kampf um Rache an Sigrid gebunden war.

Rowan nahm sich einen weiteren Ritter vor. Der Schaft ihres Speers warf ihn um, noch ehe er sie überhaupt kommen sah. Cass wurde von einem korpulenten Gegner rückwärts auf einen Tisch geschleudert, sodass Zinngeschirr zu Boden klirrte. Mit dem Rücken auf dem Tisch liegend, beugte sie die Knie und trat mit aller Kraft nach ihm. Sie traf ihn mit beiden Füßen mitten auf die Brust, und er stolperte zurück. Rowan, die in der Nähe war, ergriff einen robusten Holzstuhl und knallte ihn auf seinen Kopf, ehe er sich wieder erheben konnte.

Sie näherten sich jetzt der Tür zum Innenhof, fast alle Ritter, die sich im Saal befanden, waren inzwischen besiegt. Cass und Sigrid traten ins Sonnenlicht hinaus und überließen es Rowan und ein paar anderen, das zu beenden, was drinnen noch getan werden musste.

39

Beim Anblick der Szenerie im Innenhof stutzte Cass für einen Moment. Es schien eine Ewigkeit her zu sein, dass hier strahlende Kerzen und ein verzauberter Wald gestanden hatten. Schmutziges Blut rann über den Steinboden. Von überall her gellten Schmerzensschreie, und die Luft war erfüllt vom Geruch von Schweiß und offenen Wunden.

Am anderen Ende des Innenhofs, wo die Zugbrücke noch immer herabgelassen war, erblickte sie Gefallene, in deren Rücken und Hälsen Pfeile steckten und die im Sturz alle Gliedmaßen ausgestreckt hatten.

Die Pferde hatten ihrer Seite einen großen Vorteil beschert: Bei den Toten handelte es sich überwiegend um Mordaunts Männer. Doch Cass sah auch die Leiche von Leah, in deren Kehle eine Wunde klaffte, und die einiger Knappinnen. Joan lehnte mit geweiteten Augen und erschlafften Mundwinkeln an einer Wand des Innenhofs. Ihr Helm lag neben ihr, ihre Hände hatte sie auf eine blutende Wunde an ihrer Seite gepresst.

Dann erblickte Cass Blyth auf einem imposanten Hengst. Das Pferd stieg hoch und trampelte mit seinen gewaltigen Hufen einen der schwarz gekleideten Ritter zu Tode.

Oben auf der Wehrmauer spannte Elaine ihren Bogen und sandte tödliche Pfeile in das Chaos. Cass beobachtete, wie sie die Bogensehne losließ, und ein groß gewachsener Ritter, der beinahe eine der Knappinnen erdrosselt hätte, wie ein Stein zu Boden ging.

Angharad war abgesessen und befand sich nun im Zweikampf mit Mordaunt selbst, der keinen Helm trug und dessen Miene wutverzerrt war.

Am anderen Ende des Innenhofs kämpfte Alys mit einem jungen Ritter. Sie hielt mit beiden Händen einen Schild vor sich. Ihr Gesicht war von tiefstem Schrecken gezeichnet, während er wieder und wieder mit seinem Schwert dagegen hieb. Cass schüttelte sich und trat in Aktion. Sie rannte schnell um den Innenhof herum, wobei sie mit jedem, der sich ihr in den Weg stellte, Schwerthiebe austauschte, bis sie hinter dem Ritter ankam. Mit dem Knauf ihres Schwertes versetzte sie ihm einen heftigen Schlag, bei dessen Auftreffen sein Schädel zerbarst. Er sackte in sich zusammen. Alys blickte zitternd hinter ihrem Schild auf.

»Danke!«, rief sie, doch Cass war schon wieder weg.

Sie rannte an drei kämpfenden Männern ohne Helme vorbei und stutzte kurz – denn alle drei trugen schwarze Uniformen mit silbernen Geweihen, doch einer von ihnen kämpfte gegen die beiden anderen. Die Klingen glitzerten und trafen wie Blitze aufeinander. Der einzelne Kämpfer war Gamelin, sein Gesicht war rot und verschwitzt.

»Ich war damals nicht mit in dem Dorf«, keuchte er, als er Cass erkannte und um ihn herum Funken von den Schwertern flogen. »Aber als die Männer an dem Abend zurückkamen, dachte ich mir schon, dass der heutige Tag vielleicht kommen würde. Ich hatte es gehofft.«

Cass nickte nur kurz und rannte dann weiter.

In einem Stall im Schatten der Umrandungsmauer des Innenhofs flatterte eine Hühnerschar mit angstvoll gespreiztem Gefieder panisch kreischend herum. Als sie an dem Stall vorbeirannte, traf Cass auf den Ritter, der Angharad im Wald gedemütigt hatte, nachdem er den Dorfbewohnern ihre Schweine geraubt hatte; sie erkannte ihn an der schwarzen Feder auf seinem Helm wieder. Sie zog den Speer, den sie sich auf den Rücken gebunden hatte, und warf ihn, doch er prallte an dem Kettenhemd ab, das seinen Oberkörper und seine Arme schützte.

Nun zückte er sein Schwert und stürzte sich auf Cass. Er führte unermüdlich kräftige Hiebe aus, die ihr leichtes Schwert nicht erwidern konnte. Da er schneller war als jeder andere Mann, gegen den sie gekämpft hatte, konnte sie ihre eigene Flinkheit und Beweglichkeit nicht zu ihrem Vorteil ausnutzen. Sie merkte, wie er sie mit seinen hammerartigen Schlägen immer weiter zurückdrängte, bis sie an den Zaun des Hühnerstalls stieß und nicht weiter zurückweichen konnte. Unter dem Helm strömte ihr Schweiß den Hals hinab, und ihre Arme begannen unter der Last, seine Hiebe abzublocken, unkontrolliert zu zittern.

Ihre Schwerter trafen erneut aufeinander, doch diesmal zog er seins nicht wieder zurück, sondern presste es immer näher an sie heran. Sie mühte sich erfolglos ab, es wegzustoßen, und es bewegte sich immer dichter auf ihre Kehle zu.

Schweiß tropfte in ihre Augen, sodass sie kaum mehr etwas sehen konnte. Sie lehnte sich immer weiter zurück und spürte bereits die Klinge auf ihrer Haut. Das kalte Metall übte todbringenden Druck auf ihren Hals aus. Sie schaute dem Mann ins Gesicht. Er starrte sie siegessicher an, doch da bohrte sich ein Pfeil in seine Schläfe und er sackte nach vorne. Das Schwert fiel zu Boden, ohne

Schaden anzurichten, während sein Körper über den Zaun des Hühnerstalls fiel und die Hühner davonstoben.

Elaine erschien mit erhobenem Bogen an der Stelle, wo zuvor der Mann gestanden hatte. Sie lehnte sich ein wenig zurück, um mit ihrem dicken Bauch die Balance halten zu können, und ihr gelbes Seidenkleid umwehte ihren Körper.

Die Sonne stieg weiter in den Himmel auf und tauchte die Szenerie in ein weiches, goldenes Licht. Die Kampfhandlungen schienen langsam nachzulassen; mehr und mehr Ritter gaben auf, weil sie entweder bewusstlos, erschöpft oder verletzt waren. Das Blatt wendete sich eindeutig zu ihren Gunsten: Obwohl sie Angharads Streitmacht zahlenmäßig überlegen waren, stellten sich Mordaunts Männer als schlicht und einfach unfähig heraus, dem Überraschungsangriff standzuhalten. Viele von ihnen waren nicht einmal bewaffnet.

Nun zogen sie sich um Mordaunt zusammen. Angharad stöhnte und rang nach Luft, kämpfte aber weiter. Sigrid erledigte einen der letzten von Mordaunts Rittern direkt vor dem Eingang zum großen Saal. Rowan lieferte sich eine Prügelei mit einem Knappen. Sie hatten die Schwerter liegen gelassen und rollten stattdessen raufend über den Boden.

Ein weiterer Knappe erschien, und Cass zog ihr Schwert, um ihm entgegenzutreten. Sie rannte auf ihn zu, doch ein anderer von Mordaunts Männern, der verwundet zu Boden gegangen, aber noch am Leben war, stellte ihr ein Bein. Sie stolperte und fiel krachend hin, wobei sie ihr Schwert losließ und es wegrutschte.

Noch bevor sie sich berappeln konnte, erklang plötzlich ein gellender, panischer Schrei. Mordaunt hatte Angharads Erschöpfung in einem Moment der Ablenkung ausgenutzt und war hinter sie getreten. Er bog einen ihrer Arme auf ihren Rücken und schwang sein Schwert so um sie herum, dass er es an ihre Kehle pressen konnte.

»Schluss jetzt!«, befahl er mit einer Stimme, die seine Kraftanstrengung verriet. »Keine Bewegung, oder er stirbt!«

Sie erstarrten. Sigrid hielt ihr Schwert mitten in der Luft an. Mordaunts Knappe und Rowan rollten voneinander weg und erhoben sich auf die Knie. Cass lag bäuchlings auf den Steinen, gerade mal eine Schildeslänge von der Stelle entfernt, an der Mordaunt Angharad ergriffen hatte. Sie war ihm nahe genug, um jede einzelne Strähne seines fettigen schwarzen Haars erkennen zu können.

Der Innenhof war mit einem Mal von Stille erfüllt.

Mordaunt atmete schwer. Mit einer Hand hatte er grob Angharads Hals gepackt, mit der anderen presste er sein Schwert fest gegen ihre Haut. Er blickte sich mit rollenden Augen hektisch in alle Richtungen um, weil er sich sicher sein wollte, dass niemand eine Bewegung machte. Cass hörte Angharads kurze, verzweifelte Atemzüge.

Mordaunt bleckte seine gelben Wolfszähne und genoss es, die Kontrolle zurückerlangt zu haben. Er spuckte Angharad an, sodass sein Speichel an ihrem Helm herabrann.

»Vielleicht nehme ich dich wie ein Schwein langsam aus und lasse deine Männer dabei zusehen, wie du stirbst«, sinnierte er. »Oder vielleicht lasse ich dich dabei zusehen, wie sie einer nach dem anderen sterben, damit du begreifst, was mit denen passiert, die dumm genug sind, mich herauszufordern.«

»Du!« Er zeigte auf Sigrid. »Lass dein Schwert fallen, oder er stirbt.«

Sigrid, die immer noch schwer atmete und ihr Schwert über ihren Kopf erhoben hatte, zögerte. Cass war sich sicher, dass ihre

Blicke hinter dem Visier schnell hin und her flogen und sie fieberhaft überlegte, was zu tun war.

»JETZT!«, schrie Mordaunt und zog seine Klinge leicht über Angharads Hals, sodass sie aufschrie und ein wenig Blut auf die Steine tropfte.

Sigrids Schwert klirrte zu Boden.

»An die Mauer. Sofort!«

Sigrid stellte sich widerstrebend an die Wand, wo einer von Mordaunts übrig gebliebenen Männern sofort mit dem Schwert in der Hand herbeisprang, um sie zu bewachen.

»Du auch!«, fuhr Mordaunt Rowan an. Sie löste sich von dem Knappen, stand auf und hielt sich schwer atmend den Bauch. Sie bewegte sich auf Sigrid zu.

Die anderen Knappinnen ließen ihre Waffen ebenfalls klirrend fallen und reihten sich an der Mauer ein. Cass wusste, dass es so gut wie vorbei war. Sobald sie alle entwaffnet und wie Vieh zusammengetrieben waren, waren sie voll und ganz der Gnade Mordaunts ausgeliefert.

Sie war Mordaunt so nahe, dass sie ihn beinahe berühren konnte. Er hatte sie noch nicht bemerkt, da sie außerhalb seines Sichtfeldes auf dem Boden lag. Jetzt war der letzte Moment, der ihr zum Handeln blieb.

Sie fühlte, wie es unaufgefordert in ihr aufstieg. Das Licht, das in ihr strahlte und langsam stärker wurde. Sie spürte, wie die Wärme ihren Körper überflutete und sich bis in ihre Fingerspitzen verbreitete. Zum ersten Mal seit Lilys Tod gestattete sie sich, die schiere Freude und den Rausch dieses Gefühls von Sicherheit zu genießen. Von Wissen. Sie sprang geräuschlos in eine hockende Stellung, um einen Versuch zu unternehmen, ihr Schwert zurückzuerlangen. Doch Mordaunt war zu schnell. Er drehte sich um, überblickte den Innenhof und bemerkte sie. Mit einem grausamen Grinsen auf den Lippen stieß er mit dem Fuß ihr Schwert weiter außer Reichweite und trat auf sie zu.

Cass erstarrte. Sie befand sich immer noch in der Hocke und balancierte auf ihren Fußballen. Eine falsche Bewegung konnte Angharad das Leben kosten.

»Dieser Trottel dachte wohl, er könnte den Helden spielen«, spottete er und seine verbliebenen Ritter kicherten.

»Wollen wir ihm zeigen, was er mit seinem Heldentum angerichtet hat?«, fragte er und führte sein Schwert theatralisch über Angharads Hals, so als wollte er ihn aufschlitzen.

Mordaunts Ritter fielen in einen blutrünstigen Sprechchor: »*Töte ihn! Töte ihn! Töte ihn!*«

Cass bemerkte, dass die Raserei seiner Ritter Mordaunt beschwingte. Er reagierte mit einem breiten Grinsen auf den Sprechchor, und sein fleckiges Gesicht rötete sich vor Begeisterung.

»Tja, Jungspund«, rief er, offensichtlich von sich selbst begeistert. »Verabschiede dich von deinem Herrn.« Er wandte sich zu seinen Rittern um und drückte das Schwert erneut an Angharads Kehle.

Doch Cass' Licht war mit ihm noch nicht fertig. Der furchtbare Moment schien sich zu verlangsamen und zu dehnen, sich weit vor ihr auszubreiten. Ihr Blick wich nicht eine Sekunde von Mordaunts Klinge. Cass tastete in der Hoffnung, einen Stein oder ein anderes Wurfobjekt zu finden, wie wild herum. Da trafen ihre Finger auf den Griff eines Schwertes, das einer der geschlagenen Ritter fallen gelassen haben musste. Sie hob es so schnell auf, dass es eine Art Lichtbogen zu erzeugen schien, während es durch die Luft schwirrte. Kurz glaubte sie zu hören, wie jemand nach Luft schnappte, doch sie hatte keine Zeit, zu lauschen; keine Zeit, innezuhalten; keine Zeit, nachzudenken.

In einer aufblitzenden Erinnerung sah sie Sigrid auf der Lichtung, an jenem ersten Tag, den sie im Herrenhaus verbracht hatte, und wusste sofort ganz genau, was sie zu tun hatte.

Mit einer einzigen, fließenden Bewegung warf sie sich nach vorn und zog ihr Schwert unten über seine Waden. Die Klinge ging so mühelos durch Leder, Haut und Sehnen wie durch Butter.

Mordaunt schrie wutentbrannt auf und fiel auf die Knie; Blut spritzte aus seinen Wunden. Angharad entwand sich ihm und nahm ihm sein Schwert ab, noch bevor sein Schrei verhallt war. Sie stand mit wogendem Oberkörper über ihm. Aus dem Schnitt an ihrem Hals tröpfelte Blut.

Angharad hielt die scharfe Spitze des Schwertes an Mordaunts Kehle. Dann griff sie mit der freien Hand ganz langsam nach oben und nahm ihren Helm ab. Das lange, rote Haar fiel wie ein Vorhang über ihre Schultern.

»Wir haben lange genug in Furcht gelebt«, sagte sie ruhig und bestimmt. Mordaunt starrte sie an und wurde dabei so schnell leichenblass, dass Cass erwartete, dass er ohnmächtig werden oder sich übergeben würde. Alle anderen Ritterinnen und Knappinnen auf dem Innenhof nahmen ebenfalls ihre Helme ab.

Es schien wie eine kleine Ewigkeit, wie sie alle im hellen Morgenlicht mit stolz erhobenen Köpfen dastanden. Stolze Ritterinnen, zum ersten Mal ohne Tarnung, die den Schock und die Verwirrung in den Mienen der Männer um sie herum genossen.

Danach ging alles sehr schnell, obwohl Cass, die leicht benommen und mit Mordaunts Blut an den Händen auf dem Boden saß und noch immer das Schwert des toten Ritters hielt, kaum etwas davon mitbekam.

»Du wirst von diesem Land fliehen und niemals zurückkehren«, erklärte Angharad Mordaunt mit klarer Stimme, während er sie mit aschfahlem Gesicht anstarrte und die Hände auf seine Wunden presste.

»Oder du stirbst jetzt, schnell und schmerzlos.« Sie sah kalt auf ihn herab. »Du hast die Wahl, aber du musst dich jetzt entscheiden.«

Sie ließ ihren Blick durch den Innenhof schweifen und sprach die übrig gebliebenen Ritter und Knappen an, die in ihren schwarzen Waffenröcken dort kauerten und von denen viele die Frauen in ihren Rüstungen schockiert anstarrten.

»Alle, die sich ergeben, werden verschont. Ihr könnt eurem Herrn folgen oder euch uns anschließen, ohne Nachteile befürchten zu müssen. Von Westen nähern sich die Sachsen mit einer großen Streitmacht. Die Pikten bedrohen unsere Grenzen im Norden, und die Seewölfe drohen aus den Buchten und Flussmündungen heraufzukommen. Es war noch nie so wichtig, dass wir zusammenstehen. Wenn wir ihnen nicht gemeinsam entgegentreten, wird unser Land nicht überleben. Aber wir werden uns nicht hinter diesem Mann versammeln, der so viel mehr Zwietracht gesät als Einigkeit geschaffen hat.«

Sie schaute Mordaunt voller Hass und Verachtung an.

»Du hast die Frau getötet, die ich liebte. Und trotzdem erweise ich dir in ihrem Namen Gnade. Denn sie hätte gewollt, dass du verschont bleibst und wie ein Köter mit eingezogenem Schwanz fliehen musst, statt auf dem Schlachtfeld den Heldentod zu sterben.«

Dann tönte ihre Stimme erneut durch den gesamten Innenhof, und sie sprach wieder Mordaunts Männer an. »Ich tue das auch, damit ihr seht, dass ich gerecht bin und euch fair behandeln werde. Es wird kein sinnloses Blutvergießen geben. Eure Wunden werden versorgt werden. Schließt euch uns an, dann treten wir den

Sachsen gemeinsam entgegen und sorgen endlich für Frieden und Wohlstand in unserem Land. Ich rufe alle von euch, die den namenlosen Rittern die Treue geschworen haben, dazu auf, sich uns anzuschließen und weitere Tode zu verhindern.« Cass bemerkte, dass sich die Augen einiger der Ritter weiteten und sie vor Scham und Schock erröteten, als ihnen klar wurde, wer sie an jenem Tag im Wald besiegt hatte. Sie blickten unsicher zwischen Angharad und ihrem Herrn hin und her.

Angharad stand mit dem Rücken zu Sigrid und bemerkte nicht, dass sich eine Gestalt in schwarzer Rüstung auf sie zubewegte, bis sie sie fast erreicht hatte. Konnte nicht bemerken, dass Rowan Sigrid mit ausdrucksloser, eisiger Miene ihr Schwert anreichte. Doch Cass bemerkte es. Sie sah, wie Sigrid das Schwert ergriff und voranschritt, sah die Liebe und den Kummer und den Hass in ihren Augen und wusste, was geschehen würde. Sie hatte keine Zeit mehr, etwas zu sagen, vorzutreten oder einzuschreiten. Vor Angharads entsetzten Augen raste Sigrids Schwert wie ein Blitz herab, und Mordaunt fiel mit gespaltenem Schädel vornüber.

40

Um sich herum nahm Cass Bewegungen und Gespräche wahr.

Sie wusste, dass Mordaunts Leiche weggezerrt worden war und sie damit begonnen hatten, auch die anderen Toten wegzuschaffen, die sie in Tücher hüllten und auf den Turnierplatz hinaustrugen, um sie dort zu begraben.

Sie war, immer noch halb benommen, sitzen geblieben, während Mordaunts finstere Gefolgsleute zu Pferd geflohen waren.

Rowan und Blyth kümmerten sich um die Verwundeten und unterhielten sich mit den wenigen von Mordaunts Leuten, die geblieben waren.

Inzwischen schien die heiße Mittagssonne auf Cass' unbedeckten Kopf. Es ging eine leichte Brise, die ihr verfilztes Haar wehen ließ; sie hatte es seit Lilys Tod nicht mehr gewaschen. Doch nach der Schlacht hatte sich in ihr etwas gelöst. Etwas hatte sich entspannt, und sie wusste, dass da eine Bestimmung über ihr hing, die drängender wurde und ihr ganzes Bewusstsein in Anspruch nahm.

Dennoch wollte sie nur schlafen. Zum ersten Mal seit dreiundzwanzig Tagen war sie bereit, sich auszuruhen. Ihre blutigen Hände waren ganz taub. An ihrer Schulter schmerzte eine oberflächliche Wunde, wo eine Schwertspitze eine Lücke in ihrer Rüstung gefunden hatte. Sie wusste, dass es sehr viel zu tun gab, doch sie konnte nicht aufstehen. Sie hatten einen Sieg errungen, der ihre wildesten Träume überstieg, aber Lily war nicht hier, um ihn mit ihr zu teilen. Ohne ihre Rüstung abzulegen oder ihr Schwert loszulassen, legte sie den Kopf auf einen Pflasterstein und schloss die Augen.

Doch plötzlich fiel ein Schatten über ihre Lider und schirmte das Sonnenlicht ab. Sie öffnete die Augen wieder.

Es war Alys; eine ihrer Wangen war von einem violetten Bluterguss gezeichnet, eines ihrer Handgelenke geschwollen, die Lippe eingerissen und blutig. Sanft hockte sie sich neben Cass.

»Ich habe versucht, mit dir über das hier zu sprechen, Cass, aber du warst noch nicht bereit, zuzuhören. Vielleicht konntest du es gar nicht hören, bevor diese Sache vollbracht war.«

»Was meinst du? Wir sind fertig. Lass mich in Ruhe. Ich will schlafen.«

»Das kann ich nicht, Cass. Du musst mir zuhören. Es gibt eine Prophezeiung. Sie wurde gemacht, als ich noch ein Kind war, bevor der Letzte von den alten Leuten aus dem Wald verdrängt wurde. Die Prophezeiung einer großen Führungsgestalt, eines Lichts, das alle Briten vereinen und die Finsternis verdrängen wird. Und diese Führungsgestalt würde daran zu erkennen sein, wie sie ein Schwert zieht.«

»Ja, ja, das weiß ich alles. Jeder weiß das«, erwiderte Cass entnervt. »Artus hat das Schwert aus dem Stein gezogen und wurde so zum höchsten König, und alle Briten müssen ihm die Treue schwören.«

»Nein, Cass.« Alys' Stimme zitterte vor Dringlichkeit. »Diese Prophezeiung wurde, viele Jahre bevor Artus' Verbündete ihn als

Regenten auswählten, gemacht. Bevor sie das Schwert auf dem Friedhof platzierten, um ihrer Wahl den Stempel göttlicher Autorität zu verleihen. Das Schicksal hatte nichts mit dem zu tun, was an jenem Tag geschah.«

Cass stöhnte. Ihr Kopf dröhnte und ihre Augenlider waren bleischwer.

»Diese Prophezeiung betraf Nordhumbrien, unsere eigenen Ländereien. Sie bezog sich auf Mordaunts Land.«

Cass schüttelte bitter den Kopf. Er schmerzte, fühlte sich an, als wäre er mit Wolle ausgestopft, und war voll mit Erinnerungen an Lily, die sie quälten. Sie hatte undeutlich wahrgenommen, dass Sigrid verschwunden war, dass Angharad sie wütend verbannt und ihr befohlen hatte, niemals zurückzukehren, wenn sie nicht selbst getötet werden wollte.

Cass wollte schlafen, sich der süßen Entspannung der Bewusstlosigkeit ergeben. Doch Alys ließ sie nicht, sondern zog beharrlich an ihrem Arm und zwang sie, aufzublicken.

»Alys!«, schrie Cass in einem Anfall von Feindseligkeit, Enttäuschung und Wut. »Das *bedeutet* mir nichts. Nichts davon bedeutet mir etwas!«

»Das bedeutet eine Menge«, flüsterte Alys und blickte sich um, ob jemand mithören konnte. »Denn die Prophezeiung handelte nicht von einem König. Sie erwähnte lediglich eine Führungsgestalt. Eine Führungsgestalt, die in Gefrin in Nordhumbrien ein Schwert aus einem Stein zieht und zu dem Licht wird, das die einbrechende Dunkelheit vertreibt. Und wir würden sie an ihrem Schwert erkennen, das einen Rubin im Knauf trägt.«

Da blickte Cass auf das Schwert herab, von dem sie vergessen hatte, dass sie es noch festhielt; das Schwert, das sie in der Annahme vom Boden aufgehoben hatte, dass es von einem anderen

Ritter weggeworfen worden wäre. Das Schwert, von dem sie geglaubt hatte, es könnte einfach genommen werden.

Der Rubin schimmerte im Licht, genau wie in jener Nacht, in der sie ihn, in dem Stein steckend, zum ersten Mal gesehen hatte, als sie durch Mordaunts Innenhof zum Fest gegangen war. Ihr wurde klar, dass sie es herausgezogen hatte, ohne es überhaupt zu merken, ohne es zu wollen. Cass sah es rot funkeln, und als eine weitere Welle der Kraft durch sie hindurchging, begriff sie es endlich.

Liebe Leserin, lieber Leser,

danke, dass du dieses Buch gelesen hast!

Ich habe von Kindesbeinen an Artus-Fantasy verschlungen, doch da fehlte immer irgendetwas. Es gab nur eine Handvoll weiblicher Charaktere, und die waren oft eindimensional und entsprachen den alten Klischees von Jungfrau oder Hexe, während ihre männlichen Gegenstücke komplex, heroisch und tapfer daherkamen.

Ich wollte die Reichhaltigkeit einer Welt, mit der so viele von uns aufgewachsen sind und die wir anbeteten, als Grundlage nehmen und mit einer inklusiven und feministischen Perspektive neu erzählen. Damit eine neue Generation von Mädchen Artus' Welt nicht mehr lieben muss, ohne sich darin selbst wiederzufinden. Es ging mir darum, Platz zu schaffen, Raum einzunehmen und die Grenzen dessen, was es bedeutet, ein Mädchen zu sein, zu überschreiten und neu zu definieren: lauter Dinge, von denen ich mir wünsche, dass sie junge Frauen inspirieren und zum Handeln ermächtigen.

Wir leben in außergewöhnlichen Zeiten, in denen jemand, der Jungs erzählt, dass es männlich sei, eine Frau am Hals zu packen und gegen eine Wand zu drücken, 11,4 Milliarden Views auf Tik-Tok erzielt. In denen an jedem Schultag von einer Schule in Großbritannien eine Vergewaltigung bei der Polizei angezeigt wird. Weibliche Teenager haben sich noch nie mit so viel Missgunst auseinandersetzen müssen und sind derart zum Schweigen genötigt worden, und dennoch heißt es immer wieder, dass wir Frauen es doch noch nie so gut gehabt hätten.

Bei meiner Arbeit als Aktivistin für Frauenrechte beim *Every-*

day Sexism Project besuche ich jede Woche Schulen in ganz Großbritannien und arbeite jedes Jahr mit Tausenden jungen Leuten, höre mir ihre Erfahrungen mit Sexismus und sexueller Gewalt an, ihre Hoffnungen und Befürchtungen für sich selbst und die Welt, in der sie leben. Wut und Handeln sind nötig, doch die Mädchen, mit denen ich jeden Tag arbeite, sind auch erschöpft und traurig. Neben dem Protest gibt es auch das dringende Bedürfnis nach positiven feministischen Erlebnissen, und das ist es, worum es mir in diesem Buch geht. Das schiere Vergnügen, Platz für die Leben von Mädchen und Frauen zu finden, für ihre Geschichten und Stärken, für ihre Mängel, ihre Liebe und ihre Freundschaft in einer Welt, die sie immer ausgeschlossen hat.

Cass ist eine Heldin, von der ich hoffe, dass sie bei den jungen Menschen, mit denen ich arbeite, etwas auslöst – ihre innere Kraft in einer Welt zu finden, die sie zu einer Randfigur machen will. Cass erteilt der unbedeutenden, sich unterordnenden Nebenrolle, die für sie vorgesehen ist, eine Absage und tauscht sie gegen ein beglückendes Leben voller Abenteuer, Macht und Schwesternschaft ein. Vor allem findet sie die Kraft, ihre eigene Geschichte zu erzählen. Das ist es, was ich mir auch für meine Leserinnen wünsche.

Mit den herzlichsten Grüßen
Laura x

Dank

Die Idee für dieses Buch hatte ich schon vor sehr langer Zeit, und ich muss meiner freundlichen und brillanten Lektorin Lucy Pearse dafür danken, dass sie mir geholfen hat, dieses Herzensprojekt endlich zu verwirklichen. Ich bin dem ganzen hervorragenden Team bei Simon & Schuster sehr dankbar, einschließlich Rachel Denwood, Laura Hough, Sarah Macmillan, Jess Dean, Arub Ahmed, Eve Wersocki-Morris, Olivia Horrox und all den Marketing- und Öffentlichkeitsarbeits-Teams, die hart daran arbeiten, dass meine Bücher Leserinnen und Leser finden! Danke an Anna Bowles für ihr akkurates Lektorat und an Micaela Alcaino und Sean Williams dafür, dass sie das Cover meiner Träume entworfen haben. Ihr seid alle so unfassbar talentiert, und ich bin sehr dankbar, dass ich mit euch zusammenarbeiten konnte!

Meine Agentin Abigail Bergstrom ist die größte Unterstützung, Freundin, Mentorin und Cheerleaderin in jedem Projekt, das wir gemeinsam angehen, und ich bin sehr froh, sie in meinem Team zu haben. Sie ist wahrhaftig die beste Agentin, die sich eine Autorin nur wünschen kann. Und ein riesiges Dankeschön an Megan und alle bei Bergstrom Studios für alles, was ihr tut.

Ein ganz besonderer Dank gilt Joe, Jon, Chelsea und allen bei *Knights of Middle England* und der *Warwick International School of Riding* dafür, dass sie mir beigebracht haben, wie man reitet, tjostiert, Pfeile schießt und mit dem Schwert kämpft: Das war ohne Zweifel die spannendste Recherche, die ich je für ein Buch unternommen habe. Sie war all die blauen Flecken auf jeden Fall wert, und ich komme bald wieder, um für Band 2 noch mehr zu lernen!

Schließlich und endlich danke ich meinen frühesten Leserinnen und Feedback-Geberinnen Aileen, Lucy und Hayley, genau wie der Gruppe Frauen, aus denen meine eigene Schwesternschaft besteht. Ohne euch würde ich keine einzige Woche durchstehen.

Laura Bates ist eine feministische Autorin und Journalistin und schreibt für *New York Times, Guardian, Telegraph und viele andere*. Sie gründete das *Everyday Sexism Project*, das Erfahrungen mit Geschlechterungerechtigkeit und Sexismus von Frauen aus der ganzen Welt sammelt. Regelmäßig ist sie in Today Programme, Woman's Hour, Channel 4 News, Newsnight und anderen zu sehen. Sie wurde von der *Huffington Post* als *Most Inspirational Woman of 2012* nominiert und erhielt im Jahr 2015 für ihren Einsatz die *British Empire Medal*. »Sisters of Sword and Shadow« ist ihr viertes Buch.

Birgit Schmitz hat Theater-, Film- und Fernsehwissenschaft studiert und arbeitete einige Jahre als Dramaturgin. Heute lebt sie als Literaturübersetzerin und Lektorin in Frankfurt am Main.

Carlsen-Newsletter: Tolle Lesetipps kostenlos per E-Mail!
Unsere Bücher gibt es überall im Buchhandel und auf carlsen.de.

Wir behalten uns die Nutzung unserer Inhalte für Text- und Data-Mining
im Sinne von § 44b UrhG ausdrücklich vor.

Alle deutschen Rechte bei Carlsen Verlag GmbH, Völckersstr. 14–20, 22765 Hamburg
Originalcopyright © Laura Bates 2023
Published by arrangement with Simon & Schuster UK Ltd:
1st Floor, 222 Gray's Inn Road, London, WC1X 8HB; A Paramount Company
Originaltitel: »Sisters of Sword and Shadow«
Umschlaggestaltung © Micaela Alcaino
Umschlagadaption: formlabor
Aus dem Englischen von Birgit Schmitz
Lektorat: Julia Hanauer
Herstellung: Derya Yildirim
Satz: Dörlemann Satz, Lemförde
ISBN 978-3-551-58566-0